EA

Uo

W0283637

KNAUR

John Friedmann

DAS BLAUE VOM HIMMEL

Roman

KNAUR

Besuchen Sie uns im Internet:
www.knaur.de

FSC
www.fsc.org
MIX
Papier aus verantwortungsvollen Quellen
FSC® C083411

Originalausgabe Februar 2015
Copyright © 2015 Knaur Taschenbuch
Ein Unternehmen der Droemerschen Verlagsanstalt
Th. Knaur Nachf. GmbH & Co. KG, München.
Alle Rechte vorbehalten. Das Werk darf – auch teilweise –
nur mit Genehmigung des Verlags wiedergegeben werden.
Umschlaggestaltung: ZERO Werbeagentur, München
Umschlagabbildung: plainpicture / Design Pics – Ashley Armstrong
Satz: Adobe InDesign im Verlag
Druck und Bindung: CPI books GmbH, Leck
ISBN 978-3-426-51621-8

2 4 5 3 1

Für Tini

»You know what you know,
but you don't know
what you don't know.«

Taxifahrer in South Beach, 2012

1

Der strömende Regen passte perfekt zu ihrer Stimmung. Alles andere, womöglich einer dieser unverschämt leichtfüßigen Sommertage, für die die Isarmetropole um diese Jahreszeit so bekannt war, wäre wie eine schallende Ohrfeige für sie gewesen. Ihr Blick schweifte ohne Ziel über die mächtigen Baumkronen des Englischen Gartens. Dicke Regentropfen schlugen beinahe waagerecht auf die vertrocknete Pflanzenwelt ein, Hagelkörner mischten sich darunter und zerschossen die müden Blätter.

»Magst eine Holunderschorle mit Schuss?«, fragte Max mit tiefer, fröhlicher Stimme von hinten aus der Küche. »Zur Abkühlung, hmm?«

»Abkühlung? Mir ist eher nach einem Grog«, entgegnete Sophie.

»Schatzl? Wo bleibt die gute Laune?«, rief Max. »Komm, wir setzen uns raus auf die Dachterrasse! Der Regen ist gut, er reinigt die Luft. Es war an der Zeit.«

»Deine Zucchini brauchen das Wasser, ich brauch eine Wolldecke.«

»Mach ma einen Kompromiss, Rotwein und Käse aus der Provence?«

»Max? Bei dem Unwett…«, Sophie sprach den Satz nicht zu Ende. Stattdessen erschrak sie über sich selber, denn sie hatte sich soeben mit einem Toten unterhalten.

Der Tote war ihr Mann, Kommissar Max Marquard. Und heute jährte sich erneut der Tag, an dem ihr die Nachricht überbracht worden war. Erschossen von einem Verdächtigen, mitten ins Herz. Max war sofort tot gewesen, und damit hatte man auch ihr das Leben ausgehaucht.

Den Rest des Jahres verstand sie es einigermaßen, ihre Trauer, ihre tiefsitzende Enttäuschung über das Leben zu verbergen. Nicht an diesem Tag. Heute hatte sie leise geweint. Heute konnte sie kaum stehen. Heute zog sie es vor, mit Max zu reden. Ihr Unterbewusstsein spielte ihr einen Streich und gaukelte ihr vor, dass Max ihr mit seiner liebevollen und lustigen Art wie üblich den Tag verzauberte.

Es wurde nicht besser mit ihr, ganz im Gegenteil. Entgegen allen ach so klugen Vorhersagen heilte die Zeit keine Wunden.

Aus ihrem Arbeitszimmer kam ein kurzes Klingeln. Es dauerte eine Sekunde, bis sie begriff, dass sich ihr Computer zu Wort gemeldet hatte.

Das war ungewöhnlich, denn außer ein paar Schach-Besessenen kannte so gut wie keiner ihre E-Mail-Adresse. Bis auf wenige Menschen hatte sie sich von der Welt abgenabelt. Was sollte nach Max noch kommen? Sie beschloss, ihren Computer wie gewöhnlich zu ignorieren und stattdessen lieber ihrem Wischler Columbo mit einer Scheibe Salami das Leben zu versüßen. Wie von der Tarantel gestochen stand Columbo sofort neben ihr und schüttelte sich vor Freude.

Wieder machte ihr Computer »Pling«, gleichzeitig fing Columbo an zu bellen, was er nur tat, wenn jemand vor der Tür war. Sophie hörte ein Klopfen. Columbo bellte weiter und wedelte erwartungsfroh mit dem Schwanz. Genau in diesem Moment bimmelte obendrein ihr Handy. Die bleierne Ruhe wurde von ungewohnter Hektik ersetzt.

Als sie die Wohnungstür öffnete, standen ihr zwei Männer in identischem Outfit gegenüber. Blaue Baumwollhosen, helle Hemden und zwei Baseballmützen mit einem Erdball und Sternen als Logo aufgenäht.

»Die Hausmeisterin …«, sagte der eine.

»Frau Blazkovic«, sagte der andere.
»Hat gemeint«, wieder der eine.
»Wir können den Schlüssel«, sein Kollege.
»Bei Ihnen abgeben.«

Und noch bevor Sophie antworten konnte, hatte sie einen Schlüsselbund in der Hand, und die beiden Männer verabschiedeten sich wieder, mit diesmal winkenden Baseballmützen.

Selbst Columbo schien über das seltsame Intermezzo erstaunt.

Sie schloss die Tür, und die gewohnte Stille nahm die Wohnung wieder in Besitz. Sophie sah auf ihr Handy. Eine Kurznachricht: »Schwarz oder weiß?«

»So, Columbo, was hast du gesagt?«, fragte Sophie ihren Hund, dessen Schwanz sogleich wie ein wild gewordenes Metronom hin und her schlug. »Ah ja, Salami.« Auf dem Gang zur Küche wich ihr treuer Begleiter keinen Zentimeter von ihrer Seite. Erneut klingelte ihr Computer im Arbeitszimmer und dann gleich noch zweimal hinterher. »Pling! Pling!« Der Kasten fing an, ihr gehörig auf die Nerven zu gehen.

Während Columbo längst dem Salamistück hinterhertrauerte, das er blitzschnell verschlungen hatte, ging Sophie in ihr Arbeitszimmer. Ihre Wohnung im fünften Stock, unter dem Dach des herrschaftlichen Altbaus, war groß, groß genug, damit es noch zweimal »Pling! Pling!« machen konnte, bis Sophie endlich vor ihrem lästigen Computer saß.

Sie legte ihre schwarze Kaschmirstrickjacke ab und strich sich ihr gewelltes Haar etwas glatt. »Mein Goldhaarengel«, so hatte Max sie immer genannt. Wenn sie sich hin und wieder unbewusst ein paar Haare aus der Stirn strich, war Max oftmals verstummt, um anschließend zu summen: »Wie in einem französischen Film.« Was für ein Spinner er manchmal sein konnte! Er war davon überzeugt, dass sie auf irgendeine Weise mit Catherine Deneuve verwandt sei. Die Augen, die Nase. Kein Zweifel, zu frappierend die Ähnlichkeit. Immerhin sei er Kommissar, da habe man ein Auge für so etwas. Außerdem hätte Napoleon lange genug über Bayern geherrscht, und die Franzosen so allerhand hinterlassen, für was man ihnen heute dankbar sei. Wohin sein Stammbaum hingegen eher auf begriffsstutzige Holzfäller aus dem Voralpenland zurückreiche, weshalb er so eine schöne Frau eigentlich gar nicht verdient habe. Er hatte es geliebt, solchen Unsinn zu reden und damit Sophie zum Lachen zu bringen. Sie konnte ihm zuhören, bis in die Ewigkeit.

Dann hatte sie ihn identifizieren müssen. Kalkweiß hatte er vor ihr gelegen, mit toten Augen und einem Loch in der Brust.

Ihr wurde schwindelig. Der Tag war noch lang. Sie musste sich zusammenreißen. Sie atmete dreimal tief durch und versuchte, wieder an die Gegenwart zu denken. Sophie starrte auf den Computer und traute ihren Augen nicht. War das möglich? Hatte sie tatsächlich zehn neue Nachrichten erhalten? Allein in der letzten halben Stunde? So viele bekam sie sonst in einer ganzen Woche nicht. Schnell erkannte sie die Ursache für die vielen Mails. Sie waren gar nicht an sie adressiert.

Höchstwahrscheinlich Spam. Hin und wieder bot man ihr Potenzpillen oder sogar die Verlängerung ihres männlichen Geschlechtsorgans an. Geniales Marketing. Dumme Computerwelt.

Dies hier war auf den ersten Blick allerdings alles andere als Werbung. Nur wie konnten private Mails einer fremden Person in ihrem Posteingang landen?

Ihrem ersten Impuls, sie zu lesen, widerstand Sophie. Immerhin gab es auch heute noch so etwas wie ein Briefgeheimnis. Außerdem fand sie es unanständig, in anderer Menschen Privatleben herumzuschnüffeln. Dann jedoch fragte sie sich, was passieren würde, wenn sie die Nachrichten einfach löschen würde? Womöglich würde der eigentliche Adressat seine Post nie bekommen? Eine wichtige Mitteilung würde verlorengehen und damit sonst was auslösen. Sie stand in der Verantwortung, ob sie wollte oder nicht.

Die Adresse des Empfängers half ihr kaum weiter. Es gab nur die Initialen »J. S.«, dazwischen ein Strich und das Ganze bei Yahoo. Sie *musste* also die Nachrichten lesen, um einen Hinweis darauf zu bekommen, wessen Post sie da auf ihrem Bildschirm hatte. Nur so konnte sie den wahren Empfänger verständigen. Vielleicht war ein klein wenig Neugierde mit dabei. Klitzeklein.

Zuerst überflog sie zwei englische Nachrichten. Ein gewisser Kirk klagte dem Adressaten, den er Hemingway nannte, sein Handicap werde peinlicher, je mehr Golf er spielte. Deswegen überlege er ernsthaft, mit dem Fischen anzufangen. Auf dem Meer ließen sich dazu doch sicher wunderbar weite Abschläge üben? Wie auch immer, er hoffe seinen alten Freund bald wiederzusehen, denn der Krieg gegen den Terror sei zurzeit mehr als einschläfernd.

Sophie schmunzelte. Wie war das zu verstehen?

Die zweite Mail war im Telegrammstil gehalten. Die Verträge seien verbrieft, das Geld angekommen und somit könne nun die kritische Phase beginnen. Weiterhin unbedingt höchste Geheimhaltung! Keine Anrede, kein Abschied.

Merkwürdig, dachte Sophie. Bis jetzt war sie kaum klüger als zuvor. Die nächsten Nachrichten, alle drei in

Deutsch verfasst, waren offenkundig von Frauen. Diese frohlockten entweder im romantischen Singsang oder in sehr eindeutiger erotischer Sprache über vergangene sowie anstehende Liebesabenteuer. Stets voll des Lobes über den Mann, der mal »mein Held«, dann »Tiger« und schließlich »mein leidenschaftlicher Spence« genannt wurde. Es handelte sich also um einen begehrten und vielbeschäftigten Frauenheld. Glückwunsch. Sophie konnte sich ein Grinsen nicht verkneifen. »Ob die wohl alle voneinander wissen?«, fragte sie Columbo. Doch der hatte die Augen halb geschlossen. Er war in der Welt der gebratenen Hühnerherzen.

Spence? Wo hatte sie diesen Namen schon einmal gehört? Es lag ihr auf der Zunge, aber ihr Gehirn streikte. Sophie sah aus dem Fenster.

Ausblicke hatte sie aus dem fünften Stock genug. Während der eine Teil ihres Wohnzimmers sich zum Englischen Garten hin öffnete, blickte man vom anderen Teil sowie von ihrem Arbeitszimmer aus nach Süden, auf einen aufgeständerten Büroblock aus den Fünfzigern.

Sophie erschrak: Spence. Die E-Mail-adresse: J.S. Nein, sie musste sich irren. War das möglich? Kurz hielt sie die Luft an. War es möglich, dass es sich bei diesem Spence, dem Frauenheld und charmanten Tiger, um keinen Geringeren als ihren Nachbarn Joshua Spencer, den amerikanischen Generalkonsul handelte. Donnerwetter!

Der liebestolle Konsul hatte Sophie bis in die späten Abendstunden beschäftigt. Der Hinweiston ihres Computers war längst abgestellt, doch das hinderte die neusten fehlgeleiteten Nachrichten nicht daran, weiter im munteren Zehnminutenrhythmus auf Sophies Desktop einzutrudeln. Natürlich war ihr von Anfang an klar, dass sie die Korrespondenz ihres angesehenen Nachbarn nun wirklich nichts anging, zumal nicht die private, aber ihre allzu menschliche Neugierde entpuppte sich als ausdauernder und gewissenloser als ihre Zweifel und ihr Schamgefühl. Sie gestattete sich ihr Benehmen, unter der Bedingung, dass sie gleich am Montag alles aufklären würde. Das Versprechen hatte sie sich gegeben, vor Columbos Augen. Er war ihr Zeuge.

Der besondere Inhalt des digitalen Briefverkehrs machte es ihr aber fast unmöglich, sich nicht unter ihrem eigenen moralischen Zeigefinger hinwegzuducken. Egal, ob fadenscheinige Entschuldigung oder Rechtfertigung, dieser seltene Blick durchs Schlüsselloch hatte einen erstaunlichen Unterhaltungswert. Und genau diese Ablenkung an diesem traurigen Tag, der alles wieder aufgewirbelt hatte, war ihre Rettung. Offensichtlich wollte sie eine schützende Hand am Todestag ihres Max auf raffinierte Weise davor bewahren, in haltlose Depression zu verfallen. Und das war gut so, denn Sophie ging allmählich die Kraft aus.

Wer wollte es ihr da verdenken, dass sie sich für einen Abend von der Privatsphäre eines Generalkonsuls verführen ließ? Und Verführung war das treffende Wort, denn weit mehr als für die Interessen seines Landes schien sich der fleißige Herr Konsul für die ureigenen Interessen seiner Libido aufzuopfern.

Mit aller Kraft wohlgemerkt. Seine Ehe stand ihm dabei nicht im Weg. Joshua Spencer war offensichtlich ein Mann mit vielen Gesichtern und jemand, der es geschickt verstand, seine vielen delikaten Geheimnisse und Affären im Dunklen zu halten. Jedenfalls bis heute. Die nicht wenigen zwei- bis eindeutigen erotischen Zeilen aus der Korrespondenz des hohen Diplomaten hatten es in sich. Nicht nur die Boulevardpresse würde einen Freudentanz veranstalten, wenn sie davon Wind bekäme. Auch für die restlichen Medien wären die Seitensprünge des Vorzeigediplomaten ein willkommenes Kanonenfutter, um auf die Doppelmoral der bigotten Amerikaner zu feuern. Die Informationen wären Zündstoff für einen handfesten Skandal. Sophie war etwas in den Schoß gefallen, dessen Wert und Brisanz einer kleinen Packung Dynamit gleichkam. Nur, was sollte sie damit anfangen? Sie war versehentlich zur Mitwisserin geworden, und das war es auch schon.

All das ließen sie nicht los. Auch nicht, als sie mit Columbo im Park eine Runde drehte, was ihr normalerweise dabei half, die Dinge klarer zu sehen.

War es denn nicht ihre moralische Pflicht zumindest Spencers Ehefrau gegenüber, dem Liebesrodeo dieses Wildwestcasanovas ein Ende zu bereiten? Mussten Frauen nicht zusammenhalten?

Sophie nahm Columbo einen verschmierten Tennisball, den er extra für sie gefunden hatte, aus dem Maul und warf diesen quer über die tropfnasse Wiese. In der nächsten Sekunde spurtete ihr Vischler einem Torpedo gleich durchs knöchelhohe Gras. Man ließ die Wiesen wachsen, bis zum letzten Schnitt vor dem unausweichlichen Winter.

Ach, Unsinn, weibliche Solidarität, dachte sie. Was ging sie die ganze Angelegenheit überhaupt an? Was kümmerte sie die verkorkste Ehe ihrer Nachbarn, ganz gleich, wie bekannt sie waren und wie bunt sie es trieben? Sophie schüttelte den Kopf. Sie öffnete einen weiteren Knopf ihrer dünnen blauen Kaschmirweste, denn die Morgensonne legte sich bereits mächtig ins Zeug. Noch gab sich der Sommer nicht geschlagen. War es also jetzt so weit mit ihr? Gaffte sie wie eine gelangweilte Hausfrau bei anderen durchs Schlüsselloch, nur weil sich in ihrem Leben nichts mehr tat? Wo bitte war ihr Stolz geblieben? Max würde ihr ordentlich die Leviten lesen.

Nein, sie würde am Montagmorgen dem Konsulat einen nett gemeinten nachbarschaftlichen Besuch abstatten und die Herren freundlich darauf hinweisen, dass ihr ach so geschätztes Internet sich einen kleinen Spaß mit ihnen erlaubt hatte.

So würde sie die Sache abhaken, mit Stil, als nette kleine Anekdote. Und sollte sie Tarzan, so hatte ihn tatsächlich eine Verehrerin genannt, zufällig einmal persönlich gegenüberstehen dürfen, dann würde sie ihn mit einem Augenzwinkern die Hölle heißmachen.

Columbo rannte wild im Kreis, er drehte fast durch vor Freude. Das war sein tägliches Ritual, fünf durchgedrehte Minuten, an denen er wie auf Speed durch den Park fetzte, berauscht von seiner irren Schnelligkeit und der Freiheit.

Der pausenlose Regen der vergangenen Nacht hatte die Stadt reingewaschen. All der Staub und der Dreck der letzten zwei Wochen war weggespült worden, nur ein kleiner Rest sammelte sich noch in großen Pfützen, in denen der eine oder andere Spatz sein morgendliches Bad nahm. Auch für Columbo gab es wohl nichts Phantastischeres als die braune Brühe, die sich überall auf den Gehwegen im Englischen Garten sammelte. Denn entweder sprang er von einer Pfütze zur nächsten, patschte darin herum wie ein Braunbär beim Lachsfischen, oder er trank sie mit seiner großen Zunge halb leer. Es war noch früh am Morgen. Die beste Zeit, denn die meisten Münchner schliefen noch, einige wenige schälten sich vielleicht gerade mühsam aus ihrem Bett.

Sophie und Columbo hatten den riesigen Stadtpark fast für sich allein. Sie mussten ihn nur vereinzelt mit gleichgesinnten Hundefreunden und gelegentlichen nimmermüden Joggern teilen. Dazu gesellten sich an schönen Wochenenden das ein oder andere übrig gebliebene Party-Animal und oder abenteuerlustige Liebespärchen. Alles harmlos im Vergleich zum wilden Trubel, der in wenigen Stunden herrschen würde.

Party-Animal, das passte ganz gut auf den angesehenen Herrn Generalkonsul und liebenden Ehemann. Obwohl sich Joshua Spencer sehr geschickt anstellte, das musste man ihm lassen.

»Eine Nacht mit dir, und man ist süchtig! Du bist eine gefährliche Droge.« So ungefähr lautete das Fazit der E-Mail einer Bankiersgattin aus Frankfurt. Oder wie wär's mit: »Wenn du mich berührst, bebt mein ganzer Körper.« Etwas kitschig, wenn es aber wirklich stimmte, dann Hut ab, Herr Konsul! Sophies Favorit war: »Du bist besser als hundert Männer zusammen.« Sie schmunzelte und ertappte sich bei dem Gedanken, dem heimlichen Verkehr der Liebesbriefe doch noch ein wenig länger lauschen zu wollen.

Als Generalkonsul, noch dazu einer Weltmacht, sollte man selbst im beschaulichen München mehr zu tun haben, als sich ein Netzwerk an verbotenen Liebschaften aufzubauen, dessen Fäden sich quer durch die Betten der ganzen Republik spannten.

Sophie fragte sich, ob Spencers Kollegen auch so fleißig waren? Womöglich war dies ein Kapitel der Völkerverständigung, das ihr bis dato schlicht und einfach entgangen war? Immerhin konnte die Liebe bekanntlich alle Schranken überwinden. Vielleicht sollte sie Spencers amouröse Korrespondenz einfach weiterleiten, damit die Öffentlichkeit Spencer und all den anderen Botschaftern der Liebe die Dankbarkeit entgegenbringen konnte, die sie verdient hatten?

Andere Länder abzuhören war eine Sache, aber selbst vor den Schlafzimmern der Freunde nicht haltzumachen und sich dort auszutoben, eine andere. Sie strich sich amüsiert durch das halblange Haar, das so kräftig war wie vor zwanzig Jahren. Es lag in ihrer Hand, für ein diplomatisches Sommertheater, wenn nicht gar Donnerwetter zu sorgen, das sich gewaschen hatte. Das war ein neues Gefühl, das Sophie noch nicht kannte, das war besser als Schachspielen. Dann wurde ihr klar, welchen Schaden sie anrichten konnte. Spencers italienischem Kollegen hätte das vielleicht imponiert, allen anderen sicher nicht.

Nein, Sophie musste unbedingt am Montag Klarschiff machen, bevor sie sich die Finger verbrannte. Sie war weder die neue Emma Peel noch irgendein Bond-Girl oder Sophie Snowden. Sie war die einsame, traurige, verbitterte Witwe eines Kommissars. Was ging sie der Rest der Welt an?

Plötzlich traf Sophie ein heftiger Schlag. War sie in der einen Sekunde noch in ihre Überlegungen versunken, so lag sie in der nächsten auf dem Boden, halb im Matsch, halb in einer dreckigen Pfütze. Sophie begriff gar nicht, was ihr geschehen war. Ihr Ellbogen schmerzte, und ihre Handflächen fingen an zu brennen. Zwischen den Zähnen hatte sie Erde, die sie ausspuckte. Erst als sie sich den nassen Schmutz aus den Augen rieb, konnte sie erkennen, wem sie das elegante Bodycheck zu verdanken hatte. Drei Männern in Sporthosen, die munter weiter joggten, als wäre Sophie nichts als pure Luft. Nicht einmal der Hauch einer Entschuldigung.

Zehn Minuten später schmerzte ihr Ellbogen mehr als zuvor. Zumindest war das Blut an ihren aufgeschürften Händen getrocknet. Sophie verstand die Welt nicht mehr. Sie sah aus wie eine Schlamm-Catcherin und fühlte sich auch so. Seit zig Jahren drehte sie in diesem Park ihre Runden. Er war einer der friedlichsten Orte, den sie kannte. Hin und wieder kassierte sie einen bösen Blick oder einen genuschelten Kommentar von einem notorischen Motzer. Aber das war das Maximum an Feindseligkeit, das einem hier ins Gesicht schlug. Niederträchtig angerempelt oder gar zu Boden geschubst zu werden, das war bis vor wenigen Minuten unvorstellbar gewesen. Dass man sie eben regelrecht in den Dreck geworfen hatte, das konnte Sophie einfach nicht fassen. Selbst Columbo war so perplex gewesen, dass er es für ein neues lustiges Spiel gehalten hatte. Hätte er ihr nicht vor Freude hechelnd übers Gesicht geleckt, dann hätte sie vor Wut mit der Faust auf den Boden geschlagen. Oder sie hätte geweint. Wahrscheinlich beides zugleich.

Alles war so schnell gegangen! Sie war nicht einmal dazu gekommen, zu protestieren, die Männer zur Rede zu stellen oder ihnen wenigstens hinterherzurufen, was für unverschämte, was für verfluchte Halbstarke sie waren.

Eines wiederum war ihr nicht entgangen. Einen der drei Männer hatte sie erkannt. Persönlich waren sie sich noch nie begegnet, dennoch waren ihr sein Gesicht und seine Bewegungen nicht fremd. Sie kannte beides aus Zeitungen und aus dem Fernsehen.

Und als ihr vollends klar war, wer sie da eben zusammen mit zwei Bodyguards in den Matsch befördert hatte, da hätte es Sophie beinahe ein zweites Mal umgehauen. Denn der Gentleman, der so bedingungslos von seinen beiden Muskelpaketen vor Sophie beschützt wurde, war tatsächlich der honorige Generalkonsul Joshua Spencer selbst. Ausgerechnet ihr Herr Nachbar, der Mann, dessen erotische Achillesferse sich über ihren Schreibtisch spannte.

Der Mann, der sie seit gestern nicht zur Ruhe kommen ließ.

»Welly well, my friend, dann lass dich mal überraschen«, sagte Sophie leise. Von diesem Moment an war sie fest entschlossen, dem kleinen diplomatischen Zwischenfall von eben eine angemessene Antwort folgen zu lassen.

Die Augustsonne schnitt durch das dichte Blattwerk rund um den Biergarten am Chinesischen Turm. Ein letztes Sommerwochenende schickte sich an, die Stadt an der Isar erneut zu verzaubern.

Egon stellte die beiden zapffrischen vollen Maßkrüge vor Sophie auf den Tisch. »Selbst die Liebe, die nicht käuflich ist, kostet viel Geld«, verkündete er laut und ungefragt.

»Bitte wie?« Sophie, in Gedanken wieder bei ihrem Rambo-Nachbarn, blinzelte mit den Augen, weil die Sonne zu stark war. Keine Spur mehr von der regnerischen Nacht, die Wärme war zurück.

Es war typisch für Egon, aus dem Nichts heraus mit einer so sensationellen Lebensweisheit zu brillieren. »Davon, dass Frauen immer so viel Geld kosten. Davon red ich. Anwesende natürlich ausgenommen.«

Ständig stießen an den vielen Nachbartischen um sie herum Bierkrüge zusammen, mal begleitet von sattem, bräsigem Gelächter, mal von künstlich überdrehter Heiterkeit. Beides störte Sophie. »Bist schon ein echter Konfuzius«, lobte sie Egon.

Egon seinerseits machte einen weiteren Knopf an seinem ausgewaschenen hellblauen Hemd aus den Siebzigern auf, das er so liebte und deswegen dreimal besaß. »Sauber dampfig heut«, stöhnte er.

Eine Gruppe junger Amerikaner konnte ihr Glück kaum fassen, grölend einen ganzen Liter Bier in den Händen halten zu dürfen. Und das ohne ihren Ausweis fälschen zu müssen. »Yeah! German beer!«, jauchzten sie.

Sophie zuckte mit den Achseln. »Käufliche Liebe? Kommt dir doch wunderbar entgegen.«

»Aber Cherie, man wird ja wohl den Verlust der Romantik beklagen dürfen, hm?« Egon klimperte mit seinen großen Waschbäraugen. »Der bedingungslosen, wahren Liebe nachtrauern?« Dann machte er seinen Zug. »Schach und Prost.«

Schlawiner! Mit seinem Springer hatte Egon sie völlig unerwartet in die Ecke getrieben. Das liebevoll aus Nussholz gefertigte Schachbrett mochte genauso unschuldig wie zuvor zwischen ihnen stehen, aber das täuschte. Es sah nicht mehr gut aus für Sophie. Wollte sie die Partie noch zu ihren Gunsten drehen, dann musste sie ab jetzt sehr auf der Hut sein, denn Egon war mit allen Wassern gewaschen. Beim Schachspiel kannte er kein Pardon. Wahrscheinlich wollte er sie mit seinem Gefasel über die Liebe nur ablenken. Ein Mistkerl war er. Aber das konnte ihm so passen!

Ein Bub brach in einen lauten Weinkrampf aus, weil ein Labrador vor ihm ordentlich Sitz gemacht hatte und um ein Stück Bratwurst bettelte. Columbo, der zwischen den Schachspielern auf dem Boden lag, schlug nur kurz und sichtlich gelangweilt die Augen auf. Er wusste, dass für ihn im Biergarten nichts zu holen war, dazu war er leider zu gut erzogen. Also wozu die ganze Aufregung?

Sophie versuchte sich auf ihren nächsten Zug zu konzentrieren, aber bitte wie? Bei diesem Lärm? Es waren zu viele Menschen um sie herum. Außerdem wollte ihr Handknöchel einfach keine Ruhe geben, und der beißende

Schmerz im Ellbogen war in ein ständiges Pochen und Ziehen übergegangen. Danke noch mal, Herr Generalkonsul!

Der Einzige, dem der Trubel überhaupt nichts auszumachen schien, war Egon. Trotz seiner vierundvierzig Jahre gluckste er fröhlich wie ein kleiner Junge vor sich hin und genoss es sichtlich, seine beste Freundin schwitzen zu sehen. Von ihrem kleinen Unfall hatte sie ihm nichts erzählt. Auf die Schürfwunden am Handballen angesprochen, hatte Sophie nur abgewunken, nicht der Rede wert. Das musste Egon genügen.

Bis in die Schulzeit ging ihre Freundschaft zurück. Egon war damals zwar drei Stufen über Sophie gewesen, zu dieser Zeit ein schier unüberwindbarer Klassenunterschied, aber ihre Faszination für Schach hatte sie beide damals schnell zusammengeführt. Immerhin war die Kleine aus der Unterstufe, die Einzige gewesen, die den verrückten Frauenschwarm mit ihren ausgebufften Zügen hatte schlagen können. Dabei war es seitdem geblieben. Einzig Sophie, so schien es, konnte bis heute diesem lebenshungrigen Dampfkessel von einem Mann ernsthaft Paroli bieten. Für Egon gab es nur Extreme, bei allem, was er anfasste. War es das Essen, das Trinken, die Frauen oder seine größte Leidenschaft, die Malerei. Sein massiger Körper kannte keinen Ruhepuls. Der Mann war ein wandelnder Schiffsmotor, ständig in Bewegung und mit einem genauso kraftstrotzenden wie großen Herzen. Dafür liebte Sophie ihren besten Freund, und deswegen verzieh sie ihm fast alles. Auch diese hinterhältige Attacke mit dem Springer. »Ich weiß genau, was du vorhast! Du Mistkerl!«

»Tschörmän Bieeerrrrr!«, sang der Chor der College-Studenten aus Oklahoma enthusiastisch aus voller Brust, aber leider mit wenig Talent.

»Schön, dass sich die jungen Amerikaner schon in diesem zarten Alter so an unsere Kultur berauschen können«, sagte Egon grinsend.

»Tja, drüben müssten sie dafür eine Nacht ins Gefängnis«, merkte Sophie trocken an. Natürlich musste sie unweigerlich an Joshua Spencer denken. Ihr Racheplan war noch nicht zu Ende geschmiedet.

Egon kam ins Grübeln. »Zum Glück bin ich in Europa groß geworden.«

Damit brachte er sie wieder mal zum Lachen. Egon war ein Riesenbaby, ein Bär, man musste ihn einfach liebhaben. Mehr als eine tiefe Freundschaft allerdings war von keiner Seite aus jemals zur Debatte gestanden. Nein, Egon und Sophie gingen tatsächlich für immer gemeinsam durchs Leben, als Freunde. Vom ersten bis zum letzten Schachmatt.

Sie konzentrierte sich auf ihren nächsten, vielleicht alles entscheidenden Zug. »Angenehm ruhig hier heute.«

Wie auf ein Stichwort hatten sie plötzlich eine laut schwäbelnde Kleinfamilie als neue Tischnachbarn. Der bebrillte, junge Lehrertyp dirigierte die beiden Kinder und seine Frau, die ihn zum Verwechseln ähnlich sah, mit einer wirklich bemitleidenswerten Stimmbruchstimme auf ihre Plätze. Während sich die vier umständlich ihrer bunt gesprenkelten Fahrradhelme, reflektierenden Rucksäcke und leuchtenden Warnwesten entledigten, kam sich Sophie langsam vor wie bei einem Schachturnier im Legoland. Wie sollten ihr dabei die richtigen Züge einfallen?

Mürrisch beäugte Egon den vierköpfigen Rennstall in Schutzausrüstung. »Des Fahrradfahren, des scheint ja saugefährlich geworden zu sein, heutzutage«, kommentierte er.

Es war eine Ausnahme, dass sie beide ihre Figuren hier bei alldem Trubel aufeinanderhetzten. Vor allem an einem solchen Tag, an dem die vielen Tische, die sich um den Chinesischen Turm, eine mehrstöckige alte Holzpagode, aufreihten, von komplett Süddeutschland samt seinen Gästen aus aller Welt in Beschlag genommen wurden.

»Tschöööörmän Biiiieeerrrrr!«, jaulten zur Abwechslung jetzt nur die Collegegirls und präsentierten dabei stolz ihre neuen T-Shirts, auf die großbusige Dirndl-Dekolletés gedruckt waren.

Wie viel lieber wäre Sophie jetzt in ihrer Dachgeschosswohnung, hoch über den Baumwipfeln des Englischen Gartens, hoch über dem Geplapper und Gewusel seiner Besucher. Sie hätte ihnen beiden einen Eiskaffee oder ein Glas kühlen Weißwein serviert, und das Durcheinander der vielen Menschen hätte sich zu einem sanften Rauschen reduziert.

Aber Egon hatte darauf bestanden. Er könne einfach nicht mehr mit ansehen, wie sie sich von Tag zu Tag mehr und mehr in ihrer Wohnung einigle, verschanze wie eine Nachteule. »Hör endlich auf, vor der Welt davonzulaufen!«, hatte er sie wohlwollend getadelt. Und sie hatte nachgegeben, was sie längst bereute.

Mit einem derartigen Ansturm auf die Münchner Biergärten hatten sie beide nicht gerechnet. »Müssen die alle nix arbeiten?«

»Es ist Sonntag, Egon.«

»Da schau her, schon wieder.«

Die schwäbische Musterfamilie türmte nun mehrere Dutzend Tupperware-Dosen auf dem Tisch auf und zauberte beinahe jeden Exportschlager der Schwabenküche hervor, der sich in Plastikdosen verpacken ließ. Als Krönung der fürstlichen Sparsamkeit teilte man sich zu viert eine Radlerhalbe, natürlich alkoholfrei. Die lassen es krachen, dachte Sophie.

Ganz anders eine dünne bis magersüchtige Partymaus, die einer Art Edelrocker laut hinterherschrie: »Ey, Goran, ey, mach mal langsamer!«, während sie gleichzeitig eine Handtasche, ein Handy, zwei Krüge Prosecco, eine Riesenbrezen sowie zwei Steckerlfische und sich selber auf Stilettos balancierte.

Egon meldete sich wieder mit einer Weisheit zu Wort. »Noch schlimmer: Liebe machen? Was für ein verlogenes Oxymoron. Da find ich Bumsen einfach ehrlicher. Bumsen!« Laut ließ er sich das Wort wie ein Stück Schokolade auf der Zunge zergehen.

Die Tupperware-Party hörte in der Sekunde auf zu kauen. Der Familienvorstand, der als Einziger weiter seinen Helm trug, lief hochrot an.

Was sein Umfeld von ihm dachte, das war Egon seit jeher wurscht. Vielmehr machte er sich gern einen Spaß daraus, andere vor den Kopf zu stoßen.

»Mami, was ist bumsen?«, hakte der wissbegierige kleine Lehrersohn nach. Und Mama mit dem Meckischnitt hatte prompt die perfekte pädagogische Antwort parat: »Äh, also ein Geräusch, wenn etwas auf den Boden fällt. Dann macht es Bums! Kennst du doch, Albert.«

Sophie sah sich die kluge Frau genauer an. Ob ihr wohl bewusst war, dass der kleine Albert Einstein spätestens in der 1.Klasse von seinen Klassenkameraden auf dem Pausenhof die ganze nackte Wahrheit präsentiert bekommen würde, in Farbe, per bewegtem Handybild?

»Lass dir ruhig Zeit. Nur nicht hetzen«, sagte Egon gönnerhaft, denn …

Sophie wollte der rettende Zug offenbar nicht einfallen. Angestrengt runzelte sie die Stirn.

Zwei eingefleischte Fußballfans in voller Spielermontur torkelten gerade, jeder mit fünf Bierkrügen in der Hand, zum Rest ihrer Fan-Mannschaft. »BAAAYERN!« Die ebenso überraschende wie stimmgewaltige Antwort kam sofort, im Chor versteht sich. »BAAAAAYERN!«

Dann fiel der geschulte Blick der beiden Rekordmeister auf Sophies König, der im hinterhältigen Schach stand. »Ui, schau da, die spielen Mühle!«

»Quatsch! Du Idiot! Des is Backgammon!«, korrigierte ihn umgehend sein Mannschaftskollege.

Sophie war beeindruckt. Konnte man wirklich so blöd sein? Egon zuckte nur belustigt mit den Schultern, während er in seinem beigen Sakko, das neben ihm lag, nach seinen Zigaretten kramte.

In dieser Sekunde ließ der aufgeweckte kleine Albert den Glaskrug mit dem Rest der Familienlimo auf den Boden knallen. Das viel zu kurze Klirren beim Aufprall hatte ihn sehr enttäuscht, also vertonte er kurzerhand selber nach und schrie aus voller Brust: »Bums! Bumsen! Bums!«, und schlug dazu synchron mit den Fäusten auf den Tisch, dass die Schachfiguren tanzten.

Womit er seine antiautoritären Eltern vor die nächste große pädagogische Herausforderung stellte. Sie baten ihr Genie, sich bitte zu beruhigen, sie könnten das nicht gutheißen, er solle bitte über sein Verhalten nachdenken. »Mit deinem Habitus sind wir nicht einverstanden!«, betonten die Eltern fast gleichzeitig.

Hatte Sophie da richtig gehört? Habitus?

Albert war selbstverständlich schwer beeindruckt und kam so richtig in Fahrt: »Buuuuumsen! Bumsen!«

Das Lehrerpaar belegte ihren uneinsichtigen Sohn daraufhin mit der höchsten vorstellbaren Strafe: Sie beschlossen, ihn zu ignorieren.

»Bums! Bums! Bumsssssssen!« Albert genoss es sichtlich, seine Eltern zu ärgern.

»Da sehen Sie mal, was Sie angerichtet haben!«, schimpfte der Lehrervater Egon.

Doch Egon hielt sich vor Lachen den Bauch und antwortete: »Jetzt versteh ich, warum du den Helm aufhast. Nix für ungut, Bürscherl.«

»Also Ihr Verhalten! Damit bin ich nicht einverstanden!«, mischte sich nun auch die Lehrer-Mami ein.

Daraufhin tat Sophie, die für ihre Geduld und ihr Nachsehen berüchtigt war, etwas, was man bei Sophie Marquard früher nie gesehen hätte. Sie nahm ihren König und legte ihn matt auf das Spielbrett. Das war's. Sie gab auf. Entnervt massierte sie ihren pochenden Ellbogen. »Ich bin auch nicht einverstanden.« Sie stand auf. »Mit dem Habitus nicht. Und nicht mit diesem ganzen verdammten Tag!«

Egon war völlig perplex. So dünnhäutig hatte er sie seit langem nicht mehr erlebt. Er musterte seine Sophie eingehend und machte sich noch mehr Sorgen als sowieso all die Tage zuvor. So ging es nicht mehr lange gut mit ihr. Er folgte ihr, aber nicht ohne sich von Albert zu verabschieden: »Gut so, Kleiner, weiter so! Du wirst einmal ein ganz, ein Großer!«

2

Ordnung. Immer wieder Ordnung. Ordnung und Sauberkeit. Würde man ihn fragen, was ihm beim Gedanken an die Deutschen als Erstes in den Sinn käme, so wären es diese beiden Begriffe. Mochten in Singapur Kaugummis verboten und im Zwergenstaat Monaco selbst Müllmänner glückliche Millionäre sein, Josh Spencer fiel kein Land ein, in dem es sauberer und ordentlicher zuging als hier. Sicher, auch die Schweizer waren sauber und ordentlich, aber wer bitte nahm die Schweiz noch ernst? Außerdem, sprachen die nicht auch Deutsch? Die deutsche Sprache! Selbst da war alles »in Ordnung«. Wie geht's dir? Alles in Ordnung? Josh Spencer fragte sich, wie man sich nur um Himmels willen »in Ordnung« fühlen konnte. Die Welt schien für jeden Deutschen ein Chaos zu sein, und das galt es in Ordnung zu bringen. Man musste sich ordentlich benehmen, ein Leben in Ordnung halten, untergeordnet, abgeheftet in Ordnern.

Seit fünf Jahren lebte er nun schon hier, dazu die zwei Jahre als Austauschstudent, damals in den Siebzigern. Ohne Frage, die Menschen und das Land waren immer gut zu ihm gewesen, freundlich, aufgeschlossen, gebildet und manchmal, leider nur in den seltensten Fällen, sogar humorvoll. Trotzdem, genug war genug. Jetzt war es Zeit zu gehen. Josh Spencer hatte seine Pflicht erfüllt, mehr als »ordentlich«.

Es warteten höhere Aufgaben auf den Generalkonsul der USA. Von Anfang an war klar gewesen, dass München nur ein netter kleiner Zwischenstopp sein sollte. Ein Start. Er musterte sich in der Spiegelung des raumhohen Fensters in seinem Büro und sah einen Mann, der sofort Vertrauen erweckte, einen charmanten Anführer, auf den die hohe Politik wartete. Der samtgraue Dreiteiler war perfekt auf ihn zugeschneidert. Keine einzige Falte warf er. Wie auch? Schließlich war Josh Spencer in Toppform, und dafür tat er auch einiges. Jeden zweiten Morgen gingen er und Pete laufen. Dazu Krafttraining, wenig Kohlenhydrate, Vitaminpillen, viel Wasser, wenn Alkohol, dann nur den besten.

Die silbergrauen Strähnen in seinem tadellos getrimmten, dichten Haar gehörten einem Dressman, seine stahlblauen Augen schienen selbstbewusst in eine goldene Zukunft zu sehen. Zugegeben nicht mehr ganz so jugendlich wie bei einem Helden auf einem Kinoplakat, eher leicht visionär wie, er überlegte, wie ein ergrauter Kennedy. Er lachte über sich, über seinen kleinen Anflug von Größenwahn. Aber den erlaubte er sich hin und wieder. Denn anders, so schien es, wurde es immer schwerer, in der sich ständig wandelnden verrückten Welt sein Ziel vor Augen zu behalten.

Der da oben hatte es gut mit ihm gemeint. Dafür war er ihm dankbar. Sanft spitzte er die Lippen und prostete mit einem halbvollen Glas Bourbon dem Mann zu, dem sie vor zwanzig Jahren niemals zugetraut hätten, auch nur einen Hauch von Verantwortung zu übernehmen, geschweige denn, dass er es einmal in die hohe Welt der Diplomatie schaffen würde. Der Whiskey wärmte seinen Körper und gab ihm zusätzlich Kraft. Er dachte an seine junge Frau, eine Göttin, zumindest äußerlich. April Spencer zwar war erst achtundzwanzig, über zwanzig Jahre jünger als er, aber allen anderen in ihrer Generation, allen voran den naiven männlichen Grünschnäbeln ihres Alters, haushoch überlegen. Mit ihrem perfekten Gesicht, ihrem wachen

Köpfchen und, nicht zu vergessen, ihrem atemberaubenden Körper war sie eine wahre Wunderwaffe der Natur. Er verstand nur zu gut, dass April mit dem bescheidenen gesellschaftlichen Leben, das München zu bieten hatte, komplett unterfordert war.

Sicherlich mochte es für sie schmeichelhaft gewesen sein, als die wunderschöne Frau des US-Generalkonsuls tagsüber in den Boutiquen und abends bei den wenigen Galadiners wie ein kleiner Weltstar hofiert zu werden. Nur, was bedeutete das schon? Einer Frau ihres Kalibers standen in New York oder Washington ganz andere Türen offen. Weltmetropolen sollten ihre Bühne sein. Wen kümmerte dieses verschlafene Nest an der Isar, das nur für sein Oktoberfest bekannt war? Er musste ihr weit mehr bieten, das war ihm klar.

Wenige Monate noch, dann war es so weit. Dann würden sich die Spencers von München, von Deutschland verabschieden und als neues Power-Couple zu Hause in den USA für Furore sorgen. Die amerikanischen Society-Blätter durften sich auf etwas gefasst machen. Und dann würde er in Florida kandidieren! Er sah alles genau vor sich. Als Kongressabgeordneter oder besser gleich als Gouverneur?

In diesem Moment klopfte es an der schweren Bürotür. Ohne auf eine Antwort zu warten, trat Pete Delray ein. »Haben sie eine Minute?«

Keine Spur von Emotion in seiner Stimme. Delray, Sicherheitschef, Vertrauter, Assistent und Freund in einem. Die US-Marines vermissten ihren jungen Aussteiger bis heute, obwohl es einige Jahre her war, dass sich Delray für einen Job an der Seite eines Politikers entschieden hatte. Den strammen Gang eines Offiziers allerdings hatte er beibehalten. In seinen Augen verlieh ihm das eine bemerkenswerte Autorität. Sein Anzug hatte seine Mühe, die bullige Kraft des schlanken Ex-Marines zu bändigen. Delray bemerkte missbilligend den Drink in der Hand seines Chefs. Der kleine Barschrank öffnete seine Türen immer früher.

»Hi, Pete, auch einen?«, fragte Josh Spencer, gerade eben, weil er wusste, dass Delray keinen Tropfen Alkohol trank. Niemals.

»Danke, Josh, ein anderes Mal. Wir haben heute zwei Memos aus DC, später das Essen mit dem BMW-Vorstand. Und ich soll Sie erinnern, an die Charity-Sache. Die Spencer-Kids? Ist das wirklich nötig? Lauter verzogene deutsche Bengel auf Ihre Kosten in die USA zu schicken?« Delray legte einen Stapel dünner Akten auf den Schreibtisch.

»Pete, wir hätten uns bei der Frau heute Morgen ordentlich entschuldigen sollen!«

»Es war ihr Fehler.«

»Wie bitte?«

»Zur falschen Zeit am falschen Ort. Sicherheit geht vor.« Delray stellte sich neben seinen Chef ans Fenster und klopfte mit dem Finger an die Scheibe. »Zu viel Glas!« Er schüttelte verächtlich den Kopf. »Das wäre heutzutage undenkbar.«

Seltsamer Vogel, dachte sich der Generalkonsul. Delray konnte nicht lockerlassen, er war immer in Alarmbereitschaft. »Ich darf dich daran erinnern, die bärtigen Jungs, die sich in fensterlosen Höhlen verkriechen, das sind die anderen.« Spencer schenkte sich nach. »Und außerdem, ja, die Spencer-Kids sind mir wichtig«, sagte er. »Sie fliegen ja nicht an Floridas Strände, sondern in ein Ghetto von Washington, um zu sehen, wo der falsche Weg sie hinführen kann.«

Delray hörte nicht wirklich zu. »Ein guter Sniperschütze, ein Wärmesucher, dazu ein anständiges Gewehr und dann …« Delray stubste sich mit dem Zeigefinger auf die Stirn. »Paff!«

»Bis jetzt hab ich es überlebt. Wir sind hier in Bayern und nicht am Hindukusch.«

Delray verzog keine Miene. »Das heißt gar nichts.«

»Die Frauen hier tragen einladende Dirndl und keine Burka. Außerdem haben wir ja dich und deine Jungs. Dafür, dass mir keiner mit seinem Wärmesucher mein Büro ruiniert.«

Delray drehte sich um und runzelte die Stirn. »Es liegt was in der Luft, das spüre ich!«

»Ja, unser Flug in die Heimat«, frohlockte Joshua Spencer. »Aber vorher sollten wir der Frau ein paar Blumen schicken, als Entschuldigung. Immerhin haben wir einen Ruf zu verlieren.«

»Dafür ist es zu spät.«

Der Generalkonsul war etwas verunsichert. »Wie meinst du das?«

»Wir kennen sie nicht. Eine namenlose Passantin. Punkt.«

Keiner der beiden ahnte, dass sich dies sehr bald ändern würde.

Kaum war Maria, ihre Putzfrau, gegangen, da war es endlich still. Ruhe. Keine Stimmen mehr. Ihr war kalt. Sie hatte Angst vor dem, was kam. Angst vor jedem neuen Tag, weil ohne Max nichts mehr einen Sinn hatte. Die Momente, in denen sie in das große dunkle Loch zu fallen drohte, kamen immer häufiger. Sie erkannte sich selbst nicht mehr wieder. Was war aus ihr geworden? Vor jemandem wie sie hätte sie früher keinen Respekt gehabt. Trotzdem ließ sie sich wieder davontragen. Schloss die Augen und ließ sich treiben.

Erst Columbos tiefes Schnaufen holte Sophie in die Realität zurück. Sie war wieder bei Max gewesen.

»Ich weiß ja, der Herr wünscht zu speisen.«

Und als könnte Columbo sie tatsächlich verstehen, riss er die Augen auf und hechelte aufgeregt.

Heute gab es endlich Hühnerherzen. Sophie gönnte sich einen Kaffee. Sie wusste, ohne ihren Wischler hätte sie schon längst aufgegeben. Er war ihre Brücke in die Vergangenheit. Manchmal bildete sie sich ein, es hätte den schrecklichen Tag nie gegeben und Max würde im nächsten Moment die Tür aufsperren. Er würde seinem Spatzl wie jeden Abend einen Kuss geben und ihr kurz darauf Tratsch und Geschichten aus dem Präsidium anvertrauen. Vermutlich würden sie die neueste Entwicklung in einem aktuellen Fall besprechen. Er hatte sie immer so behandelt, als wäre auch sie eine Kommissarin. Eine Kollegin, mit der er Verdächtige abklopfte, Hinweise analysierte und mögliche Motive ergründete. Streng genommen hätte er sie natürlich nie einweihen dürfen. Amtsgeheimnisse, die ein Hauptkommissar für sich zu behalten hatte. Aber daran hatte er sich nie gehalten, denn die Einsichten seiner Frau waren ihm viel zu wertvoll und manchmal sogar hilfreich gewesen. Unter keinen Umständen wollte er auf die messerscharfen Analysen seiner klugen Schachspielerin verzichten. »Du kannst so wunderbar verwinkelt denken«, hatte er sie gelobt. »Deine mysteriösen dunklen Rehaugen sehen Dinge, die mir entgehen.« Kaum ein Tag, an dem er sie nicht mit einem übertriebenen Kompliment in Verlegenheit gebracht hatte, um sie gleich darauf fest in die Arme zu nehmen.

Längst war auch das letzte Hühnerherz verschlungen,

Columbo hätte sich am liebsten noch über eine ganze Hühnerfarm hergemacht, aber das musste warten. Wie um sich zu bedanken, schleckte er jetzt Sophies Hand. Oder er wollte sie trösten, denn er schien immer genau zu wissen, wie sich sein Frauchen gerade fühlte.

Es machte wieder »Pling«. Ihr Computer verkündete mit sachlicher Begeisterung: Es gab Neuigkeiten.

Sophie ballte die Faust. Ein Fehler, denn der darauffolgende Stich ging diesmal von der Handwurzel über das Armgelenk bis zur Schulter hinauf. Widerwillig, nur angetrieben von ihrer Wut, nahm sie an ihrem Schreibtisch Platz.

Sophie und das Internet, das war eine Art Hassliebe. Seit der Einführung des Computers in die Arbeitswelt war nicht eine einzige Minute eingespart worden. Alles wurde durch die vielen Stunden für Wartung, Aktualisierung, Konvertierung, Virenschutz und, wer weiß nicht was, wieder aufgehoben. Der Mensch wurde zunehmend digitalisiert, durchsichtig, versklavt, war aber gleichzeitig geradezu entzückt darüber, jeden Preis dafür zu zahlen. Komplette Überwachung for free. Algorithmen waren längst die wahren Herrscher. Sie konnten vorhersagen, was man kaufen wollte, bevor man es überhaupt selber wusste. Sie wussten, wann man krank wurde, was toll war für Versicherungen, wann man höchstwahrscheinlich verstarb, wer wann einen Seitensprung plante oder ein Verbrechen begehen würde. Wahrsager mit Turban und Kristallkugel durften in Rente gehen. Die Menschen, ab sofort degradiert zum dankbaren Platzhalter in einem gigantischen, universellen Zahlenspiel. Eigentlich überflüssig.

Andererseits konnte auch Sophie sich der Verlockung kaum entziehen, sich nur die Nachrichten herauszusuchen, die sie wirklich interessierten, gleichzeitig zu beobachten, wie alles und jeder zunehmend manipuliert wurde, oder sich einfach mit Schachliebhabern auf der ganzen Welt auszutauschen und komplette Turniere Zug um Zug zu verfolgen. Sie war ebenfalls gefangen im Netz. Immerhin versuchte sie die Maschen möglichst groß zu halten.

Das Spiel der Könige und das Internet ergänzten sich perfekt. Aus der kleinen täglichen Schachseite in der Zeitung war ein schier unendliches Spielfeld an Zügen und Möglichkeiten geworden. Die Welt war ihr Schachbrett. Umgekehrt bestand die Gefahr ebenso. Schnell wurde man zur kleinen Figur in einem viel größeren Spiel.

War Sophie im echten Leben immer menschenscheuer geworden, in der virtuellen Welt war sie Teil einer großen Schach-Community. Sie hatte Freunde oder, besser gesagt, Bekannte rund um den ganzen Globus. Keinen einzigen davon hat sie jemals wirklich zu Gesicht bekommen. Besser so. Gesichter konnten viel zu sehr ablenken. Das Spiel eines Menschen, seine Züge, seine Strategie verrieten weit mehr über ihn als hundert Sätze. Sophie konnte im Spiel eines Menschen lesen. Nur so war es ihr möglich, ihre Gegner immer wieder zu schlagen. Nur in der anonymen Netzwelt wagte Sophie, wieder eine Art Beziehung zu anderen Menschen aufzubauen.

Allerdings ahnte Sophie, dass das »Pling«, das sie gerade vernommen hatte, nicht ihr galt, sondern ihrem netten Nachbarn.

»Sehen wir uns heute Nacht?«, schrieb Valerie.

Pling! »Muss mich heute um meine Frau kümmern.«

Prompte Antwort, dachte sich Sophie. Ganz schön ehrlich, der treusorgende Ehemann, vorbildlich geradezu. Sie wollte aufstehen, denn ihr war nach einem Kaffee. Ein erneutes »Pling« hielt sie davon ab.

»Und wer kümmert sich um mich?« Das Turteltäubchen

blieb hartnäckig. Pling! »Wie soll ich mich denn kümmern?«

Sofort: Pling! »Lang, Cheri!« Pling! »Und …« Pling! »… feste!«

»Oh, là,là!«, rief Sophie aus. Wurde sie jetzt etwa rot? Plötzlich kam ihr eine Idee. Konnte sie in den Dialog eingreifen? Sollte sie eine kleine Gemeinheit zurückschreiben? Für Verwirrung sorgen? Monsieur Konsul die Tour vermasseln? Wie wär's mit: Lang und feste ist bereits ausgebucht. Oder: Meine Frau war schneller. Und: Du kannst gern vorbeikommen?

Ihr war nach Rache, aber sie zögerte. Ihre Finger schwebten über der Tastatur, vorsichtig, fast so, als könnte sie sich buchstäblich die Spitzen verbrennen.

Plötzlich schnitt ein Schmerz wie ein langsamer Messerstich durch ihren Unterarm. Ihre Hand wollte keine Ruhe geben. Verfluchter Spencer! Nein, nur ein kleines Durcheinander, das war zu wenig. Sophie wollte mit ansehen können, wie der selbstherrliche Herr Konsul litt. Sie wollte live dabei sein. Doch dazu brauchte es einen Schlachtplan.

»Diese Handtasche, meine Liebe, diese eine Handtasche wurde nur für Sie gemacht.«

»Ach, das sagen Sie doch jeder Kundin!«

»Nein, glauben Sie mir, wenn ich Sie Ihnen nicht verkaufen darf, dann, dann verbrenne ich sie! Hier und jetzt!« Der androgyne Verkäufer meinte das todernst, trotz des Singsangs in seiner Stimme.

»Na gut, Fabrizio, packen Sie das Zauberstück ein. Verbrennen? Das kann ich nicht verantworten.« April Spencer liebte solche Verkaufsgespräche. Sie gaben ihr das Gefühl von Kultiviertheit, von Klasse, ja, es hatte sogar etwas Erotisches. Auch wenn ihr klar war, dass Fabrizios lüsterne Blicke nur knackigen Männerpopos galten. An ihr interessierte ihn einzig die Kreditkarte, und selbst die gehörte genau genommen einem Mann, nämlich ihrem.

Ansonsten konnte sich April über mangelndes Interesse von Männern wirklich nicht beklagen. Fabrizio war eine seltene Ausnahme, denn sonst drehten sich sogar die schwulen Männer nach ihr um. Sie war eine Erscheinung, ein Geschenk Gottes an die Menschheit. Kein Zweifel, April hatte besonders großes Glück gehabt, nicht nur was ihr Äußeres betraf. Allerdings, Glück war eine Sache, harte Arbeit und Disziplin dagegen waren etwas ganz anderes. Und darin lag der eigentliche Schlüssel zum Erfolg. Die richtigen Cremes, Massagen, ein begabter Friseur, viel Schlaf, Bewegung, frische Luft, noch mal viel Schlaf, und natürlich die richtige Mischung aus Magersucht, Bulimie und reinstem Koks. Darauf kam es an.

Ihr Aussehen betrachtete April Spencer als ihren Job, und diesen nahm sie verdammt ernst. Dass dazu auch die richtige Ausstattung notwendig war, das erklärte sich wohl von selbst. Diese Handtasche hier, die das Monatsgehalt einer gehobenen Angestellten locker übertraf, gehörte genauso zu ihrem Job wie die anderen kostbaren Fundstücke in ihren aufwendig bedruckten Einkaufstüten. Schließlich war sie die Frau des Generalkonsuls! Er repräsentierte eine Supermacht, genau genommen die einzige. Und sie unterstützte ihn dabei, pausenlos, auf ihre Art.

Niemand wagte zu leugnen, dass sie eine Art First Lady war, so wie ihre großen Vorbilder. Wie Jackie Kennedy, Nancy Reagan oder Michelle Obama. Sie war First Class. Oder meinten die Münchner etwa, sie bekämen jemals mehr geboten? Die Menschen hier konnten ihr weiß Gott mehr als dankbar sein für den Glamour und den Glanz, den sie in dieses unbedeutende Nest abseits vom Weltgeschehen brachte. Da war ja der letzte Vorort von Denver spannender. Und die Frauen? Keine inspirierende Konkurrenz, weit und breit. Selbst das Botox, an das sich manche klammerten, hatte irgendwas von Gestern. Worüber sollte sie sich mit denen unterhalten? Das perfekte Dirndl? Den Stau nach Kitzbühel? Die neusten Modetrends aus Grünwald? Die meisten von ihnen kannten die Fifth Avenue doch allenfalls von Monopoly oder so. Sweet Jesus, zum Glück hatte ihr Gastspiel in diesem Kaff bald ein Ende.

Mit sich und ihrem Universum im Reinen wandelte die natürlich perfekt gestylte Mrs. Joshua Spencer die Maximilianstraße entlang. Von links und rechts wurde sie anerkennend, nicht selten gar bewundernd, gegrüßt. Es verstand sich von selbst, dass sie in der Isarmetropole eine kleine Berühmtheit war. Wann immer sie eine Gala oder ein Konzert mit ihrer Anwesenheit krönte, konnte man davon ausgehen, dass sich am nächsten Morgen die Gesellschaftsseiten der lokalen und auch der bundesweiten Presse mit Lobeshymnen überschlugen und diese mit einem großen Foto von der »schönen Botschafterin« perfekt abrundeten. Jedes Foto von April Spencer hatte das Zeug zur Titelseite. Sie lehrte gut bezahlten Topmodels das Fürchten. »Der atemberaubendste Export der USA« titelte erst letzten Monat das wichtigste deutsche Frauenmagazin.

Natürlich färbte einiges von diesem Scheinwerferlicht auf ihren Mann ab. Der US-Botschafter in Berlin hatte sich angeblich schon in Washington beschwert, dass ihn in der Hauptstadt keiner mehr ernst nähme, weil alle nur nach München schauten. Alle redeten allein von Joshua Spencer und seiner umwerfenden Gattin mit diesem jugendlichen Charme.

Joshua hatte wahrlich allen Grund, ihr dankbar zu sein. So viele Handtaschen konnte er ihr gar nicht kaufen. Ehrlich gesagt, kam er mit ein bisschen Gucci, Prada und Cartier viel zu billig davon. Joshua hatte sich zwar gut gehalten, aber erst sie, April, die viel jüngere Schönheit an seiner Seite, machte ihn zum wahren Helden. Nicht wenige mochten ihn um seinen Posten im Amt beneiden, ausnahmslos jeder beneidete ihn um seinen Posten im Schlafzimmer. Der Neid der anderen, das war Balsam für ihre Seele.

Von seinem mickrigen Konsulgehalt hätte Josh sich seinen Engel natürlich nicht leisten können. Was waren schon die paar Dollar aus Washington.

Da traf es sich gut, dass Joshua von Haus aus ein vermögender Mann war, um nicht zu sagen stinkreich, Alleinerbe, alter Geldadel aus Florida, hochangesehene Familie und so weiter. Sie zog ihren kurzen Rock zurecht und blinzelte fröhlich in die Sonne. Ach, sie war ja noch soooo jung. April kicherte in sich hinein.

Aber Geld war nicht alles, das wusste jedes Kind. Was zählte, waren Beziehungen. Nur wenige wussten, dass Joshua Spencer seinen Job als Konsul nur einer sehr großzügigen Wahlkampfspende an den Präsidenten zu verdanken hatte. Früh hatte er auf das richtige Pferd gesetzt und dann alles gewonnen. Ein Geben und Nehmen, so war das ganze Leben.

Sie und Joshua waren ein perfektes Team. Er hatte Geld und Beziehungen, sie ein unwiderstehliches Spiegelbild, das jeden schwach werden ließ.

Deutschland war nur ein Test gewesen. Vor ihnen standen große, viel bedeutendere Aufgaben. Sie fühlte sich herrlich! Einfach großartig! Und das, obwohl sie heute noch gar keine Line gezogen hatte.

3

Ein Mann ist immer nur so stark wie die Frau an seiner Seite. Das wurde einem alljährlich bei der Oscar-Verleihung von den Preisträgern mit gekonnten Gefühlsausbrüchen vorgespielt. Sophie schnippte mit den Fingern. »Oder so schwach wie die vielen Frauen, mit denen er sie betrügt.«

Schläfrig wie eh und je, aber seit ein paar Jahren beschützt wie ein Außenposten in Feindesland, lag vor ihrem Fenster das Konsulatsgebäude. Sophie fühlte sich jedes Mal an einen Schuhkarton auf Krücken erinnert. Ursprünglich war es die Absicht des Architekten Sep Ruf gewesen, ein modernes, durchlässiges Haus zu errichten, das beinahe schwebend schwerelos in eine bessere Welt einlud. In den fünfziger oder sechziger Jahren war dies für so ein zerbombtes Grundstück sicher eine fortschrittliche und löbliche Idee gewesen. Keine einschüchternden Protzbauten mehr, stattdessen demokratischer Neuanfang.

Heute allerdings schwebte nichts mehr. Im Gegenteil, der Kasten wurde von diversen scharfen Mauern und Zäunen aufgespießt. Kameras und Wachleute erstickten jede Durchlässigkeit im Keim. Sicherheit war das Gebot der Stunde. Die gläserne Utopie hat sich in eine mittelalterliche Burg verwandelt, die sich gegen alles und jeden zur Wehr setzte. Jeder darin musste sich unweigerlich wie in einem Gefängnis fühlen. War deswegen doch eher Mitleid angebracht?

Sophies Blick fiel auf den Computer, und in ihrem Kopf brodelte sich etwas zusammen. Über Nacht war ihr Unterarm noch mehr angeschwollen. Das ständige Pochen hatte ihr sehr wirre Träume beschert. Zeit für eine Lektion in Sachen Benehmen.

Es piepste, ihr Handy. Eine Kurznachricht von Egon: »d4«. Der Mann war wirklich nicht zu stoppen. Sie bezweifelte, dass er schon so früh wach war. Viel wahrscheinlicher war es eine lange, nicht enden wollende Nacht gewesen. Wie auch immer, er meldete sich mit dem Eröffnungszug zu einem Spiel. Weißer Bauer, zwei Felder vor auf d4. Das hieß, egal in welchem Zustand Egon auch war, Sophie musste sich keine Sorgen um ihn machen. Er war unter den Lebenden, zumindest geistig.

Was ihre Antwort betraf, so musste er sich ein wenig gedulden. Für Sophie galt es nämlich, eine ganz andere Partie zu eröffnen. Sie setzte sich an ihren Schreibtisch und erweckte den Computer aus seinem Tiefschlaf. Zuerst war jedoch Recherche nötig. Wo hatte der hochrangige Schürzenjäger seinen wunden Punkt?

Aber sie kam gar nicht erst dazu, nachzuforschen, denn sofort drängten sich ihr die neusten Nachrichten aus Spencers Privatleben auf.

Eine Katharina kündigte sich für morgen an, sie sei zufällig in der Stadt und fragte ihren »Spency« – auch nicht schlecht, dachte Sophie –, was sie, nach einem Termin bei einem Notar und dem Restaurantbesuch mit ihrer langweiligen Verwandtschaft, nur so ganz allein mit sich anfangen solle? Selbstverständlich würde Spency der einsamen Dame zu Hilfe eilen. Aber nur, wenn sie ihm mit ihrer französischen Unterwäsche nicht wieder »crazy« machen würde!

Sophie schüttelte ungläubig den Kopf. Der Mann schien ja einen regelrechten Traumjob ergattert zu haben. Seine Hauptaufgabe war es wohl, die gelangweilten Ehefrauen seines Gastgeberlandes flachzulegen. Kein Wunder, dass

Spency frühmorgens so übermotiviert durch den Park joggte. Bei dem Programm musste man sich fit halten.

Sophie verzichtete auf weitere Recherche. Das Liebesleben ihres Nachbarn war wunder Punkt genug. Hier ließ sich wunderbar ansetzen, um den Mann, der offensichtlich zu viel Energie hatte, ein wenig ins Schwitzen zu bringen. Sophie legte los.

Sanft und weltmännisch trommelten die acht Zylinder des schwarzen Cadillac im Takt. Elegant bog der Diplomatenwagen um die Kurve. Selbstverständlich waren die Scheiben der Limousine verdunkelt, so konnten nur der Fahrer und der völlig emotionslose Sicherheitsmann an der kindlichen Vorfreude Joshua Spencers teilhaben. Beide wunderten sich nicht allzu sehr darüber, dass ihr Chef dem vermeintlichen Treffen mit einem hohen Manager so entgegenfieberte. Auch nicht darüber, dass er eben ein Glas Whiskey geleert hatte, wobei er sich den letzten Schluck wie ein Parfüm an seinen Hals tröpfelte. Sie waren es gewohnt. Das kam oft vor. Ihr Boss hatte so seine Eigenheiten. Aber er war immer bester Laune, gern zu Scherzen aufgelegt und zum Glück nicht so steif und verkrampft wie sein knorriger Vorgänger. Wer konnte ihm da seine kleinen Extratouren schon verübeln?

Katharina zu Wangenbach, dachte Josh, wie lange hatte er sie schon nicht mehr gesehen? Wenn es eine Frau gab, die wusste, wie man einen Mann verführte, dann war sie es. Zu bedauerlich, dass sie in Hamburg wohnte und noch dazu mit einem wichtigen Politiker verheiratet war. Wobei das Letztere, ehrlich gesagt, das kleinere Problem war. Wie auch immer, die nächsten Stunden würden allein ihnen gehören. Ohne einen Moment des Zögerns oder des schlechten Gewissens hatte er alle Termine abgesagt. Katharina war eine faszinierende, eine einzigartige Frau. Auf ihre kühle norddeutsche Weise einzigartiger als April.

Natürlich war er nicht so naiv, die beiden vergleichen zu wollen. Sinnlos. Sie kamen aus zwei unterschiedlichen Sonnensystemen. Katharina war eine reife, elegante Frau, April ein verwöhntes Kind. Ein Kind, das man lieben musste, dem man seine Fehler verzieh, wie ein Vater. Beschrieb das die Beziehung zu seiner Frau am treffendsten? Er wusste es nicht mehr.

Katharina wiederum konnte gefährlich werden. Denn sie war eine von der seltenen Sorte intelligent einfühlsamer Frauen, die einem mit ihrer Wärme und ihrem Verstand mal so eben das Herz brachen. Spencer hatte als junger Mann ein paar Narben davongetragen. Harte Nackenschläge für einen Anfänger auf dem Tanzparkett der Liebe. Da fiel ihm als Erste Cassandra ein, die leider wenig begabte Malerin aus Toronto, aus seiner Zeit an der Kunstakademie in New York. Einen heißen verrückten Sommer lang hatte sie ihm nach allen Regeln der Kunst den Kopf verdreht. Viel mehr, sie hatte ihm gezeigt, was es hieß, bedingungslos zu lieben. Um dann von einem Tag auf den anderen zu verschwinden, mit seinem damals besten Freund, für immer, einfach so. Natürlich nicht ohne vorher seine gesamte Bude leer geräumt und damit ein kleines Vermögen gemacht zu haben. Das hatte ihn eine Zeitlang aus der Bahn geworfen. Ein dummer kleiner Junge war er gewesen. Wenn es um sein Herz ging, war er zu leicht zu manipulieren. Zumindest früher, als ihn alle für den Sunnyboy mit den reichen Eltern hielten. Deshalb, so hatte er sich geschworen, würde er das nie wieder zulassen.

Katharina durfte ihm nahe kommen, für ein paar Stunden, mehr nicht.

Pete Delray legte die Füße auf den Schreibtisch und blickte mit der Miene eines Mannes, der eine Entscheidung von großer Tragweite zu fällen hatte, hinaus aus dem Fenster in eine imaginäre Unendlichkeit. Er liebte den Stuhl seines Chefs. Auch wenn der nur harmloser Generalkonsul war, so fühlte sich Delray in dessen Büro, hinter diesem Tisch, vor allem eines: mächtig. Über ihm lehnte das Sternenbanner der Vereinigten Staaten von Amerika unbesiegt an der Wand, und gegenüber lächelte ihn das Portrait seines obersten Befehlshabers, Präsident Obama, an. In diesen Minuten war Pete Delray nicht der völlig unterschätzte Sicherheitschef des Münchner Generalkonsulates. Nein, er war weit mehr. Er war einer der wenigen Auserwählten aus dem engsten Zirkel der Macht, einer der Macher, der Entscheidungsträger. Er war der Verteidigungsminister der USA, die rechte Hand des Präsidenten, sein engster Vertrauter, der Mann, mit dem der mächtigste Mann der Welt durch dick und dünn gehen konnte. Auf seinen Schultern lastete eine hohe Verantwortung. Verteidigungsminister Peter Archibald Delray. Oh, wie sehr ihm dieser Gedanke gefiel! So unwahrscheinlich es war, dass Delray diesen mächtigen Posten jemals bekleiden würde, so sehr stand es außer Zweifel, dass er der richtige Mann wäre. Ihm war das sonnenklar. Er hatte das Zeug dazu. Er wüsste, wann es Zeit war, die Truppen in den Krieg zu schicken. Er hätte die richtigen Worte für seine Jungs gefunden. Er war einer von ihnen.

Sein Funkgerät piepste. Der Wachmann aus der Eingangshalle erstattete Meldung. Ein Austauschstudent mache Ärger im Foyer, weil er unbedingt heute noch ein Visum brauchte.

»Sag ihm, entweder er bewegt seinen Hintern sofort rückwärts aus unserem Gebäude und ab ins Generalkonsulat nach Frankfurt, oder wir schicken ihn höchstpersönlich als CIA-Gefangenen dorthin, vermummt und mit arabischem Namensschild.« Delray hatte alles im Griff.

Die Stimme im Funkgerät lachte. »Haha! Wird gemacht, Boss!«

Hier in München war Delray mit seinem Wissen aus seiner Zeit als Marine und seinen »besonderen« Begabungen sträflich unterfordert. Seine persönliche Mission bestand darin, den Jungs in Washington endlich klarzumachen, dass sie hier ein seltenes Talent verkümmern ließen. Das Pentagon musste wachgerüttelt werden und Delray dort die Position bekommen, die ihm zustand. Zum Glück hatte Delray schon so ein paar Ideen, wie er das erreichen würde. O yeah, Baby, die Sesselfurzer am Potomac durften sich auf was gefasst machen.

In diesem Moment ging die Tür auf. Delray sprang blitzschnell vom Stuhl auf. Sofort nahm er, mit dem Rücken zum Eingang, eine Stellung ein, als würde er ganz harmlos ein paar Akten für seinen Boss vorbereiten.

Ertappt!

Zwei Arme legten sich von hinten um seinen stahlharten Bauch.

»Entspannen Sie sich, Soldat«, hauchte ihm April Spencer ins Ohr.

April? Mit ihr hatte er nicht gerechnet. Delray war mehr als erleichtert. »Ist das ein Befehl?«, fragte er cool.

Die Frau seines Chefs sagte: »O ja! Und wenn Sie ihn nicht befolgen, dann muss ich Sie leider bestrafen.«

»Soso. Wie darf ich mir die denn vorstellen, diese Strafe?«, fragte Delray, obwohl er die Antwort sehr gut kannte. Denn April knöpfte ihm bereits das Hemd auf. Noch war er kein Verteidigungsminister, somit war es völlig legitim, die Waffen zu strecken.

Mit Crest, seiner amerikanischen Lieblingszahnpasta, auf seiner amerikanischen Zahnbürste und seinem Lieblingsmundwasser, ebenfalls aus der Heimat eingeflogen, begrüßte Joshua Spencer den Morgen, während seine April noch in Nachthemd und Decke verknotet im Bett lag. Mit ihr war nie vor Mittag zu rechnen. Schönheitsschlaf, wie sie es nannte. »Das mach ich alles für dich, Honey!«, hatte sie ihm einst erklärt.

Schlaf bis in die Puppen. Diesen Luxus hatte Spencer nicht, sein Tag war voller unwichtiger Termine. Vor ein paar Jahren wäre er jetzt noch einmal zu ihr ins übergroße Bett gekrochen und hätte sie sanft aufgeweckt oder wäre ohne sanfte Streicheleinheiten und Spielereien über sie hergefallen. Was sie, nach eigenem Bekunden, stets bevorzugt hatte. »Diese Fummelei ist was für Teenager und für alte Männer.« So lautete ihr Credo.

Wie auch immer, die Tage der Zärtlichkeiten und des spontanen Sex waren mittlerweile gezählt. Schwer zu sagen, wann ihm endgültig klargeworden war, dass April Liebe eher als Mittel zum Zweck sah. Und ihr Ziel, das hatte sie längst erreicht, sie war Mrs. Spencer. Fortan drehte sich alles wieder nur um sie. Momentan jedenfalls hatte sich das heftige Feuer, das einmal zwischen ihnen gebrannt hatte, auf eine klitzekleine Sparflamme reduziert. Bei optimistischer Betrachtung. April wurde angeblich von Migräne geplagt, und er seinerseits war es leid geworden, zum lästigen Bittsteller degradiert zu werden.

Spencer hoffte auf die Zukunft. Er war älter und geduldiger als seine von der Jugend noch so verwöhnte Frau. Sie würden sich wieder finden. Davon war er überzeugt, zumindest an guten Tagen.

»Rise and shine!«, munterte er sein Antlitz im Spiegel

auf. Noch ein wenig Parfüm, und er war bereit, ein Stockwerk tiefer erneut Geschichte zu schreiben.

Im Gang zum Büro konnte er den Duft des frisch gebrühten Kaffees riechen. Auf Nancy war Verlass. Er würde alles daransetzen, sie nach Washington, oder wohin auch immer, mitzunehmen. Sie war die einzige Frau, die ihm seit Jahren ausnahmslos jeden Morgen zu versüßen wusste.

»Morning, Nancy! Sie dürfen nicht so reizende Kostüme tragen«, sagte er streng. »Sonst kann ich mich wieder den ganzen Tag nicht konzentrieren.«

Nancy, adrett, Mitte dreißig, mit einer Wespentaille und einer dazu passenden Vorliebe für die Mode der Sixties, neigte spielerisch verschämt den Kopf zur Seite und klimperte mit ihren großen künstlichen Wimpern. »Verzeihen Sie, Sir, aber genau das war doch meine Absicht?«

»Meine Liebe, die Sicherheit der USA steht auf dem Spiel. Unser Land verlangt meine hundertprozentige Aufmerksamkeit!« Spencer war schon fast an seinem Schreibtisch angelangt, gefolgt von seiner Bewunderin, die ein Tablett mit Kaffee, Toast mit Spiegeleiern und aufgeschnittener Grapefruit trug.

»Was soll ich machen? Sie finden alle meine Kostüme, Blusen und Hosenanzüge reizend!«

Kurz hielt Spencer inne, musterte Nancy prüfend bis maßregelnd. Aber bereits in der nächsten Sekunde löste er die Spannung, um ihr zwinkernd zu gestehen: »Sie haben recht. Also lassen Sie alles beim Alten. Halt! Ich muss Sie korrigieren, von wegen nur reizend, manche Ihrer Sachen sind geradezu umwerfend!«

Nancy liebte diesen kleinen morgendlichen Flirt mit ihrem Chef. Allein diese wenigen Minuten voller Wärme, Respekt und leichtfüßigem Charme trugen sie jeden Tag aufs Neue beschwingt an ihren Arbeitsplatz.

»In einer halben Stunde haben Sie den ersten Anruf, Mr. Spencer«, sagte sie und schloss die Tür hinter sich.

Auch Josh Spencer wusste diese tägliche Routine sehr zu schätzen. Jedes Mal, wenn er in einem Hotel frühstücken musste, wünschte er sich aufs Sehnlichste genau auf diesen Stuhl mit diesem herrlichen Arrangement von ehrlichen amerikanischen Köstlichkeiten und dem Hauch von Nancys leichtem Parfüm, das dann noch ein paar Minuten durch den Raum schwebte. Nancy meinte es immer gut mit ihm. Vielleicht hätte er sie und nicht April heiraten sollen?

Spencer biss in seinen vom Eigelb durchtränkten, fast schwarzen Toast und grinste dabei, mit Musik im Kopf und in der Hüfte, die vergangene Nacht vor Augen.

Katharina von Wangenbach war noch immer ein Fräulein-Wunder, mochte sie noch so viele Jahre verheiratet sein. Eine dieser Frauen, die man nur in Deutschland traf, nirgendwo sonst auf der Welt. Und falls doch, dann waren sie auch wieder Deutsche oder hatten wenigstens eine deutsche Mutter. Dieses Land war besonders.

Hatte man einmal das Glück mit einer deutschen Frau im Schlafzimmer zu landen, was nicht allzu schwer war, so gab es keine dieser plötzlichen Komplikationen, keine bösen Überraschungen, keine verrückten, unnötigen Dramen. Gleichsam der zuverlässigen Perfektion und Verlässlichkeit eines Mercedes-Motors surrte man im souveränen Takt durch die Nacht. Ja, die Frauen der Deutschen waren wie ihre Autos, selbstbewusst, fortschrittlich, luxuriös und ohne Macken. Weltmarktführer mit lebenslanger Garantie. Die Mentalität eines Landes offenbarte sich selbstverständlich auch im Schlafzimmer. Genau dort brillierten die deutschen Damen als kaum zu übertreffende Ingenieurinnen der Leidenschaft, bei denen ein Zahnrad exakt mit dem anderen zusammenlief. Motor, Fahrwerk und Chassis in perfekter Harmonie.

Der wahre Kenner mochte einwenden, den liebestollen Germaninnen fehle es im Vergleich zu den Italienerinnen an der kaum zu zügelnden Rasse eines italienischen Ferrari oder der Unbeherrschbarkeit eines Lamborghini. Auch ließen sie vielleicht die erotische Utopie eines klassischen französischen Citroën vermissen. Doch das waren alles nur Teilaspekte. Nein, Josh Spencer war ein großer Anhänger, ein geradezu leidenschaftlicher Liebhaber der Damenwelt dieses so hoch entwickelten, gebildeten und liberalen Landes geworden. Und jeder, dem jemals die Ehre und das Vergnügen zuteilgeworden war, Frauen wie Katharina zu Wangenbach näher kennenzulernen, würde ihm, ohne zu zögern, zustimmen. Dieses Land durfte stolz sein auf Frauen wie sie.

Am liebsten hätte er sie gleich wieder besucht oder noch besser, sie zu einer Privataudienz hier im Generalkonsulat empfangen. Das allerdings war tabu. Außerdem war die Hamburgerin samt ihrer vielen Streicheleinheiten wieder auf dem Heimflug in die Hansestadt, zu ihrem unterkühlten Ehemann. Außer Reichweite, eventuell für immer. Was für eine Verschwendung. Trotzdem, oder gerade deswegen, wollte er ihr eine kurze Mail schreiben und sich für die außerordentlich schönen Stunden bei ihr bedanken. Denn Josh Spencer gab jeder seiner Affären das Gefühl, eine Königin zu sein. Und das waren sie, wenn auch nur für wenige Stunden.

Vor seinem geistigen Auge formulierte er bereits die ersten Zeilen, da hatte er ein gutes Händchen, als er plötzlich etwas ganz anderes zu lesen bekam.

Sein Mund war sofort staubtrocken, eine fremde Macht schnürte ihm die Kehle zu. Jemand drohte ihm unverhohlen mit der Veröffentlichung von höchst kompromittierenden Fotos. Das, wovor er sich stets gefürchtet hatte, war eingetreten. Das konnte sein Ende bedeuten. Nicht nur in Anbetracht der krankhaft bigotten amerikanischen Öffentlichkeit, seiner vielen Feinde und den sicherlich wenig verständnisvollen gehörnten Ehemännern. Seine April, in diesen Dingen erstaunlich konservativ, würde ihm die Hölle heißmachen, wenn sie ab morgen, untermalt von peinlichen Sexfotos, in der Öffentlichkeit als betrogene Ehefrau dastünde. Nein, das würde sie ihm nie verzeihen.

Ein solcher Wirbel würde all seine Pläne gefährden, auch die, welche unter keinen Umständen an die Öffentlichkeit kommen durften und für die er sich obendrein schämte.

All dies galt es zu verhindern, unbedingt. Zum Glück hatte Spencer noch nie etwas von der eisernen Doktrin gehalten, dass man mit Erpressern nicht verhandeln dürfe. Ganz im Gegenteil, er wusste, dass Geld den Zauber hatte, so einige Probleme aus dem Weg zu räumen. Und Geld war nun wirklich sein letztes Problem. Das Verwirrende an diesem miesen Erpresser war allerdings, dass er gar kein Geld forderte. Nicht einen Cent. Der Irre wollte stattdessen, dass Spencer sich über sein Verhalten Gedanken mache. Welches verdammte Verhalten denn? Spencer solle sich läutern, für seine Fehltritte ein wenig Buße tun. Mit geradezu unverschämt ironischem Unterton schlug der freche Typ vor, dass Spencer, sozusagen als Zeichen seiner Bereitschaft ein besserer Mensch zu werden, am kommenden Morgen zuerst fünfzig Liegestütze machen und sich anschließend in die kalten Fluten des Eisbachs werfen möge. Die kleine Abkühlung wäre eine prima Chance, sich reinzuwaschen. Ein Neubeginn, wenn er wolle. So kinderleicht könne er alle Fotos vergessen machen.

Spencer verstand kein Wort. Was wollte der verlogene Moralapostel von ihm? Spencer spürte, wie seine Unruhe in blanke Panik umzuschlagen drohte. Mit Geldgier konnte er umgehen, mit einem konservativen Fanatiker mit einer heimlichen Agenda nicht. So einer war eine tickende Zeitbombe. Was wurde hier gespielt? Wem war er auf die Füße getreten? Er biss sich auf die Unterlippe und sah aus dem Fenster. Irgendwo da draußen verbarg sich ein Feind. »Wer bist du? Wo steckst du?«, fragte er leise. Er musste dringend Zeit gewinnen und herausfinden, was hinter dem Gefasel von Fehlverhalten in Wirklichkeit steckte.

Sollte er Delray einweihen? Immerhin war er nicht nur sein Sicherheitsmann, der sich mit Verrückten dieser Art auskannte, sondern auch sein Freund, einer der wenigen, vielleicht der Einzige, dem er absolut vertrauen konnte.

Schlaf war reine Zeitverschwendung. Die wenigsten Menschen begriffen, welch entscheidenden Vorteil es bedeuten konnte, mit maximal vier Stunden Schlaf auszukommen. Und selbst diese vier Stunden fand Pete Delray völlig unnötig. In der Army hatten sie gelernt, wie man mit nur kurzen Ruhepausen stets hellwach blieb. Vier, fünf Tage, das war kein großes Ding. Die ganze Kunst bestand darin, in wenigen zwanzigminütigen Intervallen, verteilt über den Tag, eine kurze Auszeit zu nehmen. So ließ sich der Körper für einige Tage überlisten. Danach allerdings zahlte man einen hohen Preis. Bis zu einer Woche komplette Erschöpfung war die Regel. Okay, die Schwachen hatten ein paar Psycho-Problemchen, aber im Gefecht konnte man darauf keine Rücksicht nehmen.

Zwar befand sich Pete Delray derzeit nicht im Gefecht, vielmehr war er seit einigen Jahren Zivilist, aber sein Land, das war immer im Krieg, und deshalb machte Delray auch an diesem Morgen bereits um 7 Uhr seine Runde, nach exakt vier Stunden Nachtruhe und nachdem er die ersten Sicherheitsmemos und Lageberichte aus Washington längst studiert hatte. Üblich war es eigentlich nicht, dass ein so harmloses Generalkonsulat mit teilweise hochsensiblen Strategiepapieren versorgt wurde, aber Peter Archibald Delray hatte so seine Quellen und enge Freunde, die ihm den einen oder anderen Gefallen schuldeten.

Für heute sah alles relativ entspannt aus. Der Krieg gegen den Terror lief zwar immer noch nicht nach Plan, aber aktuell schien es keinen verwirrten Jüngling mit verfilztem Bart und Sprengstoffgürtel um den Bauch zu geben, der sich auf der verzweifelten Suche nach ein paar himmlischen Jungfrauen vor einer US-amerikanischen Einrichtung in die Luft sprengen wollte. Trotzdem war Pete Delray auf der Hut. Denn der größte Feind war die eigene Unachtsamkeit, das trügerische Gefühl von Sicherheit. Das konnte tödlich sein.

Gerade deshalb traute Delray seinen Augen nicht, als er aus seinem Büro im oberen Stockwerk blickte und live mit ansehen musste, wie sein Chef, der Fokus all seiner Sicherheitsbemühungen, halb nackt und völlig ungeschützt in einem Bach herumsprang.

Reflexartig schnappte sich Delray sein Fernglas, in der Hoffnung, er sei das Opfer eines üblen Tagtraums geworden. Sicher hat er Spencer mit irgendeinem bekifften Hippie verwechselt. Vielleicht waren seine Augen heute doch etwas müde.

Aber kaum war das Präzisionsokular scharf gestellt, da musste er zu seinem blanken Entsetzen feststellen, dass er sich nicht getäuscht hatte. Es war tatsächlich, Joshua Spencer. Bestaunt von einer kleinen Gruppe frühmorgendlicher

Jogger und Hundebesitzer, ließ sich der Generalkonsul der Vereinigten Staaten gegen den Strom schwimmend den Bach hinuntertreiben. Delrays Blutdruck schoss durch die Decke. Weit und breit war kein einziger seiner Sicherheitsmänner zu sehen! Wenn Josh Spencer jetzt etwas zustoßen sollte, wenn er sich auch nur den kleinen Zeh brechen oder eine harmlose Erkältung holen würde, dann war seine eigene Karriere beendet, ein für alle Mal. Nicht weil Spencer ihn feuern würde. Nein, schlimmer, weil ganz Washington ihn auslachen würde. Wie konnte Spencer ihm das nur antun? Joshs kleine Spinnereien und Extravaganzen mit irgendwelchen Weibern waren das eine, aber das hier, das ging entschieden zu weit! Warum nur, beim Teufel, hatte Spencer ihn nicht informiert?

Der Eisbach, der wie die meisten Münchner Bäche von der Isar abzweigte, um alsbald genauso unbekümmert wieder in derselben zu münden, war zu Recht bei Touristen wie Stadtbewohnern seit jeher äußerst beliebt. Wobei selbst Letztere einem kleinen Irrtum unterlagen. Denn genau genommen war das, was alle den Eisbach nannten, eigentlich der Schwabinger Bach, während der Eisbach selbst weiter östlich am Rand des Parks verlief.

Auch für Sophie war der Schwabinger schon immer der Eisbach gewesen, und das auch, weil er einem tatsächlich stets ein, zwei Grad kälter vorkam als jeder andere und so seinem falschen Namen alle Ehre machte.

Im Südteil des Englischen Gartens trennte jener bergfrische Schwabinger Bach geradlinig, gesäumt von einem Weg, die weitläufige »Große Karl-Theodor-Wiese« von der etwas kleineren »Schönfeld-Wiese«, auf der, außer vielleicht bei Regen und Minusgraden, stets unerschütterliche und unbeirrbare FKKler zu bewundern waren. Schlanke wie Dicke, Alte wie Junge, stolze Meister des Intimpiercings, Volleyballspieler, ganze Familien hatten dort im Herzen der Stadt ihren klassischen freikörperlichen Tummelplatz.

Mehrmals täglich überzeugte sich ein staunender Tross von beschämt faszinierten amerikanischen Touristen auf einer Fahrradtour durch den Park davon, dass die Legende von den Münchner Nudisten kein Gerücht, sondern in der Tat nichts als die nackte Wahrheit war. »Amazing! Crazy! Freaky! Sick!« Keinen ließ der Anblick kalt. Und da den von Highways verwöhnten Besuchern aus der Neuen Welt das Fahrradfahren allein schon volle Konzentration abverlangte, reichte bereits die geringste Ablenkung, zum Beispiel der Kopfstand eines unbekleideten Yogi, um eine gelungene Massenkarambolage zu verursachen. Für derartig waghalsige Fahrradtouren war es etwas zu früh. Und soweit es Sophie durch ihr Fernglas beobachten konnte, war Josh Spencer auch nicht ganz unbekleidet, als er sich in den Bach stürzte. Den hohen Diplomaten des eigenen Landes nackt in einem europäischen Stadtpark planschen zu sehen, hätte so manchen Spross einer texanischen Republikanerdynastie sicher etwas verunsichert.

Sophie hingegen jubelte diebisch, denn sie hatte es für eher unwahrscheinlich gehalten, dass ihr ungehobelter und arroganter Nachbar sich tatsächlich von ihrer Drohung würde beeindrucken lassen. Sie hatte demnach also ins Schwarze getroffen. Der diplomatische Herzensbrecher hatte es mit der Angst zu tun bekommen. Der Vertreter der Supermacht hatte sich von ihr einschüchtern lassen. Selber schuld. Hätte er ein bisschen mehr Benehmen gezeigt, hätte er sich bei ihr freundlich entschuldigt, ja, dann könnte er weiterhin in aller Seelenruhe die Herzen der feinen Münchnerinnen brechen, anstatt sich im bitterkalten Wasser den Hintern abzufrieren. Wobei ihm sein Kreislauf für diese Abkühlung sicher dankbar war. Überhaupt konnte Spencer ihr dankbar sein, denn mit ihrem delikaten Wissen über seine intimen Beziehungen zu seinem Gastland, hätte sie seiner Karriere das Ende bereiten können. Sie hätte sicherstellen können, dass er bald nie wieder durch den Englischen Garten trampeln würde. Eigentlich war sie viel zu nett gewesen. Fast bereute sie, nicht weitergegangen zu sein. Sie hätte ihn zum Teufel jagen sollen, nicht in den Eisbach.

Mehr und mehr wurde ihr bewusst, wie sehr sie dieses, ihr bis dahin so unbekannte Gefühl der Macht genoss. Die eigene Hilflosigkeit abzustreifen hatte etwas unglaublich Befreiendes. Auch wenn ihr verflixter Arm einfach keine Anstalten machte zu heilen.

Trotzdem war heute ausnahmsweise mal ein guter Tag.

Regelrecht verschlungen hatte er sein üppiges Frühstück. Josh Spencer war einem Jungbrunnen entstiegen. Bis in die Nervenspitzen spürte er die neue Kraft seines frisch durchbluteten Körpers. Ob er wollte oder nicht, er hatte allen Grund, seinem Erpresser dankbar zu sein. Diese neue Facette in seinem morgendlichen Ritus hatte ihn elektrisiert, hatte ihn aufgeladen, mit der Energie der Millionen Jahre alten Berge, aus denen das Wasser entsprungen war, hatte ihn gereinigt, hatte die schmutzigen Ablagerungen seines banalen Lebens von ihm abgewaschen. Er spürte, eine wichtige Veränderung brach sich Bahn.

Und dieser Orangensaft! Er konnte gar nicht genug davon trinken. Natürlich ließ er ihn extra aus den USA einfliegen. Echte, sonnensaftige Floridaorangen, nicht das fahle, geschmacklose Zeug aus irgendeinem künstlichen europäischen Gewächshaus.

»Naaaancy!«, rief er ins Vorzimmer hinüber. »So ein grandioses Frühstück hab ich seit meiner Highschool-Zeit nicht mehr bekommen!« Die Tür zu seinem Büro stand offen. »Es ist das gleiche wie immer, Sir«, schallte es freundlich zurück.

»Josh! Haben Sie eine Minute?« Plötzlich stand Delray in der Tür.

»Klar, Pete.« Spencer fühlte sich irgendwie ertappt, auch wenn er nicht im Geringsten wusste, warum. »Was liegt an?«

Delray trat mit Grabesmiene ein und schloss leise die Verbindungtür zum Vorzimmer hinter sich. Seine Stirn legte sich in Falten, gerade so, als hätte der Präsident eben seinen Rücktritt bekannt gegeben.

»Es geht um unsere Sicherheitsstrategie.«

»Was ist passiert? Haben die Höhlenkämpfer das Handtuch geschmissen? Können wir uns endlich ein wenig entspannen?«

Darüber konnte Delray nicht einmal müde lächeln. Er verzog die Mundwinkel. »Ich befürchte nein. Eher im Gegenteil.«

Ein Kugelschreiber hatte sich in die Hand des Generalkonsuls verirrt und gewann irgendwie einen Großteil seiner Aufmerksamkeit. Eher spielerisch, nicht aus Nervosität drückte er auf ihm herum. Das leise, metallische Klicken machte Delray sofort unruhig. Aber er musste sich zusammenreißen, auch wenn er den Eindruck hatte, ein kleines Kind vor sich zu haben. »Sie wissen, Fitness bedeutet mir sehr viel. Ein Tag ohne Training ist für mich undenkbar. Und ich weiß, Sie sehen das ähnlich. Nur eine der vielen Eigenschaften, die ich an Ihnen schätze …«

Sein Boss unterbrach ihn. »Pete, für die blumigen Einleitungen bin ich zuständig. Ich versteh schon.«

»Ja?«

»Du findest, ich sollte weniger frühstücken.«

»Wie?« Delray riss verwirrt die Augen auf.

»Hey, war nur ein Witz. Dich ärgert mein kleiner Schwimmausflug.«

Klugscheißer, dachte sich Delray. Spencer wusste genau, dass er Mist gebaut hatte. »Sagen wir, es hat mich etwas unvorbereitet getroffen.«

»War 'ne spontane Idee!«

»Das dachte ich mir. Ich hätte Ihnen trotzdem sehr gerne zwei Leute dazugestellt, in Zivil. Ganz spontan.«

»Jesus. Meinst du wirklich, dass die Herren Gotteskrieger sich vor mir in die Luft sprengen, nur weil ich kurz ins Wasser hüpfe? Wenn die überhaupt so früh aufstehen.«

»Ja, das meine ich. Und ich habe die Verantwortung. Wie gesagt, die warten nur darauf, dass wir einen Fehler machen.« War Spencer noch bei Sinnen? Delray verlor allmählich die Geduld. Er zog seinen Krawattenknoten zurecht. Er legte großen Wert auf enge Krawattenknoten.

»Wieso sollen sie einen harmlosen Generalkonsul abmurksen, wenn sie doch in Berlin einen ganzen Botschafter sitzen haben?« Spencer versuchte es mit einem entwaffnenden Lächeln.

»Sorry, Josh, aber da unterschätzen Sie Ihre Bedeutung gewaltig.«

In diesem Moment flog die Mine aus dem aufgeschraubten Kuli und schoss über den Schreibtisch. Beinahe hätte sie Delray erwischt.

Spencer legte den Rest des Stiftes zur Seite und nahm

eine offiziellere Haltung an. »Okay, pass auf, wenn ich das nächste Mal das Bedürfnis haben sollte, frühmorgens in einen Bach zu springen, dann werde ich dich umgehend informieren. Hey, vielleicht möchtest du ja mitkommen?«

Für einen Moment herrschte betretene Stille. »Gut.« Mehr sagte Delray nicht und verließ das Büro. Derzeit konnte er mit dem Humor seines Chefs nur sehr wenig anfangen, verflucht wenig, um ehrlich zu sein. Spencer benahm sich wie ein aufmüpfiger Teenager. Anscheinend hatte er jeden Respekt verloren. Delray musste ihn endlich wieder auf Spur bringen. Kein Zweifel, er musste ihm ein für alle Mal deutlich machen, dass hier verdammt viel auf dem Spiel stand. Vor allem Delrays eigener Arsch. Zeit zu handeln. Endgültig. Plan B.

»Nun, die verfahrene Situation, in der wir uns hier befinden, weckt in mir beängstigende Erinnerungen an Kasparov gegen … wie hieß er noch?«

»Du brauchst gar keine großen Reden zu schwingen. Hier ist nichts verfahren. Die Sache ist sonnenklar.«

Seit Tagen versprühte Sophie Marquard eine lange vermisste Heiterkeit. Ihr selbst wäre dieser aufmunternde Umstand kaum aufgefallen. Es fiel Egon zu, sie auf die erfreuliche Entwicklung aufmerksam zu machen. Allmählich schien sie sich aus dem tiefen Tal ihrer Traurigkeit herauszuarbeiten. Sie lasse ihre Schachfiguren heute über die Felder tanzen, als wäre es ein Broadway-Musical und kein Brettspiel, bei dem es auf Strategie und stille Konzentration ankommt.

Ob sie Egon von ihrem kleinen Streich erzählen sollte? Garantiert wäre er begeistert. Alles, was die starren Verhältnisse ein wenig durcheinanderbrachte, bereitete ihm allerhöchstes Vergnügen. Seit jeher pflegte er einen kleinen, wie er behauptete, bitternötigen und gesunden Hang zur Anarchie. Die selbstgefällige Borniertheit und Arroganz, dieses erstarrende Geflecht von Spießigkeit und Gleichgültigkeit aufzubrechen, das betrachtete er als seine Bürgerpflicht. Nicht nur als Künstler. Auf keinen Fall wollte er München, sein München, den Schablonen-Menschen, so nannte er sie, kampflos überlassen. Darin war er ebenso leidenschaftlich wie gewitzt.

Trotzdem behielt Sophie ihr kleines Geheimnis zunächst für sich. So blieb es vorerst ihr eigener, ganz privater Spaß, ihr geheimer Schatz. Sie goss ihnen beiden von dem Mandeltee nach, den sich Egon selbstredend mit einem Schuss Rum verfeinerte.

Dann machte Sophie einen dieser Züge, die aus dem Nichts kamen und für die Egon ihr eigentlich die Freundschaft kündigen müsste, würde er sie nicht gleichzeitig dafür bewundern. Es war ganz simpel, aber eben darin lag ihre unverschämte Genialität. Sie zog ihren Turm von einer äußerst sicheren und aggressiven Stellung ab, was zunächst unsinnig erschien, doch verschaffte sie damit ihrem Läufer die Möglichkeit, eine äußerst bedrohliche Schneise aufzubauen, welche wiederum ihre Dame dazu einlud, im nächsten, spätestens übernächsten Zug das Schachmatt zu verkünden. Anders gesagt, eine falsche Bewegung und Egon war geliefert. »Wie durchsichtig, also wirklich, ich hätte mehr von dir erwartet«, log er.

»An was arbeitest du eigentlich zurzeit?« Es war ehrliche Neugierde, die Sophie antrieb.

»Also bitte, zuerst muss ich diesen billigen Angriff abwehren«, sagte Egon und tunkte eine Nussecke in seinen Tee. »Gut, ich will dir sagen, was mein nächstes Gemälde sein wird. Eine splitternackte Frau, die von ihren eigenen

Schachfiguren erbarmungslos gejagt wird. Nackte Panik trifft auf lüsterne Rache. Na, was sagst du, würdest du mir Modell stehen?«

»Als Schachfigur? Jederzeit. Nackte gehen in deinem Atelier hoffentlich genug ein und aus.«

Es blieb Egon keine andere Wahl, als den König in Sicherheit zu bringen. Er mochte es ganz und gar nicht, wenn ihm seine Züge diktiert wurden. Viel lieber blies er in solch verzwickten Lagen zum Überraschungsangriff, doch das konnte er sich im Moment in die Haare schmieren.

»Soso. Na, der Zug hat deinem König in letzter Sekunde seinen holzgeschnitzten Hintern gerettet«, ärgerte sie ihn.

»Keine Sorge, mein königlicher Hintern sitzt weiter fest im Sattel.«

Sophie lehnte sich zufrieden zurück. »Mal ehrlich, du hast mir viel zu lange nichts mehr von dir gezeigt?«

»Und du meinst, wenn du mich kurz deklassierst, lad ich dich zur Belohnung auf eine Flasche Wein zu mir ein?«

»Den Wein würd ich spendieren.«

»Sagen wir so, ich durchlebe aktuell eine kreative Übergangsphase.« Egon starrte gebannt auf das Schachbrett. »Es gibt immer eine Lösung«, murmelte er.

»Fehlt dir die Inspiration, oder bist du nur faul?«

»Was heißt hier faul? Bin ich etwa ein Büroangestellter? Ich male dann, wenn ich Lust habe, wenn mich mein Drang befällt. Aber den einzigen Drang, den ich in diesem Nest verspüre …«

»… ist, abends in irgendwelchen Bars zu versumpfen?«

»Warum nicht? Und wenn mir danach ist, dann geh ich anschließend ins Bordell.«

»Ach, die schließen doch alle viel zu früh für dich.« So leicht konnte Egon sie nicht schockieren.

»Glaub mir, meine Liebe, für mich bleiben sie gerne länger auf.«

Das glaubte sie ihm aufs Wort. Nur zu gut erinnerte sie sich an Egons letzten Malschub. Daran, wie er in einem Puff vor ein, zwei Jahren regelrechte Malorgien abgehalten hatte. Anfangs beglückte er die Damen des horizontalen Gewerbes mit kleinen Zeichnungen, lässig aus dem Handgelenk aufs Papier geworfen. Einige konnten damit nichts anfangen, zudem befürchteten sie, das Gekritzel sollte ihre Bezahlung sein. Die meisten aber waren beinahe entzückt darüber, dass sich jemand zur Abwechslung auf diese Art mit ihnen befasste, anstatt sie nur zu begrabschen. Weit entzückter waren sie dann, als sie erfuhren, dass diese Strichzeichnungen – ihr Zuhälter amüsierte sich tagelang über dieses kleine Wortspiel –, dass diese Zeichnungen, die Egon ihnen manchmal einfach eben so geschenkt hatte, den Wert von gleich mehreren Tagen harter Arbeit übertrafen. Erstaunlicherweise hatten die wenigsten die kleinen Kunstwerke zu Geld gemacht.

Bald unterforderten Egon seine Zeichnungen. Also brachte er kurzerhand ein paar Utensilien, Pinsel, Farbtuben sowie ein, zwei grundierte Unterlagen, simple Holzplatten mit. Auch gesellte er sich bald früher zu den Damen, oft schon am späten Mittag, kurz nachdem er aufgestanden war. Er wollte, ja er musste malen! Alles! Er war im Rausch. Tageslicht hatte dabei keine Rolle gespielt. In dem von der Blütezeit der griechischen Hochkultur inspirierten Lusttempel, mit seinen wunderbar fensterlosen Räumen, garantierte eine Batterie an bunten Energiesparlampen für eine stets gleichbleibende Lichtkonstellation. Ideal. Egon war noch nie von natürlichem Licht abhängig gewesen. Das war viel zu trügerisch.

Der Hausherr mit dem schillernden Namen King Cat

ließ Egon gewähren, denn es half, seine eigene Extravaganz zu unterstreichen. Eigentlich hieß King Cat schlicht Ivan, aber es gab leider unendlich viele Spitznamen mit Ivan, vor allem in seiner Berufsgruppe, und schließlich war sein Laden das Catsy. Zugegeben, kein wirklich griechischer Name, was man bei all den ionischen Gipssäulen und griechischen Gottheiten als strenger Kulturfreund vielleicht erwartet hätte. Aber unter der Vorbesitzerin, einer ausgewiesenen Katzennärrin, hatte es das Catsy, damals Muschi-Palace, aufgrund seiner heimeligen Atmosphäre in Kennerkreisen für Furore gesorgt. Diese Tradition wollte Ivan nicht ganz abreißen lassen, allein aus marketingtechnischen Gründen. Fortuna jedoch wollte es, dass er unter einer ausgeprägten Katzenallergie litt, und somit alles, was mit Katzen zu tun hatte, bei ihm einen beeindruckenden Ausschlag verursachte. Und da ihn ohnehin die lustvolle griechische Kultur schwer beeindruckte und auch ständig inspirierte, stand für Ivan außer Frage, wie sein neues Arkadien sich innenarchitektonisch zu präsentieren hatte: erhaben, als Tempel der Liebe und ganz sicher ohne das kleinste Katzenhaar.

Umso tragischer also sein Spitzname King Cat. Den hatten ihm seine geistreichen Mitbewerber nicht etwa in Anlehnung an sein florierendes Etablissement verpasst. Vielmehr hatte sich Ivan diesen erstritten, als er mit einer Königskrone von Burger King auf dem Kopf seinen nagelneuen Bugatti zielsicher in eine Fachhandlung für Tiernahrung, vor allem Katzen, gesteuert hatte. King Cat, stolzer Inhaber das Catsy, ewig missverstandener Anhänger der Hochkultur, von Katzen verfolgt.

Egon, der verrückte Maler, hatte es King Cat angetan. Zwei sensible Künstlerseelen in einer rauhen Welt. Das schweißt zusammen. Obendrein hatte der Malerfürst für ordentlichen Wirbel in der Szene gesorgt. Bald hatte jeder den «Nuttenmaler« bei der Arbeit zuschauen wollen, live sozusagen. Das Catsy hatte einen regelrechten Besucheransturm erlebt. Ivans Rubel rollten. So war es dann allen voran King Cat persönlich gewesen, der Egon mit blumigen Worten inständig gebeten hatte zu bleiben, als dieser von heute auf morgen beschlossen hatte, sein Atelier zwischen den Plüschsesseln und griechischen Statuen aus China zu räumen. Selbst Sophie bat King Cat flehend, ein gutes Wort für ihn einzulegen. Sinnlos. Für Egon war es Zeit, dem Trubel Adieu zu sagen. Der Drang hatte ihn verlassen. Der Malschub, der Flash, das visionäre Licht war fürs Erste erloschen.

Als Dankeschön hatte Egon dem Hausherrn drei Bilder hinterlassen. Eines zierte angeblich bis heute den hellenisch göttlichen Barraum.

Auf eben so einen kreativen Schub wie damals wartete Egon heute wieder. Leider vergebens, nunmehr seit vielen Wochen und Monaten.

»Und wenn du einfach mal wegfährst? Frische Luft schnuppern?«, schlug Sophie vor. »Goethe hat Jahre damit verbracht, die Eindrücke von seinen Rom-Reisen künstlerisch zu verarbeiten.«

»Wenn du auf meinen Kurztrip in King Cats Griechenland anspielst, muss ich dir sagen, dass dessen mediterraner Baumarkt als Quelle der Inspiration ausgedient hat. Na, des muss wieder kribbeln, in die Finger. Sonst geht da nix.«

»Die Bilder waren grandios.«

»Danke! Und sehr nett, dass du mich mit Goethe vergleichst.«

»Immer gern!«

Egon dachte nach. Tatsächlich fühlte er sich schon viel

zu lange eingeklemmt, unfrei. »Vielleicht hast du recht. Ein kleiner Urlaubstrip. In dem schönen München wirst sonst blöd, des lullt dich ein.«

»Mich?«

»Uns alle«, sagte Egon und schlug sich mit den Händen auf die Oberschenkel. »Gut! Wo fahren wir hin?« Plötzlich grinste er über beide Ohren.

Sophie überlegte. »Wie wärs mit vier Wochen Seychellen?«

»Das nenn ich mal einen patenten Vorschlag! Phantastisch!«

»Egon!« Sophie wurde ernst. »Das war ein Scherz. Was soll ich denn da bitte vier Wochen machen? Kokosnüsse schnitzen? Wer von uns hat denn hier die Schaffenskrise?«

»Du könntest meine Muse sein?«

»Die bin ich auch hier nicht. Da musst du leider selber rauskommen, aus deinem Malertief. Mit mir am Strand Cocktails schlürfen, bringt dich nicht weiter.« Sophie sah zu ihrem Hund, der schon längst wieder in seinen üblichen Tiefschlaf gefallen war. Sein Kopf lag verträumt auf seinen gekreuzten Vorderpfoten. Die Anwesenheit eines Mannes im Haus, dazu mit so einer tiefen Stimme wie der von Egon, machte seine Hundewelt perfekt. Er war aufgehoben in seinem Rudel.

»Gauguin hat in der Südsee seine besten Bilder gemalt!«

Sophie lächelte, beinahe verlegen: »Sicher, nur hat er Südseeschönheiten gemalt, keine vergrämten Schwabinger Witwen.«

»Eben!«

»Wie eben?«

»Wäre eine interessante Neuinterpretation. Ich sehe dich in knalligen Neofarben, kontrastierend, flächig mit breitem Pinsel aufgetragen. Diesen armen Gauguin würde ich mit deiner Hilfe zu einem farbblinden Portraitmaler degradieren.« In Egons Augen funkelte es, beinahe wurde etwas Manisches sichtbar. Es war schwer zu sagen, ob er nur eine Show abzog oder soeben seinen so lange vermissten, ersten kreativen Schub bekam.

Der leicht wolkenverhangene Himmel gab die Sonne frei, die mit einem Schlag das Wohnzimmer erleuchtete, als wollte sie einen Spot auf die beiden und ihr Spiel richten. Sophie lehnte sich nach vorne: »Du bist ein wahrer Charmeur!« Wie aus dem Nichts zog sie einen Springer zwei Felder vor den gegnerischen König und servierte Egon ein grinsendes: »Schachmatt!«

Zwar hatte Egon seine Niederlage kommen sehen, dennoch war er von ihrer plötzlichen Unausweichlichkeit überrascht. »Warum falle ich jedes Mal wieder auf deine Ablenkungsmanöver herein?«

»Weil ich zurzeit unschlagbar bin?«

»Ich würde ja gerne auf eine Revanche pochen, aber die Pflicht ruft.«

Was das bedeutete, war für Sophie unschwer zu erraten. »Franziskaner oder Dürnbräu?« Columbo war blitzartig hellhörig geworden. »Wirst du deinem Galerist denn beichten, dass du im letzten Monat genau ein kleines Bild, und zwar von einem nassen Badetuch, gemalt hast?«

»Nein, ich denke, das würde ihn nur unnötig nervös machen. Zum Schluss muss ich meine halbe Ente selber zahlen.«

»Man stelle sich das vor!«

»Vielleicht, ja, vielleicht deute ich ihm besser an, dass ich den lieben Gauguin in seine Schranken weisen werde, mit meiner neuen Muse.«

»Lern erst mal Schach. Und jetzt verschwinde!«

Kaum war Egon gegangen, nahm Sophie im alten Lesesessel von Max Platz und begann, in ihrer Süddeutschen zu stöbern. Zuerst die Schlagzeilen und Artikel auf der Titelseite, dann die Rückseite mit kuriosem bis trivialem Quatsch aus aller Welt. Schließlich vergrub sie sich in den politischen Teil, wobei sie gerne mitkommentierte, für Columbo. Er war stets ihrer Meinung. Weiter mit dem Feuilleton und dem Sport. Der Oper ging das Geld aus und den Bayern die Gegner. Der Lokalteil schließlich war es, der ihr die gute Laune mit einem Schlag verhagelte.

Unter einer hochdramatischen Überschrift durfte sie erfahren, dass sich die Sicherheitslage rund um das amerikanische Generalkonsulat extrem verschärfen würde. »Die Gefahr eines Anschlags hat sich nochmals dramatisch erhöht«, wurde Generalkonsul Joshua Spencer zitiert, und ein anderer, ein gewisser Pete Delray, dem der Sicherheitsapparat des Konsulats unterstand, führte weiter aus, dass die feigen Terroristen laut neuster Erkenntnisse in jüngster Zeit auch Anschläge und Attentate aus »einer gewissen Entfernung« trainierten und planten. Es sei deshalb nicht mehr auszuschließen, dass ein Großteil der Königinstraße, und somit natürlich auch ihre Bewohner, direkt bedroht seien. Man erwäge, eine weit ausgedehnte Sicherheitszone einzurichten.

Sophie blieb die Luft weg. Sie wohnte in der Königinstraße. Sollte das etwa heißen, dass sie sich auf einen bevorstehenden Anschlag einzustellen hatte? Wie bereitet man sich denn bitte darauf vor? Musste sie sich eine kugelsichere Weste kaufen? Einen Bunker im Umkleidezimmer bauen? Das war doch alles absurd! Die einzige Bedrohung, die sie sah, war das selbstherrliche und unseriöse Auftreten ihrer amerikanischen Nachbarn. Weiter hieß es, dass einige der Anwohner bereits den Umzug planten und die Straße sowie ein Teil des Englischen Gartens natürlich umgehend einem neuen weitaus härteren Antiterrorkonzept unterzogen werden müssten. »Was wir jetzt scheuen, bereuen wir später bitter«, wurde der Generalkonsul zitiert. Jeder müsse bereit sein, Opfer zu bringen. Es dürfe keine Tabus geben, der Feind sei leider hinterlistig und feige.

Das hörte sich ja an, als erklärten die Amerikaner ihre Nachbarschaft von einem Tag auf den anderen zur Kampfzone? Im Handumdrehen wurde ihre beschauliche Straße zum Kriegsschauplatz erklärt. Was kam als Nächstes? Ein Stacheldrahtzaun quer durch den Park? Minen? Kontrollpunkte wie am Gazastreifen? Nur weil ein paar Analphabeten gelernt hatten, verwackelte Drohvideos ins Netz zu stellen, sollte die zivilisierte Welt ihr Leben nicht mehr so leben dürfen, wie sie es für richtig hielt? Sophie wischte die Zeitung so heftig zur Seite, dass Columbo erschrak. Genervt und verärgert sprang sie aus dem weichgesessenen englischen Ledersessel auf und trat auf den Balkon. Sie sah direkt auf das Konsulat. Diese unsägliche Panikmache! Gab es niemanden, der noch einen Funken Vernunft hatte und diesem Irrsinn die Stirn bot?

Mit einem Mal kam Sophie sich unbeschreiblich hilflos vor. Ohne dass sie etwas dagegen unternehmen konnte, sollte aus ihrem friedlichen Zuhause ein militärisches Sperrgebiet werden. Oder war sie es, die anfing zu übertreiben? Zornig sah sie zu ihrem Wischler, der die ganze Aufregung nicht im Geringsten verstand. »Columbo, das dürfen wir uns nicht gefallen lassen!«

Aber was sollte sie machen? Ihr Blick fiel auf ihren Computer. Nur zu gerne würde sie jetzt dem Herrn Generalkonsul eine sehr persönliche E-Mail an seine sehr persönliche Adresse schicken und ihm darin klarmachen, wer hier eigentlich zu Hause war und wer Gast. Das deutsche

Konsulat in New York, plante das etwa mal eben, einen Sperrzaun durch den Central Park zu ziehen?

Dieses ständige Gefasel von der Sicherheit. Als hätte das jemals etwas gebracht. In Wahrheit steckten doch immer ganz andere Interessen dahinter. Dafür musste man kein irrationaler Verschwörungstheoretiker sein. Jeder Krieg, jeder Ausnahmezustand war zufälligerweise immer auch ein willkommenes großes Geschäft. Ein unsichtbarer Feind war dabei das Beste, denn keiner konnte ihn nachprüfen. Alles top secret!

Sophie aber fragte sehr wohl. Sie fragte sich, was hier und jetzt genau der Fall war. Wer garantierte ihr denn, dass sie wirklich alle in Gefahr waren? Sollte das entspannte Leben am Park plötzlich für immer vorbei sein, weil sich angeblich Attentäter und Schläfer unter die Nackten geschmuggelt hatten? Weil ein paar Amerikaner, die sich nur ihrem Land und sonst maximal ihrer Gier verpflichtet fühlten, das jetzt so beschlossen? Durfte man diese kostbare Oase des Friedens einfach aufgeben? Das war doch abenteuerlicher Blödsinn. Nein, es mussten andere Interessen im Spiel sein. Sie sah es immer klarer, ihr geübter Instinkt sagte ihr, dass der Herr Generalkonsul mit dieser Panikmache etwas ganz anderes bezweckte. Das einzige Sicherheitsrisiko für Uncle Sam war vielleicht die Libido seines Schmalspurcasanovas. Sie traute Mr. Spencer keinen Zentimeter über den Weg. Der Mann war ein Lügner. Und es war ab sofort ihre Aufgabe, herauszufinden, was er im Schilde führte.

Dazu musste sie ihn erneut aus der Reserve locken. Sie musste für Unruhe sorgen, im Ameisenhaufen herumstochern, um hektische Bewegungen zu provozieren. Sophie fiel diese seltsame Mail wieder ein. Beim ersten Mal hatte sie die wenigen Sätze überlesen. »Geld angekommen, kritische Phase, kein Zurück mehr.« So aber konnte das weitaus mehr bedeuten, als sie ursprünglich angenommen hatte.

Auch wenn Sophies Chancen, irgendetwas aufzudecken, äußerst gering waren, ihre Finger waren bereit, um erneut auf der Tastatur zuzuschlagen. Der Computer wartete nervös blinkend auf ihre Kommandos. Leicht maliziös schürzte Sophie die Lippen, denn sie schmiedete bereits den Plan zum Gegenschlag.

»Kunst, ja, lassen Sie es mich so direkt und unverblümt klarmachen, meine sehr geehrten Damen und Herren, Kunst darf nicht nur, ooooh nein, sie muss es sogar, sie muss unbedingt weh tun. Ohne Schmerzen keine Kunst! Das ist die Forderung. Wir Betrachter sollten darum flehen, provoziert zu werden! Der Künstler, der Provokateur, muss uns verletzen! Lässt uns sein Œuvre ungeschoren davonkommen, so wird umgehend, und nur zu Recht, ein gnadenloses Urteil über diese Kunst gefällt: Sie wird irrelevant.« Auf der Stirn des Redners, Albion Waggenheim, perlte der Schweiß ab, und seine Wangen waren von einem zarten Netz roter Äderchen überzogen. Seine freudige Erregung vor dieser so exklusiven Ansammlung feiner, kunstinteressierter Münchner Bürger die Eröffnungsworte der Ausstellung halten zu dürfen, wollte Waggenheim zwar unbedingt überspielen, aber sein klatschnasser Anzug machte ihm da einen kleinen Strich durch die Rechnung. Albion Waggenheim und die obersten ein Prozent der Stadt. Die wichtigsten und klügsten Köpfe der Perle an der Isar hingen an seinen Lippen. Endlich war er einmal an der Reihe gewesen und nicht sein bräsiger Chef. Er war nicht zu bremsen, das war seine Chance. »Unbedeutend, oooooh nein, das ist Jason Simon Simons mit Sicherheit nicht!« Da sein Kehlkopf drohte sich zu überschlagen, dehnte er die Worte in die Länge. Gleichzeitig schwoll das Tremolo in Albion Waggenheims ohnehin dünner Stimme zu einem ir ren Zittern an. Das Zuhören wurde so zu einer echten Herausforderung. Dass er obendrein jedes Wort dramatisch betonte, zog wie ein zwangsbeurlaubter Opernsänger, machte die Sache nicht einfacher. »Denn Siiiiiimon Simons will uns seeeehr wohl Schmerzzzzen zufügen, er will uns leeeeiden sehen, er hat keine Gnaaaade mit uns …«

»Der Champagner ist brühwarm«, flüsterte April Spencer ihrem Mann ins Ohr. »Wenn ich davon Kopfschmerzen bekomme, bist du schuld.«

»Warum trinkst du ihn dann, Darling?«

»Weil ich Durst habe!« Aus Protest trank April ihr Glas in einem Zug leer und sah ihren Mann strafend an.

»Ich besorg dir gleich ein kühleres.«

»… die brutaaale Wahrheit des Geniiiies, ein Spiegel der verdienten Naaarben!« Waggenheim hatte einiges im Köcher, gleichwohl seine Euphorie nicht wirklich auf sein Publikum überspringen wollte.

Der Generalkonsul hielt derweil nach einem Kellner Ausschau. Was für ein verschenkter Abend! Heute musste er den Grüß-August spielen. Wie viel lieber säße er jetzt auf seinem Sofa, um sich mit Bier und selbstgemachten Burger ein NBA-Spiel anzusehen. Vorzugsweise zwischen den L.A. Lakers und den Miami Heat oder den Boston Celtics. Aber die Pflicht rief, er musste sich zeigen, präsent sein, denn immerhin war es ein amerikanischer Künstler, der heute mit seinen Skulpturen zum ersten Mal dem deutschen Publikum «Schmerzen zufügen wollte«. Spencer ermahnte sich zu lächeln, denn er wusste, dass man ihm Langeweile schnell ansah.

»… freut es uns natürlich iiiimens, dass wir Münchner die Ersten sind, die Sie verletzen werden, Mr. Simon Simoooons. Und ich fordere Sie ehrrrrrfürchtig auf, ja fleeeehe Sie an, schmerzen Sie, quälen Sie uns! Zeigen Sie keeeeine Gnade!«, improvisierte Waggenheimer mit hochrotem Kopf wie im Rausch. Seinen ursprünglichen Redetext hatte er längst verlassen, denn er verspürte die plötzliche Magie des Moments. Was nun auch die tapfersten Kunstliebhaber etwas irritierte und unangenehm berührte. Als Simon Simons seinerseits die ihm zur Huldigung gedachten Worte mit »pain and torture« übersetzt bekam, überlegte er, ob er seinem Gastgeber nicht wenigstens eine langen oder ihn kurzerhand zu einer Skulptur verarbeiten sollte. Aber er lächelte, wohl wissend, dass seine Skulpturen auch ohne eine Schlägerei mit seinem örtlichen Galeristen absurd hohe Preise erzielen würden. Auch eine deutsche Bank hatte sich bereits als dankbarer Käufer angemeldet. Mit einem gesellschaftskritischen Kontext, mit seiner angeblichen »brutalen Provokation der Eliten«, die man ihm von allen Seiten plötzlich andichtete, ließ sich kinderleicht jedes Firmenimage aufpolieren. Zur Schau gestellte Demut in Zeiten der Dauerkrisen war vergleichsweise günstige PR für die Banker und Finanztrickser. Immer her mit der Kohle! Betrüger betrügen. War Kunst jemals etwas anderes gewesen?

Jackpot! Eigentlich war er anfangs ja nur zu faul gewesen, den ganzen Schrott, der sich auf dem Hinterhof angesammelt hatte, zu entsorgen. »Also hab ich's zusammengeschweißt, genagelt, verklebt und bunt angemalt. Ich hab null Ahnung, was ich da mache!«, hatte er einer Blondine, natürlich gefärbt, kürzlich in einem Table-Dance-Laden offen und besoffen gestanden. Kunst war ein Kinderspiel. Wie so oft im Leben hießen die Schlüssel zum Erfolg Frechheit und Glück. An beiden mangelte es ihm nicht.

Nachdem sich die erste künstliche Begeisterung der offiziellen Eröffnung gelegt hatte, wandelte man umher und begutachtete das Opus des Meisters. Längst war fast alles mit einem kleinen roten Punkt versehen. Verkauft.

Auch der Generalkonsul und seine Gattin fanden, trotz des vielen Händeschüttelns, Zeit, sich dem Werk ihres Landsmannes zu widmen. Vor ihnen baute sich eine über drei Meter hohe, in sich verdrehte DNS-Helix auf, zusammengesetzt aus Hunderten gebrauchten Handys. »Mobile code – wrong connection« der treffende Name, zwanzigtausend Euro der stolze Preis. Man staunte anerkennend. Vor allem über den roten Punkt.

Wer wusste schon, dass der große Jason Simon Simons sich vor seinem unerwarteten Durchbruch mit dem Verkauf und Tausch von Krempel und vor allem alten Akkus über Wasser gehalten hatte? Nur dem wirklich pedantischen Auge fiel auf, dass diese den meisten Handys fehlten.

Ergriffen verkündete April: »Was für ein geniales Genie! Diese Zweideutigkeit! Da musst du erst einmal draufkommen!«

Spencer, seinerseits froh über Aprils seltene Aufgeschlossenheit, sie neigte üblicherweise dazu, beim Anblick von moderner Kunst lauthals klarzustellen, so einen Mist könne sie auch, scherzte: »Und quält er dich, das geniale Genie?«

Doch leider war April auch heute nicht nach Ironie zu Mute, selbst nicht in zarten Dosen serviert. Ironie und Schönheit schienen sich bei Frauen ihrer Art nur selten zu vertragen.

April rieb sich die Nase. »Nein, du, Josh, du quälst mich mit deiner beschissen arroganten Art. Diese doofe Überheblichkeit, das macht dich so … so alt. Noch älter, als du sowieso bist.« Sie wusste, wo sie den Stachel anzusetzen hatte. Noch allerdings piekste sie ins Leere, denn Spencer zeigte keine Spur von verletzter Eitelkeit. Er zuckte mit den Schultern und lächelte sanft.

Also setzte sie nach. »Was sollte zum Beispiel diese lächerliche Aktion gestern?«

»Wovon redest du, meine Liebe?« Spencer war tatsächlich überfragt.

Auch wenn April wie üblich bis zum nachmittäglichen Frühstück geschlafen hatte, so war ihr der Schwimmausflug ihres Mannes nicht verborgen geblieben. »Deine Planscherei in diesem Park!«

»Du meinst den Englischen Garten?«

»Du weißt verdammt genau, welchen blöden Park. Vor allen Leuten in der Badehose herumzuhüpfen? Das ist beschämend! Würdelos, für dich und dein Amt!«

Warum war seine Frau mit einem Mal so aggressiv? »Darf denn dein alter Mann keinen Frühsport mehr machen?«, fragte Spencer ruhig. Noch immer hatte er seine Hände lässig in den Hosentaschen, wenn er nicht gerade einem zumindest halbwegs vertrauten Gesicht zuwinkte.

»Findest du das witzig? Sieht so etwa ein zukünftiger Gouverneur aus? Oder ein Senator? Stellen die sich halbnackt in der Öffentlichkeit zur Schau? Wie sollen deine Wähler vor dir Respekt haben?« All dies servierte April Spencer ihrem Mann mit einem liebevollen Lächeln. Jeder Außenstehende mochte meinen, der Generalkonsul und seine bezaubernde Frau flirteten wieder einmal miteinander. Ach, verliebt wie am ersten Tag!

»Charlie Wilson, Senator aus Texas. Der saß sogar mit Prostituierten und einem Gangster im Whirlpool, in Vegas.« Spencer versuchte nicht, altklug oder überheblich zu wirken, sondern die Situation mit witzigen Fakten zu entschärfen. Keine leichte Aufgabe. Er wollte die kleine Auseinandersetzung in einen charmanten Flirt drehen. »Oder unser geliebter Mister Präsident, selbst von ihm gibt es Fotos in Badehose mit seiner Familie am Strand.«

Zum ersten Mal verflog Aprils Missmut ein wenig.

Spencer legte nach. »Allerdings würdest du mich auf so einem Foto zum harmlosen Komparsen degradieren, denn aller Augen würden sich nur auf dich richten, Darling.« Jetzt musste sie weich werden.

»Wie bescheiden, dass du dich mit dem Präsidenten vergleichst.« Sie wurde weich.

»Und dich mit der Präsidentengattin!« Er war kurz davor, ihr einen versöhnlichen Kuss zu geben.

Doch April drehte sich weg. »Der Strand von Long Island ist doch etwas ganz anderes als so eine dreckige Pfütze in diesem deutschen Park«, sagte sie zickig.

Es war ein Bach, dachte er. Aber er konnte nicht mehr gewinnen. Ihr Herz schon gar nicht. Heute fehlte ihm außerdem die Kraft. In der Brusttasche seines schwarzen Dreiteilers, maßgeschneidert und von kaum sichtbaren, hauchdünnen dunkelblauen Streifen durchzogen, vibrierte sein Telefon. Auf seinem privaten Account musste soeben eine Nachricht eingegangen sein. Vielleicht ein warmherziges Lebenszeichen aus Hamburg. Oder eine andere liebevolle Frau, die ihn besser verstand als April? Das konnte er jetzt wahrlich gut gebrauchen. »Darling, bei aller Liebe zur Kunst, wenn du mich kurz entschuldigst?«

Nur zu gerne. April hatte genug von ihrem altklugen Ehemann. Dabei war sie noch vor wenigen Minuten bester Dinge gewesen. Der Künstler hatte ihr Herz geöffnet, hatte zu ihr gesprochen mit seinen faszinierenden Skulpturen. Spencer war nur »amüsiert« gewesen. »Ein Scharlatan«, hatte er ihr ins Ohr geflüstert und damit den Künstler und vor allem sie beleidigt. Sie musste Simon Simons unbedingt persönlich treffen. Ihm zeigen, dass sie ihn verstand.

Vorher allerdings galt es etwas gegen ihre miese Laune zu unternehmen. Elegant schritt sie in Richtung Toilette. Ihr beiges Lederhandtäschchen hielt sie dabei fest umklammert. Allein schon der Gedanke an die beiden Tütchen feinsten weißen Pulvers, direkt aus Kolumbien, zauberte ein Lächeln auf ihr Gesicht. Diese Line Koks hatte sie sich mehr als verdient.

Josh Spencer beobachtete seine Frau nur beiläufig durch die großen Fenster der Galerie im Museumsviertel. Er war nach draußen auf die Straße gegangen, mit einem von Delrays Leuten als unauffälligem lästigem Schatten. Instinktiv wettete er auf Katharina als Verfasserin einer kleinen, erotischen Liebesbotschaft.

Seine leichtfüßige Stimmung schlug abrupt ins Gegenteil um. Verdammt! Verdammt! Verdammt! Die neue Nachricht hatte alles, nur keinen amourösen Hintergrund. Er hatte sich wieder gemeldet, der Erpresser. Spencer blickte unsicher zu seinem Sicherheitsmann und drehte sich noch ein wenig mehr zur Seite weg, als ob sein Bodyguard Adleraugen hätte. Obwohl die Abendsonne mit einem leichten Hauch über Spencers Nacken streichelte, stellten sich ihm die Haare auf. Er begann zu lesen.

Zig verschiedene Entwürfe und Versionen hatte es gedauert, bis sie endlich die richtigen Worte gefunden hatte. Auf keinen Fall durfte sie unglaubwürdig wirken. In der Sekunde, in der Spencer spürte, dass sie bluffte, war der Spaß vorbei. Natürlich hatte sie keine Fotos, nur ein paar harmlose E-Mails. Der Rest war reine Spekulation. Dass sie behauptete, Fotos zu besitzen, dass sie ihm seit längerer Zeit gefolgt war, alles blanke Lüge. Mehr als leicht zu durchschauen. Allerdings nicht, wenn man sich ertappt fühlte. Das hatte sie von ihrem Mann gelernt. Einen Täter, dem man auf der Spur war, konnte man mit einer Finte, einer Lüge, einem guten Bluff sehr leicht verunsichern. Denn er musste immer annehmen, dass man die Wahrheit sagte. Und selbst hinter einem noch so offensichtlichen Bluff steckte in den meisten Fällen ein Fünkchen Wahrheit. Keiner pokerte mit völlig leeren Händen. Umso wichtiger war die Haltung, der richtige Ton. Wer mit einem schlechten Blatt zu große Töne spuckte, der war leicht zu durchschauen.

Also hatte sie dick, aber nicht zu dick aufgetragen. Und nachdem sie endlich auf Senden gedrückt hatte, spürte sie, wie der Schmerz in ihrem Arm etwas nachließ. Nun war sie auf seine Reaktion gespannt.

Dafür hatte sie ihm ein paar Tage Zeit gegeben, bis zum nächsten Wochenende. Dann hieß es: Showdown!

Oder war sie ein zu großes Risiko eingegangen? Der Generalkonsul der USA war schließlich nicht irgendwer. Er hatte erfahrene Sicherheitsspezialisten an seiner Seite, die ihn vor allem und jedem zu schützen verstanden. Eine durchgeknallte Witwe von nebenan war da ein Kinderspiel.

Ihr wurde mulmig. Die Nüchternheit des neuen Tages warf plötzlich ein sträflich klares Licht auf die Sache. Sie hatte sich von ihren Emotionen treiben lassen. Wut? Ein schlechter Ratgeber. Was hatte sie sich eigentlich eingebildet? Dass sie mit ihrer lächerlichen Drohung die amerikanische Außenpolitik veränderte? Dass sie gar eine große Verschwörung aufdeckte?

Sophie stellte sich vor den großen Spiegel im Flur und musterte sich kritisch. War sie spießig oder elegant? Sie hatte sich gut gehalten für ihre Mitte vierzig, war relativ schlank, alles weiterhin am richtigen Platz, auch wenn sie das geschickt unter zu lässigen Strickjacken zu verbergen wusste. Ihr Haar war voll und länger als bei Frauen ihres Alters üblich. Die erstaunlich wenigen Falten um die großen Augen vermochten es nicht, ihrem klaren Blick die Kraft zu nehmen. Für Max hatte es keine schönere, keine geheimnisvollere Frau gegeben. Trotzdem war eines klar: Was sie sah, war keine neue Mata Hari.

Mit einem Mal war sie richtig sauer auf sich. Sie hatte es übertrieben. Sie bereute ihren dummen Brief von gestern. Aber dazu war es zu spät.

»Mein Gott, Sophie, du bist wirklich bescheuert!«, verurteilte sie sich laut. Ihr Handy meldete sich.

»Egon? So früh am Morgen?«

»Mein kriminalistischer Instinkt verrät mir, du bist in einem Park, mit deinem Hund, warte ... der Englische Garten?«

»Im Vergleich zu dir war Maigret ein lächerlicher Streifenpolizist.«

»Gut. Dann kannst du mich ja auf einen Kaffee im Moritz besuchen!« Was mehr eine Anweisung war denn eine Frage oder gar eine Bitte. Auch weitere Überredungskunst war überflüssig, denn das St. Moritz, eine charmante Mischung aus Kiosk und Café, lag nur schlappe zehn Minuten entfernt, fast direkt am Park, und hatte dazu eine hervorragende, gut geölte Kaffeemaschine.

»Oh, guten Morgen! Weißbier? Schmeckt's? Dein Herz ist wohl zu schwach für Kaffee?« Sophie begrüßte ihren Freund, der sich gemütlich, auf einem der vielen unterschiedlichen Stühle sitzend, von der Sonne verwöhnen ließ, mit einem Kuss auf die Wange. Egon trug einen Anzug mit einer Art Burberry-Muster aus Beige, Weiß und

Weinrot. In seinem zerzausten Haar hatte er eine dunkle Sonnenbrille, auf die Ray Charles neidisch gewesen wäre.

»Gut, danke, und diese Weißwürste erst! In welcher Stadt gibt's das schon? Mich bringt hier keiner weg.«

»Gestern wolltest du noch auf die Seychellen.«

Mit müden Augen und dazu passendem Gang tauchte Florence auf, eine französische Kunststudentin, die angeblich auch ein wenig modelte, obwohl sie nicht ganz so hübsch war, wie ihr Name es versprach. Sie begrüßte Sophie mit einem wortlosen Nicken.

»Langes Shooting?«, fragte Sophie. »Oder hast du den Akt gleich selber gemalt?«

»Frage bittö nischt! Eurö Bier und eurö Schnäpse gehören, prohibité, verboten!« Florence achtete darauf, ihren französischen Akzent zu pflegen. Damit betonte sie ihr Pariser Flair und verdrehte den Münchner Kunststudenten reihenweise die Köpfe.

»Das fällt auch nur einer Französin ein«, meldete sich Egon zu Wort.

»Einen Cappuccino bitte!«

»Oui, oui. Croissant dazu? Was ist mit deinö Hand?«

Jetzt bemerkte auch Egon, dass Sophies Handgelenk auffällig angeschwollen war. Sophie zögerte. »Ist harmlos. Hast du eine Kirschtaschööö?« Sie äffte Florence gern nach.

Florence zuckte mit den Schultern. »Sischer, gernööö.« Dann lächelte sie. »Sieht aber nischt gut aus, ma amie!«

»Sie hat recht!«, pflichtete Egon ihr bei. Aber er wusste, dass Sophie Ärzte und vor allem Krankenhäuser mied. Er beließ es dabei. »Probier mal diese Wunderwaffen der bayerischen Metzgereikunst!«

»Danke! Hmmm, zusammen mit meinen Cappuccino? Lecker!«

Columbo hatte seinen Lieblingsplatz am äußersten Tisch eingenommen, mit größtmöglichem Überblick auf das Geschehen der Straße.

»Sag, hast du überhaupt geschlafen?«, fragte Sophie etwas besorgt. Denn mochte Egon noch so voller Energie strotzen, er hatte die von Blutadern gepeinigten Augen eines Zombies.

»Sicher, ja. Vorgestern und kurz zwei Nächte davor.«

»Zwei Nächte Schlaf? Na, das sollte für diesen Monat reichen.« Wirklich komisch war das nicht. Egon forderte seinen Körper heraus wie ein ignoranter Zwanzigjähriger.

»Gerade vielversprechend hat der Abend gestern nicht angefangen. Aber dann ... hossa! Ich war angenehm überrascht!«

»Lass mich raten! Du warst im Schumanns, mit deinem besten Freund Gin Tonic?«

»Der war auch mit von der Partie. Freundschaften muss man schließlich pflegen!«

»Grüß ihn von mir. Sag ihm, ich brauch dich auch noch ein Weilchen.«

»Ausstellungseröffnungen sind mir ein Greuel. Aber gestern, dieser Simon Simons, ein saufrecher Kerl!«

»Ma Chérie! Voilà!« Florence tänzelte herbei. »Kirschtaschööö«

»Alle waren sie da. Die ganze gestopfte Münchner Kunstmischpoke. Mittendrin der aufgeblasene Waggenheimer, kurz vorm Herzkasper.« Egon versuchte ihn ungeschickt nachzumachen, indem er imaginär seinen Kopf aufblies. »Ist dir mal aufgefallen, das fast jeder, der in dieser Stadt mit Kunst zu tun hat, knapp über dreihundert Jahre alt ist?«

»Dich mit eingeschlossen?«

Egon tunkte eine Weißwurst in den süßen Senf. »Man

hat das Gefühl, der alte Lenbach wär noch am Leben. Nix als neureicher Geldadel.« Nun pellte er fachmännisch die zweite Wurst. »Kein bisschen Sachverstand. Von Leidenschaft ganz zu schweigen.«

Sophie kicherte. Es war zu herrlich, wie Egon glaubwürdig über die lokale Kunstszene herzog und dabei eine Weißwurst nach der anderen verdrückte. »Denen fehlt halt deine Klasse, Egon.«

»Selbst der Herr Generalkonsul mit seinem Schaufensterpüppchen war da.«

Plötzlich war Sophie hellwach. Hatte sie da eben richtig gehört? »Dieser, der Konsul …«

»Joshua Spencer.«

»Ja, genau. Wie, ich meine, was für ein Mensch ist der denn so?«

»Mensch? Wieso? Keine Ahnung. Interessierst du dich für ihn?«

Sophie war jetzt heilfroh, dass sie Egon nichts von ihrem Coup erzählt hatte. »Ich bitte dich! Dachte nur. Immerhin ist er mein Nachbar. Na ja, vergiss es.«

»Scheint mir eigentlich ganz patent, beinahe sympathisch. Zumindest hat er sich nicht so dämlich wichtig gemacht wie alle anderen. Und seine Frau, April? Was für ein grandioser Name! Wieso haben wir Deutschen eigentlich nicht solche illustren Vornamen? Zum Beispiel für die Kanzlerin: April! April Merkel. Oder statt Franz, Februar Beckenbauer!«

»August würde besser passen!«

»Meinst du eher das Kaiserliche, oder weil er so blitzgescheit ist?« Egon grinste.

Sophie war mit ihren Gedanken ganz woanders. Wie gerne hätte sie Spencer am gestrigen Abend beobachtet.

»Aber dann haben die sich irgendwie gestritten. Der

Konsul stand dann nur noch auf der Straße und hat wie benommen in sein Handy gestarrt. Während die feine April sich hopplahopp an den Mann des Abends drangeheftet hat.«

Sophies Puls schlug schneller. Egon machte sich weiter über die Ausstellungsbesucher lustig, sie hingegen malte sich aus, wie Spencer auf der Straße gestanden hatte. Gut möglich, dass es haargenau ihre Nachricht, ihre Drohung war, die ihm so nahegegangen war.

Na immerhin, aufgeschreckt hatte sie ihn! Mit halb geschlossenen Augen biss sie in die Kirschtasche. Sie tat dies so genussvoll, dass Egon seine Ausführungen verwundert unterbrach. »Schmeckt die tatsächlich so gut, oder hast du heute noch nichts gegessen?«

Sophie konnte ein Schmunzeln nicht verbergen. »Oh, das ist die beste Kirschtaschööö seit langer Zeit.«

Dieser verfluchte Morgen hatte ebenso mies begonnen, wie der vergangene Abend geendet hatte. Das Spiegelei lag noch immer unberührt auf dem Toast, den es langsam aber sicher durchtränkte und bald zu Matsch auflösen würde. In seinem Orangensaft setzt sich das Fruchtfleisch ab und hinterließ eine trübe Brühe. Nur seinen kalten Kaffee hielt Josh Spencer fest in seiner Hand. Er stand am Fenster. Zu seinen Füßen lag das Haus der Kunst, aber er blickte ins Leere.

Sein Peiniger schien sehr gezielt vorzugehen. Noch mehr geheime Fotos? Und woher wusste der Mistkerl so viel? Spencer war überfordert. Was war die beste Reaktion? Ruhe bewahren und abwarten, dass der Erpresser seine Drohung wahr machte, ihn der Presse, seinen politischen Gegnern und seiner Frau zum Fraß vorwarf? Und damit obendrein den streng geheimen, schmutzigen Deal gefährdet?

Oder wie ein hilfloser kleiner Junge zu Kreuze kriechen und auf jede neue noch so absurde Forderung eingehen? Sein Interview widerrufen? Alles nur ein großes Missverständnis. Sorry, die Botschaft und die umliegenden Straßen sind selbstverständlich so wenig ein Ziel von Anschlägen wie jede andere Gegend in der Stadt. Da hat wohl einer in der Eile München mit Kabul verwechselt. Kann vorkommen, oder?

Wenn er das so gestand, öffentlich, würde ihn keiner mehr ernst nehmen. Schlimm genug. Noch schlimmer war, dass er ab der Sekunde einem Erpresser ausgeliefert war, für immer, auf Gedeih und Verderb. Dann gab es kein Ende, dann war dieser Mist erst der lächerliche Anfang.

Alles hatte damit angefangen, dass er sich vor Monaten, in einer schwachen Minute und gegen seine sonstigen Prinzipien, auf einen faustischen Deal mit diesem halbseidenen Al eingelassen hatte. Von da an hatte er die Kontrolle verloren. Der Mann saß ihm im Nacken, sog sich an ihm fest wie ein Blutegel. Aus einer anfänglichen Gefälligkeit drohte ein handfester Betrug, ein glasklares Verbrechen zu werden.

Und jetzt das! Ein Erpresser! Als bereitete ihm dieser Al nicht schon genug Kopfschmerzen. Nein, jetzt raubte ihm zusätzlich ein Verrückter den Schlaf, der sich einen Heidenspaß daraus machte, ihn, Joshua Spencer, den Generalkonsul, schwitzen zu sehen und nach seiner Pfeife tanzen zu lassen. Erst sollte er bitte in den eiskalten Bach springen und seine soziale Kompetenz mal wieder auf Vordermann bringen. Und jetzt echauffierte sich der Moralapostel über sein natürlich völlig übertriebenes Statement zur Sicherheitslage. Wer hatte sich da in sein Leben eingeschlichen?

Das Sicherheitsmemo konnte er aber nicht relativieren. Es war ein weiterer Teil der teuflischen Abmachung mit Al gewesen. »Ein Baustein unserer Vertrauensbasis«, wie sein neuer «Freund« behauptet hatte. Die Sache lief sowieso längst. Er würde alles nur durcheinanderbringen, unnötig gefährden. Es war viel zu spät, um umzukehren, auch wenn er das immer mehr wollte. Eine Menge Geld, vor allem sein Name waren im Spiel. Und es ging um nichts Geringeres als um seine Zukunft. Er fühlte sich mit einem Mal ohnmächtig.

Als wäre das nicht genug, hatte er eben wieder eine dieser Nachrichten von Al erhalten: »Unerwartete Widerstände, müssen Druck erhöhen!!! Alle Mittel recht, keine Tabus!«

Selbst als Delray plötzlich im Raum stand, konnte Spencer seine Unruhe nicht verbergen. »Pete, musst du dich immer so anschleichen?«

»Ich habe dreimal Ihren Namen gerufen.« Delray legte den Kopf zur Seite. »Sind Sie okay?«

Unablässig, wie ein nervöser Tennisspieler beim Grundlinienspiel, pendelte Spencer vor dem Fenster auf und ab. »Okay? Und wie! Geradezu phantastisch!«

So hatte Delray seinen Boss lange nicht mehr erlebt. Bis jetzt war es ein harmloser, ja langweiliger Tag, wie so oft. Was war es also, das seinen Boss dermaßen beunruhigte? Ahnte er, was Delray ihm gleich präsentieren würde? Die Liste von Profilen mutmaßlicher Attentäter, von Delray persönlich zusammengestellt. Und vor allem von Delray persönlich modifiziert.

Oder wusste er über etwas ganz anderes Bescheid? Verdammt! Spencer war ihnen auf die Schliche gekommen? Er hatte von der Affäre mit April Wind bekommen! Delray wurde nervös. Das wäre eine Katastrophe. Spencer war ein

Sportsmann, aber dafür hätte er kein Verständnis gehabt. Wie auch? »Ähm, Josh, was ist passiert? Sie verhalten sich merkwürdig?«

Spencer drehte sich um und sah Delray direkt in die Augen. »Sag du es mir!«

Ohne mit der Wimper zu zucken, hatte Delray Männern in den Kopf geschossen. Damals im Irak. Nicht einmal sein Puls hatte sich verändert. Aber jetzt fühlte er sich ertappt, von Spencer auf die Probe gestellt, und er konnte sein schlechtes Gewissen und seine Angst vor den Konsequenzen nicht verbergen. Er wusste, dass er hochrot angelaufen war. Ein Unding für einen Ex-Marine.

»Die Frage scheint mir eher, ist bei dir alles in Ordnung?«, sagte Spencer verwundert. So verunsichert, das passte ganz und gar nicht zu seinem Sicherheitschef. Wusste Delray etwa längst von dem Erpresser?

Der Bulle von einem Mann stand da wie versteinert.

»Pete?« Spencer ging im Kreis um ihn herum.

Wer war der Jäger, wer der Gejagte? Die Luft war plötzlich zum Schneiden dick.

Dann räusperte sich Delray. »Hab einfach nur schlecht geschlafen. Nicht der Rede wert.«

»Nun ja, ich auch«, antwortete Spencer. Mit einem Mal, ohne wirklichen Grund, wurde ihm klar, dass er seinem besten Mann nicht mehr vertrauen konnte.

Nancys Stimme verschaffte sich durch die Sprechanlage Gehör. »Mister Spencer, die Baumpflanzaktion, Sie baten mich, Sie daran zu erinnern. Außerdem Ihre Frau, der Termin zum Lunch?«

»Jesus, verschonen Sie mich mit meiner Frau.« Das war Spencer herausgerutscht. Es war für ihn äußerst ungewöhnlich, sich vor anderen so über seine Frau zu äußern. Ein weiteres Zeichen dafür, dass er dabei war, die Beherrschung zu verlieren. Schnell versuchte er die Sache wiedergutzumachen. »Ein Scherz!«, erklärte er charmant. »Wo, ich meine, helfen Sie mir, die Zeit? Ach, machen Sie einfach ein Abendessen daraus, bitte ja, eine Überraschung. Danke!«

Normalerweise hätte jetzt Delray einen deftigen Männerwitz gemacht. Aber Delray war nicht zum Scherzen zumute. Er wechselte das Thema. »Sie pflanzen einen Baum?«

»Ja, im Park, da drüben. Einen Redwoodtree, um genau zu sein.«

»Darf ich fragen, warum?«

»Als Zeichen unserer Freundschaft und Verbundenheit mit unseren Gastgebern.«

Das Wort Gastgeber stieß Delray unangenehm auf. In seinen Augen hatten die Deutschen zwei Kriege gegen die USA angezettelt und verdient verloren. Als Gast fühlte sich Delray hier sicher nicht.

»Haben wir nicht schon genug solche Zeichen gesetzt? Warum jetzt? Hier? Einen Baum?«

»Wo liegt das Problem? Glaubst du etwa, dass man ihn für einen Anschlag nützen könnte, den Baum?«

»Können Sie den nicht zu Hause pflanzen, in einem Wald, diesen Baum?«

»Pete, werd bitte nicht zynisch. Mir ist es ernst. Bald werde ich meinen Posten räumen, ich möchte dieser Stadt etwas hinterlassen.«

»Verstehe, den Josh-Spencer-Redwood-Gedächtnisbaum?«

»Genau. Und zwei Parkbänke.«

Pete Delray wollte nicht zulassen, wie Spencer sein Land lächerlich machte. Was kam als Nächstes? Ein Picknick im Konsulatsgarten? Ein Besuch im Streichelzoo?

Das hätte es unter Bush nie gegeben, dachte er frustriert. Der Mann gehörte eigentlich aus dem Verkehr gezogen. Dabei sollte er Petes Ticket nach Washington sein.

Spencer seinerseits wog kurz ab, ob er seinen Sicherheitsmann in sein kleines, delikates Problem einweihen sollte. Immerhin waren solche hinterhältigen Erpressertypen sein Spezialgebiet. »Weißt du, Pete ...«, fing er an.

Der erneute Umschwung in Spencers Stimmungslage versetzte Delray sofort in Alarmbereitschaft.

»... ich möchte dir etwas sagen«, fuhr Spencer fort, aber sein Bauchgefühl – oder war es seine Eitelkeit? – riet Spencer dazu, die Sache mit der Drohung fürs Erste noch für sich zu behalten. »Ich, na ja, wie gesagt, ich würde es sehr begrüßen, wenn wir auch in Zukunft, zusammenarbeiten könnten. Wir sind ein gutes Team!«

»Sicher. Ja, sicher, Ihr Wunsch ist mir Befehl.« Aber bevor du komplett abdriftest, muss ich dich wieder auf das richtige Gleis stellen, egal wie, dachte sich Delray.

»Gut, wir verstehen uns. Also, was liegt an?«

»Nichts Neues aus der Heimat. Dafür haben wir das hier.« Mit vorwurfsvollem Blick hielt Delray das Münchner Abendblatt hin. Auf der Titelseite stand mit großen Lettern zu lesen: »US-Künstler lässt's krachen!« Darunter waren vier Bilder abgedruckt. Eines zeigte eine halbnackte Frau, offensichtlich eine Prostituierte, deren splitternackter Körper komplett mit dicken Pinselstrichen übermalt war. Auf dem nächsten Bild war Simon Simons mit einem kräftigen Mann zu sehen, beide strahlten über beide Wangen, beide hatten eine Flasche Champagner in der einen Hand und einen Farbpinsel, den sie wie Degen kreuzten, in der anderen. Daneben war ein Foto von April abgebildet mit einem Zitat: »Simon Simons ist der zweitbeste Botschafter unseres Landes.«

Josh Spencer schloss die Augen. Der Artikel war ein PR-Desaster. »Soll ich vorlesen?«, fragte Delray vorsichtig, wissend, dass er den vernichtenden Blick seines Chefs auf sich ziehen würde.

Gleichzeitig meldete sich Nancy: »Ich hab hier Berlin, den Botschafter?«

»Jetzt nicht, Nancy, jetzt bitte nicht!« Spencer holte tief Luft. Alles drohte aus dem Ruder zu laufen.

Pete Delray behielt den besorgten Gesichtsausdruck. In seine Stirn gruben sich tiefe Falten. »Es gibt da noch etwas, das Sie sehen sollten.«

»Was denn? Nein, bitte nicht noch so eine peinliche Schlagzeile!« Spencer suchte Halt an seinem Schreibtisch. »Was ist das bitte für ein verfluchter Morgen?«

»Ich fürchte, diesmal ist es etwas ernster.« Delray griff in seine Brusttasche.

»Pete! Verdammt! Versau mir nicht komplett den Tag!«

»Zu spät. Sorry!« Er reichte einen Umschlag über den Tisch. »Lesen Sie selber.«

Der Brief war äußerlich neutral und an Generalkonsul Josh Spencer persönlich gerichtet, hatte aber keine Briefmarke. »Mister Generalkonsul …«, las Spencer vor, »… auch wenn Sie an den meisten Verfehlungen Ihres Landes nur wenig Schuld trifft, ich werde Sie dafür bezahlen lassen. Keine Sorge, Sie werden nicht der Einzige bleiben. Ich schreibe Ihnen diesen Brief aus Fairness, damit Sie noch rechtzeitig ihre letzten Angelegenheiten regeln können. Allah ist groß!«

Spencer blieb gefasst, er sagte eine Weile nichts. Dann lachte er laut, zu laut, los. »Hör mal, Pete, ich bitte dich! Wollen wir das ernst nehmen? So einen Unsinn bekommen wir einmal pro Woche. Ich könnte schon eine Sammlung mit den Dingern anlegen.«

Obgleich Delray in der Tat so eine Sammlung in seinem privaten Arbeitszimmer hatte, behielt er dies für sich, es tat jetzt nichts zur Sache. Beunruhigender war, dass Josh ihn wieder einmal nicht für voll nahm. »Dieser hier ist anders. Sonst würde ich ihn wohl nicht vorlegen.«

»Wo ist der Unterschied? Ein Wichtigtuer, der mich abmurksen will. Wie alle anderen auch.« In Wahrheit hatte die Panik Spencer nun komplett im Griff. Das war mittlerweile die dritte Botschaft innerhalb von wenigen Tagen. Jetzt sogar per Post. Der Erpresser drohte immer wahnsinniger zu werden.

»Nun, dieser ist zunächst einmal aus fein säuberlich ausgeschnittenen Buchstaben zusammengesetzt, alle aus größtenteils unterschiedlichen Zeitungen, der Ton ist wohlüberlegt, ein intelligenter Mensch, kein einziger Fingerabdruck, nicht irgendeine sonstige Faser. Nein, dieser Brief ist anders. Deshalb, ja, wir sollten ihn verdammt ernst nehmen.«

Die beiden Männer sahen sich schweigend an.

Längst war Spencer aufgestanden. Jetzt brauchte er einen Whiskey.

»Sie sollten von jetzt an eine Schutzweste tragen.« Delray stand wie ein Offizier mit Marschbefehl in der Hand da. »Selbstverständlich werde ich den Brief als offizielle, ernstzunehmende Bedrohung nach Washington melden. Bitte, Josh, ab sofort muss ich über jeden Ihrer Schritte informiert sein, im Vorfeld, sonst kann ich nicht mehr für Ihre Sicherheit garantieren.«

Durch Spencers Kopf blitzten die Gedanken wie Feuerwerkskörper. Er nahm einen ordentlichen Schluck, aber der half nichts. Ob es ein Fehler war, Pete nichts von den erpresserischen Mails zu erzählen? Bis jetzt hatte er geglaubt, die Sache selbst in den Griff zu bekommen. Anfangs hatte alles eine geradezu naive, kindliche Note. Ein bisschen Frühsport im Eisbach. Durchgeknallt, äußerst nervig, ja. Das hätte er sicherlich allein erledigen können, aber nun wurde die Nummer zu ernst. Er musste seine Strategie ändern. Es war nicht mehr zu leugnen, er brauchte Petes Hilfe. Sofort. Er versicherte sich, dass die Tür geschlossen war, dann trat er ganz nah an seinen Sicherheitsmann. »Pete, es gibt da ein kleines Problem. Das ist nicht der einzige Brief.«

Das Haus, in dem Egon arbeitete und wohnte, schmückten von außen mehrere große Atelierfenster, alle nach Norden ausgerichtet. Ein kunstverliebter Bauherr hatte das ausgefallene Haus 1910 errichten lassen, damit seine Malerfreunde die bestmöglichen Bedingungen für ihre Arbeit vorfinden mögen. Zu jener Zeit wimmelte es in München nur so von wilden Künstlern, Sammlern und Mäzenen aller Couleur. Kein Vergleich zum satten, egoistischen Zeitgeist, den die Stadt an der Isar nach Egons Meinung heutzutage so fest im Griff hatte.

Egon Tegern. Von einer vormals bunten Truppe junger Kunststudenten Ende der Achtziger war er über die Jahre als einziger Maler übrig geblieben. Nur er allein lebte und wirkte in dem Haus mit seiner langen Künstlertradition noch ganz im Geist seines Bauherrn aus der Gründerzeit. Oder, wie sich Egons mürrischer Nachbar, ein frustrierter Anwalt mit einer frustrierten Anwältin und einer frustrierten Tochter, ständig beschwerte, »pinselte« laut und viel zu spät nachts.

Was diverse Wirtschaftskrisen und zwei Weltkriege nicht geschafft hatten, war von einer zerstrittenen Erbengemeinschaft in wenigen Monaten erledigt worden. Abgesehen von Egon, der seine Wohnung dank eines geschickten Schachzugs rechtzeitig erworben hatte, beherbergte das Haus heute nur noch streitwütige Juristen. Darin allerdings herrschte Einigkeit, dieser faule Maler genoss sein Leben viel zu sehr. Genau deswegen machte sich Egon erst recht einen Spaß daraus, laut Musik zu hören, viele Gäste zu empfangen und gern erst dann nach Hause zu kommen, wenn die Papiertiger unausgeschlafen in ihre geleasten Kombis kletterten.

»Da bist du ja!«

Ohne lange zu fragen, spurtete Columbo in die Küche, weil er wusste, dass dort ein getrockneter Rinderknochen auf ihn wartete. Egon schnippte mit den Fingern, worauf sich Columbo sofort kurz tot stellte, um gleich darauf seine Belohnung einzufordern. »Sehr überzeugend! Braver Junge!«, lobte ihn Egon.

»Danke, der Nachfrage, es geht mir bestens«, sagte Sophie und knuffte Egon in den Magen.

»Ich hätt noch einen Knochen übrig?«

»Ein anderes Mal. Dafür hab ich einen kalten Rosé für uns.«

Weit unter der fast fünf Meter hohen Decke hing der kalte Rauch von Egons Zigarren. Zwei Drittel der Wohnung nahm das große Atelier ein, das von einer seltsamen Mischung aus Chaos und penibler Ordnung geprägt war. Wenn Egon malte, dann war er immer sehr konzentriert. Währenddessen nach Farbtuben und Pinseln suchen zu müssen, konnte ihn ungemein stören. Dort, wo der »Prozess« wie er es immer nannte, stattfand, hatte alles seinen Platz. Meist waren auf drei Staffeleien gleichzeitig Leinwände eingespannt. Selten arbeitete Egon nur an einem Bild. Sanft wie ein leichter Lufthauch tastete sich das Tageslicht gefiltert durch die trüben Fenster in die Tiefe des

Raumes. Nahe bei der Tür, dort wo es am dunkelsten war, summte ein mannshoher Weinschrank vor sich hin, der hinter seiner Glastür stets ein Dutzend Flaschen auf perfekter Temperatur gekühlt hielt. Fürs Erste wurde der Rosé dort kurz zwischengelagert. Auch der Humidor daneben hatte die bescheidenen Ausmaße eines Familienkühlschranks und war ebenso gut bestückt. In der offenen Küche fanden sich, wie auf dem Sofa und den beiden Tischen locker verstreut Bücher, Zeitungen sowie leere Gläser und Kleidungsstücke. Während auf der einen Seite der beiden großen Wände einzig ein überdimensionales Bild von Egons Eltern hing, waren die anderen drei Wände überladen mit unterschiedlichen Gemälden, alle sehr dicht beieinander, nur unterbrochen von dem vier auf vier Meter großen Fenster und einem ausgeblichenen Regalschrank vollgestopft mit Egons Sammlung von Schachspielen.

Sophie stand etwas unbeholfen im Raum, weil sie nicht wusste, wo sie sich hinsetzen sollte. »Der Tag, an dem du endlich eine Putzfrau hast …«

Er unterbrach sie: »… ist mein Untergang!« Egon nahm einen tiefen Zug an einer neuen Zigarre. »Jetzt schau halt mal!«

Zwischen ihnen beiden gab es das ungeschriebene Gesetz, dass sie nur dann seine unfertigen Bilder näher betrachten durfte, wenn er sie darum bat. Heute war es so weit. Sophie trat vor die mittlere Staffelei und nahm Zeit.

Egon fuhr sich mehrmals mit der Hand durch die Haare und wackelte von einem Bein aufs andere.

Schließlich: »Du wiederholst dich«, mehr sagte sie nicht.

Für Egon kam dies einem Todesstoß gleich. »Was redest du da? Mach jetzt bitte keine Witze!«

»Es tut mir leid, das sieht ja alles ganz nett aus. Aber…«

»Nett?«

»Ganz genau. Mehr nicht. Es überrascht nicht, es berührt mich nicht. Du willst, dass ich immer ehrlich bin.«

»Ehrlich, ja. Aber bitte auch sachlich.« Doch er wusste, dass es lächerlich war, ein Bild zu verteidigen oder gar es erklären zu wollen. Und verdammt, sie hatte recht.

»Egon …«

»Mist! Ach, lass gut sein, ich seh's ja selber. Klar!« Sophie hatte ihm die Augen geöffnet, egal wie euphorisch er die ganze Nacht hindurch gearbeitet hatte. Alles umsonst. Er steckte fest.

»Weißt du, so viel versteh ich nun auch nicht davon.«

»Leider sehr wohl, meine Liebe. Das ist ja das Traurige.«

»Kein Weltuntergang. Was erwartest du? Dass du ein Meisterwerk der Kunstgeschichte nach dem anderen vom Fließband laufen lässt?«

»Grrrr!« Egon ballte die Faust, hadernd, wütend. »Ich will nur endlich wieder echte Bilder malen. In mir steckt etwas, das will raus! Verstehst? Aber ich weiß ums Verrecken nicht mehr, wie? Ich werd narrisch.«

So hatte sie ihn schon lange nicht mehr erlebt. Sicher, er hatte ständig seine Krisen. Nur diese war ernster, denn sie dauerte jetzt bald ein Jahr. Oder länger? Sie musste ihn unbedingt ablenken, ihn aufheitern. »Nicht weit vor meiner Tür steht jetzt ein Mammutbaum«, bemerkte sie in sanftem Ton. »Na ja, Mammutbäumchen. Und zwei Parkbänke.«

Egon starrte mit großen Augen auf sein Bild, er verstand kein Wort. »Das freut mich sehr für dich. Und auch für alle anderen Besucher des Englischen Gartens. Aber könntest du bitte ernst bleiben. Ich kann so nicht weitermachen.«

»Gepflanzt von meinem lieben Nachbarn, dem Generalkonsul.«

»Sophie!«, ermahnte er sie.

»Nun ja, er und ich… es gibt da ein kleines Geheimnis.«

Erst jetzt drehte er sich zu ihr um und sah seine Schachpartnerin schelmisch grinsen.

»Nur mal angenommen, du könntest die privaten Mails deines Nachbarn lesen…?«

Es dauerte über eine Stunde, bis Sophie alles von ihrem kleinen Privatkrieg mit Spencer berichtet hatte. Mehrmals hatte er sie unterbrochen und ungläubig nachgehakt. War das wirklich seine Freundin Sophie? Sophie, die immer menschenscheuer und, ja, depressiver zu werden schien.

»Du hast ihn erpresst?«

»Kann man wohl so sagen«

»Wir müssen zu dir!«

»Zu mir? Halt! Nein! Warum?«

Egon war wieder von Tatendrang gepackt. Seine Schaffenskrise war fürs Erste vergessen. »Das muss ich auf der Stelle sehen.«

In der Sekunde erkannte Sophie, was sie angerichtet hatte. »Nein!«

Doch Egon hatte schon die Schlüssel in der Hand.

Das Tantris hatte München und damit ganz Deutschland die Tür zu einer neuen Welt geöffnet. Vor gut vierzig Jahren, als das Land noch von Brühwürfel und Rahmschnitzel unterjocht wurde, waren es ein reicher Bauunternehmer und ein junger Koch gewesen, die in der Betonwüste des Münchner Nordens, abseits der verschlafenen, satten Altstadt, ein Restaurant eröffnet hatten, das man so noch nicht gesehen hatte. Auf ihrer Suche nach Vollkommenheit, so konnte man «Tantris« grob übersetzen, hatten sie sich aufgemacht, um schon bald mit ihren Sternen am europäischen Gourmethimmel zu leuchten. Zum Glück hatte man die Irrungen und Wirrungen der Achtziger und Neunziger ignoriert und war sich immer treu geblieben. Nur deshalb war es Josh Spencer und seiner Gattin vergönnt, heute noch in diesem so faszinierenden Original der Siebziger speisen zu dürfen.

Ein hellorangefarbener Teppich zog sich vom Boden über die Wand bis zur Decke, eigens entworfene, asiatisch anmutende Symbole und Skulpturen schmückten den großen, von einer schrägen Betondecke dominierten Raum. Von der Lampe bis zum Teller war alles noch aus den Seventies und sogar eigens für das Tantris entworfen worden.

Spencer fühlte sich wie in einem James-Bond-Film aus jener Epoche, mitten in der Zentrale des übermächtigen Bösewichts speisend, expressionistisch gestaltet von dem genialen Ken Adam. Es war eine Kathedrale aus Rohbeton, gebaut, um auf höchstem Niveau zu dinieren.

»Sieht gar nicht aus wie München«, stellte April Spencer fest. »Eher wie so … so ein LSD-Raumschiff aus einer anderen Zeit.«

»We all live in a yellow submarine«, sang Spencer leise.

Natürlich hatte man für den Generalkonsul den besten Tisch bereitgehalten. Auf Nancy war Verlass. Auch wenn, oder eben weil April momentan in einer schwierigen Phase war, musste er sich mehr um seine Frau kümmern. Er wusste, dass es ihr hier gefallen würde.

Sie las ihm aus der Karte vor: »Sieh mal, Honey, hier steht, das Wort Tantris bedeutet Suche nach Vollkommenheit. Wow! Aber später hat eine Frau die genauere Bedeutung herausgefunden: Tantrismus ist der Gedanke, dass Frauen mehr spirituelle Energie besitzen als Männer! Ha! Wen wundert das.« Sie sah Spencer leicht vorwurfvoll an, der nur mit den Schultern zuckte, dann las sie weiter. »Dass ein Mann sein göttliches Wesen nur durch sexuelle und gefühlsmäßige Vereinigung mit der Frau voll entfalten könne. Der fundamentale Ritus ist der – aufgepasst! - kontrollierte Geschlechtsverkehr.«

»Wenn das kein gutes Motto für unseren Abend ist!«, ermunterte Josh sich und April.

Nachdem der äußerst zuvorkommende Kellner ihre Champagnercocktails gegen einen leichten Weißwein eingetauscht hatte, erhob Spencer sein Glas: »Wir müssen das viel öfter machen.«

»Weißwein trinken?«

»Nein, zusammen essen gehen. Nur du und ich. Ganz alleine, ohne ständig jemandem die Hand schütteln zu müssen und ohne den lästigen Small Talk.«

»Das ist dein Job.«

»Sicher. Aber nicht vierundzwanzig Stunden am Tag, sieben Tage die Woche. Wir dürfen uns nicht verlieren.«

»Verlieren? Warum drückst du dich so geschwollen aus? Das nervt.«

Die hauchdünnen Gläser machten ein leises »Bling«, als das Paar sich zuprostete. Sie sahen sich in die Augen, und die Frage stand im Raum, ob sie beide wussten, dass keiner von ihnen es mit der Treue sonderlich ernst nahm?

»Weißt du, Darling, also ich versteh dich immer weniger.« April hat sich nämlich so ihre Gedanken über ihre Ehe gemacht. Dabei war sie schnell zu der selbstkritischen Einsicht gelangt, dass sie eigentlich alles richtig machte. Von ihrer Affäre mit Delray mal abgesehen. Aber das brauchte sie. Pete weckte die dunkle Seite in ihr, Josh war dazu nicht fähig. An ihr lag es sicher nicht, dass die Stimmung im Keller war. »In letzter Zeit benimmst du dich sehr seltsam.«

Sofort klingelten bei Spencer die Alarmglocken. Aber er blieb ruhig.

»Wie meinst du das, Liebes? Weil ich dich in ein teures Restaurant einlade? So haben wir uns kennengelernt, in St. Tropez, erinnerst du dich?«

»Damals hast du keine Bäume gepflanzt oder im Stadtpark herumgeplanscht.«

Daher wehte also der Wind. Ihr ging es wieder einmal nicht um ihn oder ihre Ehe, sondern einzig um ihr eigenes Bild in der Öffentlichkeit. Aber, bitte, sie hatte ihm einen Steilpass gegeben. Er war lediglich unsicher, ob er ihn auch verwandeln sollte?

»Können wir uns auf etwas einigen? Ich mache meinen Job, und du deinen. Einverstanden?« Grimmig erinnerte er sich an die Häme und die erniedrigende Zurechtweisung durch Vanderbilt, dem US-Botschafter aus Berlin. »Josh, ich, wir beide repräsentieren hier die beste Demokratie der Welt. Mach das bitte deiner Frau ein für alle Mal klar. Keine Fotos mehr in der Klatschpresse! In einem Atemzug mit Bodypainting und, na du weißt schon, bezahlten Frauen genannt zu werden!«

Doch April hatte ganz andere Sorgen. »Ich will nicht tatenlos zusehen, wie du uns beide lächerlich machst. Mein Gott, du bist Generalkonsul und kein, kein Umwelt-Öko! Muss ich mir etwa bald einen Strickpulli und Gartenschuhe anziehen?«

Die Stimmung kippte wieder einmal. Es war verflucht anstrengend mit dieser Frau. Wo war das liebevolle junge Fräulein geblieben, das ihm am Tisch eines Freundes vorgestellt worden war und das ihn mit seinen neugierigen Augen angehimmelt hatte? »Mach dir keine Sorgen, du kannst auch weiterhin in Gucci herumstolzieren«, sagte er trocken, denn er war sauer. »Dein Image in der Öffentlichkeit? Vielleicht darf ich dir da einen kleinen Tipp geben? So viele Bäume kann ich gar nicht pflanzen, um dich und diesen unverschämten Einfallspinsel, diesen Hochstapler von Maler mit seinen Nutten von den Titelseiten zu verdrängen.« Noch in der Sekunde bereute er, was er eben gesagt hatte. Nicht nur, weil es unfair war. Es bedeutete Krieg. April schob vor Wut den Unterkiefer nach vorne. Ihre Augen brannten. Sie war gerade dabei, ihre Serviette auf den Tisch zu knallen und zu gehen, als plötzlich Pete Delray an ihrem Tisch erschien.

Delray passte in das vornehme, ganz auf höchsten Genuss ausgerichtete Ambiente etwa so wie ein Cowboy in eine Haute-Couture-Modenschau. Aber seine Anwesenheit nahm Aprils Ärger kurz etwas von seinem Schwung. Sie verabschiedete sich nur auf die Toilette.

Sofort stellte der Ober einen Stuhl für Delray bereit. »Darf ich Ihnen die Karte bringen?«

Delray schüttelte den Kopf. »Ich glaub nicht, dass ich hier satt werde.« Dann wandte er sich an Spencer. »Genießen Sie Ihr kleines Date?«

»O ja! Ich frag mich gerade, ob nicht April hinter dem Drohbrief stecken könnte?«

»Nein, es muss ein Deutscher sein, oder eine Deutsche«, antwortete Delray prompt, bevor ihm klar wurde, was er da sagte.

»Pete, ich glaube, du brauchst wirklich mal eine Auszeit. Das war eben ein Witz.«

»Sorry, Josh. Aber es gibt momentan viel zu tun.«

»Sag bitte nicht, wir haben einen neuen Brief?«

Sie sprachen nun leiser, denn das Restaurant war komplett ausgebucht. Überall speisten perfekt gekleidete Pärchen oder Grüppchen. Nur an einem Tisch saß ein einzelner Mann in einem eher billigen viel zu weiten Anzug. Delray hatte ihn zuvor kurz unauffällig gegrüßt. Andrew Studd, sein bester Mann.

»Nein, kein Brief.«

»Das ist gut.« Spencer war erleichtert. »Ein Glas Wein?«

Delray, der Nichttrinker, schenkte sich ein Glas Wasser ein. »Wir haben eine Sicherheitslücke.«

»Sicherheitslücke? Wie darf ich das verstehen?«

»Irgendjemand, höchstwahrscheinlich der Verfasser des Drohbriefs, kann Ihre privaten E-Mails lesen.«

Spencer wäre beinahe das Glas aus der Hand gefallen. Jemand kannte seine Korrespondenz, all seine Geheimnisse? Unmöglich! »Okay, Pete, jetzt machst du die Witze.«

»Dafür ist die Sache leider viel zu ernst.«

»Verdammt, Pete!« Spencer wurde laut. »Wir sind die NSA! Wir haben den ganzen Mist erfunden!« Erst jetzt realisierte der wütende Generalkonsul, dass sich einige Blicke auf ihn richteten. Er lächelte, lehnte sich vor und wurde wieder leiser. »Wie kann so ein Riesen-Fuck-up passieren? E-Mails, das ganze verdammte Internet, unsere Idee. Ich dachte, wir kontrollieren das alles?«

Delray schnaufte tief durch. »Schön wär's.«

Der Schock ging bis ins Mark, Spencer konnte seine Panik kaum verbergen. Das bemerkte auch seine Frau, die sich, plötzlich in bester Laune, von der Toilette zurückmeldete. Wie ausgetauscht, regelrecht aufgekratzt scherzte sie: »Was ist? Hat jemand deinen Baum umgesägt?« Unbewusst rieb sie sich an der Nase, was Delray sofort zu deuten verstand. Er verabscheute Drogen. Ihm war Aprils riskantes Hobby, im Gegensatz zu ihrem Mann, von Anfang an nicht verborgen geblieben.

Spencer jedoch hatte andere Sorgen. Er erhob sich und sagte: »Pete, würdest du April bitte für den Rest des Abends Gesellschaft leisten?« Er gab seiner Frau einen abwesenden Kuss auf die Stirn. «Sorry, Darling, aber ich muss sofort ein, zwei Dinge regeln.« In der nächsten Minute war Spencer auf und davon.

Delrays Blick verfinsterte sich. »Dein Mann macht mir große Sorgen. Er vertraut mir nicht mehr.«

»Wie kommst du darauf? Er hat dich gerade mit seiner bezaubernden ausgehungerten Frau allein gelassen, damit du dich um sie kümmerst.«

»Wir müssen höllisch aufpassen, sonst können wir unserer ach so goldenen Zukunft Good Bye sagen«, flüsterte er.

»Jetzt sieh mal nicht alles gleich so schwarz. Nur noch ein paar Wochen durchhalten. Dann bekommt Josh einen hohen Posten in Washington, und du wirst sein persönlicher Beschützer«, säuselte sie ihm ins Ohr, »und mein ganz persönlicher Liebhaber.«

Bei Gott, sie war mit Abstand die schönste Frau, mit der Delray jemals geschlafen hatte. Und er würde alles dafür tun, dass sie sich ihm noch sehr oft und lange hingeben würde. Und wehe, wenn Spencer ihm das versaute!

Während der kurzen Fahrt in Egons altem Mercedes 123 Kombi hatte Sophie alles versucht, ihn umzustimmen. Vergebens. Er musste unbedingt lesen, was der Generalkonsul so zu erzählen hatte. Das war genau nach seinem Geschmack. Dem System auf die Finger schauen. Herrlich! Egon ahnte, dass es ihm größtes Vergnügen bereiten würde. »Was hat er für Leichen im Keller, der Herr Generalkonsul? Halt! Sag nichts!«

Sie saßen in Sophies Arbeitszimmer. Draußen war es dunkel geworden, und man hatte einen imposanten Blick über die Dächer Münchens. Nur der Park lag wie eine schwarze Matte vor ihnen. Dahinter opulent angestrahlt das Haus der Kunst, ein flacher Tempelbau, daneben der

Turm des Bayerischen Nationalmuseums und das leuchtende Blattgold des Friedensengels auf seiner Säule über dem Isarhochufer thronend.

Zuerst stand Egon im Bann dieses beeindruckend friedlichen Bildes. »Das muss ich malen!« Dann aber saß er vor Sophies Computer. Persönlich hatte er nichts gegen oder für Joshua Spencer. Aber er misstraute jeglicher Institution zutiefst, erst recht deren Vertretern. Wer Macht hatte, vergaß schnell seine Ideale und begab sich allzu freiwillig in den Würgegriff von Eitelkeit und Gier. Umso mehr freute er sich, ein Bild vom wahren Joshua Spencer zu bekommen.

Egon juchzte vor Freude. »Ab heute lauschen wir zurück!«

»Von wegen! Ich werde denen nachher anonym mitteilen, dass die ihre Server oder sonst was überprüfen sollen.«

»Sophie, die zapfen das Telefon unserer geliebten Kanzlerin an. Da können wir ruhig ein paar Tage stille Post mit denen spielen.«

»Nicht, wenn wir ein Fünkchen Anstand und Moral haben.«

»Dann erst recht!«, protestierte Egon fröhlich. »Eine herrliche Gelegenheit, den Spieß einmal umzudrehen.« Er zündete sich eine weitere Zigarre an und begann zu lesen.

»Ich seh uns schon bei Putin um Asyl anfragen.« Sophie ging zum Fenster. Wie üblich gab es auf dem großen Grundstück ihrer Nachbarn kaum Bewegung. Einzig das große Sternenbanner wehte an einem haushohen Fahnenmast mächtig im Wind.

»Keine Sorge, Sophie Whistleblower Marquard, Staatsfeindin Nummer eins, ich besuch dich dann in Moskau.«

»Wie freundlich. Dich verpfeif ich als Ersten.«

Aber bald schnaufte Egon enttäuscht durch. Das charmante amouröse Hin und Her zwischen Spencer und seinen Damen begann ihn zu langweilen. »Gut, er ist nicht treu«, rief er Sophie zu, die gerade mit einer Schale Pistazien aus der Küche kam, »aber wer ist das schon? Und warum sollte er auch, bei der Frau?« Egon hatte sich etwas Politischeres erhofft, irgendeinen kleinen Skandal.

»Peinlich, was wir hier machen«, antworte sie ihm, in der Hoffnung, er hätte nun genug gesehen.

»Na ja, Wikileaks ist es nicht gerade.«

»Es hat gereicht, um ihn nervös zu machen und ein bisschen zu ärgern.«

»Okay, du hast ihn dazu gebracht, freiwillig baden zu gehen.«

»Und einen Baum für den Frieden zu pflanzen.«

»Zugegeben, ein schönes Symbol.«

»Symbol?«

»Sophie, das hier hätte eine politische Goldmine sein können.«

»Du meinst wohl eher Tretmine?«

»Ich hätte mir zumindest ein paar Abhörprotokolle oder Strategiepapiere erwartet. Was halten die Amis zum Beispiel von unserem geschätzten Ministerpräsidenten?«

»Das kann ich dir auch so sagen. Nix.«

»Stattdessen nix als Bettgeschichten. Der Mann ist völlig harmlos.«

»Sorry, dass ich dich enttäuschen muss.«

Doch plötzlich zuckte Egon vom Bildschirm zurück, als wäre ihm eine Fliege direkt in den Augapfel geflogen. »Oh, là, là! Was heißt das denn?«

Sophie stellte sich hinter ihn.

»Hier steht etwas von einem Paukenschlag? Himmelsstürmer am Englischen Garten? Big Moneymaker? Der dummen Stadt einen Arschtritt verpassen?«

»Lass mal sehen!« Doch sie konnte sich ebenso wenig einen Reim auf diese Mail machen. »Alles sehr kryptisch. Und was ist das überhaupt für eine seltsame E-Mail-Adresse? Info@info.biz.ky?«

»Sieh mal weiter unten nach, im Verlauf.«

Leider hatte Spencer die Angewohnheit, die meisten seiner Mails nach einem Monat zu löschen. Deshalb fanden sich nur noch wenige Nachrichten von jenem seltsamen Absender. Alle waren ähnlich mehrdeutig, und alles drehte sich um das Mega-Projekt, um Geld, um eine frisierte Öffentlichkeitsarbeit oder Entscheidungsträger, die man wohl zu ihrem Glück zwingen müsse. Nur der Ton wurde immer ungeduldiger, immer härter. Schließlich wurde Spencer sogar ziemlich direkt vor gewissen unumkehrbaren Konsequenzen gewarnt. Eines wurde immer deutlicher: Der Generalkonsul und sein unbekannter Freund hatten irgendetwas Spektakuläres vor, und zwar in München, genauer gesagt, direkt hier am Park, vor Sophies Haustür. Und es musste unter allen Umständen geheim bleiben.

Außer Spencer waren nur die üblichen Sicherheitsleute in der Botschaft. Es war beinahe gespenstisch ruhig. Auch in den Nachbarhäusern brannten nur vereinzelt Lichter. Er konnte nicht viel sehen, aber zum ersten Mal fragte sich Joshua Spencer, ob man ihn eigentlich von da draußen beobachten konnte? Plötzlich fühlte er sich nackt, wie auf einem Präsentierteller. Selbst wenn er jetzt die Vorhänge zugezogen hätte, jemand war in sein Privatleben eingedrungen. Und Spencer hatte weiterhin keinen blassen Schimmer, wer das war? Noch nie hatte er sich so angreifbar, so verletzlich gefühlt.

Delray hatte zwar längst ein paar Computerspezialisten auf den ominösen Hacker angesetzt, noch aber tappten auch die im Dunkeln. »Um die Lücke schließen zu können, müssen wir sie erst finden. Da muss irgendeine Firewall gespiegelt worden sein.« Zwar bemühte sich Delray weiter, den Eindruck zu vermitteln, als hätte er alles unter Kontrolle, aber das war nicht im Geringsten der Fall. »Sobald ich den Erpresser in meinen Händen halte, sorge ich höchstpersönlich dafür, dass er für den Rest seines Lebens in einem streng geheimen CIA-Gefängnis versauert.«

Markige Sprüche, mehr nicht. Das klang alles andere als souverän. Spencer war alarmiert, und er musste sofort handeln. Zuerst musste er Al warnen, und dann mussten sie sich so schnell wie möglich treffen.

Doch sein Geschäftspartner war ihm mit einer Nachricht zuvorgekommen: »Was ist da los? Scheiß Presse! Die Millionen, meine Zukunft, deine Zukunft!!! Bagger stehen in den Startlöchern. Soll ich jemanden schicken …? Erwarte umgehend Antwort!«, hatte er geschrieben. Spencer erstarrte bei der Erkenntnis, wie gut Al informiert war. Er hatte ihn unterschätzt. Wie ein Krake schien er sich überall auszubreiten. Und was meinte er damit, dass er jemanden schicken wolle? Das klang ja fast wie in einem Mafia-Film. Er musste ihn aufhalten, sonst war Al nicht mehr zu bremsen. Spencer musste retten, was zu retten war. Es ging nicht nur um viel Geld und um seine Zukunft. Es ging um einen Namen, der seit Generationen über jeden Zweifel erhaben war. Um den Ruf einer Familie, wie sie es in Florida nur wenige gab.

Da höchstwahrscheinlich auch diese Nachrichten von dritten gelesen wurden, antwortete Spencer nur sehr knapp und verschlüsselt: «Höchste Vorsicht! Oliver – East – T.G.I.«

Zuvor hatte er Nancy bereits einen Zettel auf den Schreibtisch gelegt. Sie möge ihm gleich für morgen Nachmittag einen Flug buchen. Einen Zettel! Unglaublich!

Ohne zu ahnen, was sich über ihrem Kopf zusammenbraute, hatte Sophie bis spät in die Nacht hinein Egons Ausführungen lauschen dürfen. Mit jedem Glas Rotwein wurde das Spinnennetz um Spencer und seine »Verschwörerbande« absurder. »Die wollen uns ein gigantisches Ei legen! Aber da müssen sie früher aufstehen!«, posaunte er zum Finale. Schließlich bat er um etwas Packpapier – einen dicken Stift mit Bleimine führte er sowieso immer bei sich – und fragte Sophie, ob er die Nacht in ihrem Arbeitszimmer bleiben dürfe? Er müsse diese Aussicht unbedingt heute Nacht festhalten.

Am Morgen fand sie ihren eigenwilligen Freund dann in einer derart unbequemen Haltung vor, quer über ihr Sofa gespannt wie ein Bettlaken, dass es sie selber schmerzte. Sie reichte ihm eine Tasse heißen Kaffee, natürlich ohne Milch und Zucker, denn »black is beautiful«, wie er zu sagen pflegte. »Zeit, in dein eigenes Bett zu gehen«, ermahnte sie ihn. »Sonst bekommst du einen Knick im Rücken.«

Egon wollte sich die Augen reiben, doch Columbo war schneller. Als Zeichen tiefer Freundschaft schleckte er ihm quer übers Gesicht.

»Danke, Partner«, grummelte Egon, trank den Kaffee, als wäre er Wasser, und ging zu Sophies Rechner.

»Egon!«

»Nur noch einmal?«

»Was versprichst du dir davon?«

»Hast du denn schon vergessen? Die Perle des Englischen Gartens?«

Nein, sie hatte es nicht vergessen, aber sie war sich längst nicht mehr so sicher, ob sie sich da nicht einen völligen Blödsinn einbildeten? Während sie sich die äußerst seltsamen Nachrichten wieder genauer in Erinnerung rief, hatte Egon sich längst ins Internet eingeloggt. »Hossa!«, rief er. »Schau mal, da steht uns wohl wieder ein kleines Rendezvous ins Haus: Hallo, Schätzchen, heute ein letztes Mal treffen? Brücke am Eisbach, 12:00? Bitte komm!«

»Ach, Egon. Lass es!«

»Sophie! Komm her!« Seine Tonlage hatte sich verändert.

Die beiden lasen die neue Nachricht von info@info.biz.ky sowie Spencers geheimnisvoll verschlüsselte Antwort. Was hatte das nun wieder zu bedeuten? Millionen? Bagger? Zukunft? Und wer war dieser ominöse Oliver? Was bedeutete TGI? Mit jeder Minute, die sie über den Inhalt grübelten, erhärtete sich auch bei Sophie wieder die Überzeugung, dass Spencer etwas Übles plante, irgendeine geheime Sache, hier in München. Jener kriminalistische Instinkt, den sie sich über die Jahre als Frau eines angesehenen Ermittlers angeeignet hatte, sagte ihr, dass das Ganze alles andere als koscher war.

Während sie weitergrübelte, zeigte der Bildschirm eine neue Mitteilung an den Generalkonsul an. Darin bestätigte Nancy eine Flugbuchung, noch für den heutigen Tag, um 13:30, nach Miami, USA.

Wie passte das zusammen? Miami? Wollte sich Spencer nicht gleich mit einer Frau treffen? Was denn nun? Und just, während Sophie und Egon über die neusten Entwicklungen diskutierten, verschwand die gerade eben von Nancy verschickte Mail wieder, zusammen mit der Botschaft an info@info.biz.ky. Wie von Zauberhand.

Verdutzt sah Egon zu Sophie, die seinen Blick erschrocken erwiderte. In der nächsten Sekunde, schob sie ihn zur Seite und schaltete sofort den Computer aus. Doch dabei beließ sie es nicht. Auch das Kabel zur Telefonbuchse sowie alle anderen Kabel, selbst das Stromkabel zog sie aus der Wand. Es war gespenstisch. Mein Gott, man war ihnen auf die Schliche gekommen. Kein Zweifel.

Ein weiterer Schock ließ nicht lange auf sich warten. Das sonst so vertraute Surren der Türklingel schrillte drohend durch die Wohnung. Sophie ging verunsichert zur Tür, gefolgt von Egon. Jemand steckte langsam einen Schlüssel ins Schloss und öffnete leise die Tür. Egon fasste Sophie bei der Hand. Keiner der beiden sagte etwas.

Erst, als Maria verunsichert vor ihnen stand, erinnerte sich Sophie daran, dass es ja Dienstag war, der Tag, an dem sich ihre Putzfrau üblicherweise um die gröberen Sachen in der Wohnung kümmerte. Vor Erleichterung hätte Sophie sie am liebsten in die Arme genommen.

Während Maria kurz darauf durch die Wohnung wirbelte, stand Egon mit Sophie in der Küche. Lagebesprechung. Was hatte das alles zu bedeuten? Waren sie wirklich aufgeflogen? Oder waren das die ersten Zeichen einer Paranoia?

»Wie spannend!«, frohlockte Egon.

»Ich hör wohl nicht richtig?!«

»Na, na, na! Wir wollen doch nicht gleich in Panik verfallen.«

»Ich kauf mir heute einen neuen Computer. Ach was, ich hab genug von den Dingern.«

»Willst du also tatenlos zusehen, wie sich dieser Yankee auf unsere Kosten bereichert? Mit irgendeinem bizarren Immobiliendeal?«

»Spekulationen! Mehr hast du nicht zu bieten?«

»Es ist jetzt elf Uhr. Ich schlage vor, du zauberst uns ein kleines Frühstück, und wir beobachten einfach von deiner

Dachterrasse aus, ob und mit wem sich Spencer um zwölf Uhr trifft. Wenn er es uns schon so einfach macht.«

»Was versprichst du dir davon?«

»Gegenfrage, was haben wir zu verlieren?«

Sicher, Sophie war überzeugt, dass sie auf etwas gestoßen waren, aber das wollte sie Egon nicht eingestehen. Denn sie wusste, war Egon erst einmal in eine Richtung losgerannt, dann war dieser Koloss von einem Mann kaum mehr zu stoppen. Nur, war es nicht ihre Pflicht, dem Konsul genauer auf die Finger zu schauen, wenn sonnenklar war, dass er in geheime Machenschaften verwickelt war?

Egon machte sich über das knusprige Brot, die Avocados und die Grapefruit her, als hätte er seit Tagen nichts gegessen. Die Botschaft und den Park fest im Blick, saßen sie auf der Terrasse. Es hatte etwas von Open-Air-Kino. Einzig das Wetter spielte nicht mit. Mächtige dunkle Wolkenberge schoben sich vor das satte Blau. Noch war es warm, aber alles deutete auf einen erneuten Wetterumschwung hin. Die Zeichen standen auf Sturm, mochte es jetzt noch so windstill sein.

Plötzlich gab es Bewegung am Konsulatsgebäude. Der Cadillac des Botschafters kam aus der Tiefgarage gerauscht. Kaum öffnete sich das Tor, da bog die verdunkelte Luxuskarosse quietschend auf den Altstadtring, um sogleich davonzubrausen.

»Was meinst du? Sitzt er drin?«

Woher sollte sie das wissen? »Entweder er trifft sich in einer Viertelstunde mit einer schönen Unbekannten, oder er ist jetzt auf dem Weg, um seinen Deal voranzutreiben.«

Bereits fünf Minuten später verließen mehrere auffällig unauffällig gekleidete Männer das Generalkonsulat. Wer schon ein wenig länger hier wohnte, der kannte die Truppe nur zu gut. Allesamt Sicherheitsleute, die seit dem 11. September ständig zu zweit oder einzeln als scheinbar harmlose Passanten verkleidet durch den Englischen Garten streiften. Immer auf der Suche nach einem potenziellen Attentäter.

Sophie wurde es wieder etwas mulmig in der Magengegend. Aber sie war ebenso, wie sollte sie es sagen, aufgekratzt? Lebendig? Nur äußerst ungern gestand sie es sich ein, es war ja auch absurd, aber sie fühlte eine ungewöhnliche, eigentlich längst verloren geglaubte Energie. Sie konnte wieder freier atmen. Sie sah sich und die Welt viel deutlicher. Das war ein berauschendes Gefühl.

Und sie ahnte längst, worauf die Sache da unten im Park hinauslaufen würde. Deshalb fasste sie in dieser Sekunde einen für sie sehr ungewöhnlichen, spontanen Entschluss. Sie legte ihren Kopf zur Seite und warf Egon ein schelmisches Lächeln entgegen. »Ich hoffe, du hast einen gültigen Reisepass?«

Um Punkt zwölf Uhr war die unscheinbare Brücke, die so elegant über den Eisbach führte, regelrecht umzingelt von Delrays Männern. Man musste schon blind sein, um sich nicht zu wundern, was das halbe Dutzend Zeitung lesender und Enten fütternder Männer mit einem Knopf im Ohr am helllichten Tag hier machten. So blind wie der ahnungslose Student, der seine langweilige Vorlesung in Staatsrecht schwänzte und gegen einen kleinen Joint und ein Bier austauschte. Nun, er sollte eine ganz persönliche Einführung in sein Lieblingsfach bekommen, als er unbekümmert gleich neben der Brücke unter einem Baum Platz nahm. Der Joint hatte seine Wahrnehmung verzögert, trotzdem ging alles ganz schnell, als Pete Delray den Zugriff anordnete. Der Junge war nicht nur der einzige Verdächtige weit und breit, nein, alles an dem jungen Mann stank bis zum Himmel. Das sagte Delray seine Erfahrung.

Woher hätte Delray denn wissen sollen, dass der aufmüpfige Klugscheißer ausgerechnet der Sohn des bekanntesten Bürgerrechtlers der Stadt war. Kein Wort hatte er dem Großmaul geglaubt. Ruckzuck hatten sie ihn in den Keller der Botschaft verfrachtet, um ihn zu befragen. Genau so hatte er sich den Hacker vorgestellt. Blass, unsportlich, aufmüpfig und hochintelligent. Volltreffer!

Doch dann musste Delray sich bei dem aufgebrachten Vater, obendrein ein Anwalt, entschuldigen und erklären, wie ein unschuldiger Münchner Bürger auf offener Straße von einem US-Trupp entführt werden konnte!

Da habe einer seiner Leute vielleicht ein wenig überreagiert. Die Kleidung, das Telefon und der Computer würden natürlich ersetzt, versprach er mürrisch. Delray hätte dem liberalen Arschloch am liebsten links und rechts eine reingehauen. Doch stattdessen erlebte Delray einen der peinlichsten Momente seines Lebens. Er hatte sich lächerlich gemacht, vor dem gepiercten Teenager, seinem Vater, vor seinen Leuten, vor Spencer. Und als Sahnehäubchen war sein Plan, dem Erpresser mit der falschen Verabredung eine Falle zu stellen, komplett nach hinten losgegangen. Er war zum Kotau gezwungen, und der Hacker lachte sich irgendwo ins Fäustchen.

Von ihrer Wohnung aus hatten Sophie und Egon einen ungetrübten Blick auf das Geschehen gehabt. Sie waren erschrocken über das rücksichtlose Vorgehen der Männer in Zivil. Es war also tatsächlich eine Falle gewesen, wie befürchtet. Sophie machte sich Sorgen um den jungen Mann.

»Das wird sich schnell klären«, beruhigte Egon.

Sophie war in ihrem Willen bestärkt. »Zeit, dass den Cowboys jemand auf die Finger schaut.«

»Du meinst das wirklich ernst?«, fragte Egon.

»Wir fliegen nach Miami.«

Egon hob die Augenbrauen: »Das ist verrückt!«

»Na und? So leicht lasse ich mich nicht abschütteln!« Sophie schien endgültig zu allem entschlossen.

»Manchmal, liebe Sophie Marquard, da bewundere ich dich für deinen frechen Mut.« Trotzdem war er über die neue Entschlussfreudigkeit seiner Freundin mehr als erstaunt. Irgendetwas passierte mit ihr. Noch war es schwer zu sagen, was genau es war und vor allem, ob es ihr guttat. Aber im Nu war sie es, die die Zügel in der Hand hielt.

Schnell waren Flüge und Hotelzimmer gebucht. Für Sophie gab es kein Zurück mehr. »Wär doch gelacht, wenn wir nicht herausbekommen sollten, was der feine Herr Generalkonsul vorhat.«

»Stimmt, Frau Kommissarin!« Egon jubelte. Ja, diese zu allem entschlossene Sophie war ganz nach seinem Geschmack. Ihre ständige Angst und monatelangen Depressionen schienen wie aus einer anderen Zeit.

4

Herr im Himmel! Wir hätten Business Class fliegen sollen!«, stöhnte Egon.

»Wie passend. Aber ich befürchte, das Brot dort ist genauso labbrig.«

»Zumindest müsste ich dort nicht für jedes Glas Wein auf die Knie gehen«, raunzte Egon weiter und kassierte dafür ein pikiertes Naserümpfen der genervten Stewardess, die geistig bereits beim Shoppen in Miami Beach war.

Sie waren mittlerweile seit ein paar Stunden in der Luft, aber Egon hatte sich immer noch nicht damit abfinden können, dass Fliegen heutzutage jede »Grandezza« eingebüßt hatte. Wie auf einem Truppentransport käme er sich vor. Höchstwahrscheinlich würden sie über Miami einfach aus dem Flieger geworfen werden. »Nur im äußersten Glücksfall mit Fallschirm!«

»Hör auf zu nörgeln!« Sophie war ein fein geschliffener, zynischer Kommentar stets willkommen, aber was Egon aufführte, das ging ihr auf die Nerven. Selbst beim Check-in hatte er sich lautstark über die vielen Fragen der Beamten aufgeregt. Nein, nicht er, sein arabischer Butler habe die Koffer gepackt. Ach ja, und vorher habe er noch eine kleine Grußbotschaft auf Video aufgenommen und von Jungfrauen im Paradies geschwärmt. Sofort hatte er zur Seite treten müssen. Sonderbehandlung. Sophie hatte es darauf wahre Engelszungen gekostet, einen größeren Tumult zu verhindern.

»Ich hätte dich bei den netten Herren von der Grenzpolizei schmoren lassen sollen. Glaub ja nicht, dass du deine witzige Einlage bei der Einreise wiederholen kannst.«

Etwas nachdenklich blickte Egon von dem Einreiseformular, das er gerade ausfüllte, auf. »Die fragen hier tatsächlich, ob ich Waffen dabeihabe? Sicher, zwei Kalaschnikows, aber bitte nicht weitersagen. Oder hier: ob ich Mitglied der NSDAP war? Keine Ahnung, war ich?«

»Gib her!« Um sicherzugehen, dass Egon nicht ausgerechnet einem unterbezahlten und paranoiden amerikanischen Grenzpolizisten bewies, wie kreativ er sein konnte, zog sie es vor, Egons Zettel mit auszufüllen. Ihr Ehrgeiz, eine Gefängniszelle von innen bewundern zu dürfen, hielt sich selbst im Sunshine State Florida eindeutig in Grenzen.

Gleichzeitig war sie auf dem besten Weg dorthin. Wie sollte sie sich bei der Einreise vorstellen? Vielleicht so: »Hi, ich erpresse übrigens ihren Generalkonsul.« Sie musste sich nur die letzten Tage und Wochen vor Augen führen, um vor sich selber Angst zu bekommen.

Seit Spencer und sein Begleiter sie in den Dreck geschubst hatten, hatte ihr Leben eine Eigendynamik bekommen, die sie komplett unterschätzt hatte. Saß sie wirklich mit Egon in diesem Airbus auf dem Weg nach Miami? Um diesen törichten Spencer zu verfolgen? Den Mann, den sie nebenbei auch ein bisschen erpresste? Hatte sie eigentlich noch alle? Was würde wohl Max dazu sagen? Ganz klar, er würde ihr ordentlich die Leviten lesen. Aber er war nicht mehr für sie da. Sie hoffte, Max würde sie verstehen, denn sie fühlte sich gut bei dem, was sie tat.

»Cheers!« Sie prostete ihrem Partner in Crime mit einer Bloody Mary zu. Nicht nur der Pfeffer brannte am Gaumen. »Puh, da hat es deine böse Stewardess aber besonders gut mit uns gemeint.«

»Weißt du, Sophie, es geht mir das Herz auf, dich endlich wieder so fröhlich zu sehen«, gestand Egon.

Sophie wollte etwas sagen, dann überlegte sie. »Sag, hab ich wirklich so eine schlechte Stimmung verbreitet?«

»Gar keine Stimmung hast du mehr verbreitet. Du hast dich komplett abgekapselt. Selbst ich bin kaum noch an dich rangekommen.«

»Und ausgerechnet dich wollte ich immer loswerden«, scherzte sie.

»Leider bin ich hartnäckig.« Obwohl Egon mit seiner Sitzposition kämpfte, hob er sein Glas oder, besser, seinen Plastikbecher. »In guten wie in schlechten Zeiten!«

»Wenn du mir jetzt einen Heiratsantrag machst, ruf ich den Sky-Sheriff.«

»Herrlich find ich das, mit dir auf Reisen zu gehen.«

»Wir sind noch nicht einmal gelandet?«

»Ja, leider.« Egon rutschte in seinem Sitz hin und her. »Für welche Hungerhaken haben sie diese Folterstühle eigentlich gebaut? Skispringer?«

Egon konnte einem in der Tat leidtun. Jeder Grizzlybär in einem Campingstuhl hätte sich wohler gefühlt.

Sie klappte die Armlehne zwischen ihnen hoch und kauerte sich so nah wie möglich ans Fenster, damit Egon wenigstens etwas Luft zum Atmen hatte.

Sophie hing ihren Gedanken nach. Das letzte Mal, dass sie München verlassen hatte, lag Jahre, viele Jahre zurück. Zusammen mit Max war sie in der Provence gewesen, genauer in Aix en Provence. Einen ehemaligen Schulfreund von Max hatten sie an diesem buchstäblichen Kreuz des Südens besucht, Felix Gramhubler. Der Pechvogel hatte ein Haus samt Weinberg geerbt und keine Sekunde gezögert, die Segel zu streichen und seiner bayerischen Heimat für immer Lebewohl zu sagen. Zwei heiße Wochen lang hatten sie gelebt und gelacht wie die berühmten Götter in Frankreich. Es war die schönste Reise ihres Lebens gewesen. Schon immer hatten Max und sie sich blind verstanden, aber diese offene Art, mit der sie ihre Liebe füreinander zelebriert hatten, das war auch für sie neu gewesen. Nur fünf Monate später hatte ein Kleindealer ihren Max auf offener Straße erschossen. Alles im Leben hatte einen Sinn? Von wegen! Sophie wurde kalt. Am liebsten wäre sie in der Sekunde aus dem Flieger gesprungen, um endlich wieder bei ihm zu sein. Denn sie wusste, dass sie nie wieder so unendlich glücklich sein würde wie damals.

Erneut echauffierte sich Egon, diesmal über den Film. Er lehnte sich zu ihr herüber. »Ich fass es nicht, die haben alles was auch nur ansatzweise mit Spannung oder nackter Haut zu tun hat, rausgeschnitten!«

»Was hast du erwartet? Den Letzten Tango in Paris? 9 ½ Wochen? Sklavinnen der Lüfte?«

»Den Film kenn ich gar nicht?«

»Hab ich grad erfunden.«

»Guter Titel!« Egon ächzte lauter, als sein Stuhl es tat. »Das nächste Mal reisen wir mit dem Schiff«, sagte er und versuchte zu schlafen. Ein aussichtsloses Unterfangen. »Hast du mittlerweile eine Idee, was TGI bedeuten könnte, oder East?«, fragte er.

»Nein, noch keinen Schimmer«, gestand Sophie. »Aber wir werden es herausfinden.«

Der Miami International Airport bedeutete für Sophie den Eintritt in eine neue Welt. Allein schon dieser aufdringliche Geruch. Eine seltsame Mischung aus alten Bonbons, Toilettenstein und zu oft shampooniertem Teppich. Alles sah gebraucht aus, selbst das Licht aus den trüben Neonröhren. Dazu ständig sinnlos laute, aber dafür komplett unverständliche Durchsagen in jeweils zwei Sprachen. Zuerst in einem breiten, extrem lässigen Englisch, das Sophie so noch nie gehört hatte, dann in hektischem Es-hört-ja-sowieso-keiner-hin-Spanisch. Man mochte meinen, die Sprecherin kaute eine ganze Packung Kaugummis und war gleichzeitig auf Speed. Sophie fragte sich, ob sie statt in Florida vielleicht irgendwo in Mittel- oder Südamerika gelandet war. Aus fast jeder Richtung schallte ihr ein anderer spanischer Dialekt entgegen. Kurz schloss Sophie die Augen und war sofort auf einem Wochenmarkt in Bogotá. Selbst die Amerikaner schienen ihr Englisch vergessen oder gleich aufgegeben zu haben.

Während Egon versuchte, ihr Gepäck vom Band zu fischen, auf dem jeder dritte Koffer wie eine Wurstsemmel in durchsichtiger Plastikfolie mehrfach eingewickelt war, beobachtete Sophie die Menschen. Der Strom der Ankömmlinge wollte nicht abbrechen.

Die wenigen Deutschen unter den Reisenden mischten sich relativ unauffällig unter die Menge. Man erkannte sie nur daran, dass sie sich hochnervös ganz vorne, direkt ans Förderband drängelten. Der überwiegende Teil des menschlichen Ameisenhaufens war es gewohnt, im Chaos zu warten, und tippte derweil gleichgültig auf Telefonen herum. Man war entweder beeindruckend überernährt, beziehungsweise obszön fett, oder ganz im Gegenteil erschreckend drahtig, trainiert und röstbraun gebrannt. Eine Mitte gab es nicht. Aber alle trugen Turnschuhe. Und fast jeder hatte einen Knopf im Ohr.

In der Sekunde, in der sie auf die Straße traten, es war mittlerweile Abend geworden, schlug Sophie eine Wand aus schwül warmer Luft entgegen. Beinahe wäre sie gestrauchelt, so überwältigt war sie. Als stünde man vor einem sanften Föhn.

»Irre!«, freute sich Egon. »Willkommen in der Karibik.«

Dann ging es mit dem Taxi zum Hotel. Auf der Fahrt beschlich Sophie erneut das Gefühl, nicht in dem tonangebenden Land der Gegenwart, der Heimat von Hightech, Apple und Zukunftsvisionen, sondern irgendwo in der zweiten Welt gelandet zu sein. Ihr klappriges Gefährt hatte die Federung einer mittelalterlichen Kutsche, innen waren die Sitze ebenso durchgesessen wie abgewetzt, und an etlichen Stellen war irgendein Plastikteil abgebrochen. Kein Vergleich zu dem schicken, nagelneuen Siebener-BMW, der sie so sanft zum Münchner Flughafen chauffiert hatte. Sie hatte sich die USA anders vorgestellt.

Ihr Hotel dagegen, das Delano, sollte ihr dafür kurz den Atem rauben. Sie hatte den Eindruck, eine moderne Kathedrale betreten zu haben, so opulent und irgendwie sakral inszeniert waren die Räume, bis ins letzte Detail. Die Gläubigen waren die Jünger einer globalen Designersekte, und ihr Gott hieß Philippe Starck. Egon hatte das Hotel ausgesucht, weil ihm der Name gefiel. Sophie überforderte der pompöse Kitsch. Neureicher Luxus, gepaart mit hemmungslosem Design.

Andererseits konnte auch Sophie sich der Inszenierung und ihrer beabsichtigten suggestiven Wirkung nicht entziehen. Das Motiv einer Kirche war in der Tat passend, denn auf die bescheidene Rezeption, der auf der anderen Seite nichts als ein riesiges Bett mit Samtbezug gegenüberstand, folgte ein sicher mehr als sechs Meter hohes Mittelschiff, das von viel zu großen, ja fetten Säulen getragen wurde und von dem man zu Restaurant, Bars und dem Poolbereich geleitet wurde. In den Seitenschiffen präsentierten sich museal, aber wahllos verteilt diverse ungemütliche Sessel und Sofas, jedes für sich ein auffälliges Sammlerstück. Sie war in einem Bühnenbild gelandet, es fehlten nur die Opernsänger.

Dann entdeckte sie etwas, das sie mit allem Tamtam versöhnte. Neben einem königlichen Billardtisch stand ein vergleichsweise bescheidenes Tischlein, auf ihm ruhte einladend ein Schachspiel, die Figuren in Reih und Glied, bereit für den Eröffnungszug.

Jetzt hatte auch Egon es erspäht. »Das war auch auf dem Foto im Internet.« Er nahm die weiße Dame, die aus Elfenbein gefertigt war. »Ob es auffällt, wenn ich die Figuren bei der Abreise nach München einlade?«

Sophie schürzte die Lippen. »Ein Glück, dass du keine Billardtische sammelst.«

»Drink an der Bar?«

So gern Sophie wollte, sie war viel zu müde. Sie brauchte nur eines, nämlich mindestens zwanzig Stunden Schlaf.

»Tja, dann muss ich mich an meinem ersten Abend in der Neuen Welt wohl allein betrinken.« Egon neigte den Kopf zur Seite, ergab sich seinem Schicksal und verabschiedete sich in die apricotfarbene Bar, die in einem verschwörerischen Seitenraum versteckt lag.

Die Nacht hatte es gut gemeint mit ihr. Wie ein Stein am Grund eines tiefen Sees hatte Sophie geschlafen. Noch bevor sie die Augen öffnete, hatte sie jedes Gefühl dafür verlassen, wo sie war. Gleichzeitig blendete sie, durch die Lider hindurch, scharfes Sonnenlicht. Die Hand schützend vor das Gesicht gehalten, stand sie auf und versuchte sich zu orientieren. Sie traute ihren Augen nicht, denn kaum hatten ihre Pupillen sich an die Helligkeit gewöhnt, bot sich ihr eine atemberaubende Aussicht. Vor ihr, besser gesagt zu ihren Füßen, lag der Atlantik in seiner ganzen strahlend blauen Pracht. Seemeile um Seemeile grenzenloser Horizont. Gestern Nacht war da draußen alles einfach nur pechschwarz gewesen. Jetzt erkannte sie den kilometerlangen Strand, die Palmen und die vielen weißen oder pastellfarbenen Häuser. Sie hatte Glück gehabt, denn sie hatte ein Eckzimmer erwischt, im zwölften Stock. Einfach umwerfend. So etwas hatte sie noch nie gesehen. Ein Gefühl von majestätischer Erhabenheit befiel sie. Welcher Schöpfer auch immer den Ort hier geschaffen hat, dachte Sophie, er muss dabei mächtig Spaß gehabt haben.

Kurz darauf trafen sich die beiden Hobbydetektive wie verabredet in der Lobby. »Du hast ja das Gleiche an wie gestern? Warst du nicht im Bett?«, wunderte sich Sophie.

»Mein Koffer ist weg.«

»Wie? Mist! Geklaut? Hier im Hotel?«

»Was weiß ich? Zum Glück ist der andere mit den Farben da.« Egon blieb erstaunlich gelassen.

»Du hast einen Koffer nur für Farben?«

»Und Pinsel. Na klar. Was denkst du denn? Das sind seltene Farben, selbst zusammengemischt. Dieser kleine Laden in Schwabing ist eine der besten Adressen der Welt.« Egon strich sich die Haare aus der Stirn. »Nur meine Garderobe hat sich verabschiedet.«

»Was sagt denn der Portier?«

»Eins nach dem anderen. Lass uns erst was essen gehen. Ich hab unbändigen Hunger.«

Sophie zuckte mit den Schultern. »Wie du meinst.« Sie drehte sich um, in Richtung Palmengarten, doch Egon hielt sie zurück. »Nicht hier! Ich will was sehen, was erleben.« Aus dem Hotel traten sie hinaus in eine wahre Sonnendusche. Die Luft war weich und sanft auf der Haut. Kein Vergleich zu der manchmal modrigen Münchner Stadtluft. »An das Wetter könnte ich mich gewöhnen«, frohlockte Sophie.

Egon deutete auf eine Frau, deren Gesicht man vor lauter Schmuck kaum erkennen konnte. Mit artistischem Geschick stöckelte sie von ihrem pinkfarbenen Bentley aus auf die Stufen der Lobby zu. »Die führt einen ganzen Juwelierladen spazieren.« Dann stieg ein Latino aus der Nobelkarosse, mit acht Miniaturhunden an glitzernden Leinen im Schlepptau. Einer Ballerina gleich, tänzelte er seiner Chefin hinterher. Egon stupste Sophie belustigt in die Seite. »Sauber.«

»Du hast das Hotel ausgesucht.«

»Na, wegen dem Schachspiel und dem sensationellen Angebot.«

»Immerhin nehmen sie deinen Koffer als Anzahlung.«

Egon zuckte mit den Schultern. »Das zeugt von Geschmack.«

Ein weiteres, nicht weniger klappriges Taxi als vergangene Nacht brachte sie ins News Cafe, mit dem, laut Fahrer, angeblich besten Frühstück in ganz Miami Beach. Es lag direkt am belebten Ocean Drive, einer Straße gleich hinter den Dünen zum Meer. Man konnte das Salz des Meeres in der Luft schmecken. Alles um sie herum leuchtete frech vom reflektierenden Sonnenlicht, die Farben wirkten fast unwirklich überdreht.

Noch ging es auf der Touristenmeile relativ gelassen zu. Ein Café reihte sich ans andere, und die hibbeligen Kellner, die an den vielen noch leeren Tischen herumdekorierten, mit komplett bebilderten Plastikspeisekarten, Ketchup, Tabasco, Salz, Pfeffer, Zahnstochern, Servietten, Zucker in zig Varianten, Blumen aus Wachs, Ansichtsexemplare aller Gerichte in Wachs, Cocktails in Plexiglas-Version, all das ließ keinen Zweifel daran, hier rollte bald der Rubel, beziehungsweise der Dollar.

»Dieser Spencer«, überlegte Sophie laut, »was hat er wohl hier vor?« Ihr Handgelenk war fast komplett abgeschwollen, aber ab und an zog ein fieses Stechen durch die Sehnen und erinnerte sie hartnäckig an den eigentlichen Zweck ihrer Reise.

»Meine Liebe, ich muss essen, sonst kann ich nicht denken.« Von Vorfreude gepackt, vertiefte sich Egon in die Speisekarte, deren Angebot für zehn Schwabinger Frühstückscafés gereicht hätte.

Sophie spielte derweil im Kopf ihre nächsten Schritte durch. Schließlich waren sie nicht hier, um Urlaub zu machen. Die Klarheit des Tages offenbarte ihr allerdings gleichzeitig die Naivität ihres Unterfangens. Sie hatten nicht den geringsten Schimmer, wie und wo sie Spencer finden konnten, warum er so überstürzt abgereist war, geschweige denn, was sie mit ihm machen wollten, falls er plötzlich vor ihnen stand? Warum war sie hier? Weil sie es nicht verputzen konnte, gedemütigt zu werden? Nein, den Sturz hatte sie längst abgehakt. Oder weil sie in der Tat einem großen Betrug auf der Spur waren?

»Bei der Riesenauswahl brauchen die ja mindestens ein Dutzend Köche«, meldete sich Egon etwas überfordert.

In der Sekunde entdeckte Sophie den Mann. Er saß nur vier Tische weiter mit dem Rücken zu ihr. Spencer! Der typische präzise Haarschnitt, der durchtrainierte Oberkörper und eine teure Mischung aus sommerlicher Eleganz und Businessanzug. Ihr Puls nahm Tempo auf. »Da sitzt er. Ich fass es nicht«, sagte sie zu Egon.

»Wo?«

Doch während sich ihr Freund überrascht und vorsichtig umdrehte, erkannte Sophie, dass sie sich getäuscht hatte.

»Bist du dir sicher? Ich meine …«

»Nein, nein. Vergiss es. Hab mich geirrt.« Jetzt erst sah sie, dass der Mann nicht nur kleiner, sondern auch jünger war als der Generalkonsul. An sich war es harmlos, dass sie den Mann verwechselt hatte, doch es raubte Sophie zusätzlich den Mut. »Verdammt! Egon, haben wir sie eigentlich noch alle? Was machen wir hier?«

»Na ja, also ich werd mir zunächst mal Eggs Benedict gönnen, dann einen Shrimp Cocktail, danach einen saftigen Burger und dazu einen Berg von diesen gewürzten Pommes Frites. Hast du die gesehen? Die sind mit Petersilie!«

»Bist doch noch besoffen?« Wie konnte man das alles essen wollen?

»Und was, denkst du, darf man sich unter diesem Root Beer vorstellen?«

Sophie gab auf, Egon war vorerst zu keinem klaren Gedanken fähig. Also bestellte sie sich einen French Toast mit Ahornsirup. »Wenn es dich nicht schon gäbe, müsste man dich erfinden.«

Nachdem Egon tatsächlich fast die ganze Menükarte hatte auffahren lassen, gingen sie ein paar Schritte den Ocean Drive Richtung Süden entlang. Die Sonne stand noch nicht mal in ihrem Zenit, aber die heiße Luft wurde schnell feuchter und schwerer. Nach wenigen Metern war Egon komplett durchgeschwitzt. Sein himmelblauer Anzug, Egon reiste stets nur im Anzug, wie er ihr im Flugzeug erklärt hatte, war kurz davor zu kapitulieren.

»Wir sollten dich und deinen Anzug schnellstens erlösen.« Egon tat ihr richtig leid. Ihre leichte Bluse hingegen, für die Sophie sich zuvor entschieden hatte, machte ihr das Leben um vieles einfacher. Das tropische Wetter konnte ihr nichts anhaben, im Gegenteil.

»Eins nach dem anderen.« Egon lehnte sich an eine Straßenlaterne und schnappte nach Luft. »Meine Sportlerlunge …« Er redete nicht weiter. Stattdessen fixierte er das Eingangsschild eines Restaurants.

»Du kannst nicht schon wieder Hunger haben? Egon!« War das zu fassen?

»Ich hab's! Sophie, ich hab's.« Egon war mit einmal ganz aufgekratzt. Stolz grinste er über beide Backen. »Wie heißt der Laden hier?«

Sie verstand kein Wort.

»Lies mir bitte mal laut vor!«

»Egon, was ...?«

»Na komm schon!«

»T.G.I. Fridays« T.G.I! Wie in Spencers Nachricht. Wollte er sich hier mit jemandem treffen. Aber wann? Und überhaupt, war das nicht viel zu einfach?

Drei rekordverdächtig übergewichtige Amerikaner schoben sich an ihnen vorbei und betraten das Restaurant, um ja niemals für Models gehalten zu werden.

Egon grübelte immer noch. Beinahe vergaß er zu schwitzen. »Meinst du, die treffen sich hier?«

Sophie schüttelte den Kopf. Sie hatte eine bessere Idee, denn ein wenig kannte sie ihren Spencer mittlerweile. Von ihrem Mann hatte sie gelernt, wie wichtig es war, sich in sein Gegenüber hineinzuversetzen. Wie beim Schach. »Fridays! Das war der Code. Spencer trifft seinen Partner nicht im, sondern am Freitag. Was ist heute?«

»Äh ... Freitag. Ja, spinn ich denn?«, staunte Egon. »Wir sind ihm tatsächlich dicht auf den Fersen!« Dann raufte er sich die Haare. »Mist, sind wir etwa zu spät?«

Sophie war jetzt in ihrem Element. Sie sah auf Egons Uhr, eine dieser schweren Pilotenuhren, die Männern das Gefühl geben sollten, sie säßen am Steuer einer alten Propellermaschine. Diese allerdings war original und aus den Sechzigern. Viertel nach Zwölf. Plötzlich fiel ihr etwas auf. Unter der Ziffer 12 stand ein Buchstabe: N. So wie bei der 9 ein W, bei der 6 ein S und bei der 3 ein E stand. E für East.

Sophie lächelte ihren Freund an. »Nein, ich denke, wir sind genau richtig.«

»Aha? Soso, wenn du das sagst! Deine Ruhe möchte man haben.«

»Zuerst kaufst du dir jetzt einen neuen Anzug.«

»Sophie! Komm schon.« Egon wurde ungeduldig. »Hör auf, dich über mich lustig zu machen.« Er kannte diese Art an seiner Freundin. Wenn sie so war, mit der Nase leicht oben und angespanntem Rücken, dann war sie kurz vor ihrem letzten tödlichen Zug, kurz davor, ihn Schachmatt zu setzen.

»Wenn wir schon Detektive spielen«, Sophie wischte eine große Fliege von Egons Schulter, »dann bitte mit Klasse!« Ohne groß auf Egon zu warten, schritt sie voran. »T.G.I steht für Freitag, East für 15 Uhr.« Verdattert legte Egon den Kopf zur Seite.

»Wenn wir Pech haben, dann 21 Uhr.« Aber Sophie war sich ihrer Sache sicher.

»Und T.G.I?«

»Verflucht es ist …«

»Wie bitte?« Egon verstand kein Wort mehr.

»Eine Abkürzung, Englisch. Thank God it's Friday.«

»Fräulein!« Er folgte ihr. »Wie machst du das?«

»Hab ich von Max gelernt«, sagte sie mit heimlichem Stolz um die Mundwinkel.

»Okay, zwei Drittel des Rätsels haben wir. Aber wer ist dieser anonyme Oliver?«, hakte Egon aufgeregt nach. »Das könnten Tausende sein? Und dann, wo treffen sie sich?«

Aber Sophie war im Kopf längst woanders. Sie spielte diverse Spielzüge und Varianten durch. Dann grinste sie wieder: »Nicht, wenn es kein Name, sondern ein Ort ist!«

»Sophie, du machst mich fertig!«

»Komm mit!« Voller Elan machte sich Sophie auf zum nächsten Hotel. Nur ein paar Häuser weiter war das »Springwater«, in dessen Hotellobby sie genau das fand, was sie gesucht hatte. Hoch konzentriert durchsuchte sie die vielen Flyer und Prospekte, die dort für die Gäste auslagen.

Egon versuchte ihr zu helfen, hatte aber keinen Schimmer, wonach er Ausschau halten sollte.

»Tataaa!«, rief Sophie nach wenigen Minuten. Mit einer postkartengroßen Visitenkarte oder Werbung wedelte sie vor seiner Nase. »Nicht Oliver, sondern Oliver's – fine business lunch and dining!«

Wenn das nicht der ideale Ort für ein unauffälliges Meeting war.

So groß, stämmig und unerschütterlich Egon auch schien, er stand da wie einer, der zum ersten Mal im Leben ein Flugzeug sah.

Sophie sollte recht behalten, zumindest was das »Oliver's« betraf. Zwar war das gepflegte und relativ unscheinbare Restaurant ein Geheimtipp, dennoch kannte jeder, der in South Beach etwas auf sich hielt, den von einem Deutschen perfekt geführten Laden an der West Avenue Ecke 10te Straße.

Sie saßen im Schatten der allgegenwärtigen Palmen und imposanten Wohnhochhäuser. Egon hatte sich, auf Sophies Drängen hin, von Kopf bis Fuß neu ausstaffiert. Hochzufrieden zupfte er an seinem hellen Leinenanzug, der von hauchdünnen braunen Streifen durchzogen war. »Wie eine zweite Haut!« Dazu trug er ein cremefarbenes Havanna-Shirt und dunkelbraune, aus Leder geflochtene Halbschuhe. Sogar einen Panamahut hatte er sich gegönnt.

»Willst wohl Hemingway Konkurrenz machen?«, hatte Sophie ihn geneckt, als er sich eine Zigarre ins Revers gesteckt hatte.

Woraufhin er glücklich hinausposaunte: »Meine Bilder sind besser als jedes seiner Bücher.«

»Sicher, Bescheidenheit hat ja noch keinem Künstler gut gestanden.«

Egon grinste wie ein Lausbub. »Okay, das war kein fairer Vergleich.«

Obwohl sich auf der Collins Avenue ein einladendes Geschäft ans nächste reihte, hatte Sophie nicht zugeschlagen. Sie war bestens ausgestattet. Auch waren die Nobelmarken nicht ganz ihre Liga. Man hatte hier nicht nur viel Geld, sondern es wurde auch laut und öffentlich zur Schau gestellt. Ihr hatte es mehr Freude bereitet, ihrem Freund bei seiner Verwandlung zuzusehen. Er hatte sein Eldorado gefunden, La Havana, ein Spezialist für den karibischen Lebemann. »Kannst fast froh sein, dass dein Koffer weg ist.«

Egon ließ sich nur zu gern von der kubanischen Verkäuferin umschmeicheln. Das hatte sich El Señor auch verdient. Seine kleine Privataudienz bei Miss Cuba gab Sophie die Gelegenheit, hinter die Kulissen der perfekten Einkaufswelt zu schauen. Hinter dem verführerisch strahlenden Weiß der traumhaft schönen Geschäfte bröckelte die Fassade. Allein ein kurzer Blick in eine der Seitenstraßen genügte. Abrupt änderte sich das Bild. Auf den Bordsteinen saßen dort Obdachlose und Penner mit von der Sonne gegerbten Gesichtern, lehnten an einer Wand oder schlichen ohne Ziel und Hoffnung um die Mülltonnen. Es waren erschreckend viele. Vergessene, Ausgeschlossene, Alte wie Junge. Der extreme, rücksichtslose Luxus, der hier vor ihren Augen gefeiert wurde, hatte einen Preis, er zerstörte die Gesellschaft. Sie war zu Besuch im Disneyland für Superreiche. Die Realität hatte keinen Eintritt.

Die nächste reizende junge Südamerikanerin schickte sich an, Egon den Tag zu versüßen. Sie stellte sich vor, um ihre Bestellung aufzunehmen. Mittlerweile waren sie im Oliver's angekommen. Wieder essen. Kein Problem für Egon. Während Sophie die in den Himmel wachsenden Wohntürme bestaunt hatte, hatte er euphorisch die Karte gescannt und sich für einen Texas Rodeo Burger entschieden. »Mit karamellisierten Bermuda-Zwiebeln! So was gibt's.«

Sophie bestellte sich ein Mahi-Mahi-Sandwich, eine Spezialität des Hauses. Eines stand fest, die Gefahr zu verhungern war hier gering.

Von Josh Spencer jedoch weit und breit keine Spur. Wollte es wohl spannend machen, der Herr. Drinnen saß kein einziger Gast, und auch von den Dutzend Tischen draußen war nur etwa die Hälfte belegt. Zwei junge Frauen oder, besser, Mädchen, stocherten extrem gelangweilt in ihren Salaten herum. Weiter hinten präsentierte sich regungslos ein höchst extravagantes älteres Paar, behangen wie Weihnachtsbäume im Disneymärchen und geliftet wie zwei zu heiß gewaschene Spannbetttücher.

Auch von den Geschäftsleuten zwei Tische weiter, die alle drei in ihre Telefone brüllten, während sie gleichzeitig hektisch kauten und in ihre Computer tippten, hatte keiner Ähnlichkeit mit Spencer.

Bis zu East, 15 Uhr, hatten sie noch knapp zwanzig Minuten. Also immer schön ruhig bleiben, ermahnte sich Sophie.

»Sollte er tatsächlich auftauchen, dann, ich meine, was dann?«, fragte Egon. »Stellen wir ihn zur Rede, nehmen wir ihn fest? Geben wir uns als Journalisten aus und machen ein Interview? Oder, hey, wir könnten um ein Autogramm für Fans bitten?«

»Nur die Ruhe. Zunächst beobachten wir ihn. Versuchen, uns ein Bild zu verschaffen.«

»Klingt nach klassischer Detektivarbeit.«

»Wenn du so willst. Egon, das hier ist kein Spaß! Dieser Spencer hält alle zum Narren.«

»Du redest, als hättest du mit ihm noch eine Rechnung offen?«

»Vielleicht. Aber davon abgesehen, ich bin mir sicher, er plant einen großen Betrug, vielleicht sogar ein gemeines Verbrechen.«

»Dann hat er sicher mächtige Freunde. Und er hat Heimvorteil, wir spielen sozusagen in seinem Stadion. Wir sind hier nur Gäste.«

»Kalte Füße?«

»Nein, ich will nur nicht, dass du enttäuscht bist, wenn sich das Ganze nur als harmloses Missverständnis entpuppt. Oder schlimmer, die Nummer zu groß für uns wird.« Egon wedelte sich Luft zu und lehnte sich nach vorn. »Ich will sagen, dann können wir hier trotzdem ein paar herrliche Tage verbringen«, fuhr er fort. »Die Sonne scheint toujours. Ich hab den perfekten Anzug. Für meinen Teil genieße ich die Zeit mit dir hier außerordentlich. So einen Trip mit dir, das hab ich mir immer gewünscht.«

»Danke, danke für die Blumen. Du bist auch ein wunderbarer Begleiter, Ernest.« Sophie nahm sich seine Zigarre, packte sie aus und roch daran. »Enttäuscht? Keine Bange, mein Instinkt täuscht mich selten.«

Egon lehnte sich wieder zurück. Er wusste längst, was für ein Dickschädel seine Freundin war. Wie ein Schwamm sog er die Atmosphäre um ihn herum auf. »Dieses Licht ist genial! Es fängt an, mich in den Fingern zu jucken.«

»Einen Koffer nur für Farben!«

»Ich leg bald wieder los. Das schwör ich dir. Es brodelt in mir!« »Oder liegt's an diesem Root Beer? Roch jedenfalls wie alte Medizin.«

»Hat erstaunlich gut geschmeckt. Wie ein flüssiger Zuckerwürfel mit Vanille und, und, und, einfach irre! So muss sich ein Kind gefühlt haben, das nach dem Krieg von einem GI seinen ersten Kaugummi bekommen hat.«

»Ich liebe deine Vergleiche!«

»Auf jeden Fall freut es mich, dass deine Schmerzen nachlassen, auch wenn es offen gestanden immer noch ...«

»Ich fass es nicht!«

»Wenn es sich entzündet ...« Egons Aufmerksamkeit war auf Sophies Unterarm gerichtet, an dem sie weiter einen kleinen Verband trug.

Doch Sophie war ihr Arm jetzt egal. »Darf ich vorstellen: Joshua Spencer. Höchstpersönlich.«

Diesmal gab es keinen Zweifel. Der Mann der soeben aus dem Taxi gestiegen war, war ihr Nachbar aus München, ihr Zielobjekt. Und es war geradezu unverschämt, wie gut ihm die Florida-Sonne zu Gesicht stand. Selbst die beiden Salatmodels drehten sich nach ihm um. Spencer hätte jederzeit mit ihnen eine Anzeige für Anzüge oder Bankbroschüren schmücken können. Vielleicht hätte er der Welt damit einen großen Gefallen getan.

»Chapeau!«, frohlockte Egon. Nur war nicht ganz klar, ob er damit die Ankunft ihres Münchner Freundes meinte oder die des satten Burgers vom Durchmesser einer kleinen Pizza.

Kurz sah Spencer in den Innenraum, entschied sich dann aber für einen Tisch draußen, am Ende der Terrasse.

Die Entfernung zu seinem Tisch machte es Sophie unmöglich, einem Gespräch zu lauschen. Am liebsten hätte

Sophie Spencer hier und jetzt angesprochen, ihn ein für alle Mal zur Rede gestellt.

Doch ein komplett verdunkelter nachtgrauer Hummer-Jeep, der mit quietschenden Reifen im Halteverbot zum Stehen kam, ließ alles und jeden innehalten. Hier veranstaltete jemand eine Show, und keiner sollte den Auftritt verpassen. Die extralange Pause, die der Mann sich gönnte, bis er aus der hinteren Tür ausstieg, und die schwarze verspiegelte Sonnenbrille, die sein halbes Gesicht verdeckte, rundeten die perfekte Inszenierung ab.

Nur Spencer schenkte dem Mann, der aller Hitze zum Trotz mit einer schwarzen Hose mit passendem langärmeligen, asiatisch anmutendem Hemd gekleidet war, wenig Beachtung. Erst als der Mann bei ihm am Tisch Platz genommen hatte, begrüßte er ihn förmlich, beinahe steif.

Das war er also, der anonyme Partner in Crime, Al. Verflucht, sie musste unbedingt wissen, was die beiden zu besprechen hatten.

Sophie stand auf.

»Sophie! Dein Fisch, der wird kalt.«

»Halt ihn warm für mich, ja?« Langsam, so langsam, dass es viel zu auffällig war, ging sie am Tisch der beiden vorbei in Richtung Toilette. Dort angekommen, wartete sie kurz. Auf dem Rückweg ließ sie dann eine Serviette fallen und verwickelte den blitzschnellen Kellner in ein kurzes, belangloses Gespräch über seine nette Hilfsbereitschaft und ihre Schusseligkeit. Zumindest ein paar Satzfetzen hatte sie so bei ihrem kleinen Ausflug aufschnappen können. Auch ein Bild, eine Art Illustration, hatte sie auf dem Tisch erspäht. Es sah aus wie eines dieser Hochhäuser, hochmodern, komplett verglast.

»Sorry, ich musste deinen Fisch probieren. Vorzüglich! Wie wär's im Gegenzug mit einem kleinen Gaumenritt auf meinem Texas-Rodeo?« Ohne auf eine Antwort zu warten, plazierte Egon ein Türmchen aus Sesambrötchen, Salat, Zwiebeln und von Soße triefenden Hackfleischbatzen auf ihrem Teller. »Probier schon! Und dann berichtest du, was du alles gehört hast!«

Sie tat ihm den Gefallen, obwohl ihr Appetit längst verflogen war. Selbst der kleine Bissen ließ sie mit den Ohren schlackern. In seiner Geradlinigkeit war der Burger tatsächlich nicht zu toppen. Kein Vergleich zu den matschigen Magenschwämmen, die sich in Deutschland als Hamburger ausgaben.

»Also?«, drängelte Egon.

»Schmeckt gut. Sehr gut sogar.«

»Das ist mir klar!«

»Der Mann, entweder ist oder war er Deutscher, oder er hat lange in unserer schönen verregneten Heimat gelebt.«

»Sieh mal an!«

»Ansonsten bin ich mir nicht sicher. Hat irgendetwas gesagt von «fast ganz legal«, was sicher genau das Gegenteil heißt, »neunzig Prozent presold«, was auch immer das bedeuten soll, und dass der Schock und die Aufregung der Münchner sich bald legen würden. Das Timing sei perfekt. Sie hätten alle in der Hand. Ich glaube, er hat auch von einem sehr flexiblen Stadtrat gesprochen. Am Ende würden ihnen die, Zitat, »Provinzdeppen« dankbar sein, wenn sie endlich ein neues Postkartenmotiv hätten.«

Egon überlegte einige Minuten. »Das klingt zumindest, hm, ambitioniert.«

»So kann man es auch nennen.«

»Viel klüger sind wir nicht.«

»Aber wir wissen, dass da was läuft.«

»Nur, ob es illegal ist …«

Ohne große Vorwarnung standen Spencer und der Mann gleichzeitig auf.

Egon und Sophie sahen sich an. Jetzt mussten sie schnell handeln.

»Du klemmst dich an Mr. Black. Ich bleib bei Spencer!«, entschied Sophie, ohne zu zögern.

Da musste Egon sich beeilen, denn der Mann war im Begriff, ebenso schnell davonzubrausen, wie er erschienen war. Zum Glück schlich im gleichen Moment ein Taxi vorbei, das sich Egon schnappen konnte.

An Spencer blieb es, die Rechnung zu begleichen, was Sophie die Chance bot, das Gleiche zu tun. Dann machte er sich ebenfalls auf den Weg, zu Fuß. Sophie folgte ihm, mit hoffentlich ausreichend Abstand.

So, jetzt wird's spannend, dachte sie sich.

Er musste nachdenken. Und das konnte er am besten, wenn er zu Fuß unterwegs war. Mehr oder weniger ziellos ging er die Alton Road entlang. Das Treffen war seltsam ruhig und deshalb umso beängstigender verlaufen. Wie für Al typisch, war er gleich auf den Punkt gekommen. »Weißt du, Josh, mir schnüffelt immer jemand hinterher. Das juckt mich nicht«, hatte Al ihn beruhigen wollen. »Deshalb sind meine Nachrichten auch keine Romane, sondern im Telegrammstil gehalten. Da kann mir keiner ans Bein pinkeln.« Alles verlaufe nach Plan. Spencers öffentliche Statements zur erfundenen erhöhten Terrorbedrohung hätten gewirkt und die ersten endgültig zum Verkauf gedrängt. Der berühmte Dominoeffekt. Kaum bekommt einer kalte Füße, ziehen die anderen nach. »Diese Baumpflanzerei war allerdings idiotisch. Das hat die Leute unnötig verwirrt. Einer wollte schon abspringen. Wir sind nicht Greenpeace, Josh. Genauer gesagt das Gegenteil.« Trotzdem liege die Genehmigung so gut wie in der Schublade. »Ich muss dem Verantwortlichen in der Münchner Behörde nur noch etwas Angst machen. Ein Kinderspiel.« Das mache er gerne, vor allem, wenn es um so erfreulich viel Geld gehe.

Was die Wahl angehe, habe Al seinerseits hier mit ein paar wichtigen Freunden gesprochen, es sehe also wie versprochen bestens aus für Spencers politische Zukunft. »Das Ding schaukeln wir mit links!«

Also Zeit, den Champagner kalt zu stellen.

Aber Spencer fühlte sich mehr als unwohl, ihm war beinahe übel. Auf was hatte er sich da nur eingelassen? Und noch dazu, mit wem? Al drohte jede Sekunde, komplett außer Kontrolle zu geraten. Wenn er das nicht schon längst war. Zuerst dieser brachiale Auftritt bei seiner Ankunft. Machte man mit solchen Leuten Geschäfte? Dann der Schluss. »Und wenn einer nicht spurt, dann gibt es immer Mittel und Wege«, hatte Al ihm versichert. Und dann diese drohende Frage: »Kennst du meine Lieblingsszene?«

»Wovon redest du?«

»*Der Pate*. Da will ein Hollywoodproduzent nicht spuren, und was macht der Don? Er findet die Schwachstelle. Dieser Produzent liebt nämlich sein Rennpferd, musst du wissen. Sehr schön, sehr wertvoll. Aber nicht mehr, als der Produzent eines Morgens im Bett aufwacht, mit dem Kopf des Hengstes neben sich. Alles voller Blut. Ein irres Bild. Cinemascope.«

»Was willst du mir damit sagen?«

»Spencer, haha, das ist nur Small Talk, wir betreiben Konversation.«

Spencer war entsetzt. Er musste sich beruhigen und endlich nachdenken.

Es tat gut, ein paar Schritte zu gehen, seinen Körper zu spüren. Luft, die Gerüche seiner Heimat. Ständig war man in irgendwelchen Autos, Flugzeugen oder klimatisierten Räumen. Manchmal schnürte ihm das die Kehle zu. In letzter Zeit immer häufiger.

Eine mörderisch laute Harley knatterte vorbei, mit einer halbnackten Asiatin am Steuer und einem verschüchterten blassen Brokertyp auf dem Sitz hinter ihr. Miami Beach eben.

»Wie geht es, Sir? Haben sie ein, zwei Dollar für jemanden, der zu viel Pech hatte im Leben?« Der Bettler war ungefähr Spencers Jahrgang, auch wenn er auf den ersten Blick doppelt so alt aussah. Schwer zu sagen, ob er ein glückloser, vor Jahren eingewanderter Latino war oder ein ehemals gefeierter New Yorker Investmentguru, der der Wall Street bei der letzten Krise hatte goodbye sagen müssen. Vom Tellerwäscher zum Millionär und wieder zurück. Damit wäre er nicht einmal eine große Ausnahme gewesen. In Amerika wusste man das nie, erst recht nicht in Miami Beach. Spencer drückte dem armen Pechvogel eine Zehn-Dollar-Note in die Hand.

Der Mann strahlte übers ganze Gesicht, denn das war selbst für die verwöhnten Penner von South Beach ein netter Stundenlohn.

Al. Al hatte viel Glück gehabt im Leben. Wenn nicht, hatte er sich sein Glück geholt. Er war, ohne mit der Wimper zu zucken, über Leichen gegangen. Sein Glück war oft das Unglück der anderen. Trotzdem hatte Spencer beim Lunch das Gefühl gehabt, er würde einem kleinen Jungen gegenübersitzen. Einem skrupellosen, aber unsicheren kleinen Jungen. Das lag nicht nur daran, dass vorsichtig geschätzt nur noch siebzig Prozent an Al echt war. Da hatte sich so mancher plastischer Chirurg gesundoperiert.

Allein Als zeitweise faltenloses Gesicht hatte den Gegenwert eines schmucken Einfamilienhauses. Schwer zu sagen, wie Al als junger Mann einmal ausgesehen haben mochte. Es war jedoch höchst unwahrscheinlich, dass Als Mutter ihren Sohn heute wiedererkennen würde. Al scheute vor nichts zurück, Liften, Stretchen, Spritzen, auch jede noch so absurde Chemikalie, die ihm selbst nur im Ansatz einen Hauch von Jugend prophezeite. Er hatte vor nichts so große Angst wie vor dem Alter. Ansonsten war er furchtlos. Von allen anderen hochtoxischen Cocktails, mit denen er sich zum Vergnügen zudröhnte, mal ganz abgesehen. Das war allseits bekannt. Halb so schlimm, mochte Al sich denken, denn sein Blut hatte er schon öfter waschen lassen als andere ihre Bettwäsche.

Nein, das war nicht Spencers Welt. Spencer fühlte sich schmutzig, allein weil er mit Al an einem Tisch gesessen hatte. Von ihrer geschäftlichen Verbindung ganz zu schweigen. Mit Menschen wie Al pflegte Joshua Spencer normalerweise keinen Umgang, überhaupt keinen, zumindest nicht freiwillig. Al war ein Vampir. Spencer musste sich von dieser Welt wieder verabschieden. Nur, so einfach war das nicht mehr, Spencer war gefangen in einem mafiösen Spinnennetz. Es stand viel auf dem Spiel. Er hatte bei seinen Freunden, bei wichtigen Leuten für Al Berg gebürgt. Wie hatte er nur so dumm sein können?

Gerade als er die Straße kreuzte, klingelte sein Telefon. Nur ganz wenige Menschen kannten diese Nummer. Ohne etwas zu sagen, ging er dran.

»Ich bin's.« Delray war einsilbig, wie so oft.

»Steht das Konsulat noch? Hey! Aufpassen!«

»Alles okay, Josh?«

»Ja, ja. So ein blinder Aston Martin hätte mich beinahe umgefahren.« Mit strafendem Blick fixierte Spencer den

Halbwüchsigen hinter dem Steuer der Vierhundert-PS-Waffe.

»Kein schlechter Tod.«

»Sehr witzig, Pete! Wirklich.«

»Hier kann einem das kaum passieren. Höchstens mit so einem lächerlichen VW Golf.«

»Mach mal die Augen auf! In München fährt selbst die Polizei BMW.« Spencer war fast auf Höhe der 16ten Straße angelangt. Er fühlte sich zu Hause. »Wie läuft es in unserem Außenposten? Werde ich schon vermisst?«

Delray, der selbstverständlich hinter Spencers Schreibtisch saß oder, besser, thronte, antwortete selten lakonisch: »Und wie! Mindestens zwanzig Anträge von irgendwelchen deutschen Asylsuchern oder so warten auf Ihre Unterschrift.«

»Ist da irgendetwas Wichtiges dabei?«

»Nein, ich wollte nur mal ein Lebenszeichen haben. Hören, ob ich rüberkommen soll?«

»Ist das ein Antrag auf Fronturlaub?«

»Sie haben ja recht, ich bin hier unentbehrlich. Aber im Ernst, ich kann jederzeit einen von meinen Jungs in Florida Bescheid sagen. Hab kein gutes Gefühl, wenn Sie da so allein herumlaufen, in Miami Bitch. Und das kann die Stadt wirklich sein. Zu viele Drogen, zu viel falsches Geld und Idioten, die nicht schreiben können, aber 'ne Waffe haben.«

»Außer dir, weiß so gut wie keiner, dass ich überhaupt hier bin. Nur April und Nancy.« Spencer wich einem Skateboardfahrer mit Kopfhörer, die sechsmal so groß waren wie seine Ohren, aus. »Was anderes, Pete, was macht unsere Sicherheitslücke?« Auf der gegenüberliegenden Straßenseite blubberte ein überlanger alter Pontiac die Alton Road in Richtung tiefstehender Sonne entlang. Der Wagen hatte mit Sicherheit die Swinging Sixties live erlebt.

»Der Server ist neu klassifiziert. Wir wissen jetzt, was es war.«

»Ich höre!«

»Durch einen mathematischen Fehler im Algorhythmus war ein WLan Port unverschlüsselt und hat sich verselbständigt.«

»Soso, und das heißt?«

»Jemand konnte, wohl nur rein zufällig, Ihre Mails lesen. Jemand in der Nachbarschaft.«

»Zufällig? Ein Nachbar? Verdammt, Pete!«

»Wir haben alles im Griff!«

»Habt ihr?« Spencer hatte seine berechtigten Zweifel. Wer weiß, was dieser Nachbar alles mitbekommen hatte!

»Wir checken gerade die Profile aller Anwohner im Umkreis von fünfhundert Metern. Herkunft, Finanzen, politische Einstellung, Vorstrafen, Religion, das ganze Programm.«

»Seid vorsichtig! Der Datenschutz! Du weißt, wie überempfindlich die Deutschen da sind.« Man durfte Delray nicht zu sehr von der Leine lassen. Das wusste Spencer nur zu gut.

»Ganz ehrlich, Boss, die Weicheier können mich mal. Datenschutz, der Witz des Jahrhunderts. Klingt für mich wie Promillegrenze für Alkoholiker.« Delrays fieses Lachen drang durch das Handy. »Aber keine Sorge, wir machen das ganz chirurgisch. Immerhin haben wir die Computer erfunden, nicht die.«

»Konrad Zuse.«

»Zuse, was?«

»Konrad Zuse hat den ersten Computer entwickelt. Ein Deutscher, in den Dreißigern.«

»Und Bill Gates war ein deutscher Agent, ja? Verkaufen Sie mich bitte nicht für blöd, Josh. In ein, zwei Tagen sag ich Ihnen, wer der neugierige Nazi in Ihrem Briefkasten ist.«

»Weißt du, Pete, manchmal hab ich das Gefühl, ich spreche mit John Wayne.«

»Einer unserer Besten. Danke für das Kompliment!« Delray fühlte sich in der Tat geehrt. »Aber Bruce Willis hätte es auch getan.«

»Gerne. Und Pete!«

»Yes, Sir!«

»Nimm doch bitte die Füße von meinem Schreibtisch!« Spencer grinste genervt und legte auf.

Delray blieb in Schockstarre. Wie? Woher wusste Spencer, dass er in seinem Büro, an seinem Schreibtisch saß? Das war verdammt noch mal unmöglich! Und noch beängstigender: Wusste er etwa auch, dass sich seine versaute Göttergattin April gerade eben, hier auf dem Sofa, von Delray nach allen Regeln der Kunst hatte »vernaschen« lassen? Spencer, dieser Mistkerl, war immer für eine Überraschung gut. Zwar war er ein unerfahrenes Weichei, aber unterschätzen durfte man diesen verwöhnten Typen trotzdem nicht, denn manchmal war er nicht zu durchschauen. Bestes Beispiel, sein Solotrip nach Miami. Alarmiert fragte sich Delray, ob Spencer ihn etwa loswerden wollte. Waren sie vielleicht längst keine falschen Freunde mehr, sondern echte Gegner? Er stand auf und nahm wieder die Haltung eines Sicherheitschefs an. Was würde John Wayne jetzt machen?

Auch wenn Spencer es gemütlich anging, so hatte Sophie alle Mühe, ihm hinterherzukommen. Das Problem war dabei weniger das Tempo als vielmehr die Hauptprämisse, nicht erkannt zu werden. Spencer war eine Zeitlang am

Telefon gewesen und war dabei des Öfteren unerwartet stehen geblieben, hatte sich eher beiläufig umgedreht oder spontan die Straßenseite gewechselt. In der letzten halben Stunde war sie nur knapp Zusammenstößen mit einem Skateboardfahrer, einer joggenden Mutter mit Kinderwagen, einem Rentner im Golfwagen und einer gestöckelten Prostituierten auf dem Weg zur Arbeit entgangen. Von dem Monstertruck, dessen gigantischem Kühlergrill sie in letzter Sekunde noch von der Schippe gesprungen war, ganz abgesehen. So eine Observierung war kein leichter Job. Das erforderte höchste Konzentration und Geschick. Trotz allem machte es aber einen unglaublichen Spaß, noch dazu, wenn man es wie Sophie liebte, sich in andere Menschen hineinzuversetzen, in ihre Psyche, ihre Geschichten.

Über Spencer war ihr außerdem weitaus mehr bekannt als über einen der vielen anonymen Spaziergänger im Englischen Garten, über die sie sich sonst so ihre Gedanken machte. Obendrein waren sie an einem Ort, der sie zunehmend faszinierte. Jedes vergangene Jahrzehnt, jede Welle der Moderne hatte an diesem bunten Flecken Erde Spuren hinterlassen, auffällige, leuchtende Spuren. Eine zur Reinigung umfunktionierte ehemalige Tankstelle, auf deren Dach immer noch der Aufbruch und Hoffnung verheißende Schriftzug »Firestone« erstrahlte, von der Sonne längst ausgeblichen; eine Häuserfront wie aus »Vom Winde verweht«; ein über den ganzen Körper tätowierter Biker, der aus einer Bukowski-Bar herausstolperte; ein Jack-Nicholson-Typ im Schlepptau von einem Bündel riesiger, schneeweißer Pudel. Ständig kamen neue Eindrücke hinzu. Sophie blieb keine Zeit, ihre vielen kleinen Beobachtungen aufzusammeln geschweige denn einzuordnen.

Und je länger sie Spencer folgte, desto mehr kam es ihr vor, als würde er sich verändern, ja verwandeln. Einerseits schien er ihr auf eine ungewohnte Art nachdenklich, geradezu melancholisch, andererseits wandelte er leichtfüßig und erleichtert die Straße entlang, wie jemand, der endlich wieder in seiner vertrauten und geliebten Nachbarschaft spazieren ging, frei von jeglicher Verantwortung.

Es hatte ihr imponiert, dass er dem Bettler ohne ersichtlichen Grund, schließlich war hier keine Presse, ein paar Dollar gegeben hatte. Auch schien er gern mit Passanten einfach so zu schäkern. Sie musste aufpassen, dass Spencer ihr nicht versehentlich sympathisch wurde.

Jetzt bog er in eine Art Fußgängerzone ein. »Lincoln Mall« stand auf einem fröhlich gestalteten Schild. Links und rechts reihten sich zwei- oder dreistöckige Gebäude auf, mit Geschäften im Erdgeschoss. In der Mitte hatten die Stadtplaner, einem imaginären Band folgend, üppige, tropische Bäume, Palmen und Blumenbeete gepflanzt. Hin und wieder unterbrachen elegant geschwungene Pergolen aus weißem Zement, großzügig einladende Sitzgelegenheiten oder interessante Skulpturen die grün umwucherte Mittelachse. Der komplette öffentliche Stadtraum war eine verspielte Mischung aus italienischem Straßencafé und tropischer Fußgängerzone. So etwas hatte Sophie noch nie gesehen. Und mitten drin wuselte ein herrlich buntes Panoptikum an Menschen herum. Sie hatte größte Mühe, an Spencer dranzubleiben. Ständig warb ein neuer Paradiesvogel um ihre Aufmerksamkeit. Hier war man, um zu sehen und gesehen zu werden. Warum sonst hatte sich zum Beispiel der kleine alte Mann neben ihr für knallgelbe Sandalen entschieden, als er das Haus verlassen hatte? Warum trug er eine goldene Uhr, die fast größer war als seine ganze Hand und ihn zwang den Arm knapp über dem Boden schleifen zu lassen, weil sie so schwer war? Und warum nur hatte er sich seine Fußnägel knallrot lackiert? Oder die dicken südamerikanischen Frauen, deren riesige Busen sekündlich damit drohten aus den viel zu knappen BHs zu plumpsen? Von ihren blanken, mehrfach gepiercten Bäuchen ganz zu schweigen. Was andere am Ohr baumeln hatten, steckte bei ihnen im Bauchnabel. Und was war die Geschichte der halbnackten Russin, deren wenige Kleidungsstücke fast durchsichtig waren? Waren ihre beiden Begleiter, der eine hundertprozentig schwul, im dünnen Pelzmäntelchen und der andere im goldenen Trainingsanzug, ihre Freunde? Ihre Zuhälter? Oder beides? Gab es überhaupt schwule Zuhälter? Sophie verlor sich immer mehr in Geschichten und schließlich Spencer aus den Augen.

Jesus Maria! Wo war er? Eben hatte sie ihn noch wenige Meter vor sich gesehen. Aber diese quirlige Einkaufspromenade war viel zu voll und geschäftig. Ihr Blick schoss über die vielen Köpfe hinweg, kreiste umher. Dann erspähte sie ihn. Er stattete Banana Republic, einer großen Boutique für lässige, eher billige Klamotten, einen Besuch ab. Wollte er jetzt etwa einen Einkaufsbummel machen? Das passte so gar nicht zu ihm. Erst recht nicht so ein Laden. Oder hatte er sie entdeckt und wollte sie auf diese Weise geschickt loswerden? Sophie wartete draußen, drinnen war die Gefahr aufzufallen viel zu groß.

Spencer ließ sich Zeit. Schnell wurde Sophie wieder von der farbenfrohen Menge abgelenkt. Es war ein Kaleidoskop der Eitelkeiten, mit ständig wechselnden Lichtfunken. Jeder Zweite war ein egozentrisches Kunstwerk. Direkt unverschämt wie durchtrainiert manche waren. Bis zur Perfektion und darüber hinaus gemeißelte Körper, die stolz zur Schau getragen wurden. Was bei dreißig Grad ein Kinderspiel war. In ein Sixpack eingebettet, folgte eine nackte Traumtaille der anderen. Nur die Tattoos unterschieden sich. Miamis fleißigen Tintenstechern mussten eigentlich längst die Motive ausgegangen sein. So viele Schriftzeichen und Symbole gab selbst das chinesische Alphabet nicht her. Ein wahres Heer an Drachen, Schmetterlingen, Delphinen und sonstigen Meeresbewohnern, sowie sämtliche Stammeszeichen der Maori und sonstigen Ureinwohnern. Sophie war nicht nur erstaunt darüber, welche, sondern auch wo sie heute überall Tattoos bewundern durfte. Oberarme, Schultern oder Pobacken waren das harmloseste. Ein jüdischer Teenager hatte sich auf seinen rasierten Nacken, gleich unter seine Kippa, eine Neuinterpretation des Davidsterns mit Flammen und Schwertern stechen lassen. Der nächste Tätowierte hatte ganz puristisch einen Barcode auf der Stirn, und vorhin eine Frau so was wie Katzenhaare auf der Nase, mit bunter Tinte.

Für einen Moment kam sich Sophie langweilig und spießig vor. Dann sah sie gerade noch in letzter Sekunde Spencer wieder aus dem Laden kommen. Um ein Haar hätte sie ihn verpasst. Nur an seinen vollen Lippen und an seinem Gang hatte sie ihn wiedererkannt, denn der ganze Rest sah auf einmal komplett anders aus. Aus dem lockeren Anzug waren eine Jeans, ein olivgrünes Hemd und eine Baseballkappe geworden. Lediglich seine Sonnenbrille hatte er behalten. Und, ach ja, die Schuhe. Trotzdem war er ein anderer Mensch geworden. Bemerkenswert wieder einmal, was Kleidung ausmachte. Sie wurde den Gedanken nicht los, dass er sich extra, wie sollte sie es sagen, verkleidet hatte. Wie zur Tarnung, gerade so, als wollte er auf keinen Fall erkannt werden. Josh Spencer, was hast du vor? Sophie verspürte ein leichtes Kribbeln in den Fingern. Wie bei einem Schachspiel, wenn ihr Gegner plötzlich mit nur wenigen Zügen eine völlig andere überraschende Strategie einschlug. Es wurde immer spannender.

Fünf Araberinnen mit zehn Kindern und doppelt so vielen teuren Einkaufstüten versperrten ihr den Weg. Mit Mühe konnte sie die Petrodollar-Barriere durchbrechen. Zu ihrem Glück mussten alle an der Michigan Avenue kurz warten, um auf die andere Seite der Lincoln zu gelangen. Sie hatte ihn wieder eingeholt. Jetzt musste sie sogar aufpassen, nicht zu dicht aufzulaufen. In Kinofilmen inszenierten sie so eine Beschattung immer viel einfacher, geschmeidiger. Sie hingegen musste sich Mühe geben, sich nicht wie der tolpatschige Inspektor Clouseau anzustellen. Obendrein drohte sie ständig, in einen blutjungen Klon von Giselle Bündchen, Heidi Klum oder Naomi Campbell zu laufen. Wo kamen die nur alle her, diese Modelwunder? Aus einer nie versiegenden Quelle irgendwo in den Weiten des Mittleren Westens?

Sie blieb Spencer auf den Fersen. Eben wich sie einem Schwulenpärchen aus, dass seine vier Minipudel in zwei Kinderwagen vor sich her chauffierte, als Spencer erneut stehen blieb. Er setzte sich an die Bar eines nach außen hin offenen Cafés. Van Dyke stand in weißer Schrift auf den dunkelgrünen Markisen. Jeder andere hätte es sich entweder auf einem der Stühle unter den protzigen Palmwedeln oder der bewachsenen Pergola gemütlich gemacht. Nicht Josh Spencer. Er versteckte sich lieber drinnen an einer Ecke der langen Bar. Er wollte nicht gesehen werden, daran gab es keinen Zweifel. Aber kaum hatte er sich etwas bestellt, da kam wie aus dem Nichts ein Polizist auf ihn zu und stellte sich breitbeinig direkt neben ihn. Der durchtrainierte, große schwarze Mann musterte Spencer ernst, dann lachte er und klopfte ihm auf die Schulter. Offensichtlich kannten sich die beiden. Nur zu gern hätte sich Sophie neben die Männern gesetzt, die gleich darauf munter aufeinander einredeten.

Doch sie wahrte ihre Distanz. Sie hatte auf einem kleinen Mäuerchen, das ein blühendes subtropisches Pflanzenbeet einfasste, Platz genommen. Von dort aus konnte sie alles genau beobachten, ohne aufzufallen. Jetzt lachten die beiden Männer herzhaft, beinahe brüderlich. Der Barkeeper stellte ihnen einen Kaffee hin, dazu zwei kleine Gläser. Der Cop drehte sich kurz um, rückte seine Hose zurecht, an der ungefähr sechs verschiedene Waffen hingen, pumpte seinen Brustkorb auf, und die beiden stießen, auf was auch immer, an. Da war es wieder, dieses Spencer-Lachen. Über alle Tische hinweg konnte man es hören. Aber es war anders, nicht so aufgesetzt und kameratauglich, wie sie es sonst von ihm in München gewohnt war. Vielmehr benahmen sich Spencer und sein uniformierter Freund wie zwei Lausbuben, die sich köstlich über ihren letzten Streich und die blöden Gesichter der anderen amüsierten.

Während Sophie weiter grübelte, setzte sich ein Penner neben sie, die schmierige Baseballmütze auf dem Kopf festgewachsen, mit dem müden Gesicht eines gestrauchelten Wanderarbeiters aus der Zeit der großen Depression. In der Hand hielt er einen Pappbecher. Er klapperte mit Münzen, in der Hoffnung auf ein paar mehr.

Weil Spencer bezahlte, stand auch sie auf. Beinahe hätte sie dem armen Mann statt einer fünf eine Fünfzig-Dollar-Note gegeben. Diese billigen Dollarscheine hatten nicht nur alle die gleiche Größe, was verwirrend genug war, sie sahen sich auch noch alle zum Verwechseln ähnlich. Billiges Papier, einfarbig bedruckt, kinderleicht zu fälschen. Die Wirtschaftsmacht Nummer eins bezahlte mit windigem Spielgeld.

Spencer schien sich merklich wohler zu fühlen. War er ihr zuvor scheu und gedankenverloren vorgekommen oder besorgt, so schlenderte er nun zwischen den Menschen hindurch wie Don Corleone beim täglichen Spaziergang durch sein Bario, sein Reich.

Hoch oben in den Palmen meckerte ein Heer von kleinen grünen Papageien vor sich hin. Es war gut möglich, dass sie sich über die Menschen lustig machten. Immerhin wuselten die wie verrückt gewordene Hamster von einem Schaufenster zum nächsten. Nur Spencer, und folglich auch Sophie, hatten ihr ganz eigenes Tempo. Nur minimal zeitversetzt, folgte sie seinen Schritten, machte vor denselben Schaufenstern halt, inspizierte dieselben Bilder. Sie hatten den gleichen Takt, stimmten sich indirekt auf einander ab.

Spencers Interesse an irgendwelchen Boutiquen war längst verflogen. Mit dem Auge eines Kenners spazierte er mittlerweile zielstrebig von einer Galerie zur anderen. Denn auch das hatte die Lincoln Mall zuhauf zu bieten: Kunst. Sophie erinnerte sich, dass sie kürzlich erst von der Art Basel Miami gelesen hatte. Eine turbulente Messe, die jährlich im Dezember die Kunst- und Partyszene aus der ganzen Welt anlockte. Miami hatte sich zu einem hippen Kunstmekka entwickelt. Kein Wunder, bei so viel Geld, das hier nicht wusste, wohin. Die kahlen Wände in den zahllosen Luxusappartements verlangten schließlich nach ständig neuen Großformaten. Auf dieser Welle surften ebenso viele Genies und Talente wie Blender und Scharlatane mit. Aber die raffinierten Grafiken in der South Florida Art Foundation, in die sie Spencer unwissend gelockt hatte, waren ehrlich gesagt schlicht Meisterwerke. Spencer unterhielt sich mit der Frau am Empfang. Sie war wie zuvor der Polizist ebenso überrascht wie hocherfreut, ihn zu sehen. Nachdem sie ihn herzlich begrüßt hatte, verschwand sie kurz in ihrem kleinen Büro und kam gleich darauf mit einer großen Fotografie wieder, die sie ihm stolz präsentierte. Soweit Sophie es ausmachen konnte, war es von dem berühmten Fotografen André de Plessel, einem Deutsch-Amerikaner. Es war ein sehr erotisches Schwarz-weißbild von einer Frau, die sich über einen Korb voller Trauben hermachte. Na, das war doch sicher genau nach seinem Geschmack. Er flüsterte der Galeristin, vom Typ intellektuell, aber nicht besonders hübsch, etwas ins Ohr und hatte eine diebische Freude daran, zu sehen wie ihre Gesichtsfarbe sofort in Konkurrenz zu ihren roten Haaren trat.

Dann setzte Spencer seine kleine Wanderung fort. Es wurde immer offensichtlicher, dass er sich wohl abgemeldet hatte, denn er schien eher einem unbestimmten Gefühl als einem vollen Terminkalender zu folgen. Mochte er auch noch so verkleidet oder undercover unterwegs sein, Sophie konnte selbst aus der Distanz seine Freude fühlen. Und mit jedem Meter schien er mehr Ballast abzuwerfen.

Sophie fiel ein Seniorenpärchen auf, eingehüllt im mondänen Flair von Saint Tropez der Siebziger. Als wären sie gerade eben von ihrer Yacht gestiegen, auf der sie sich 1970 für ihren Stil entschieden hatten, den sie nie wieder verändern würden. So schritten sie ineinandergehakt zwischen den Schaufenstern und Caféstühlen hindurch. Die beiden machten alles richtig. Plötzlich verfluchte Sophie sich und ihre Angst, die sie die vergangenen Jahre vor dem Leben gehabt hatte.

Sophies kriminalistischem Auge entgingen aber auch nicht die scheinbar harmlosen Männer, größtenteils Schwarze, die am Telefon merkwürdige Gespräche führten, immer mit einem wachsamen Blick nach links und rechts und gleichzeitig mit einem dicken Bündel Dollarnoten spielend.

Welten prallten hier aufeinander. Jeder hatte Engel und Teufel auf der Schulter sitzen und führte die beiden aus. So wie der elegante Schwarze im grün schimmernden Samtanzug, mit schräg sitzender Samtmelone in Orange und einem weißen Spazierstock aus Elfenbein. Sein Gang war eher ein Tanz, so sehr wackelte er mit den Hüften. Wo sah man das sonst? In München sicher nicht.

An der Kreuzung zur Washington Road war das Biotop für jeden spendierfreudigen Flaneur zu Ende. Die leichtfüßige Stimmung brach abrupt ab und träge, nervige Motorengeräusche übernahmen wieder dröhnend die Vorherrschaft. Spencer bog in die Washington ein und folgte ihr gen Süden, vorbei an einem schmuddeligen McDonald's, in dem Rentner, die keine Yachten, sondern Sozialhilfechecks sammelten, auf ihr liebloses, totes Essen starrten. Die Fassaden blendeten hier weniger frisch poliert, eher flimmerten sie aufdringlich in verkratzten Neonfarben. Hin und wieder war eine Röhre kaputt, hing der Buchstabe eines Schriftzugs schief oder fehlte ganz. Die eigentümliche Mischung aus Souvenir-, Ramsch- und Secondhandläden, Liquor Shops, kubanischen Cafés, Nightclubs, sie war weitaus ehrlicher. Ein Hauch von St. Pauli oder Kreuzberg lag in der Luft, auch wenn sich dort sicher keine Palmen munter in den Himmel streckten.

Die Sonne warf schon länger harte Schatten und belohnte das wache Auge mit einem wärmenden Mantel aus leicht rotstichigem Licht. Spencers Tempo hatte sich wieder beschleunigt, war aggressiver geworden, und ihr fiel erst jetzt auf, dass er telefonierte. Dann blieb er abrupt stehen und gestikulierte wild mit den Händen. Ein Flirt am Telefon sah anders aus. Das Gespräch artete recht schnell in einen Streit aus. Mit wem er da wohl sprach?

Dann passierte etwas, was sie Spencer nie zugetraut hätte. Der Generalkonsul im Streetwear-Look legte sein Handy auf den Boden, trat mehrfach drauf und stopfte es schließlich in einen Müllcontainer.

Na, das haute sie aus den Socken.

Und er legte noch eins drauf. Nur wenige Meter weiter verschwand er in einem vergitterten Laden mit dem vielversprechenden Namen »Papa Joe's Little Artillerie Shop«. Ganz klar ein Waffenladen. Um nur Minuten später mit einer braunen Papiertüte wieder herauszukommen.

Was kam als Nächstes? Ein netter kleiner Amoklauf? Der Mann, dem sie erst über den Ozean und nun durch South Beach gefolgt war, hatte bald rein gar nichts mehr mit dem tadellosen Vorzeigekonsul aus München zu tun. Hier wechselte er ständig seine Gesichter. Flaneur, Kumpel, Hitzkopf, und was jetzt? Waffennarr?

Mittlerweile waren sie einige Blocks weit gelaufen. Von der 17ten wieder bis runter auf die 11te Straße, an deren Kreuzung sich seit bald fünfzig Jahren ein chromverspiegelter Diner hielt. Passend dazu flitzte ein junges Mädchen mit Tolle und kurzem Rock auf Rollschuhen an ihnen vorbei. Wo war sie hier, bei »Back to the Future«? Eine Filmkulisse wechselte die nächste ab. Miami Beach war große Show und bittere Realität zugleich. Konnte auch gut sein, dass Humphrey Bogart gleich auf die Straße treten würde, mit schräg sitzendem Hut, um dann dem gegenüberliegenden South Beach Police Department einen Besuch abzustatten. Das wiederum glaubte sie aus Miami Vice zu kennen. Das Hauptquartier der örtlichen Polizei war ein kubistischer schneeweißer Bau, der mehr an ein Museum für zeitgenössische Kunst erinnerte als an den Vorhof zum Knast. Doch Spencer blieb nicht stehen. Erst ein paar Blöcke später unterbrach er seine unruhige Wanderschaft. Er machte vor einem zirka zwanzig Meter hohen Art-déco-Gebäude halt und ließ seinen Blick über die fast fensterlose Fassade wandern. Glatte, schmucklose Flächen wurden von gekonnt verspielten Ornamenten eingefasst. Auch am Rahmen der dunklen Eisentür, die Spencer eben verschluckt hatte, verliefen vergoldete Pilaster. Sophie widmete sich der Bronzetafel neben dem Eingang. Na, sieh mal einer an! Damit hatte sie nicht gerechnet. Während sich einiges klärte, taten sich sofort neue Rätsel auf. Je mehr man erfuhr, desto mehr wurde einem klar, dass man eigentlich gar nichts wusste. Alte Weisheit. Sie durfte erfahren, dass sie vor dem »Spencer Institut« stand. Das Institut war anscheinend die Heimat einer umfassenden Sammlung von Grafiken und Skulpturen der vergangenen knapp hundert Jahre. Laut der Tafel hatte Spencers Familie bereits seit den dreißiger Jahren die Kunstszene in Miami unterstützt, nach dem Krieg eine kleine Privatuniversität eröffnet und dann die private Sammlung der Öffentlichkeit zugänglich gemacht. Kein Geringerer als Josh Spencer war es schließlich, der den größten Teil der Sammlung und die Kunstschule in einer Stiftung zusammengefasst und zum Jahrtausendwechsel der Gemeinde von South Beach geschenkt hatte. Alle Achtung, Spencer hatte ständig neue Überraschungen für sie parat. Die Geste eines echten Gönners oder nur selbstverliebte Angeberei? Sie folgte ihm in den kleinen Familienkunsttempel.

Eine neue Welt. Eben noch das quirlige Getöse der suchenden und verlorenen Menschen auf der Straße. Motoren, laute Stimmen, die in Telefone brüllten, überall Musik für Schwerhörige. Und jetzt? Beinahe meditative Stille. Die dicken, kalten Mauern schienen alles entschlossen abzublocken, Lärm und auch das meiste Licht. Selbst die schwülwarme Sommerluft blieb außen vor.

Sie erspähte ihn in einer kleinen Halle, die von einem

baumhohen Relief dominiert wurde. Geradezu ehrfürchtig stand er davor, seltsamerweise mit geschlossenen Augen. Vorsichtig trat sie, ja schlich sie, immer näher an ihn heran. Viel zu nah. Ein blumig-herber Duft umwehte sie. Sein Parfüm. Jede Sekunde konnte er die Augen öffnen und die Fremde fragen, was sie von ihm wolle? Warum sie sich so an ihn heranschlich? Trotzdem tat sie noch einen weiteren Schritt. Sogar einen zweiten. Irgendetwas zog sie magisch an. So musste sich ein Jäger fühlen, der seine Beute belauerte, dachte sie sich. Gefährlich nahe. Sie konnte blitzschnell selber zur Beute werden.

Aber er bemerkte sie immer noch nicht. Er legte den Kopf nach hinten, die Augen weiterhin geschlossen. Er schien woanders zu sein, weit weg. Vorsichtig zog sie sich wieder zurück, in den Schatten einer Nische. Einerseits, um unerkannt zu bleiben, andererseits, weil sie spürte, dass sie dabei war, eine unsichtbare Linie zu überschreiten. Sie drang in seine Intimsphäre ein. Das unangenehme Gefühl beschlich sie, ihn bereits verletzt zu haben. Sie, die sie auch nicht davor zurückgeschreckt war, seine Post zu lesen, ihm gar zu drohen. Sie entwickelte ein neues Gefühl für ihn, nur konnte sie nicht sagen, welches.

Mit dem Augenaufschlag einer Wildkatze, die unbewusst eingeschlafen war und über sich selber erschrak, war er urplötzlich wieder in der Gegenwart angekommen. Er machte auf der Stelle kehrt und ging in den nächsten Ausstellungsraum. Von Sophie oder irgendeinem anderen Menschen hatte er nicht die geringste Notiz genommen.

Der Portikus Primus, so nannte eine Schautafel das, was sich vor ihr auftat, war geformt aus über tausend metallisch grünen und goldenen Fliesen. Er hatte in der Tat etwas Magisches, eine mystische Ausstrahlung. Dabei war es nur der ehemalige Haupteingang eines Kinos in Pennsylvania in den Dreißigern. Wie es bei Art-déco-Werken so oft der Fall war, traten auch hier naive, florale Motive und finstere Geradlinigkeit zum gemeinsamen Wettkampf gegeneinander an. Sie musste an einen Batman-Film denken, sah eine menschliche Fledermaus vom obersten Gesims des Kinos in Pennsylvania springen. Sophie schüttelte den Kopf. Mit größter Wahrscheinlichkeit war sie gerade dabei, verrückt zu werden. Erst im Weggehen war ihr der Name des Künstlers, des Architekten, ins Auge gesprungen: Fitzgerald Spencer.

Eine volle Stunde war sie mit Spencer, ohne dass er es geahnt hätte, durch die Ausstellung gewandelt. Merkwürdigerweise hatte ihn niemand im Spencer-Institut erkannt. Dann traten sie wieder ans Tageslicht. Das so gleißend hell war, dass ihre Augen schmerzten. Die Welt kam ihr unwirklich vor. Die Verhältnisse hatten sich verschoben. Ihr dämmerte, dass genau genommen seit Tagen nichts mehr so war wie zuvor. Die Konstanten, an die sie sich sonst klammerte, verschoben sich. Heimweh befiel sie. Heimweh nach ihrer vertrauten Welt, nach Columbo, nach den immer gleichen Spaziergängen im Englischen Garten, nach der Tür, die sie jederzeit schließen konnte, um die Welt auszusperren. Sichere Geborgenheit im sicheren Versteck vor den anderen Menschen und sich.

Ein Polizeiauto raste mit heulenden Sirenen und hektischen Lichtern an ihnen vorbei. Auch Spencer war zusammengezuckt.

Nun bogen sie und Josh wieder in die 10te Straße ab, um nach wenigen Metern einen erneuten Schlenker zu machen. Collins CT, sagte das Straßenschild. So etwas kannte man in Deutschland nicht. Da waren alle Straßen mehr oder weniger gleich, hatten ähnlich langweilige Namen. Hier war das anders. Hier gab es »Avenues« und

»Boulevards«, »Parkways« und »Drives«. Alles klingende Namen, die aber darüber hinwegtäuschten, dass zu vielen dieser Straßen auch eine zweite gehörte, die Kehrseite der Medaille, die hässlichen Rückseiten der herausgeputzten Fronten, geprägt von Notausgängen, Müll, Schrott und Verfall. Wie dunkle Venen zogen sie sich parallel zu den belebten Arterien durch den Straßengrundriss, um für den Abtransport zu sorgen. Wobei CT die Abkürzung für Court beziehungsweise Hof war. In diesem Fall maximal dreckiger Hinterhof. Die Collins CT verlief ebenso schnurgerade parallel zum Meer, wie ihre schöne Zwillingsschwester. Da hier allerdings keine Palmen, Autos und Menschen den Blick störten, konnte man ihr fast kilometerweit folgen, wenn nicht ein Mülllaster oder Lieferwagen dazu verdonnert war, sich über die buckeligen Teerlöcher zu quälen. Fußgänger oder sonstige Passanten hatten hier nichts zu suchen. Selbst neugierige Touristenpärchen verliefen sich nur selten in so eine Back-Alley. Dies war das Hoheitsgebiet der billigen Hilfskräfte, der illegalen Kochhilfen, Packer und Handwerker. Die Ratten warteten ungeduldig darauf, dass es dunkel wurde. Besonders nachts war hier das Verbrechen zu Hause und konnte beinahe ungestört seinen Geschäften nachgehen. Sophie war verunsichert. Was wollte Spencer hier, noch dazu jetzt, da der Tag dabei war, sich langsam zu verabschieden? Spencers merkwürdige Routenwahl machte Sophie nervös. Das Sightseeing war definitiv zu Ende.

5

Immer wenn Delray guten Sex gehabt hatte, und das war seit seinen Teenagerjahren mehr oder weniger täglich der Fall, dann schlief er entweder, ohne zu zögern, auf der Stelle ein, gerade so, als würde ihm jemand das Licht ausknipsen, oder aber er war hellwach und jede einzelne Synapse in seinem Kopf zitterte vor Hochspannung. Ein Zwischending gab es nicht.

Und das gerade eben, das war mal wieder Sex der allerfeinsten Sorte gewesen.

Wenn Frauen aber, die in Delrays Augen Sex sowieso nur als Mittel zum Zweck benutzten, erwarteten, dass er ihnen nach einer guten Nummer ins Ohr säuselte, er liebe sie, oder noch schlimmer, die Nummer umgekehrt bei ihm abzogen, dann stießen sie auf Granit. Ganz gleich, wer auch immer neben ihm lag und glaubte, ihn weichkochen zu können.

Die beste Armee der Erde, die US Army, hatte verdammt viel Geld in die Hand genommen, um ihn zu einem ihrer fähigsten Soldaten auszubilden. Wenn er wollte, dann konnte er eine Kampfmaschine sein, sofort einsatzfähig auf jedem noch so feindseligen Schlachtfeld. Er war gewappnet, yes Sir! Aber es gab einen Krieg, den selbst er nie gewinnen würde, dafür war der Gegner viel zu raffiniert und skrupellos, dafür wurde Delray schon zu oft verwundet. Es war der Krieg zwischen Mann und Frau. Der längste und gnadenloseste Konflikt in der gesamten Geschichte der Menschheit. Ohne Gewinner, ohne Aussicht auf Frieden, mit nur einem Ergebnis: einem blutigen Schlachtfeld. Delray weigerte sich, auch nur einen Fuß auf dieses verminte Feld zu setzen. Keiner Frau gelang es, ihn umzustimmen oder mit ihren teuflischen Tricks zu manipulieren. Je mehr sie sich an einen anschmiegten, desto spitzer waren ihre Krallen. Das hatte Delray mit der Muttermilch aufgesogen. Deswegen war er stets in Alarmbereitschaft. Denn nichts war umsonst, alles hatte seinen hohen Preis. Vor allem, wenn es um Frauen ging. Wer da auf einen Waffenstillstand hoffte oder gar an Waffengleichheit glaubte, der war von Anfang an verloren.

Wie gesagt, er war kampferprobt, hatte Erfahrung. Er hatte so seine eigenen Tricks und Geheimwaffen.

Sie hatte das sofort begriffen. April. Meistens ließ sie ihn in Frieden. Nur selten hatte sie ihre Schmuseanfälle und nervte ihn mit Kuscheln oder bildete sich womöglich ein, sie müsse an seinem Ohr knabbern. Sobald sie damit drohte, erfand er wichtige Termine und machte sich aus dem Staub. Wir sehen uns!

Heute war sie ein braves Mädchen, hielt ihm ihren Hintern an den Bauch und schlief. Wie gesagt, sie hatten gerade wieder mal alles gegeben, und ein bisschen mehr. Er selber war hellwach. Kerzengrade saß er im Bett. Würde er rauchen, dann wäre das jetzt der perfekte Moment dafür. Ein guter Grund anzufangen. Alles war gut.

Nur, sein rechter kleiner Zeh zuckte. Und das, das war alles andere als ein gutes Zeichen. Wenn er das tat, und der kleine Mistkerl veranstaltete dieses Zappel-Theater bereits seit Stunden, dann lag etwas in der Luft, dann braute sich ein Unwetter zusammen. Sogar vorhin, als April ihn mit ihren schlanken Schenkeln umklammert hatte, selbst da hatte der verfluchte Zeh nicht lockergelassen. Die kleine Nummer Zehn hatte sogar dermaßen hartnäckig auf sich aufmerksam gemacht, dass Delray größte Mühe hatte, sich auf die eigentliche Aufgabe zu konzentrieren. Die darin bestand, April mindestens noch zwei weitere, rekordverdächtige Orgasmen zu schenken. So lautete die Mission. Aber sein kleiner Seismograph am Fuß sah das anders. Und Delray hörte besser auf ihn. Das lehrte ihn seine Erfahrung. Sein Zeh täuschte sich nie. Mehr als ein Mal war ihm eine bittere Lektion erteilt worden, wenn er das ignoriert hatte. Das nervöse Zittern seines Zehs warnte ihn, die Wetterlage änderte sich, und er konnte von Glück reden, wenn es sich nur um ein mittelschweres Gewitter handelte.

»Bist du wach?«, hauchte April, irgendwo zwischen dem Nirwana ihrer Träume und den zwei seidenen Kopfkissen schlummernd.

Was für eine Frage, dachte er sich. »Nein, ich schlafe. Das solltest du auch machen.«

»Aye, aye, zu Befehl, Captain!«

»Captain?«

»Sorry, General!« April kicherte. »Aber sag Bescheid, wenn dein kleiner Soldat wieder einsatzbereit ist.« Jetzt setzte sie ihre erotische Stimme auf. »Oder halt, nein, noch besser, lass mich einfach schlafen. Mach mit mir, was du willst. Fall über mich her. Erobere mich! Blitzinvasion vom Land und in der Luft.«

Hatte die sie noch alle? Hatte wohl zu viel schlechte Vietnamfilme gesehen. »Mach ich, Honey. Mach ich!« Nur eines musste er klarstellen: »Du weißt, ich bin immer im Einsatz …«

Sie schnarchte. Neben all ihren vielen Fehlern hatte diese wunderschöne Göttin vor allem einen: April Spencer schnarchte. Sie schnarchte wie ein Pferd, um ganz ehrlich zu sein. Er streichelte ihren perfekten, knackigen Po, und sein Zeh wackelte noch heftiger. Was wollte er ihm nur sagen? Wenn dieser Saukerl nur reden könnte, anstatt so penetrant vor sich hin zu wackeln.

Delray fokussierte seine Gedanken wieder auf sich und seinen Fuß. Es gefiel ihm überhaupt nicht, was sich vor ihm auftat. Das Bild war eigentlich glasklar. Er hatte die Kontrolle verloren. Er war ein Außenseiter geworden, zum passiven Zuschauer degradiert. Spencer tingelte irgendwo in Miami herum, und Delray musste dankbar sein, wenn er per Telefon erfuhr, was der Freigänger dort machte. Doch alles, worüber sie redeten, waren Belanglosigkeiten. Ob im Konsulat alles rund lief? Das war lächerlich, mehr als das, es war beleidigend. Das wollte, verdammt, das konnte er weder hinnehmen noch zulassen. Er musste handeln, und zwar an zwei Fronten. Die eine war hier, die andere war die Heimatfront.

Sicher, hier in München war es nur noch eine Frage von Stunden, vielleicht Tagen. Sie würden den Mann sehr bald finden, der die Frechheit besessen hatte, in ihrem System herumzuschnüffeln. Selbst wenn das nur ein kleiner Zufall gewesen war, ein blöder technischer Fehler auf ihrer Seite. Der Mann war fällig. Delray würde ihn als einen der übelsten Terroristen präsentieren, die München seit langem gesehen hatte. Ein skrupelloser Internetkämpfer, den Delray und seine Jungs gerade noch in letzter Sekunde hatten stoppen können. Ein Münchner Dschihadist, heutzutage war alles möglich. Bis nach Washington würde man hellhörig werden. Mann, der Typ tat ihm jetzt schon leid.

Miami, das war das eigentliche Problem. Da musste er sich ganz schnell etwas einfallen lassen. Am liebsten würde er sofort rüberfliegen und ein ernstes Wörtchen mit Spencer wechseln. Einen Pete Delray ließ man nicht außen vor. Vor allem nicht, wenn man auf seine Loyalität baute.

Kurz hatte er ein schlechtes Gewissen. Immerhin hatte er eben mit seiner Frau geschlafen. Aber einer musste es ja tun.

Er schlüpfte vorsichtig aus dem Bett, nahm sein Telefon und huschte langsam in den nächsten Raum. Er schloss die Tür, um sicherzugehen, dass April ihn nicht hörte. Er tippte eine Nummer in den USA.

»Mahone?«, fragte er.

»Nein, Elvis Presley.«

»Sehr witzig. Hier ist Pete. Ich will dich nicht dabei stören, halbnackten Frauen auf den Arsch zu schauen, aber ich hab einen Job für dich. Nur, falls du nicht längst in der Lotterie gewonnen oder eine schwerreiche Witwe um ihre bescheidene Rente gebracht hast.«

»Pete Archy Delray. Charmant wie immer. Wie wenig ich deinen Humor vermisst habe. Nein, am Strand war es heute zu heiß und zu voll. Wie schaut's in Berlin aus? Hast du dir schon einen deiner dicken texanischen Finger abgefroren?«, spottete Gordon Mahone und klemmte sich sein Telefon zwischen seinen wulstigen Stiernacken und seine Schulter. Delray hatte ihn bei seinem zweiten Lunch oder seinem ersten Dinner erwischt. Er saß gerade im beliebtesten Gourmetburgerladen von ganz Miami Beach, dem «Burger & Beer« und hielt von beidem je ein Exemplar in seinen Händen.

»Ich würde sagen, du bist nur nicht am Strand, weil dort für deinen Wanst kein Platz ist. Stattdessen setzt du gerade sicher deine Zehntausend-Kalorien-Diät fort. Hab ich recht?« Delray ersparte es sich, dem Ignoranten zu erklären, dass er in München und nicht in Berlin war.

Unbeeindruckt antwortete Mahone: »Kann sein«, biss in seinen Montana-Bison-Burger und sagte gleichzeitig laut: »Lässt du mich beschatten? Steh ich unter Bewachung? Hast du Angst, ich könnte die Seiten wechseln?«

»Nur die Ruhe. Der Tag, an dem einer wie du für die Turbanbrüder arbeitet«, Delray kniff sich in seinen zappeligen Zeh, »an dem Tag ist unser Land endgültig im Arsch, von der keuschen Freiheitsstatue bis zur schwulenverliebten Golden Gate Bridge. Was hast du Feines auf dem Teller?«

»Nur das Beste von freilaufenden Montana-Büffeln, außen schön angebrannt, innen roh, ein Pfund Zwiebeln, keine Tomate, kein Salat, dafür 'ne kleine Gurke und die richtigen Soßen. Ich sage nur Baaar Beeee Quuu.« Mahone schmatzte genüsslich beim Reden. »Is so was Ähnliches wie IQ, aber du verstehst ja von beiden nicht viel.«

»Klingt nach 'nem ehrlichen kleinen Snack. Wenn wir schon von Beschattung reden, weißt du noch, was das ist, oder brauchst du dazu zwei Männer, die dich auf einer Sänfte tragen?«

»Sagen wir mal, könnte nicht schaden, zwei so Träger. Wer ist denn der Glückliche?«

»Wie lange lebst du schon in Miami?«

»Miami Beach, bitte. Wir haben Strand und Palmen, Miami hat leere Wohntürme und schattige Häuserschluchten. Ich komme aus Miami Beach. Born and raised.«

»Mein Beileid!«

»Ha! Nur kein Neid! Meine Großmutter hat geschimpft, ich sei auf dem Ocean Drive zur Welt gekommen, zwischen einem verchromten Cadillac und den Stöckelschuhen einer Cocktailkellnerin. Na ja, besser als in einem Kuhstall in Texas. Stimmt's, Cowboy?«

»Josh Spencer«, sagte Delray in einem Ton, als würde er eine Bombe fallen lassen.

»Spencer? Meine Güte! Hast du nicht einen kleinen islamischen Medizinstudenten für mich? Noch besser, eine sexy Palästinenserin? Ich dachte, der junge Spencer ist jetzt Botschafter in Berlin?«

»Generalkonsul in München.«

»Auf dem Oktoberfest?«

»Die Welt ist kein Wunschkonzert. Also hör zu, Spencer ist in Miami …«

»Beach?« Mahone war fertig mit dem Burger und hatte zum Glück noch einen zweiten in der Pipeline.

»Ich denke, ja. Ich muss wissen, wo er ist, mit wem er sich trifft, was er vorhat?«

»Ich soll also deinen Job machen?«

Delray lachte. »Ganz genau. Das wäre echt 'ne tolle Geste von dir.«

»Was verdienst du im Monat? Du bist doch sicher überbezahlt? Ich meine, was ist mein Stück vom Kuchen?«

»Zwei Dinge. Eine bestimmte graue Mappe staubt weiter in meinem Safe vor sich hin, und du kannst dir auf meine Kosten einen zweiten Burger bestellen.«

»Hab ich schon.«

»Dann einen dritten und einen vierten. Zwei Wochen lang?«

»Endlich sprechen wir die gleiche Sprache.«

»Einmal Medium Size, extra Senfsoße und, ja, einen Caesar Salad.«

»Darf es etwas zu trinken sein?«, fragte die freundliche Frau hinter der Kasse routiniert. Sie hatte das stolze Gesicht einer nubischen Prinzessin, weshalb die Baseballkappe und die schwarze Schürze, die hier alle Angestellten tragen mussten, recht lächerlich an ihr aussahen.

»O ja, geben sie mir ein Budweiser dazu, bitte.«

Kaum etwas hatte sich verändert. Bis auf ein paar Details sah es hier immer noch so aus wie in seiner Kindheit. Einem nimmermüden Uhrwerk gleich erfüllte ein beständiges, hölzernes Hämmern den Raum. Denn hinter der

Kühltheke, in der Krebse und Hummer in allen Größen auf Bergen von Eis ruhten, zerschlugen drei weitere Angestellte in schwarzen Schürzen mit routinierter Präzision die großen, roten Scheren und Panzer der Schalentiere. «Joey's Stone Crab« war eines der ältesten und berühmtesten Restaurants in ganz Florida, vielleicht in ganz Amerika. Vom kleinen Imbissladen für die ersten Ausflügler vor knapp hundert Jahren war Joey's Stone Crab schnell zu einer wahren Institution geworden. Neben vielen anderen Köstlichkeiten, die der ehemalige Kellner Joe Weiss damals mit seiner Frau in der Küche zubereitet und im eigenen Wohnzimmer angeboten hatte, waren es vor allem die Stone Crab Legs, die ihm zu Ruhm verholfen hatten. Und zu Reichtum. Nur zu bestimmten Jahreszeiten durfte man den Tieren, die Floridas Küsten bevölkerten, eine Schere abschneiden. Und das Praktische war, die Scheren wuchsen immer wieder nach.

Wie oft hatte Josh Spencer sich genau so eine Portion, wie er sie gerade bestellte hatte, in München auf seinen Schreibtisch gewünscht! Geld hätte keine Rolle gespielt, aber es hatte keinen Sinn, man konnte die Dinger nicht in der Welt herumfliegen, das zerstörte den Geschmack. Seine Nummer wurde aufgerufen, und er nahm die durchsichtige Tüte entgegen. Take-away war in diesem Fall das Beste.

»Genießen sie ihr Essen, Sir!«

»Danke«, sagte Spencer und fügte in Gedanken hinzu, ›meine elegante Prinzessin.‹ Er fühlte sich frei und unbeschwert wie damals als Grünschnabel.

Seit er gelandet war, freute er sich auf diesen Geschmack, der ihn sein ganzes Leben begleitet hatte. Er ging zum South Point Drive, vorbei an einem der raffiniertesten und gleichzeitig teuersten Appartementhochhäuser im ganzen

Dade County. Pro Stockwerk gab es nur zwei Wohnungen mit jeweils 300 Quadratmetern, über vier Meter hohe Räume, komplett verglast und rundum von riesigen, beinahe unsichtbaren Balkonen eingefasst. Die Bodenplatten jedes Stockwerks liefen so hauchdünn aus, dass der Eindruck entstand, ein Riese würde zarte Blätter aus fast durchsichtigem Seidenpapier aufeinanderstapeln. Das Appogee, so der Name des Towers, war erst vor wenigen Jahren fertig geworden. Spencer hatte damals ernsthaft erwogen, eines der obersten Appartements mit Blick über hundert Meilen Meer auf der einen Seite und dem Hafen samt der Skyline von Miami im Hintergrund auf der anderen zu kaufen. Aber April hatte sich quergestellt. »Ein Spencer wohnt auf Star Island, nicht in einem Mietshaus«, hatte sie ihn belehrt. Also hatte er die Chance verstreichen lassen. Ein Fehler, nicht nur weil jede Einheit in diesem »Mietshaus« in den zurückliegenden Jahren ihren Wert fast verdreifacht hatte. Seine Traumwohnung war nun bei circa fünfzehn Millionen Dollar. Danke, April! April? Allein der Name verursachte ihm Kopfschmerzen. Ihre krächzende Stimme vorhin hätte ihm beinahe seine Gehörgänge zerschnitten. Nie zuvor hatte sie es gewagt, ihn so anzubrüllen. Nie zuvor hatte es überhaupt eine Frau gewagt, ihn so anzubrüllen. Er hatte sie nicht wiedererkannt. Selbst durch das Telefon hindurch hatte er das Bild von einer Feuer spuckenden Furie vor sich. Ganz harmlos hatte es angefangen, das Telefonat. Warum er ohne sie nach Miami geflogen sei? Er wisse doch, wie sehr sie sich in diesem deutschen Kaff langweile. Dringende Termine ließ sie nicht gelten. Gar nichts ließ sie gelten. Was sollten denn seine zukünftigen Wähler denken, wenn er sich ohne seine Frau in Miami zeige? Das solle er ihr bitte mal erklären! Er kenne doch die Society! Als er ihr darzulegen versuchte, dass er quasi unter dem Radar fliege, fast niemand wisse, dass er überhaupt hier sei, er sich sogar buchstäblich verkleidet habe, da war sie ausgerastet. »Hast du sie noch alle?«, hatte sie geätzt. Ob er denn anfange, komplett zu spinnen? »Wirst du senil?« Sein Verhalten mache ihr schlicht Angst. Wer wolle den bitte einen Freak als Gouverneur? Oder gar an seiner Seite. Sie verlange von ihm, dass er sofort wieder vernünftig werde. Sie werde kommen, ihr Flug sei gebucht. Er dürfe sie am Abend am Flughafen abholen, persönlich. »Das ist deine letzte Chance!«, hatte sie gedroht.

Den Gefallen konnte er ihr leider nicht tun. »Ich brauche noch ein paar Tage, alleine, für meine Geschäfte und für mich.« Das war nicht gelogen, sondern ehrlich.

Furie war dann noch ein Kompliment. Sie war völlig außer sich. Gemeinste Schimpfwörter und üble Beleidigungen hatte sie ihm an den Kopf geworfen. Jeder Gangsterrapper wäre auf die Wortwahl stolz gewesen. Spencer verabscheute diese Gossensprache. Dass seine eigene Frau so mit ihm redete, das verletzte ihn zutiefst. Sein ganzer Körper verkrampfte sich, seine Kehle schnürte ihm die Luft ab. April konnte ein erschreckendes Potenzial an Boshaftigkeit entwickeln. Nie zuvor in seinem Leben hatte er ein Gespräch einfach abgebrochen. April hatte es als Erste geschafft, ihn dazu zu bringen. Ganz zu schweigen davon, dass er das Telefon auf den Boden gepfeffert hatte. Wie gut das getan hatte! Was für ein Befreiungsschlag. Plötzlich konnte er wieder atmen. Während des ganzen Telefonats hatte sie ihn kein einziges Mal gefragt, wie es ihm ging. Längst war es klar: Er war ihr gleichgültig, völlig egal. Für April war nur ein Mensch wichtig, sie selber. Josh Spencer war für sie Mittel zum Zweck.

Er war im South Point Park angekommen, der Südspitze von South Beach. Vor nicht allzu langer Zeit herrschte hier noch Wildwuchs, Verwahrlosung und Gewalt. Am helllichten Tag wurde mit Frauen und Drogen gehandelt, nachts war es lebensgefährlich gewesen. Dann kam der Boom. Jetzt war alles aufwendig angelegt und bepflanzt und eine lange Uferpromenade flankierte die Einfahrt in Miamis weitläufiges Hafenbecken. Von der Schmuddelecke zum Schmuckstück. Er setzte sich auf die Uferbefestigung aus großen, hellen Muschelsteinen und breitete seinen Gourmetsnack neben sich aus. In der Ferne senkte sich die Sonne über Miamis himmelstürmende Skyline. Drei schmale Wolkenbänder zogen sich in auseinanderdriftenden, dünnen Streifen über den Himmel und wurden von der Sonne mit kitschigem Pink bepinselt. Bald würde der blutrote Sonnenball dramatisch versinken und wie so oft ein Postkartenmotiv an den Himmel zaubern, dass jedem, der das Spektakel zum ersten Mal bestaunen durfte, die Spucke weg blieb. Nicht umsonst nannte man Miami »the magic city«.

Er wollte alles vergessen, allem voran April. Bis vor kurzem war er tatsächlich so naiv gewesen, zu glauben, dass sie ihn geliebt hatte, zumindest auf irgendeine seltsame Art. So konnte man sich täuschen.

Wie oft war er hier gesessen, als kleiner Junge mit seinem Vater, manchmal sogar mit seinem Großvater? Sie hatten Stonecrabs gegessen und hinüber auf Miami geschaut. Beide waren lange Jahre tot. Er war der letzte Spencer, und er war alleine. Seine Familie hatte Miami Beach erfunden, hatte den schlangenverseuchten Mangrovensumpf in den sonnengebräunten Traum von Millionen von Rentnern und Touristen verwandelt. Hatte die wilden Strände entdeckt, das Paradies urbar gemacht, hatte alle Hochs und Tiefs, den ständigen Wandel, den Boom und den Verfall am eigenen Leib miterlebt, ja zum großen Teil sogar kreiert. Jetzt gab es nur noch ihn. Er war der letzte Spencer, und er trat das Erbe mit Füßen. Ein Reporter titelte einmal sogar kurzerhand »Willkommen in Spencer Beach«. Viele redeten von seinem Großvater bis heute ehrfürchtig als «Mr. Miami Beach«. Die Lincoln Road, die erste geteerte Straße, sollte eigentlich nach ihm benannt werden, doch der alte Spencer hatte das entschieden abgelehnt. Er war viel zu bescheiden. Außerdem war er ein großer Bewunderer des unerschütterlichen Abraham Lincoln. Deswegen veranlasste er, dass man dem Präsidenten gefälligst den Vortritt lasse. Wenn er gekonnt hätte, dann hätte er auch das Monument, das zu seinen Ehren mitten in der Bucht zwischen Miami und Miami Beach errichtet worden war, verhindert. Doch da hatten ihn der Krebs, der Whiskey und die Zigarren schon längst besiegt. Spencer junior, Joshuas Vater, hatte es verstanden, die großen Fußstapfen, die der Senior hinterlassen hatte, erfolgreich auszufüllen. Was seinem Vater wiederum den Titel «Miami junior« eingebracht hatte. Ein Name, mit dem man ihn immer wunderbar reizen konnte.

Was würde er hinterlassen? Joshua Benjamin Spencer, der Junior vom Junior, dem von seinem ersten Atemzug, vom ersten Schrei an alle Türen offen gestanden hatten? Spencers einziges Problem bestand darin, dass Miami Beach leider schon gebaut war. Von der Ersten bis Hundertsten Straße gab es kaum eine Lücke mehr. Ein Monopolyspiel, bei dem auf jedem Feld schon ein Hotel stand. So blieb ihm nichts anderes übrig, als das große Erbe zu verwalten. Höchstens in der Wüste oder irgendwo im brasilianischen Dschungel könnte er etwas annähernd Vergleichbares schaffen wie seine Vorväter. Aus dem Nichts eine Stadt zu bauen, nach der sich die Welt sehnt.

Sicher, sein Leben war nicht gerade eine Folter. Spencer

erinnerte sich an seine schönste Zeit, die Jahre in Princeton, das Kunststudium, die Galeriejahre in New York. Dort war er ein freier Geist gewesen, ohne diese Last auf den Schultern. Danach hatte er die Orientierung, hatte er sich selber verloren. Er könnte sich ohrfeigen für die vielen Jahre, die er auf Partys verschwendet hatte, Möchtegernausstellungen von Möchtegern-Sammlern und Kunstkennern begleitet hatte, die jeden noch so ausgelutschten Teebeutel gefeiert hatten und bereit waren, Millionen dafür hinzublättern. Sein Leben bestand aus dummem Small Talk, damals wie heute. Um ihn herum waren nur krankhafte Egomanen, kaum ein Mensch mit Tiefgang. Vielmehr hatte der letzte Spencer nichts vorzuweisen. War das wirklich so, oder ging er zu hart mit sich ins Gericht?

Immerhin war es ihm zu verdanken, dass die Art Basel in Miami Beach ihr zweites Zuhause gefunden hatte. Außerdem hatte er das Spencer Institut auf eine Basis gestellt, die das Überleben für die nächsten hundert Jahre sicherte. Und er hatte schließlich den Weg in die Politik gefunden, dank einer großen Wahlkampfspende. Generalkonsul, immerhin ein erster Schritt. Der Senior war nur Bürgermeister gewesen. Zumindest da hatte Spencer seinen Großvater übertroffen. Trotzdem würde sich Mr. Miami Beach im Grab umdrehen, wenn er wüsste, mit was für Leuten der letzte Spencer Geschäfte machte und mit wem er sich zum Mittagessen traf. Joshua Spencer schämte sich.

Und seine Frau, die hübsche April, hätte sein Großvater von Anfang durchschaut und dem Biest ordentlich den Marsch geblasen. Vor Samuel Spencer hatte man Respekt, jeder, und das zu Recht.

Bei Joshua Spencer war das anscheinend anders. Dem durfte man gerne auf der Nase herumtanzen und ihn in undurchsichtige Geschäfte verwickeln. An Josh Spencer war nur eines interessant, der Name.

Er sah zu der braunen, unscheinbaren Papiertüte aus dem Waffenladen, warf die letzten Krebsschalen ins Meer und stand auf. Er blickte sich um, ging zu einer Palme und hob eine Kokosnuss vom Boden auf. Dann setzte er sich wieder zu seinem Bier und nahm ein nagelneues Messer mit breiter blitzender Klinge aus der Papiertüte. Seit jeher übten Messer eine magische Faszination auf ihn aus. Er fuhr mit dem Finger über die gefährlich scharfe Klinge und fing an zu schnitzen.

Nach zehn Minuten hielt er eine kleine Nussschale in den Händen, mitsamt einer Gabel, die als Mast diente. Der Weltumsegler sah genauso ungeschickt aus wie all die anderen Nussschalen, die er und sein Vater nach fast jedem Picknick ins Meer gesetzt hatten. Es war ihr Ritual gewesen, eine Erinnerung daran, dass man jederzeit aufbrechen konnte, dass man immer eine Zukunft vor sich hatte, wenn man bereit war, loszulassen. Spencer übergab sein Kunstwerk dem Meer und schwor sich, dass er aufbrechen würde, dass sich nun einige Dinge ändern würden. Er hatte viel zu lange die Augen verschlossen.

Erst als die Zimmertür hinter Sophie laut ins Schloss fiel, als sie endlich allein in ihrem Hotelzimmer stand, wurde ihr bewusst, wie erschöpft sie eigentlich war. Dass sie Spencer stundenlang durch South Beach gefolgt war, in angespannter Ruhe gelauert hatte, wenn er irgendwo stehen geblieben war, ihn ausgiebig beobachtet hatte, ja ihn direkt studiert hatte, als er an der Uferpromenade erst gegessen und dann etwas ins Meer geschmissen hatte, all das forderte jetzt seinen Tribut. Den ganzen Tag war sie auf den Beinen gewesen. Sie hatte gar nicht die Chance auf einen Jetlag gehabt. Ihre Füße schmerzten, und sie war so hungrig, dass es längst wieder zu spät war. Sie musste, sie wollte, aber sie konnte nicht an Essen denken.

Eigentlich konnte sie gar nicht mehr denken. Immerhin, ihr Handgelenk hatte es aufgegeben, sie zu peinigen.

Genauso spannend wie verwirrend war es gewesen, den Tag mit Josh Spencer zu verbringen. Zwar konnte sie nicht sagen welches, aber sie musste sich ein komplett neues Bild von ihm machen. Sicher, der Ort hier hatte seine ganz eigene besondere Wirkung auf die Menschen, er veränderte sie. Nicht nur das Licht spielte mit den Sinneseindrücken. Alles kam durcheinander. Alles war anders, und alles hatte eine starke, suggestive Wirkung auf die Menschen. Das Licht, die Luft, die Farben, die Temperatur, die Musik, die überall zu hören war, die außergewöhnliche Architektur, der Singsang der vielen Sprachen, die allgegenwärtige Extravaganz, der satte Exzess, die ungenierte Arroganz und ebenso der drohende Verfall, der Stolz, die Würde der Verlierer. Es war unmöglich, sich dem zu entziehen. Sophie machte da keine Ausnahme. Aber es kostete Kraft, viel Kraft.

Spencer stammte von hier, das war seine Stadt, sein Zuhause. Für ihn war das nichts Neues. Im Gegenteil. Offensichtlich blühte er hier richtig auf. Das sah sie, das spürte sie, mochte er sich noch so verkleiden.

Die vermeintliche Pistole aus dem Waffengeschäft hatte sich als harmloses Messer entpuppt, um ein Bötchen zu schnitzen. Darauf musste man erst mal kommen. Was war, wenn sich alles an ihm als so harmlos herausstellte? Wer sagte denn, dass sie nicht einem lächerlichen Missverständnis aufgesessen war? »Sophie, die Diskussion hatten wir schon«, sagte sie sich. Ehrlich gesagt, sie hatte schlichtweg nicht im Geringsten damit gerechnet, einen feinfühligen, kunstinteressierten Spencer anzutreffen, der sich hinter einer Baseballmütze versteckte, mit Cops plauschte, nachdenkliche Streifzüge durch schmutzige Gassen unternahm, melancholische Picknicks veranstaltete und zur Krönung am Strand seine Kleider von sich warf, um schließlich ins Meer zu rennen. Der Mann schien wie ausgetauscht. Wo war plötzlich der arrogante, oberflächliche Betrüger geblieben?

Die Sonne hatte sich zwar endgültig verabschiedet, doch der fast weiße Strand reflektierte das diffuse Licht, so dass Sophie Spencers spontanen Sprung ins warme Wasser aus entspannter Distanz hatte beiwohnen können. Spencer hatte sich in die Wellen geschmissen, als wolle er dem Davidoff-Mann die Butter vom Brot nehmen. Johnny Weißmüller hätte vor Begeisterung auf seine Tarzanbrust getrommelt, hätte er Spencer durch die Wellen kraulen gesehen. Nach seinem Badeausflug hatte Spencer sich fast eine halbe Stunde auf den Rücken gelegt und in den heraufziehenden Nachthimmel gestarrt. Als wäre er frisch aus einem Gefängnis entlassen oder sei plötzlich zwanzig, dreißig Jahre jünger. So sehr schien Spencer jede Sekunde seiner Befreiung zu genießen. Ein hoffnungsloser Romantiker. Keine Spur vom ruhelosen Weiberheld und kamerageilen Generalkonsul aus München. Spencer machte einen so überaus glücklichen Eindruck, Sophie wäre am liebsten gleich mit ins Meer gesprungen.

Aber dazu war sie zu feige gewesen; wie sie so oft in ihrem Leben feige gewesen war. Statt heimlich hinter Spencer herzuspionieren, hätte sie sich auf der Stelle bei ihm entschuldigen sollen für ihre lächerlichen Spielereien, ihr böswilliges Misstrauen. Alles nur, weil Madame sich in ihrem Stolz gekränkt gefühlt hatte. Reichte das als Grund?

Ja! Ihr Handgelenk, er hatte sie verletzt. Und er trug weiterhin ein Geheimnis mit sich herum. Eines allerdings, das anscheinend schwer auf ihm lastete.

Neben dem weißen Schrank mit der Minibar hing ein großer Spiegel. Von dort blickte sie eine frustrierte alte Frau an, die sich in anderer Menschen Leben einmischte, weil sie ihr eigenes offensichtlich aufgegeben hatte. Schuldig in allen Punkten. Oder lassen wir Gnade walten? Mit ihr, mit ihm? Spencer verwirrte sie, interessierte sie. Nicht als potenzieller, global agierender Superkrimineller, nicht als untreuer Münchner Seitenspringer. Wer weiß, gestraft mit diesem wandelnden Titelbild als Ehefrau, dazu gesegnet mit seinen Möglichkeiten hätte sie vielleicht genauso gehandelt. Nein, er interessierte sie als der Mann, der er wirklich war, den aber nur die wenigsten zu kennen schienen, weil er sich gut versteckte, vor allem vor sich selber.

Auf dem schneeweißen Seitentischchen, irgendwie war in diesem Zimmer alles weiß, vibrierte ihr Handy. Erst jetzt fiel ihr auf, dass sie es im Hotel gelassen hatte. Wozu hätte sie es auch gebraucht? Egon war ja ursprünglich bei ihr gewesen. Ansonsten erwartete sie bestimmt keine dringenden Gespräche. Die Welt hatte beste Chancen, sich auch ohne Sophie Marquard weiterzudrehen. Sophie war kein Handymensch, keine von jenen Frauen, denen der Blackberry und ihr I-Phone an den Fingern festzuwachsen drohte. Sie fragte sich manchmal, ob sie irgendwie bescheuert war, offensichtlich war sie der Alien, denn sie hatte der Welt nicht unentwegt etwas mitzuteilen. Sollen sich die anderen gerne die Finger wund twittern und sich von ihren sogenannten Smartphones gängeln lassen, ihr Leben war keine Summe aus Apps, und auf den neusten Schrei, irgendwelche Chips im Körper, konnte sie auch liebend gern verzichten.

Sie nahm ihr bald museumsreifes Mobiltelefon und stellten fest, dass sie drei Nachrichten hatte, alle von Egon. Mit ihren Kräften am Ende, ließ sie sich in den kleinen Sessel fallen. Er war glücklicherweise noch bequemer, als er aussah, obwohl er so klinisch weiß war wie alles andere im Raum. Die erste Nachricht lautete: »Hallo, kann nicht reden, Akku fast leer, bleibe am Ball. Wie läuft's bei Ihnen, Holmes?«, die nächste: »Wie wär's mit einem Lebenszeichen? Spannend hier! Ergiebigst, Watson!« Und schließlich: »Holmes! Holmes! Soll ich Sie retten kommen? Der Mann ist unglaublich! Ein Tier! Habe viel zu berichten! Bin ganz nah an ihm dran. Sophie! Wo bist du? Am Pool? Während ich ermittle? Das kostet Sie einen Drink, Lady!«

Nein, sie war nicht am Pool, obwohl das genauer betrachtet eigentlich eine exzellente Idee war. Ohne weiter nachzudenken, stand sie auf, schnappte sich ihren Badeanzug und verschwand im Bad. Egon konnte warten, seine »Ermittlung« konnte warten, Spencer konnte warten. Sophie hatte lang genug warten müssen.

Selten hatte sie eine bessere Idee gehabt. Sie hatte sich gefühlt wie Joan Crawford. Der dezent erleuchtete Pool erhob jede Bewegung zur eleganten, filmreifen Geste. Sophie hatte sich unversehens in einer jener aufwendigen Wasserrevuen wiedergefunden, wie sie nur die Regisseure der Schwarzweißfilme aus den dreißiger und vierziger Jahren so unübertroffen zu inszenieren vermochten. Auch wenn ihre Phantasie mit ihr durchging, das war kein Pool, das war eine Bühne gewesen. Und da sich die anderen Hotelbewohner gerade alle für den Abend zurechtmachten, lag ihr die Bühne zu Füßen, nur für sie als Hauptdarstellerin. Während sich die anderen konzentriert schminkten, ihre Haare aufwendig föhnten und sich in neue Kleider zwängten, zog Sophie ihre Bahnen. Mit jeder Bewegung im warmen Wasser lockerten sich ihre verspannten Muskeln. Ihr Geist durfte abschalten, ihr Körper übernahm das Kommando und fühlte sich pudelwohl.

Anschließend war sie auf einer Liege kurz eingeschlafen. Hätte sie der durchtrainierte Kellner in seinem weißen Kaftan nicht gefragt, ob er sie eventuell mit einem Glas Champagner beglücken dürfte, sie wäre sicher erst am nächsten Morgen aufgewacht.

So aber war sie aufgedreht. Dem Champagner und der kalten Dusche danach war es zu verdanken, dass sie wie ein Aufziehmännchen vor ihrem Bett stand. Keine Spur von Müdigkeit, an Schlaf wollte sie nicht mehr denken. Noch dazu hatte sie Hunger. Und Spencer, er ging ihr einfach nicht mehr aus dem Kopf. Wie ein ungebetener Gast fing er an, sich geschickt in ihren Gedanken einzunisten. Was er jetzt wohl machte? Sicher würde auch er irgendwo Essen gehen. Nur wo, und mit wem? Es gab einen Weg, das herauszufinden.

Kaum eine halbe Stunde später saß sie in der Lobby des Raleigh-Hotels. Der Zufall wollte es, dass Spencer nur wenige Häuser weiter abgestiegen war. Nach seinem Meerbad hatte er sich von einem Taxi hier absetzen lassen. Warum er überhaupt im Hotel wohnte, war ihr schleierhaft. Wenn er hier groß geworden war, dann hatte er doch sicher Verwandtschaft oder zumindest eine kleine Wohnung? Merkwürdig.

Das Raleigh-Hotel hatte einen ganz besonderen, ganz eigenen Charme. Schon wieder so eine Zeitreise. Überall hingen Fotos aus den vergangenen siebzig glorreichen Jahren des Hotels. Ein Filmstar neben dem anderen. Ernest Borgnine, Rita Hayworth, Gary Cooper, Kirk Douglas,

Sophia Loren, Robert de Niro, und viele, viele mehr. Alle waren sie durch diese Lobby gewandelt. Sie schienen sich über all die Jahrzehnte die Klinke in die Hand gegeben zu haben. Wie eine große Familie.

Auch hier war jeder Stuhl ein Einzelstück. Gut möglich, dass die Hocker an der kleinen Seitenbar so durchgesessen waren, weil Barry White oder Frank Sinatra sich hier ein paar Drinks genehmigt hatten.

Nachdem sie einen Platz gefunden hatte, von dem aus sie den besten Überblick hatte, blätterte sie in einem Hotelmagazin. Sie war sich ziemlich sicher, dass Spencer bald durch die Lobby schneien würde. Es war lediglich eine Frage von Zeit und Geduld. Jack Lemmon sah sie in seiner unnachahmlichen Art mit seinem breiten Froschgrinsen an. Jerry Lewis, gleich daneben, machte ihm starke Konkurrenz. Nur der österreichische Gouverneur von Kalifornien übertraf sie alle um Längen, mit Lachmuskeln, von Stereoiden aufgepumpt, aus seiner Zeit als »Conan der Barbar«.

Sie fühlte sich wohl, ihr eigenes kleines Abenteuer konnte weitergehen. Auf zur nächsten Runde.

Und siehe da, in exakt derselben Verkleidung wie zuvor schritt Spencer in so strammen Schritten durch die Lobby, dass Sophie rasch aufspringen musste, um ihn nicht zu verpassen.

Nicht schon wieder zu Fuß, dachte sie sich, als er die wartenden Taxis rechts liegen ließ. Wehe dir, Josh Spencer, wenn du glaubst, du könntest mich wieder durch halb Florida jagen!

Nach ein paar Straßenblöcken fand sie sich erneut auf der Lincoln Road Mall wieder. Am Abend war hier mindestens genauso viel los wie tagsüber, mit dem kleinen Unterschied, dass die vielen Passanten jetzt noch extravaganter gekleidet waren. Hätte sie es nicht besser gewusst, sie hätte geglaubt, in einer großen Open-Air-Disco gelandet zu sein oder auf einem endlosen Animationsabend im Club Mediterrane. Es herrschte beinahe Narrenfreiheit, und die wirkte auf sie befreiend. In München war so ein facettenreiches Treiben nicht mal an wenigen heißen Tagen im Hochsommer denkbar. Dort hüllte man sich längst wieder in praktische Grautöne, zum Schutz vor den kalten mürrischen Nächten. Hier dagegen durfte sie den vielen gutgelaunten Menschen beim lässigen Einkaufen, Essen, Trinken und Flirten zusehen. Die Zeiten, alles verschob sich, folgte eigenen Regeln. Ihr kam ein Pärchen entgegen, dessen Alter wirklich schwer zu erraten war. Die Gesichter erweckten den Eindruck, als hätten sie beide die letzten zehn Tage im Windkanal verbracht oder als hätte jemand kurzerhand die Backen an die Ohren getackert. Die Schönheitschirurgen von heute sind die Metzger von morgen. Herr im Himmel, unser tägliches Botox gib uns heute! Es war eine Kunst für sich. Dadaismus pur. Die Lippen der Frau waren so aufgespritzt wie ihr Hintern klein und ihre Brüste riesig waren. Die ganze Erscheinung war mehr als natürlich, direkt übernatürlich. Ein Kunstwerk, von einem Michelangelo des Silikons. Mit Sicherheit hingen im Haus der beiden überall diese verzerrenden Jahrmarktspiegel. So würde sich das Bild wieder zurechtrücken lassen. Sophie beschlich die Ahnung, dass Ärzte in fünfzig Jahren auf die heutige Zeit so beschämt zurückblicken würden wie die Zahnärzte auf ihre Kollegen, die einst faule Zähne mit Schnüren und Pferdestärken zu ziehen pflegten.

Geschickt schlängelte sie sich durch den gemächlichen Strom an Flaneuren Spencer hinterher. Eile war hier ein Fremdwort. Spencer fügte sich unauffällig wie ein Chamäleon ein. Dann blieb er stehen. Seine Wahl war auf ein italienisches Restaurant mit dem vielversprechenden Namen »Tiramesu« gefallen. Sophies Lieblingsnachtisch. Natürlich war der Laden brechend voll. Auch hier waren fast alle Sitzgelegenheiten draußen, was bei der immer noch tropischen Wärme kein Wunder war. Unauffällig wandte sich Spencer an den rothaarigen Chef, der ihn, hätte Spencer ihn davon nicht abgehalten, mit großer Geste begrüßen wollte. Doch er hatte sofort verstanden und führte Spencer an einen kleinen, versteckten Tisch im Inneren, den er anscheinend stets für besondere Gäste bereithielt.

Verflixt, jetzt war sie ausmanövriert, kein Sitzplatz frei. Und nun? Sollte sie etwa hungern? Nur, um weiterhin Detektivin spielen zu können, und Spencer bei seinem Drei-Gänge-Menü auf den Teller zu starren? Die dampfenden Pastateller und gegrillten Fische, die die flinken Kellner in einer Tour an ihr vorbeitrugen, sahen nicht nur köstlich aus, sondern dufteten mindestens ebenso verführerisch.

»Signora? Darf ich Ihnen helfen? Sie wünschen zu speisen?«, fragte der Rotschopf mehr als freundlich.

Sie hatte sich so sehr vom verlockenden Essen ablenken lassen, dass sie ihn gar nicht bemerkt hatte. »Sicher, gerne. Wenn Sie einen Platz für mich hätten?«

»Wenn es Ihnen angenehm ist, dann wäre es dem Herrn dort drüben eine Ehre, wenn er Sie an seinen Tisch bitten dürfte.« Er deutete unmissverständlich auf Spencer.

Sophie wäre beinahe im Erdboden versunken. Die Welt um sie herum gefror, alle Bewegungen verharrten, und gleichzeitig drehte sich alles im Kreis. Nur Spencer war die Ruhe selbst und hob sein Glas. Dabei lächelte er ihr unschuldig zu.

Mist! War sie tatsächlich aufgeflogen? Hatte sie sich so

dumm angestellt? Sie wollte sich ohrfeigen! Ihre Wut auf sich und auf Spencer kam wieder hoch.

Oder war er schlicht und einfach nur freundlich? War der scheue Herr Casanova womöglich in Flirtlaune?

Auf keinen Fall durfte sie sich etwas anmerken lassen. Und auf keinen Fall durfte sie sich zu ihm setzen. Das konnte nicht gutgehen, unter keinen Umständen. Das würde in einem peinlichen Desaster enden. Sie musste stattdessen auf der Stelle verschwinden!

»Signora?« Der Kellner stand fragend vor ihr.

Sophie schüttelte abweisend den Kopf. »Ja, gerne«, sagte sie. »Wenn Sie mich so nett fragen.« Gegen ihren Verstand und ihren ausdrücklichen Willen begab sie sich zu Spencer an den Tisch. Ihr Körper gehorchte ihr nicht mehr. »Sehr freundlich von Ihnen, Mister ...?«

Josh Spencer sprang auf. »Joshua Spencer. Ich freue mich, dass Sie meine Einladung angenommen haben. Frau ...?«

»Frau?«, fragte Sophie.

Mit Daumen und Zeigefinger machte Spencer eine Geste, als würde er ein Streichholz vermessen. »Sie haben einen klitzekleinen deutschen Akzent.«

Was sollte sie antworten? Sie saß in der Patsche. Die Stunde der Wahrheit! »Sophie«, sagte sie zögernd und log dann: »Sophie Tegern, aus Deutschland.« Sie benutzte kurzerhand Egons Nachnamen.

»Seien Sie mein Gast. Wenn Sie mir nur eine sehr wichtige Frage beantworten wollen?«

Sie war in seine Falle getappt. »Und die wäre?«

Er sah ihr in die Augen, fixierte sie prüfend. »Was ist Ihr Lieblingsgericht? Vorausgesetzt natürlich, Sie mögen die italienische Küche?«

Fehlalarm. Glück gehabt. »Wäre ich sonst hier?«

Er lächelte freundlich, warmherzig, trotzdem blieb er undurchsichtig. Er verbarg ein Geheimnis.

»Pasta mit Meeresfrüchten, um Ihre Frage zu beantworten.«

»Na, dann könnten Sie kaum an einem besseren Ort sein. Glückwunsch!« Spencer erhob sein Glas.

Von Sophie unbemerkt, hatte ihr der Kellner schon längst auch ein Glas Wein eingeschenkt.

»Auf einen schönen Abend! Mit einer schönen Unbekannten.«

Sie prosteten sich zu, und Sophie wagte es endlich, sich ein wenig zu entspannen. Ihr Tanz auf dem Drahtseil versprach halsbrecherisch, aber hochinteressant zu werden.

»Das bringt mich zur nächsten Frage. Warum, meine liebe Sophie Tegern, warum verfolgen Sie mich?«

»Nein, ich war noch nie in Texas. Leider.«

»Yeeppie, dann wird's aber höchste Zeit, Cowboy!«

»Stimmt es denn, dass dort alle diese Hüte tragen und dasselbe breite Grinsen haben wie J.R.? Aus Dallas?«

»Trag ich denn 'nen Cowboyhut?«

Das war eine ebenso berechtigte wie kluge Frage, oder besser Antwort, denn außer einem kleinen Bikini trug die vollbusige Schönheit, die selbst in einer grauen Mönchskutte ansatzlos jede Miss-Wahl in Deutschland gewonnen hätte, nichts, erst recht keinen Westernhut. Obwohl ihr der zweifellos gestanden hätte, so splitterfasernackt wie sie war. Die freizügige junge Texanerin hatte darauf gepocht, auf Egons Schoß Platz zu nehmen, nachdem sie ein wenig im Pool geplanscht hatte. Eigentlich hatte sie auch darauf bestanden, dass Egon sie beim Planschen unterstützen sollte. Schließlich war der Pool sehr groß und sie darin ganz allein. Die anderen Girls tummelten sich auf der Kissenlandschaft. Es bedurfte einer kleinen Lüge, die Egon spontan eingefallen war, um ihn vor einem Sprung ins heiße Wasser zu bewahren. Seine Schwester sei vor vielen Jahren ertrunken. Seitdem vertraue er keinem Pool mehr, nirgends. Auch sie möge um Himmels willen aufpassen, immerhin habe sich Mutter Natur bei ihr mächtig ins Zeug gelegt.

Wie hieß sie eigentlich, fragte sich Egon. Er durchforstete sein virtuos in allerlei Spirituosen eingelegtes Gehirn, aber fand nur rauschende Leere. Keine Ahnung, wo er war, wie viel Uhr es war oder welche verrückte Aktion als Nächstes anstand.

Danke! Schlagartig fiel ihm ihr Name wieder ein: Gwen. Die zuckersüße Gwen aus Houston, Texas. Ihr letzter Boyfriend war Basketballspieler bei den Houston Rockets gewesen. Und jetzt machte es sich dieses unbekümmerte Juwel auf seinem Schoß gemütlich und zog ihn am Ohr. Es schmerzte nicht im Geringsten, denn jedes Mal entschuldigte sie sich umgehend mit einem ins gleiche Ohr gehauchten »Eeeegon, wie Eeee-Gitarre« und kicherte zuckersüß. Zweifellos hatte sie, wie alle anderen auf dieser Privatparty, zu viel Alkohol erwischt.

Unfassbar! Was für ein durchgeknallter Tag. Von dem Moment an, als er den Geldbeutel auf der Straße gefunden hatte, hatte sein Nachmittag eine Wendung genommen, die es in sich hatte. Selbstverständlich hatte er Al Berg das wertvolle Fundstück sofort zurückgegeben. Der Zufall wollte es, dass außer Egon niemand bemerkt hatte, wie das Unikat aus knallrotem Krokodilleder Berg aus der Hose gefallen war. Berg war heilfroh gewesen, immerhin waren links und rechts die Dollarnoten und Kreditkarten nur so herausgequollen.

»Endlich mal ein ehrlicher Amerikaner«, hatte Spencers dubioser Bekannter, der sich später als Al Berg vorgestellt hatte, gesagt. Wie einem alten Freund hatte er seinen langen, muskulösen Arm um Egon gelegt, der ja selber kein Hungerhaken war. Als sich Egon dann als Deutscher outete, freute sich Al Berg wie Robinson Crusoe, der nach zig Jahren der Einsamkeit endlich die Queen Mary 2 vor seiner Insel ankern sah. Egon war gar nicht erst groß gefragt worden. Ohne viel Hickhack war er in den schwarzen Wagen, den Berg nur sein Einsatzfahrzeug nannte, eingepackt worden. Berg hatte vor, sich zu bedanken, auf seine ganz spezielle Art.

Und eine Tour de Force hatte ihren Anfang genommen, die in Egons auch nicht gerade langweiligem Leben ihresgleichen suchte, mit derzeit noch unabsehbarem Ende.

Eine der ersten Stationen war eines der höchsten Penthouses in ganz Miami Beach. Dort wurde mit Jahrgangschampagner auf einen der wohl atemberaubendsten Ausblicke angestoßen, die ganz Amerika zu bieten hatte.

»Hab ich gebaut«, hatte Berg geprahlt.

»Was genau?« Vor Egon hatte sich ein wahres Häusermeer ausgebreitet.

»Den Tower hier. Und noch ein paar andere. Ohne mich hätten die Aufzüge alle spätestens im zwanzigsten Stock Feierabend. Das waren doch alles nichts mehr als peinliche Bungalows hier. Lächerlich. Und davor? Avocadofarmen, ganz früher. Stell dir das mal vor! So primitiv hat das angefangen in Miami Beach. Vor hundert Jahren, als wir Europäer uns die Köpfe zwecks Weltherrschaft eingeschlagen haben, industrielle Kriege geführt haben, da war das Steinzeit hier. Indianerland!« Er hatte auf die lang gezogene Halbinsel gedeutet, die unter ihnen lag, »nur Mangrovensümpfe, Ratten und Schlangen. Immerhin, zumindest eines, die Mangroven, sind wir losgeworden! Haha!« Berg hatte dermaßen laut losgeprustet, als wollte sein Lachen über ganz Miami Beach hallen.

Wie Berg es liebte, sich selber reden zu hören. Selbstverständlich nahm er dabei kein Blatt vor den Mund. Jeder dritte Satz kam wie aus einem Maschinengewehr, nur gnadenloser. Er war zweifellos einer der größten Egomanen, die je Egons Weg gekreuzt hatten. Die Menschen um Berg herum waren nur dazu da, um ausgesaugt zu werden, Blutbanken seines Selbstbewusstseins. Er hatte die Aura eines Vampirs, der nicht genug bekommen konnte. Man musste ungemein auf der Hut sein.

Egon allerdings war stark, selbst ein Kaliber für sich. Zudem entwickelte dieser Mann einen einzigartigen Sog, wie ein schwarzes Loch. Es war ebenso überraschend wie unterhaltsam, in den Bann seiner schwarzen Materie zu geraten. Solange man sein Freund war. Als Feind hingegen wollte er Berg nur ungern haben, äußerst ungern.

Als Nächstes hatte ein exklusiver Massagesalon auf dem Programm gestanden, selbstverständlich von ein, zwei Drinks begleitet. Der massige Egon sollte von einem kleinen kubanischen Klotz durchgeknetet werden, kaum mehr als einen Meter groß und mindestens ebenso breit. »Señor, ich habe schon dem guten alten Fidel den Rücken weich geklopft und ihn fitgehalten«, hatte das gutgelaunte Muskelpaket geprahlt. Nur deswegen habe der Commandante ein halbes Dutzend US-Präsidenten überlebt. Der Masseur lachte sich ins Fäustchen.

Warum er denn dann Kuba verlassen habe, wollte Egon wissen. Immerhin habe er als Einziger das Privileg gehabt, den Maximo Leader zu verkloppen? »Waren Sie zu grob?«, fragte Egon, denn der Mann war alles andere als zimperlich.

Über beide Ohren grinsend, kratzte sich der Exilkubaner an seinen haarigen Bauch und räumte fachmännisch ein, Florida habe eines mehr zu bieten als Kuba. »Blondinen. Blondinen und Orangen, da ist Florida unschlagbar. Blonde Frauen überall, eine hübscher als die andere, Señor Egon!« Und der Teufel wolle es, dass genau das seine größte Schwäche sei. Ganz gleich, ob dick oder dünn, groß oder klein, Hauptsache blond. »Ist ein wahrer Fluch. Aber ein schöner, hmmm«, summte er schwärmerisch.

Natürlich hatte Egon vorsichtig versucht, ganz nebenbei ein wenig mehr über Berg zu erfahren. Allerdings war der Masseur viel zu sehr Profi, als dass er auch nur ein Wort über seine Klienten verloren hätte. Klienten, zu denen garantiert auch der eine oder andere Drogenbaron zählte.

Hunger hatte Berg daraufhin befallen, erneut. Eigentlich schien Berg ständig Hunger zu haben, regelrechten Heißhunger nach allem und jedem. Wen er in die Finger bekam, den drohte er zu verspeisen.

Im Big Pink nur zwei Straßenblöcke und gut vierzig Stockwerke unter dem Penthouse, hatte man bereits mit einer Platte voller Chicken Wings, Spare Ribbs und sonstigen typischen amerikanischen Todsünden auf sie gewartet.

Die gepolsterten Barhocker quietschten bei jeder Bewegung. Mit einer Stange waren sie am Boden verschraubt, damit sich die Sitze ständig drehen konnten, selbst wenn man still sitzen wollte. Der ganze Laden war metallisch pink und irgendwie abwaschbar, trotzdem schmeckte es gemeingefährlich gut. Egon fand es durchaus sympathisch, dass der Mann über einen ebenso gesunden Appetit verfügte wie er selber. Was das betraf, hätten sie Brüder sein können. Sie hatten an einer langen Bar gestanden, umringt von mehreren Flachbildschirmen, auf denen passend zum deftigen Essen überall schweißtreibender Sport lief. So liebten es die Amerikaner. Sich selber den Magen vollzustopfen, während sie darüber philosophierten, wie diese faulen Football-Millionäre einfach nicht den Arsch hochbekamen, anstatt sich für sie ordentlich die Köpfe einzuschlagen.

Dann hatte eine Gruppe von Männern das Lokal betreten, die merkwürdigerweise nur bei Egon für Aufsehen gesorgt hatte. Alle hatten schwarze Poloshirts mit aufgestickten Wappen getragen, schwarze Militärstiefel, schwarze Cargohosen und einen Gürtel mit einem Dutzend Gerätschaften daran. Eine kleine Taschenlampe war darunter das Harmloseste, die kantige Pistole das Tödlichste gewesen. Auf den Shirts konnte man in großen, gelben Buchstaben »Multi Agency Gang Task Force« lesen. Die stark durchtrainierten Männer hatten jeder Form von Bandenkrieg den Kampf angesagt. Daran sollte niemand den geringsten Zweifel haben.

Das Big Pink jedoch war kein Gang-Land, sondern ein kitschiges, typisch amerikanisches Restaurant, voller Touristen und ein paar übriggebliebenen Romantikern aus South Beach. Egon bemühte sich, die Spezialeinheit nicht anzugaffen. Schnell zeigte sich, dass die aufgerüstete Einsatztruppe keine Bandenmitglieder suchte. Die hochgerüstete Truppe wollte nur ihre Schicht und den neusten Etappensieg über das Verbrechen mit ein paar saftigen, angebrannten Burgern besiegeln. Der Oberwitz an der ganzen Sache war, dass jeder Einzelne der Männer kurz lässig zu Al Berg hinübergenickt hatte. Man kannte und man respektierte sich. Warum, konnte Egon sich nicht erklären. Al Berg war wohl weder ein Kollege der Jungs noch der Kopf irgendeiner Straßenbande. Wenn überhaupt, dann war er verdammt erfolgreich und sein kriminelles Zuhause die Wall Street. Um dem Ganzen die Krone aufzusetzen, war Berg mit einem der Männer in eine ruhigere Ecke in der Nähe der Toiletten verschwunden. Egon hatte nur aus der Distanz beobachten können, dass die beiden einen fast freundschaftlichen Plausch miteinander gepflegt hatten. Als Berg schließlich zurückgekommen war, hatte er gestrahlt wie ein Flutlicht unter Vollstrom.

»Gute Nachrichten?«, fragte Egon beiläufig.

»Ja, so kann man es auch sagen.« Mehr ließ sich Berg nicht entlocken.

Bevor sich Egon allzu viele Gedanken um seine Ermittlungen machen konnte, stand das nächste Highlight an: Al Bergs Privathaus oder, besser, Residenz.

Dort war ihm Gwen erschienen. Mit einem Lachen und leuchtend blauen Augen, als sei sie von einem anderen Stern. Seitdem wollte sie nicht mehr von seiner Seite weichen. Egon war ab sofort ihr Auserwählter.

Gwen war Anfang zwanzig und damit halb so jung wie Egon. Sie musste entweder einen massiven Vaterkomplex haben, komplett blind sein oder aber von Berg viel, viel Geld bekommen haben, um zu Egon so besonders nett zu sein. Denn nachdem sie ihn gerade mal eine Minute gesehen hatte, war der erste Satz, den sie ihm ins Ohr geflüstert hatte: »Glaubst du an Liebe auf den ersten Blick?«

Nein. Egon war vom Glauben abgefallen. Aber Gwen war eine Göttin.

Er musste endlich Sophie erreichen, irgendwie.

Spencers Frage hatte eingeschlagen wie eine Bombe.

»Wie bitte?« Mehr wusste sie nicht zu sagen. Wie auch? Sophie war der Situation ganz und gar nicht gewachsen. Am liebsten hätte sie auf der Stelle das Restaurant verlassen. Am liebsten hätte sie nie den Flieger nach Miami bestiegen. Am liebsten hätte sie nie Spencers E-Mails gelesen. Sie musste sich zusammenreißen. »Wie kommen Sie darauf, dass ich Sie verfolge?« Sophie wollte gelassen bleiben, aber sie las in seinen Augen, dass sie eine schlechte Schauspielerin war.

»Eine so hübsche Frau wie Sie sitzt selten allein in einer Hotellobby.«

Was sollte das denn heißen? Wollte er mit ihr spielen? Er brauchte sich nicht einzubilden, dass sie auf seine Standardsprüche, seinen frisierten Charme hereinfallen würde. Sie kannte seine Masche. Er hatte ja keine Ahnung wie gut. »Sie sind nicht der Einzige, der das Raleigh zu schätzen weiß.«

»Sicher, da haben Sie wohl recht.« Er legte den Kopf zur Seite. »Schon gewählt? Die Pasta hier ist hausgemacht und garantiert al dente.« Spencer kam dieses Gesicht bekannt vor, aber er konnte es einfach nicht einordnen. München? Darauf deutete jedenfalls die ganz leichte Einfärbung, die sanft-warme Version des sonst so ruppigen Bayerisch hin.

»Danke. Aber mich lacht eher der Fisch an. Sie scheinen hier ja Stammgast zu sein?«

»Lachender Fisch? Sehr zu empfehlen. Hab ich mir heute auch schon gegönnt.« Jetzt erinnerte er sich – am South Point! – und sagte: »Wie Sie ja wissen.«

Obwohl sie genau verstand, was er ihr damit andeuten wollte, spielte sie die Naive. »Aha? Ich kann Ihnen nicht ganz folgen?«

»Je mehr ich nachdenke«, Spencer kniff sein rechtes Auge zusammen, fokussierte sein Ziel, »mich beschleicht das seltsame Gefühl, Sie heute Nachmittag schon einmal gesehen zu haben?«

»Soso.« Sophie blieb cool, äußerlich.

»Sie fallen auf. Oder besser, Sie stechen heraus. Angenehm positiv will ich damit sagen.« Er entdeckte eine kleine Sommersprosse an ihrem rechten Ohrläppchen und war sofort fasziniert davon.

»Weil ich keine aufgespritzten Lippen habe?«

Spencer schmunzelte. »Das nicht, aber dafür eine spitze Zunge.«

»Das Kompliment nehme ich gern an.«

»Und weil Sie weder ein kleines Hündchen noch irgendein tiefsinniges Tattoo spazieren tragen.« Sie hatte noble Gesichtszüge. Hohe Wangenknochen, kluge Augen, liebevolle kleine Lachfältchen.

»Wieso sind Sie sich da so sicher?«

»Kennerblick«, sagte er und studierte dabei weiter heimlich ihr interessantes Wesen.

»Sie sehen nicht alles.«

»Das, was ich sehe, gefällt mir.«

»Na, na, na! Wir sind zwar bei einem Italiener, aber das ist kein Grund, schnulzig zu werden.« Vielleicht gelang es ihr, ihn zu verunsichern?

»Wo sonst?«

In der offenen Küche am Ende des Raumes zischte eine Flamme hoch. Ein kurzer Lichtblitz erhellte ihre Gesichter.

»War es demnach Zufall, dass ich Sie heute unten am South Point Park gesehen habe?«

»Das Leben ist voller Zufälle, oder etwa nicht?« Eine lahme Ausrede, wenig überzeugend. Das war ihr klar. Zeit, die Karten auf den Tisch zu legen, sonst würde es sehr bald sehr peinlich für sie werden. »Gut!« Sophie hob entschuldigend die Hände. »Sie haben gewonnen. Touché!«

»Aha?« Spencer lehnte sich nach vorne, sein abgenützter Holzstuhl wackelte.

Sophie holte tief Luft. »Ich bin eine freie Redakteurin. Eigentlich nur zur Entspannung in Miami.« Sie musste etwas Wein trinken, staubtrocken war ihr Hals, aber ihr Glas war leer.

Spencers Körperhaltung verspannte sich. »Journalistin?« Zwar blieb er freundlich, aber wenn dieses graumelierte Sunnyboy-Gesicht zu einer finsteren Miene fähig war, dann war es auf dem besten Weg dahin.

»Keine Sorge, Herr Generalkonsul, wenn Sie glauben, ich bin beim Spiegel oder der Süddeutschen«, fuhr Sophie fort, »dann muss ich Sie leider enttäuschen. Nur Frauenmagazine. Mit etwas Glück ein paar Zeilen über das Reisen, für Merian oder so etwas. Ich werde also keine Story darüber schreiben, wie einer der wichtigsten Männer Amerikas mit ein paar Stone Crabs den Sonnenuntergang genießt. Außerdem, wie gesagt, ich mache Urlaub.«

»Mir scheint, Sie verwechseln mich?«

»Okay, ich hab ein wenig übertrieben. Berufskrankheit. Trotzdem weiß ich, mit wem ich die Ehre habe.« Mein Gott, sie erschrak über sich selber. Wo hatte sie nur so gut lügen gelernt? Ohne mit der Wimper zu zucken, hatte sie ihm ein komplettes Märchen aufgetischt.

»Ach ja?«

»Sie sind oft genug in einer unserer Frauenzeitschriften abgebildet.«

»Als einer der mächtigsten Männer der USA?«

»Eher als der Mann neben Ihrer schönen Frau.« Sophie lächelte unschuldig.

Die forsche, aber freundliche Art seiner Gesprächspartnerin imponierte Spencer. Überhaupt zeugte ihr ganzes Auftreten von einer gewissen Klasse. Ihre Augen hielten ihn auf Distanz, konnten aber eine besondere feinfühlige Wärme nicht verbergen. Mit ihrem offenen halblangen

Haar gab sie zu verstehen, dass sie sich von niemandem etwas sagen ließ. Sie war dezent geschminkt, nicht um sich jünger zu machen, sondern nur, um sich zu gefallen.

»Habe ich sie sprachlos gemacht, Herr Generalkonsul?«

»Ich habe kurz darüber nachgedacht, ob Frauen nicht sowieso mächtiger sind als Männer.«

Sophie schnaufte unauffällig durch. Anscheinend war sie überzeugend, denn die Haltung ihres Gegenübers fand wieder zur gewohnten Lässigkeit zurück. »Die Frage ist, wie sehr Frauen überhaupt an Macht interessiert sind. Aber wie gesagt, ich bin im Urlaub.«

»Also kein Interview?«

»Nur, wenn Sie darauf bestehen.«

»Lieber genieße ich den Abend mit einer inspirierenden Frau.«

Endlich wurden ihre Gläser aufgefüllt. Nicht nur die Nervosität leerte ihr das Glas, der Wein, ein Gavi di Gavi, war eine Wucht. Der ganze Abend war eine Wucht. »Sind Sie gerne in Miami?«, fragte Sophie, ganz die Journalistin.

»Sehen Sie, ich bin hier geboren und aufgewachsen. Und wie das nun einmal so ist: Je länger und weiter man weg ist, desto mehr vermisst man die Heimat.«

»Sind Sie deswegen hier? Aus Heimweh?«

»Interviewen Sie mich jetzt doch?«

Er hatte sie erneut ertappt. Sie war zu forsch gewesen. Sie war gerade dabei, eine grandiose Gelegenheit zu vermasseln. »Nein, private Neugierde. Kann man nur schwer abstellen. Verzeihen Sie.«

»Nur zu. Ich weiß mich zu wehren, Frau Tegern.«

Sophie zuckte leicht zusammen, sie war es nicht gewohnt, so angesprochen zu werden.

»Gibt es eigentlich einen Herrn Tegern?«

»Nein, natürlich nicht«, antwortete Sophie reflexartig.

Sie war verwirrt. Die Frage traf sie völlig unvorbereitet. »Beziehungsweise, ja.« Sie wollte Egons Existenz nicht leugnen. Das konnte sie ihm nicht antun.

Spencer hob die Augenbrauen. »Er ist ein beneidenswerter Mann.«

Ihr wurde warm. Weniger die Worte als vielmehr die Art, wie Spencer sie verwendete, gaben ihr ein gutes Gefühl. Ihre Neugierde wuchs weiter. Sie konnte einfach nicht lockerlassen. »Vielleicht sollten wir doch bald ein Interview ins Auge fassen. Unsere Leserinnen«, Sophie setzte ein äußerst charmantes Lächeln auf, »ich meine, es gibt sicher viele Frauen in Deutschland, die den sportlichen Generalkonsul aus Miami Beach gern näher kennenlernen würden?« Ein guter Zug, Sophie. Sie klopfte sich heimlich auf die Schulter. An seine Eitelkeit appellieren. Das dürfte seine Achillesferse sein.

»Meinen Sie, ja?«

»Sie sind ein Frauentyp. Frauen, unsere Leserinnen mögen Sie.«

»Hören Sie auf, sonst glaube ich Ihnen das womöglich.«

»Jetzt seien Sie mal nicht so bescheiden, das steht Ihnen nicht. Wie wär's es mit einem kleinen Porträt? Über Sie, über Miami Beach?«

Natürlich fühlte er sich geschmeichelt. Wie jeden anderen, konnte man erst Spencer mit der eigenen Eitelkeit ködern.

Aber er ließ sich mit der Antwort Zeit. Erneut hob er sein Glas. »Ein Vorschlag! Wir genießen weiter unser Abendessen, plaudern ein wenig. Ich erzähle Ihnen ein, zwei Sachen über Miami Beach und dann, na, dann sehen wir weiter.«

Da musste sie nicht lange überlegen. Trotzdem nahm

auch sie sich Zeit, denn noch war es möglich auszusteigen. Noch konnte sie die Kurve kriegen. Sie sah ihm tief in die Augen. »Klingt fair.«

Das Spiel war eröffnet.

»Gwen!« Alles dreht sich im Kreis. »Gweeen!« Die Erde drohte ihre Umlaufbahn zu verlassen. Alles war aus der Bahn geraten.

»Pssst!«, sagte sie.

»Gwen, was machen wir?«

»Böse Sachen!«

»Ich bin zu alt dafür!«

»Von wegen! Du redest nur zu viel.«

»Wie denn? Ich kann so schon kaum atmen«, stöhnte er. Einerseits bekam er keine Luft, andererseits atmete Egon so frei wie seit Ewigkeiten nicht mehr.

»Du hast viel, viel mehr Erfahrung als ich.«

»Soll das ein Witz sein?«

Sie waren beide schweißgebadet. Ihr Körper glitt durch seine Hände. Wie eine Schlange wickelte sie sich um ihn, mit ihren Armen, ihren schlanken Beinen, bereit, ihn zu ersticken. Ihr nasses Haar streifte über sein Gesicht. Sie saß auf ihm, lag unter ihm. Sie waren ineinander verknotet. Egon Tegern hörte auf zu existieren, er hatte eine neue Welt betreten.

»Du riechst so unfassbar gut«, schwärmte er. Mittendrin schnupperten sie unaufhörlich aneinander.

»Und du nach Freiheit, wie ein Weltumsegler, wie mein neues Zuhause.«

Keiner konnte genug kriegen. Der Raum, sie beide waren in absolute Dunkelheit gehüllt. Sie folgten nur noch ihren Instinkten. Sie schrien und sie zitterten gleichzeitig.

Sie konnten nicht aufhören. Undenkbar. Er würde nie aufhören, und wenn es das Letzte war, das er tat.

»Aber bitte keine Notizen, sonst komme ich mir vor wie bei einem Verhör.«

»Vielleicht will ich Sie ja verhören?«

Er zeigte wieder dieses spitzbübische Lächeln. »Dazu, meine Liebe, sind wir doch beide viel zu, lassen Sie es mich so sagen: harmlos. Stimmt's?«

»Leider ja, Mr. Spencer«, log sie, ohne rot zu werden.

»Sophie?«

Sie erschrak, weil er sie plötzlich mit dem Vornamen ansprach.

»Darf ich Sophie sagen?«

Sie wollte unbedingt jede Form von Nähe vermeiden. »Gern, Joshua.«

Unaufgefordert hatte der Kellner eine hauchdünne kleine Pizza mit Tomatenstückchen auf den Tisch gestellt, als Appetitanreger. Allmählich begann Sophie, sich wohl zu fühlen. Ob sie wollte oder nicht, Spencer strahlte eine einnehmende Wärme aus, der man sich schwer entziehen konnte. Sophie glaubte alt genug zu sein, um sich darauf einzulassen. Das Risiko hatte sie im Griff, jederzeit. »Erzähl mir etwas über dein Land!« Sie schürzte ihre Lippen. »Josh.« Es war sehr ungewohnt, ihn so anzusprechen.

»Mein Land? Ein großes Thema. Mein Land, ach, das ist so einfach und so schwierig zugleich. Weißt du, Amerika erfindet sich ständig neu. Wir sind stets in Unruhe, kommen nie an.«

»Gilt das auch für die Menschen?«

»O ja, für die besonders. Natürlich bleiben wir dabei immer sehr jung, sportlich und sexy.«

»So wie du?«

»So wie wir beide, Sophie.«

»Klar, ich wäre heut beinahe von einem Modefotografen entdeckt worden«, scherzte sie.

»Dafür darfst du höchstens sechzehn sein. Trotzdem, ich würde dich sofort buchen. Du hast ein sehr interessantes Gesicht.«

»Danke für die Blumen. Wahre Schönheit kommt bekanntlich von außen.« Sie war über ihr Selbstbewusstsein erstaunt. »War es denn sehr schlimm, zwischen all den angehenden Supermodels aufzuwachsen?« Beinahe hätte sie zum Trost seine Hand genommen.

»Traumatisch, sage ich dir.«

Mit der italienischen Beflissenheit eines Taschendiebs nahm der Kellner flink die Bestellungen auf.

»Jung und sexy. Nur darum geht es hier. Miami Beach ist dafür das beste Beispiel. Dieser Ort pendelt ständig hin und her, zwischen dem Paradies und der Hölle auf Erden. Gerade mal Hundert ist die Stadt und hat dabei mindestens zweimal fast ihren Untergang erlebt. Alles nur, um sich dann wieder neu zu erfinden. Noch lebendiger, noch frecher, faszinierender, noch unwiderstehlicher.«

Das Essen kam, und es schmeckte einfach phantastisch. Spencer wollte ihr keinen langen Vortrag halten, und sie vergaß vorerst ihren Wissensdurst. Stattdessen scherzte er in einem fort, machte ironische Witze über sich selber und andere und verzauberte Sophie dabei, ohne dass ihr das anfangs überhaupt bewusst war.

Sie hatte vergessen, wie wohl man sich in der Gesellschaft eines Mannes seines Kalibers fühlen konnte. Besonders eines Mannes, der nicht ständig nur von Farben, Licht und Essen sprach wie Egon. Egon! Wo war der überhaupt? Sie hatte seit Stunden nichts von ihm gehört. Ihr Handy lag wieder im Hotel. Das konnte sie jetzt nicht ändern. »Spielen Sie Schach?«, fragte sie.

»Wir waren beim Du. Ehrliche Antwort: Schach spielt mit mir. Wenn überhaupt.«

Das hörte sich nicht gerade nach einer Herausforderung an. Dennoch wusste sie, dass man »Josh« nicht unterschätzen durfte. Seine Augen waren hellwach, und er beherrschte seine Klaviatur.

Auch zum Dessert, einer Torta della donna, konnte sie nicht nein sagen. Eine gute Entscheidung, sie wurde umgehend dafür belohnt. Seltsam, da wohnte sie nur wenige Autostunden von Italien entfernt, doch sie musste erst nach Miami reisen, um so ausgezeichnet Italienisch zu essen.

Nachdem der Rotschopf sie beide wie Staatsgäste verabschiedet hatte, fanden sie sich erneut auf der Lincoln Road wieder. Nebenan, über einem Schwulen-Café oder Bar oder Nachtclub oder was auch immer der quirlige Laden darstellte, hing eine dampfende Testosteronwolke, die es in sich hatte. Da wurde an einem Abend eine komplette Parfümerie verblasen.

»Warum habe ich den Eindruck, dass du dich versteckst?«

»Wie meinst du das?«

»Deine Verkleidung. Man könnte dich glatt für einen Skateboarder in der Midlifecrisis halten.«

Wie auf ein Stichwort tänzelten drei schwule Pensionäre in Teenagerklamotten betrunken verliebt aus der Bar. Sophie und Josh lachten.

»Schwule gab's hier übrigens früher zehnmal so viel.«

»Ja, ja. Good old times.«

»Die haben vor nichts und niemandem haltgemacht.«

»Puh, da haben die Frauen ja noch mal Glück gehabt.«

»Dass es jetzt weniger sind?«

»Nein, dass du uns erhalten geblieben bist und nicht da drüben miteierst. Das wolltest du doch hören, oder?«

»Kannst du Gedanken lesen?«, fragte er zweideutig.

»Nein. Zum Glück nicht.« Ihre eigentliche Frage war unbeantwortet geblieben. »Die Verkleidung?«

»Ich bin in South Beach bekannt wie ein bunter Hund. Jeder, der hier länger als eine Touristen- oder Modelsaison lebt, kennt meine Familie und damit mich. Der letzte Spencer. So nennt man mich. Es ist einfach besser, oder sagen wir so, angenehmer, wenn mich nicht sofort jeder erkennt.«

»Seit wann ist Josh Spencer denn so schüchtern?«

»Gute Frage. Das Raleigh wartet auf uns.«

»Auf dich, auf mich wartet das Delano.«

»Sieh an! Dann sind wir ja fast Nachbarn.«

Er wusste ja gar nicht, wie sehr er damit ins Schwarze getroffen hatte.

Lautes Geschrei! Sie hörte lautes Geschrei und war davon aufgewacht. Durch die papierdünnen Wände ihres schneeweißen Designerhotels kreischte die hysterische Stimme einer Frau. War es eine Frau? Ja, eine Frau, die einem Mann mit dem blumigsten Metaphern, das musste man ihr lassen, kreativ war sie, einen Schlag nach dem anderen in den Unterleib versetzte. Schwanzloser-Nuttenficker-Schwulen-Affen-Schwanz. Das waren die ersten Worte, die Sophie an diesem natürlich wieder sonnigen Tag vernehmen durfte. Das Selbstbewusstsein und die sensible Libido ihres Zimmernachbarn dürften höchstwahrscheinlich jahrelange Schäden davontragen. Als Dankeschön warf der Einfallspinsel seiner Geliebten im gleichen Rhythmus ein, stetig lauter werdendes »Schlampe« entgegen. »Schlampe.« Im Stakkato. Wegen seiner Wortgewaltigkeit war diese sicher nicht mit ihm zusammen.

So unterhaltsam die kleine Englischstunde war, sie hatte Sophie aus einem erstaunlich tiefen und friedlichen Schlaf gerissen. Den hatte sie nötig gehabt. Der himmelblaue Ozean, der sich einladend und mächtig unter ihrem Fenster ausbreitete, vermochte es kaum, ihre angeknackste Laune zu verbessern. Es war zu laut, zu hell und irgendwie auch zu schön. Schlicht zu unwirklich, wie alles hier. Am liebsten hätte sie mit ihren Fäusten gegen die Wände geschlagen, aber vergebens. »Schlampe!« Die salbende Zuflucht, die verzeihende Benommenheit, geschenkt im Schlaf, war endgültig vorüber. Der Tag wollte beginnen. Er drängte sich auf, bestand auf sein Recht.

Um dies zu unterstreichen, klingelte das Telefon, klingelte schrill und gnadenlos. Welcher Sadist hatte sich eigentlich diesen Ton einfallen lassen? Entnervt nahm Sophie den Hörer ab. »Ja, bitte?«

»Wer mich, wer das alles hier verstehen will, der muss aufs Meer.«

»Wie bitte?« Sophie verstand zunächst gar nichts. War das ein bizarrer Traum? »Ooooh, Josh«, erwiderte sie leicht sarkastisch. »Welch eine Freude!«

»Hab ich dich etwa aufgeweckt?«

»Keine Sorge. Das hat das nette Pärchen nebenan für dich erledigt.«

»Ja, die Hotels sind protzig, aber die Wände manchmal etwas dünn.«

»Außen hui, innen pfui.«

»Ich sehe, du verstehst. Wie wäre es mit einer Bootsfahrt? Die Bay, die Inseln, das Meer! Das solltest du nicht versäumen.«

Sophie musste nicht lange überlegen. »Tut mir leid. Ich werde wohl passen. Sehr nett von Ihnen …«

»Ihnen?«

»Dir. Wirklich sehr nett von dir. Aber ich kann nicht. Keine Zeit.«

»Oder keine Lust? Wo bleibt der Ehrgeiz. Das Portrait?«

Das war genau der Punkt. In ihrer jetzigen Verfassung konnte sie ihm keine Journalistin vorspielen. Sie wollte ihm überhaupt nichts mehr vorspielen. Sie war es leid. Sie fühlte sich elend, schmutzig, wie eine gemeine Betrügerin. Diese ganzen Lügen, in die sie sich verstrickte, das war ihr zuwider. Das war sie nicht. »Sei mir nicht böse! Bitte! Aber ich kann nicht.« Ihr Ton war ungewöhnlich ernst.

Josh registrierte das. Er war feinfühlig. »Ist alles in Ordnung? Kann ich dir irgendwie helfen?«

Ja, flieg mich wieder nach München. Dreh am besten die Zeit zurück, sagte sie sich. »Nein. Nein danke, sehr nett. Es ist alles gut. Aber ich muss heute schreiben. Mit der Redaktion reden und so weiter.«

»Verstehe. Na gut, dann sehe ich dich heute Abend!«

»Josh! Josh, ich …«

Er unterbrach sie: »Keine Diskussion. Essen musst du. Und da kann man hier ganz schön auf die Nase fallen.«

Am Abend wollte sie genauso wenig Theater spielen. Dennoch, sie sagte zu. Sie würden sich also spätestens zum Dinner wiedersehen. Das Gefährliche daran war, dass ein Teil in ihr genau das wollte.

Nebenan war es erstaunlich ruhig geworden. Entweder zogen es ihre Nachbarn vor, den heißblütigen Streit im Frühstücksraum fortzusetzen, oder sie hatten sich gegenseitig massakriert. Sophie wollte sich gerade auf einen zweiten Versuch ins Bett legen, als sie ein zaghaftes Wimmern oder eher ein Stöhnen vernahm, erst schüchtern, dann immer lauter und sehr bald auch immer heftiger. Glückwunsch. Hörte sich ganz danach an, als hätte man sich geeinigt. Make love not war. Oder war das Krieg mit anderen Mitteln? Was nicht hieß, dass man sich nicht weniger hitzige Worte an den Kopf warf. Nur diesmal eher recht einsilbig.

Er: »Yeah, baby!«

Sie: »Yeah, baby!«

An Schlaf war also wieder nicht zu denken. Schon war sie wieder eine Schlampe und er wieder ein Hurenbock. Erstaunlich, dachte sich Sophie, wie sehr sich so manche Wörter beim Streit und bei Sex wiederholten.

Da sich ihre netten Nachbarn auf den, wer weiß wie langen Weg zur völligen Ekstase aufmachten, beschloss Sophie, sich banaleren Dingen wie dem Frühstück zuzuwenden.

Gerade öffnete sie die Tür, als ein Geist, ein Scheintoter vor ihr stand. Das Wesen aus der Zwischenwelt war ein Mann, der immer noch in demselben Havannalook gehüllt war wie am vergangenen Nachmittag nur zirka drei Revolutionen später.

»Egon, bist du das? Sag bitte nein!«

»Schachmatt.«

»Was um Himmels willen …? Komm erst einmal rein!«

So zerrüttet Egon sich präsentierte, so glücklich, ja direkt subversiv war das Grinsen in seinem Gesicht.

»Wo warst du denn?«

»Das, meine Liebe …«, er musste nach Luft schnappen, »würde jetzt, glaube ich, ein wenig zu weit führen. Außerdem kann ich dir unmöglich alle Stationen meines kleinen Space-Trips aufzählen.«

»Space-Trip?«

»Achterbahn, Odyssee. Offenbarung. Such dir was aus. Und du darfst stolz auf mich sein. Ich habe dabei so einiges herausgefunden!«

»Ich bin erst einmal stolz, dass du überhaupt in ganzen Sätzen sprechen kannst.«

»Al, oder besser Albert, so nämlich sein richtiger Name, ist im wahrsten Sinne des Wortes ein Phänomen!«

»Aha?«

»Und nicht nur er!«

Keine Chance! Egon hatte sich schlicht und einfach geweigert, schlafen zu gehen. Sophie versuchte ihm klarzumachen, dass, falls er in naher Zukunft wieder zu den Lebenden gehören wolle, er Schlaf, sehr viel Schlaf brauche. Am besten er verbarrikadierte sich den ganzen Tag in seiner weißen Höhle. Am Abend könne er ihr immer noch alles berichten.

Doch Egon hatte seinen durchzechten Kopf geschüttelt. »Pancakes!« Das war alles, was er dazu zu sagen hatte. Nicht einmal zu einer Dusche hatte er sich überreden lassen. Zu welchem Zweck auch? Sein Koffer war ja eh weiterhin spurlos verschwunden. Sollte er denn frisch gewaschen in seinen durchgefeierten Anzug schlüpfen? Außerdem faselte er unentwegt etwas von einem »Engelsduft«.

Nichts zu machen, Egon war nicht zu erweichen gewesen, und deshalb saß Sophie nun ein paar Schritte vom Hotel entfernt draußen bei Jerry's Famous Deli. Ein weiteres Restaurant, eine Ikone im Streamline-Design der Fünfziger, der goldenen Zeit des modernen Amerika. Sosehr sich die Amerikaner permanent neu erfinden mochten, sie vergötterten ihre kurze Geschichte.

Auf der riesigen Karte, die in Plastik eingeschweißt war,

standen genug Gerichte und Kombinationsmöglichkeiten, um ein Jahr lang täglich Gast zu sein und sich trotzdem nicht zu wiederholen. Sophie war schwer beeindruckt davon, was man alles unter der Zugabe von tierischem Fett, Kohlenhydraten und Zucker so zusammenzaubern konnte. Selbst das wenige Grün des Salats, der gerade am Nachbartisch serviert worden war, wurde von Bacon-Streifen, Parmesansplittern und einer Unmenge an Croutons erstickt.

Egon hingegen war in einem Schlaraffenland gelandet. Trotz der zu erwartenden Qual der Wahl, hatte er sich schnell für einen Turm aus Pancakes entschieden, begleitet von einem Liter Ahornsirup.

Nun denn: ›Man muss mit den Wölfen heulen‹ oder wie der Amerikaner sagt: ›When in Rome, do it as the Romans do‹, dachte Sophie und bestellte sich mutig ein All American Breakfast. Der Klassiker präsentierte sich alsbald als ein gelungenes Arrangement aus allerlei gelben und braunen Zutaten. Das gesündeste an dieser Variation in Ocker schien ihr der dünne Kaffee zu sein, der bereitwillig den Blick auf den Boden der Tasse preisgab. Das Herzinfarktrisiko lag da bei Würstchen, Eiern, Speck, Kartoffelröstis und Buttertoast auf jeden Fall wesentlich höher. Auch die schüchterne, mit deftigem Käse überbackene Tomate änderte nicht sonderlich viel daran. Interessant, in der Modelstadt aß man eben wie ein industrieller Schwerarbeiter.

»Al Berg ist ein ganz großer Fisch in Miami. Immobilien«, sagte Egon schmatzend. »Aber nix Reihenhaushälfte oder so. Hochhäuser, hundert und mehr Appartements. Luxusappartements. Da sind Summen im Spiel, da schlackerst du mit den Ohren.«

»Aha.« Sophie versuchte mit den Ohren zu schlackern.

»Was ist denn? Schmeckts dir nicht? Du stocherst so unmotiviert auf dem leckeren Teller herum?«

»Ich will es genießen, weißt du.«

»Ah, der Frau Feinschmeckerin entgeht offensichtlich die besondere Qualität der amerikanischen Küche?«

»Für einen Cowboy, der tagelang im Sattel sitzt, ist das bestimmt das Richtige oder ...«, sie deutete auf zwei hünenhafte, schwarze Männer in Sportklamotten drei Tische weiter, »... für die beiden Basketballspieler da drüben.«

»Wenn das so ist ...«, Egon stahl sich ein Würstchen von Sophies Teller, »will ich dich gerne von dieser Last befreien.«

Ein untersetzter Kellner mit kaum verständlichem südamerikanischem Akzent offerierte Sophie weiteren Kaffee. Eher aus Freundlichkeit hielt Sophie ihm die Tasse hin. Insgeheim wünschte sie sich eine Zimmerpflanze herbei, die sie damit wässern könnte.

»Köstlich!«, jubelte Egon. »Du wirst lachen, aber Al und ich. Ein wahres Duo. Er mag mich. Hat irgendwie einen Narren an mir gefressen. Ich hab nur seinen Geldbeutel aufgehoben und seitdem irre, aber er gönnt mir keine freie Minute. In den letzten zwanzig Stunden hab ich so viel Champagner getrunken wie in meinem ganzen Leben nicht.«

»Habt ihr euch geküsst?«

»Wie meinen?«

»Am Hals, du hast da einen Knutschfleck von der Form und der Größe einer zermatschten Pflaume. Oder ist das die Schweiz?«

»Ernsthaft?«

»Es sei denn, du reagierst irgendwie allergisch auf Ahornsirup. Oder Champagner? Vielleicht beides?«

»Gwen«, murmelte Egon eher zu sich.

Sophie spitzte die Ohren. »Gwen?«

»Ein anderes Mal. Zurück zu Berg. Wenn er tatsächlich mit Spencer in einem Boot sitzt, dann kann es sich nur um eine große, eine sehr große Sache handeln. Mit Peanuts gibt der sich nicht ab. Mindestens ein mehrstelliger Millionenbetrag. Und legal ist bei dem gar nix, nada, niente. Aber wie gesagt, er ist faszinierend auf seine Weise. Unglaublich gerissen!«

»Das versteh ich nicht. Spencer kommt aus einer sehr reichen und angesehenen Familie. Warum sollte …«

»Ach ja? Wusst ich gar nicht?«, sagte er fragend.

»Was denkst du? Ich war auch nicht ganz untätig.«

Als Egon zu seiner Verwunderung erfuhr, dass Sophie dem Generalkonsul nicht nur gefolgt, sondern als angebliche Journalistin sogar mit ihm diniert hatte, ließ er seine Pancakes fallen. »Ja, fass ich's denn? Du bist ja … so was von dreist! Hallo? Ich erkenne dich nicht wieder?«

Sophie hob ihre Augenbrauen. »Du musst reden!«

»Sophie …«, er nahm theatralisch ihre Hand und machte eine bedeutungsschwangere Pause, »langsam hab ich Angst vor uns.«

Jeder Mensch hat Ambitionen. Selbst der antriebsloseste, komplett ambitionsfreie Faulenzer hat ein Ziel. Wenn er vielleicht auch nur daran arbeitet, den Rest seines Lebens weiter faulenzen zu dürfen.

Für Al Berg war das undenkbar, geradezu grotesk, seine Ambitionen waren das Blut in seinen Adern. Der Sauerstoff, an dem er sich berauschte. Der ganze Mensch war eine nicht enden wollende, leibhaftig gewordene, ständig strudelnde Quelle purer Ambitionen. Hätte er irgendein sportliches Talent gehabt, er wäre bei Olympia gelandet, als Musiker hätte er die Charts gestürmt und als Schauspieler die Bühnen dieser Welt erobert, samt Oscar versteht sich. Davon war er jedenfalls überzeugt. Und das reichte. Er wusste sich sehr gut einzuschätzen. In seinen Augen gab es, abgesehen von einer Schar an Mitläufern, dem trägen Stimm- und Konsumvieh der Demokratie, nur zwei Arten von Menschen. Die einen verstanden es, aus Heu echtes Gold zu machen, während in den Händen der anderen aus noch so wertvollem Heu nur stinkender Dreck wurde. Verwandelten die einen selbst das sicherste Geschäft in einen grandiosen Ruin, gingen mit einem gigantischen Erbe sagenhaft pleite, so gab es die anderen, die stets auf das richtige Pferd setzten, aus dem Nichts ganze Imperien zimmerten. Bei denen sich das kleinste Geschäft zum satten Lottogewinn mauserte. Al Berg sah in den Spiegel an der Decke über seinem Bett, der alles ein wenig größer machte, und er erkannte genau so einen Mann. Einen Vertreter der seltenen Spezies, die einen siebten Sinn für einen guten Deal hatte. So wie andere mühelos zig Telefonbücher auswendig lernen konnten oder in Sekundenschnelle die Zahl Pi bis auf dreihundert Stellen ausrechneten. Halt, er war kein Autist, kein Verrückter, kein krankes Genie! Nein, er war die nächste Stufe, ein weiterer Schritt in der menschlichen Evolution, er hatte die Augen eines Adlers, der aus schwindelerregender Höhe Mäuse durchs Dickicht huschen sah. Nur, seine Mäuse hießen Dollar und Euro.

Ein armseliger, immerzu gebückt stehender Kioskbesitzer war sein Vater gewesen, dessen Reich aus vier Quadratmetern schlecht geheiztem Bretterverschlag bestanden hatte, bis oben vollgestopft mit Zeitungen, Zigaretten, Süßigkeiten und billigem Alkohol. Den staubig beißenden Geruch konnte Al bis heute nicht aus seinem Gedächtnis löschen. Al war anders, er hatte es geschafft, er ging aufrecht, mit Stolz. Keiner kam an ihm vorbei. Sein Reich kannte keine Grenzen.

Und obendrein hatte er sich, im Gegensatz zu so vielen armseligen Kreaturen auf dieser Welt, die Fähigkeit bewahrt, zu lieben, allen voran sich selber. War das nicht die halbe Miete?

Dennoch musste er vorsichtig sein. Er schwang sich aus seinem vier Mal vier Meter großen Bett. Pah, selbst sein Bett war größer als der Kiosk seines Vaters!

Es war kein gutes Zeichen, dass Spencer plötzlich aufgetaucht war, einfach so, von einem Tag auf den anderen. Verdammt, hier konnte Berg ihn nicht gebrauchen. Hier würde er nur anfangen, Fragen zu stellen. Fragen halfen bekanntlich niemandem weiter. Beinahe wäre Al über einen Stöckelschuh gestolpert. Erst jetzt bemerkte er, dass da noch zwei Frauen in seinem Bett vor sich hin schlummerten. »Aufstehen! Das Taxi wartet!«, rief er den beiden nackten Beautys zu und klatschte laut in die Hände. War ein netter Ausflug gewesen, den er da gestern mit, wie hieß er noch, es fiel ihm nicht ein, hingelegt hatte. Die Tür zur Galerie ging auf. Ein perfekt gebauter Schwarzer in teurem Freizeitlook, ging wortlos auf die Damen zu, wobei er nebenbei die im Raum verteilten Schlüpfer und knappen T-Shirts einsammelte.

Berg war längst schon auf dem Weg in die Küche, wo er von seiner mexikanischen Köchin Ursula sofort mit einem dampfenden Kaffee begrüßt wurde. Da ihm noch niemand seinen seidenen Umhang gereicht hatte, war er komplett nackt, was Ursula freundlich ignorierte. Sie war es schließlich nicht anders gewöhnt. Stattdessen knipste sie für Berg die monströsen Bildschirme an, auf denen zeitgleich, aber tonlos deutsche und englische Nachrichten, ein Sportsender und Cartoons flimmerten, flankiert von einem halben Dutzend Lauftexten. Al trank den Kaffee in einem Zug, als wäre es Wasser und er mitten in der Wüste Gobi. Egon! Genau, so war sein Name. Dieser Egon hatte sein Geld gefunden. So viel Ehrlichkeit! Beeindruckend und völlig untypisch für Miami. Aber Berg war mit den Gedanken immer noch woanders. Weder der tragische Flugzeugabsturz einer 747 über Japan noch der sensationelle Heimsieg der Miami Heat fanden sein Interesse. Es arbeitete in ihm. Sein untrügerisches Bauchgefühl warnte ihn. Es sendete einen Notruf. Eine unvorhergesehene Kraft bedrohte seinen Deal, einen Deal, auf den er Jahre hingearbeitet hatte und der alles in den Schatten stellen sollte.

Al Bergs Mädchen für alles, Jackson Mortimer oder kurz Mort, führte die immer noch sehr leicht bekleideten Damen zur Tür und hielt für seinen noch leichter bekleideten Boss einen japanischen Kimono parat. Während die Ladys nervös kicherten und dem sportlichen Mort eine Karte zusteckten, man wusste ja nie, hatte Berg schon sein Telefon in der Hand und war auf dem Weg in sein Arbeitszimmer. Wobei Zimmer eine Untertreibung war. Vielmehr glich die bescheidene Kommandozentrale, das Stellwerk seines Imperiums, eher einem Herrschaftssaal, einem Palast im Palast von der Größe einer kleinen Turnhalle. Der gut sechs Meter hohe Raum, war vollgestopft mit Architekturmodellen, Grafiken und Animationen von kleinen Hochhäusern sowie Fotos von Berg, mal mit Bauarbeiterhelm, mal zusammen mit Politikern, mal mit drei aufgedonnerten Schönheiten vor einer Bautafel oder auf dem Dach eines Skyscrapers. Noch bevor er an dem überdimensionierten, geschwungenen Schreibtisch angelangt war, meldete sich am anderen Ende der Leitung eine tiefe Stimme: »Al? Was ist es diesmal?«

»Josh Spencer ist in der Stadt!«

»Spencer. Ja und?«

Genervt ließ sich Al in seinen Lederstuhl fallen. »Ach ja. Hab vergessen, dass du ja aus irgendeinem Kaff in Colorado kommst.«

»Das Kaff heißt Denver, und unsere Nuggets können eurer Heat gerne mal zeigen, wie man richtig Basketball spielt.«

»Josh Spencer ist altes Miami Beach, Immobilien, Geld …«

»Und du willst nicht, dass er dir in die Quere kommt?«

»Ich will vor allem nicht unterbrochen werden, wenn ich rede!«

»Tut mir leid!«

»Schon wieder!« Al wartete, ob Stan ihn noch einmal unterbrechen würde. »Gut, schon besser! Nein, Spencer kommt mir nicht in die Quere. Keiner kann das. Ich will nur wissen, was er hier macht, denn eigentlich sollte er in Deutschland sein.«

»Um sich seinen Porsche abzuholen?«

»Weil er dort unser Land, genauer gesagt, euer Land vertritt.«

»Stimmt, du bist ja auch einer. Ein Kraut.«

»Ich bin vor allem einer, der dir entweder fünfhundert Dollar gibt oder einen Tritt in den Hintern. Was ist dir lieber?«

»Ehrlich gesagt, da bin ich mir gar nicht so sicher«, scherzte Stan und kicherte, was so gar nicht zu seiner bedrohlichen Stimme passte.

»Er ist im Raleigh …«

»Was will er denn in dem alten Kasten? Da …«

»Stan!«

»Schon gut, nicht unterbrechen. Hab's vergessen. Aber wirklich, warum ist er überhaupt in einem Hotel?«

»Ein Foto findest du im Internet. Ich will über jeden seiner Schritte Bescheid wissen.«

»Darf ich reden?«

»Sehr witzig!« Al hustete die Zigarren der letzten Nacht raus. »Ja!«

»Wird wohl nichts mit dem Tritt in mein Sitzpolster?«

»Kannst du gerne obendrauf haben!«

»Fünfhundert für den Anfang. Weil du es bist. Verrückter Kraut!«

Nach dem Gespräch bekam Al Hunger. Für's Erste war die Sache geregelt. Auf Stan konnte man sich verlassen. Al fühlte sich schon viel besser. Bis sein Handy eine neue Kurzmitteilung anzeigte: »Komme um 2 pm in Fort Lauderdale an. Lässt du mich abholen? Wann sehen wir uns? Sehne mich nach deiner großen Spielwiese!«

»Wollt ihr mich verarschen!«, schrie er und schnaufte vor Wut. Was zum Teufel wollte April denn jetzt auch noch hier? Das wuchs sich ja zu einem verdammten Familienausflug aus. April konnte er jetzt überhaupt nicht gebrauchen. Sie hatte ihren Zweck längst erfüllt. Über sie war er an Spencer rangekommen. Aufgegabelt hatte er sie nachmittags im Fitnessstudio, dann schnell ihre Vorliebe für das weiße Pulver herausgefunden, schon hatte er sie in der Tasche. Damals ein Kinderspiel, Teil seines Plans. Nur jetzt, mit Spencer in der Stadt, war sie ein unnötiges Risiko. Verdammt!

Er musste sich abreagieren. Kurz bereute er es, die beiden Hühner schon rausgeschmissen zu haben. Dann eben Boxtraining.

»Moooort!«, hallte es durch alle zwanzig Zimmer seiner Villa.

Zum ersten Mal seit Tagen hatte Sophie Zeit für sich. Kein Egon, dessen Egozentrik sie mit durchleiden und bejubeln musste, kein Spencer, den sie beschatten und belügen musste, nur sie allein, hier mitten auf dieser durchgedrehten Sandbank, dem südlichsten Zipfel der USA. Das Tor zur Karibik mit unanständigem Sonnenschein.

Egon hatte recht. Das Licht hier hatte etwas Magisches, zu jeder Tageszeit, so abgedroschen das auch klingen mochte.

Es tat gut, zu laufen, ziellos umherzuspazieren, ohne auch nur irgendjemanden zu belästigen. Eine Portion gesunde Neugierde war in Ordnung, war letztendlich die Triebfeder für alles. Aber sie hatte es in letzter Zeit komplett übertrieben.

Sie hatte Egon ins Hotel geschickt. Nachdem er die Speisekarte leergefegt hatte, hatte sein Körper gedroht, sich endgültig zu verabschieden. Überraschenderweise ergab sich Egon dieses eine Mal und hörte auf Sophie.

Sie hatte ihre Fotokamera dabei. Die Nikon F14 war einmal ihr ganzer Stolz gewesen. Trotzdem hatte sie es zugelassen, dass ihre ehemals treue Begleiterin in einer Schublade verstaubte. Zuletzt in den Händen gehalten hatte sie dieses kleine Wunderwerk, da wurde alles Digitale noch müde belächelt und von einer simplen Polaroid Sofortbildkamera locker in den Schatten gestellt. Das war einmal.

Auf die Entwicklung oder einen Abzug warteten heute nur Hipster und Nostalgiker. Wenn heute ein Kind ein gedrucktes Foto in die Hände bekam, versuchte es sofort darauf herumzutippen oder damit zu telefonieren. Fast kam sie sich mit ihrer Kamera vor wie ein Reporter aus einer anderen Zeit. Jedenfalls war es ziemlich schwer gewesen, die Schwarzweißfilme zu bekommen. Der Verkäufer in

München hatte zwischen mitleidigem Kopfschütteln und verhohlener Bewunderung geschwankt.

Sie bemerkte, dass sie in einer der Wohnstraßen, abseits des Einkaufstrubels, gelandet war. Eine lässige Melancholie lag in der Luft. Kaum ein Auto auf der Straße.

Schon während ihrer Kindheit war Fotografie Sophies große Leidenschaft gewesen. Von Anfang an hatte es sie fasziniert, einen von allen unbeobachteten, meist unbedeutenden Moment festzuhalten. Einen kurzen Eindruck, ein Bild, das nur sie gesehen hatte, das in der nächsten Millisekunde wieder ein anderes war, für immer zu fixieren, auf geduldiges Papier zu bannen.

Warum aus ihrer Passion nie ein Beruf geworden war, konnte sie sich nur schwer erklären. Das Leben trifft Entscheidungen, schlägt bestimmte Wege ein, und man vergisst schnell, wo man herkommt, wer man ist. Sehnsüchte zu verdrängen ist manchmal einfacher, als sich ihnen zu stellen.

Sie sah sich um und suchte nach Motiven. Lichtreflexe, Menschen, Situationen, die sie reizten. Zum Beispiel der Rentner mit Baskenmütze, der gerade sein verrostetes Porsche Cabrio geparkt hatte und dabei fast einen Roller umgestoßen hätte. Zwei junge Frauen in Bikini und Rollschuhen hatten ihn komplett abgelenkt. Erst in der allerletzten Sekunde hatte er sich selbst dabei ertappt. Klick. Oder nur eine Straße weiter, der Latino mit qualmender Zigarette, der auf dem außen liegenden Gang des heruntergekommenen Appartementblocks Möbel von einer kleinen Wohnung in die nächste schleppte und dabei von einer Frau abwechselnd wüst beschimpft und wieder geküsst wurde. Genervt riss er die Augen auf. Klick. Dann dort auf den Stufen des nächsten Mietshauses mit seinen vielen kleinen Einheiten zwei junge Männer, in der Blüte ihrer

Jahre, wie modelliert trainiert, modisch knapp bekleidet, stopften sich deftige Hamburger und Pommes frites in die Münder, gerade so, als dürften sie ab morgen nie wieder essen. Regelrecht verängstigt schauten sie nach links und rechts, um ja nicht erwischt zu werden. Klick. Sophie fing an, alles andere um sich herum zu vergessen. Sie erspähte einen Trupp südamerikanischer Arbeiter, die ein pinkfarbenes Haus froschgrün strichen und dabei jeder ein Handy am Ohr hatten und unentwegt quasselten. Klick. Ein anderes Haus. Seit Jahrzehnten hatte es keinen Anstrich mehr bekommen. Drum herum war es von einem regelrechten Palmendschungel überwachsen, nur auf dem Dach flatterte eine nagelneue Peace-Flagge im lauen Wind. Klick.

Vor ihrer Linse breitete sich ein Fotoband aus.

Überall diese leisen Art-déco-Häuser, denen das Licht so schmeichelhaft zuspielte. Über ihren Fenstern schützten kleine Augenbrauen vor der harten Sonne und warfen ruhende, in der Zeit verharrende Schatten. Alles schien abgerundet, erinnerte mit souveräner Geste leicht geschwungen an den Horizont, es gab nur wenige Ecken, das Auge wurde einladend und sanft geführt. Einzig die Eingänge behaupteten sich als ausrufende Zeichen, streckten sich mit akzentuiertem Dekor in den Himmel. »Hier bin ich«, schienen sie mit der Stimme eines Jazzsängers der vierziger Jahre zu hauchen, unterstützt von einem harmonisch leuchtenden Farborchester aus Türkis, Minze, maritimem Blau, eingebrannten Rottönen und gebändigtem Gelb. Als Grundlage diente allem entweder ein strahlendes Weiß oder das gebrochene helle Beige der Korallensteine samt ihrer lebendigen Struktur. Sophie bereute es jetzt, keinen Farbfilm eingelegt zu haben, denn hier trugen Farben einen entscheidenden Teil bei zum Spiel der Proportionen und Stimmungen.

Urplötzlich schreckte sie auf, weil gleich mehrere Polizeiwagen mit ohrenbetäubendem Sirenenlärm auf sie zurasten. Nur wenige Meter von ihr entfernt kamen sie mit einer filmreifen Vollbremsung zum Stehen. Sie war live in einem Actionfilm. Zum Glück hatte es das Einsatzkommando nicht auf sie abgesehen, sondern auf einen Bewohner des schicken Hauses, das sie eben noch fotografiert hatte. Aufgescheucht von Sirenengeheul und blinkenden Lichtern hatte der Mann den völlig aussichtslosen Versuch unternommen, aus dem Fenster zu springen und so die Flucht zu ergreifen. Nur in Unterhose und am ganzen Körper tätowiert stolperte er der Polizei direkt in die Arme. Klick, Klick, Klick, machte Sophies Nikon. Und noch mal Klick, als er nur wenige Sekunden später auf die vergitterte Rückbank einer der sechs Polizeiwagen gezwängt wurde. Klick! Sie war schockiert von der Härte und Brutalität, mit der der Mann traktiert wurde. Klick. Er sah ihr direkt in die Linse. Klick. Sophie erschrak bis ins Mark.

Jetzt hatte einer der Officer bemerkt, dass Sophie die ganze Zeit Fotos machte. Schnurstracks marschierte er auf sie zu und brüllte wütend: »Sofort aufhören! Keine Fotos!«

Sophie bekam es mit der Angst zu tun. Der Polizist sah eher aus wie ein Soldat und bedrohte sie fast. Wortlos nickte Sophie und packte ihre Kamera ein. Mit hochrotem Kopf blieb der Uniformierte nur einen halben Meter breitbeinig vor ihr stehen. Er fasste sich kurz an seinen Waffengürtel und herrschte sie an: »Verschwinden Sie!«

Sophie brachte kein Wort heraus.

Der Cop war sich seiner Macht bewusst und grinste maliziös. »Oder wollen Sie mitkommen?« Er wartete kurz ab, ob Sophie es wagte, ihm zu widersprechen. Dann drehte er sich um, nuschelte etwas in das Mikrofon auf seiner Schulter und war wieder weg.

Selbst eine Stunde später hatte Sophie ihr Zittern noch nicht unter Kontrolle. Ohne Grund fühlte sie sich wie eine Verbrecherin, die nur ganz knapp einer Festnahme entkommen war. Der Nachmittag war ruiniert. Sie war eine Fremde, ohne Rechte, nur geduldet.

Jetzt war das Licht scharfkantig und gleißend. Sie hatte keinen Hunger mehr, und sie fror am ganzen Körper, obwohl es sicher knapp dreißig Grad heiß war.

Der Abend mit seinem vielseitigen Repertoire an neuen Geräuschen, Tönen und Stimmungen half Sophie, ihr unangenehmes Intermezzo mit der hiesigen Polizei wieder zu vergessen. Sie war froh, nicht mehr allein zu sein, sondern von Josh ausgeführt zu werden.

Auch dieses Taxi wäre in München ein garantierter Anwärter für den Schrottplatz gewesen. Hier in Miami allerdings war es Standard und in diesem Fall das gemütliche Wohn- und Arbeitszimmer von Baptiste Monise, einem Exil-Haitianer, der auch nach zwanzig Jahren in den USA sofort wieder nach Hause gehen würde, wie er beteuerte, wenn es dort nur etwas zu essen gäbe.

So war Taxifahren in Miami, dachte Sophie. Jedes Mal traf man ein neues Schicksal aus einem Land, das man oftmals nur aus den Nachrichten kannte. So heruntergekommen und klapprig der alte Chevy war, so sehr versuchte Baptiste ihn wenigstens sauber und ansatzweise irgendwie komfortabel zu halten. Über diversen technischen Apparaturen baumelte an der Windschutzscheibe eine kurze, bunte Gardine. Fotos aus der Heimat schmückten das Armaturenbrett, und auf dem Beifahrersitz stapelten sich allerlei Bücher und Magazine für den Fahrgast. Es fehlten nur Kaffeemaschine und Kühlbox mit Erfrischungsgetränken.

»Für was sind die ganzen kleinen Geräte gut?«, wunderte sich Sophie laut.

Baptiste Monise lächelte mit seinem einen Goldzahn breit in den Rückspiegel. »Kommt jedes Jahr ein neues dazu.« Er deutete verstaubte, schwach blinkende rote Zahlen. »Taxameter klar, gab's schon immer. Das hier, Navigationsgerät, praktisch«, antwortete er Sophie in gebrochenem Englisch. Seine faltigen Finger griffen nach einem Mikrofon. »Funk! Spannend! O ja!« Wieder ein breites Grinsen. »Kreditkartenleser, immer kaputt.« Jetzt verfinsterte sich sein Gesicht leicht. »Firma eigene Peilung, nervt, nervt, nervt. Immer Kontrolle!« Jetzt lachte er wieder. »Aber ich habe Trick. Wie alle.« Dann klappte er noch einen Bildschirm an einer Teleskopstange aus. »TV-Bildschirm für die Gäste, gut für Trinkgeld. Aber puuuuh, macht mich verrückt um Kopf!«

Sophie mochte Baptiste sofort. »Wie hat man das früher nur geschafft?«

»Was?«

»Na, Taxifahren, ohne den ganzen Technikfirlefanz?«

Als hätte Sophie gerade einen unanständigen Witz zum Besten gegeben, kicherte Baptiste verstohlen in sich hinein. Die Lady war lustig. Wie denn die Taxis in Germany aussähen? Ob es stimme, dass man dort sogar echte Mercedes und BMW fahren könne?

»Und ob!« Sonst könne man ja gleich den Bus nehmen, scherzte sie. »Selbst unsere Polizei fährt BMW.«

Na, kein Wunder, dass es in Germany weniger Crime gebe. Baptiste grinste wieder mit seinem Goldzahn. Er stellte sich vor, in einem funkelnagelneuen Mercedes über Miamis Straßen zu kreuzen, statt mit dieser Klapperkiste.

Sophies heutiges Restaurant hieß Joe Allan und war anscheinend auch wieder so ein Klassiker, allerdings weniger für Touristen als vielmehr für all die Leute, die schon lange in Miami Beach lebten. Hier geboren waren sowieso nur die wenigsten. Nicht jeder hieß Joshua Spencer und hatte Strand und Meerwasser quasi im Blut.

Josh sah unverschämt gut aus. Perfekter Anzug, nagelneue Schuhe, perfekter Haarschnitt. Wie schaffte er es nur, dass man stets den Eindruck hatte, er käme grade vom Friseur? Bestimmt nicht ungewollt verkörperte er eine Mischung aus amerikanischer Lässigkeit und alter europäischer Eleganz bis zur Perfektion. Aber ganz kampflos hatte Sophie ihm das Feld nicht überlassen. Sie kombinierte eine teure Bluse mit einer leger geschnittenen Segelhose und einem sportlichen, eleganten Burberry Cardigan. Ohne sich darauf etwas einzubilden wusste sie, dass Josh angenehm überrascht war. Denn sie war eben nicht so overdressed und goldbehangen, wie es der aktuelle Chic verlangte. Sie sah real aus, lebendig. Die anderen Frauen glichen buntbemalten Schaufensterpuppen.

Natürlich hatte man ihnen den besten Platz zugewiesen, denn hier kannte man Spencer viel zu gut, jedes Verkleiden wäre sinnlos gewesen.

»Ich empfehle die Leber oder den Hackbraten.«

»Wunderbar. Darf ich trotzdem erst die Karte lesen?«

»Beides ist nirgends so gut wie hier.« Offensichtlich kannte Josh das Angebot auswendig, denn er blätterte bereits in der Weinkarte. »Du siehst heute wieder bezaubernd aus.«

»Danke. Keine Angst, ich schreibe schon nichts Böses über dich.« Längst war Sophie wieder in ihrer Rolle als Journalistin, und es machte ihr obendrein Spaß. Noch durchschaute sie diesen Joshua Spencer nicht. Es galt, weiter herauszufinden, was er in München vorhatte. Oder sollte sie ihm gestehen, dass sie nur wegen ihm hier war?

»Böses? Wie auch? Bleib schlicht bei der Wahrheit.«

»Weißt du, am meisten schätze ich deine Bescheidenheit.«

»Für die bin ich bekannt.«

»Aber, Joshua, etwas mehr Überheblichkeit würde dir bestimmt gut stehen, was meinst du?« Sophie zwinkerte ihm zu.

Ohne zu ahnen, dass sie beobachtet wurden, gaben sich die beiden schnell einer besonderen Art des Tischtennis hin, bei dem Sophie mit einem Satz den Aufschlag servierte und er geschickt retournierte, gerne auch umgekehrt.

In aller Seelenruhe hockte derweil Stan Harris an der Bar. Er saß mit dem Rücken zu Spencers Tisch, denn der Spiegel hinter der Bar war löblicherweise so angebracht worden, dass Stan beide, Spencer und seine Begleitung, wie auf einem Servierteller präsentiert bekam. Der Mann aus Denver war den beiden überaus dankbar für die Wahl des Restaurants. Schließlich hätte der reiche Schnösel ihn gut und gerne in einen dieser angesagten, ach so hippen, Läden schleifen können. So einen Verarscher-Laden mit denen sich die Luxushotels jede Saison aufs Neue schmückten. Dort gehörte es zum guten Ton, doppelt so viel für eine nur halb so große Portion zu verlangen. Für Essen, das nach nichts schmeckte, und einen zur Strafe erst so richtig hungrig werden ließ. Was ein echter Amerikaner war, noch dazu so einer wie er, einer aus Colorado, der brauchte Fleisch. Viel Fleisch, Fett und Kohlenhydrate, um in dieser Welt, die im Übrigen um keinen Deut sicherer war als damals zu Zeiten der ersten Pioniere, zu überleben. So und nicht anders lagen die Dinge.

Hier bei Joe Allen gab es dieses amerikanische Grundrecht heiß und in satten Portionen auf den Teller serviert. Stäbchen, Grünen Tee, kaltes Sushi und all den anderen Hokuspokus kannte man hier nicht. Insofern war ihm dieser Josh Spencer sympathisch, und Stan hoffte, dass er ihm nichts antun musste, sondern still und heimlich von seinem Beobachterposten Al Berg Bericht erstatten konnte. Dann war dies ein guter Job. Fünfhundert faire Dollar. Plus Extras. Wenn es unbedingt sein musste, dann konnte er Spencer auch umlegen. Dafür waren fünfhundert allerdings viel zu wenig.

Das Restaurant war wie jeden Abend bis zum letzten Tisch voll besetzt. Der dicke kleine Platzanweiser mit dem typischen Akzent eines Italieners aus Brooklyn hatte einem zweiten spontanen Überraschungsgast den noch einzig freien Platz, direkt neben Stan Harris, an der Bar zugewiesen. Die beiden Männer waren sich fremd und hatten es nicht einmal für nötig gehalten, einander wenigstens freundlich zuzunicken. Das Letzte, was sie brauchten, war eines dieser nutzlosen Gespräche zwischen Unbekannten, bei denen der eine einfach nicht aufhören wollte zu reden. Beide wollten ungestört bleiben. Nicht nur das verband sie. Eigentlich hätten sie ein perfektes Gesprächsthema gehabt. Und zwar nicht das Basketballspiel zwischen den Cleveland Cavalliers und den New York Knicks, das auf allen drei großen Bildschirmen über der Bar lief. Sondern diesen reichen Dressman für Best Ager, der sich Botschafter oder sonst was schimpfte, aber anstatt für sein Land zu arbeiten, lieber versuchte, Frauen in der Midlife-Crisis zu beeindrucken.

Der zweite Mann hieß Gordon Mahone und war nicht nur einer der besten Ex-FBI-Agenten in ganz Florida, sondern auch einer von Pete Delrays ältesten Kumpels. An manchen Tagen nannten sie sich sogar Freunde. Den dicken Mann neben sich hingegen hatte Mahone noch nie gesehen.

Vorerst wunderte sich nur der Barkeeper über die beiden Männer, die merkwürdig konzentriert auf die gleiche Stelle im Spiel starrten. Hatte er das Glas nicht gut genug geputzt? Waren sie Freunde vom Boss oder gar von irgendeiner missgönnerischen Behörde? Um auf Nummer sicher zu gehen, schnappte er sich einen Lappen und machte sich flugs daran alles, was auch immer die beiden entdeckt haben mochten, restlos wegzuwischen. Woher sollte er wissen, dass er den vier Argusaugen damit jede Sicht auf Sophie und Spencer nahm.

Mahone ballte die Faust. Hatte der Barkeeper sie noch alle? »Der Spiegel ist sauber! Machen Sie mir lieber ein Bier!«, herrschte er den verwirrten Mann an.

Gut gemacht, dachte sich derweil Harris und mampfte zufrieden weiter.

Spencer wiederum, der so sehr im Mittelpunkt stand, ohne es zu ahnen, gab sich größte Mühe, Sophie einen Abend zu bereiten, den sie so schnell nicht wieder vergessen sollte. Er verstand sich bestens darauf, das Gespräch unterhaltsam herausfordernd zu gestalten. Auf eine Salve von intelligenten Bonmots folgte wieder ein ernsterer Part, und nur allzu gerne machte er munter Witze auf seine Kosten. Was wiederum Sophie besonders schätzte, denn wann traf man schon mal einen Mann, der sich eben nicht viel zu ernst nahm?

Das einzig Seltsame war, Sophie fühlte sich beobachtet. Von wem konnte sie nicht sagen. Aber irgendjemand lauerte wie ein Schatten hinter ihr. Die frisch geborene Hobbydetektivin kam sich plötzlich selber wie das Opfer einer Observierung vor. Es war so eine merkwürdige Ahnung.

Oder täuschte sie sich? Ihre Sinne schienen mit ihr zu spielen. Sie war ganz durcheinander, verwirrt.

»Auf diesen besonderen Flecken Erde«, hob Spencer sein Glas, »und darauf, dass ich hier heute mit dir sein darf.«

»Auf die Liebe und so weiter. Josh! Ich bitte dich!«

»Darf ich mich nicht freuen?«

»Also gut! Auf Miami Beach, die Liebe! Auf uns! Darauf, dass das Schicksal uns zusammengebracht hat!«

»Auf deinen Zynismus!«

Mindestens drei Kellner unterbrachen sie. Jeder jonglierte heiße und kalte Teller, und zusammen schafften sie es tatsächlich, alles auf dem sowieso mit Brotkorb, Salz, Pfeffer, Butter, Soßen und sonst noch was überfüllten Tisch abzustellen. Wobei sie einen Tanz aufführten, dass es Sophie schwindelig wurde. In München hätte sich im Bestfall gerade mal ein übel gelaunter Kellner um sie gekümmert, hier dagegen umkreiste sie eine kleine Handballmannschaft, die sich anscheinend nichts Tolleres vorstellen konnte, als ihnen jeden Wunsch zu erfüllen.

Das Essen war leider ein Volltreffer. Sie war Josh' Empfehlung gefolgt und durfte sich eine Leber auf der Zunge zergehen lassen, die sie selber so nie und nimmer hinbekommen hätte.

Gleichzeitig verstand Spencer es, mitreißend von seiner Heimat zu erzählen. Während ihr der ausgesuchte Rotwein langsam, aber sicher zu Kopf stieg, lauschte sie seinen Ausführungen und wurde von einem wohligen, warmen Gefühl eingenommen. Nüchtern betrachtet, saß sie hier mit einem sehr attraktiven Mann, der sich alle Mühe gab, sie ein wenig zu beeindrucken, ja vielleicht sogar bei ihr zu landen. Auch wenn sie sich nicht vorstellen konnte, was er sich davon versprach. Nüchtern betrachtet. Aber sie war leicht angeheitert, ehrlich gesagt, weit mehr als das. Also genoss sie es einfach, ließ sich davontragen, ohne viel zu hinterfragen.

»Was hab ich gesagt? Ich wusste, dass es dir schmecken wird.«

Ein Mann von mittlerer Statur kam an den Tisch. Alt war er. Wie alt konnte Sophie nicht sagen, denn er schien hellwach, und seine Bewegungen besaßen eine direkt jugendliche Geschmeidigkeit. Auch wenn der viel zu große, leicht verschlissene Anzug dies zu verbergen versuchte. »Sieh an, der Junior gibt uns die Ehre. Für einen kurzen Moment hatte ich geglaubt, deinen Vater zu sehen. Du sitzt ja sogar auf seinem Stuhl.«

»David!« Flugs stand Josh auf. »Warum fühl ich mich immer wie ein dummer kleiner Junge, wenn ich dich sehe?«

»Weil du einer bist.«

»Darf ich vorstellen, Sophie Tegern, David Rosenman.«

»Wenn Ihnen Josh zu viel Unsinn redet, sind sie jederzeit an meinem Tisch willkommen.«

»Danke, David. Ich nehme an, dir geht es bestens?«

»Schön, dich mal wiederzusehen. Aber ich dachte, du baust keine Häuser, sondern lieber an deiner politischen Karriere in Übersee? Wissen sie, liebe Miss Tegern, er ist seit Generationen der erste Spencer, dem der Geruch von Zeichentusche und Mörtel fremd ist.«

»Was soll ich denn noch bauen? Meine Familie hat ja schon alles vom Strand bis zur Bucht zubetoniert.«

»Vielleicht ist es besser so. Die guten Zeiten sind vorbei. Heute tummeln sich hier nur noch Haie, kriminelle Haie, ohne jeden Stil.« David Rosenman nickte leicht mit dem Kopf, um sich zu verabschieden. »Miss Tegern! Josh!« Dann grinste er verschmitzt »Oder soll ich sagen Mr. Gouverneur?«

»David war einer der besten Freunde meines Vaters. Fast so eine Art Onkel für mich«, erklärte Josh, als sie wieder allein waren.

»Warum hast du denn nicht ›weiter‹ gebaut? Wie es sich für einen echten Spencer gehört?«

»Vielleicht, weil ich nie einer war.«

»Oh, das typische schwarze Schaf in der Familie?«

»Das verwöhnte Einzelkind, das den goldenen Löffel nie zu schätzen wusste? Nein, ich liebe die Architektur, die Häuser, Miami Beach, den Stil hier. Auch den Geruch von Mörtel.« Spencer wurde ungewöhnlich ernst. »Weißt du, wenn deine Familie ...« Josh überlegte. »Nein anders: Spielst du gerne Monopoly?«

»Eher Schach«

»Ach ja. Umso besser. Stell dir einfach ein riesiges Schachbrett vor. Statt mit zwei, mit einem halben Dutzend Spielern.«

»Klingt interessant.«

»Nur, jedes der Felder stellt dazu gleich mehrere Straßenblöcke dar, Bauland, das entweder erst zu erschließen ist oder auf dem schon ein Hotel steht.«

»Das wird ja immer besser!«

»Jetzt kommt der Clou! Es gibt keine Regeln. Alles ist erlaubt. Unmöglich zu gewinnen.«

»Ich glaub, ich bleib beim klassischen Schach.«

»Eben! Kluge Entscheidung.«

Sophie verstand den ihr vormals so fremden Mann immer mehr.

Fast raufte sich Joshua die Haare. Das Thema bewegte ihn. »Überhaupt Hotels. Darum dreht sich hier fast alles. Hotels und Häuser, Wohnungen. Wenn du wüsstest, wie viele Leute hier ein Vermögen gemacht und am nächsten Tag wieder verloren haben.«

»Nur nicht die Spencers?«

»Meine Vorfahren hatten immer ein besonders glückliches Händchen. Mein Großvater wird noch heute Mr. Miami Beach genannt, und mein Vater war Miami junior. Nur, wie gesagt, ich bin kein Schachspieler. Und bei Monopoly lande ich immer im Gefängnis.«

»Habt ihr das auch gebaut?«

»Ich denke, ja.«

»Keiner sagt Junior Junior zu dir?«

»Ich musste erst Jahre in New York leben, bis ich das endlich abgelegt habe.«

Sophies Neugierde bekam neue Nahrung, denn jetzt waren sie mitten im Thema, ohne dass sie es forciert hatte. »Okay, Junior Junior, willst du etwa sagen, du hast nie auch nur ein Haus gebaut? Bei dem Background und der Erfahrung? Möchte gar nicht wissen, was du für Möglichkeiten hättest?«

Nicht im Geringsten, vermutete Josh, dass Sophies Frage nicht einfach so aus der Luft gegriffen war, sondern mit den gelesenen E-Mails zu tun hatte und ganz auf seinen Deal mit Al Berg abzielte. Sein Visier war unten, und er plauderte weiter munter drauflos. »Sicher hab ich ein paar Projekte gemacht, aber das ist lächerlich, überhaupt kein Vergleich. Mein Großvater ist damals mit seinem Segelboot an dem Mangrovendschungel hier vorbeigeschippert und hatte die Vision, ein Paradies auf Erden zu bauen. Und mit sattem Gewinn zu verkaufen.«

»Was ihm geglückt ist?«

»O ja. Aber es hat viele harte Jahre und zwei Ehefrauen gedauert. Außerdem musste er erst noch einem bankrotten Farmer aus der Patsche helfen, der keine Frauen in Bikini und mit Liegestuhl sah, sondern nur Avocados. Überall Avocados, eine einzige riesige Farm.«

»Klingt verlockend.«

»Bis er zu viel davon hatte und drauf sitzen geblieben ist. Warst du schon mal tagsüber auf der Lincoln Road?«

Sophie war erleichtert, dass Spencer sie dort augenscheinlich noch nicht entdeckt hatte. »Klar, ich hab da gestern mit Rollschuhen und im rosa Bikini meine schwulen Freunde zum Hündchentauschen getroffen.«

»Sehr nett! Du kennst dich aus. Ziemlich genau auf halber Höhe steht ein Haus, eine Art toskanischer Turm, der die ganzen Flachbauten um fünf Stockwerke überragt.«

»Und fast bis unters Dach mit Efeu bewachsen ist?«

»Hat da jemand einen grünen Daumen, ja?«

»Hab mich nur gewundert, dass der hier so gut wächst. Bei dem schlechten Wetter.« Sie hob ihr Glas, und sie prosteten sich erneut zu. Für eine Sekunde sahen sie sich direkt in die Augen.

»Im obersten Stock gibt es einen kleinen Balkon«, fuhr Spencer fort. »Dort hat mein Großvater immer potenzielle Käufer hingeführt. Von da oben konnte man damals das ganze Eiland überblicken. Alles war abgeholzt. Ersetzt von einem riesigen Raster aus breiten Schotterstraßen. Ein irrer Blick, vor allem für die damalige Zeit. Ich zeig dir mal ein Foto. Überall junge, frisch gepflanzte Pinien und hier und da das erste kleine Häuschen. Der Rest unbebaut, bereit für weitere Traumhäuser.«

»Hast du viele Fotos von damals?«, wollte Sophie wissen.

»'Ne Menge, ein ganzes Archiv. Jeder zweite hat sich noch an selben Tag seine Parzelle gekauft.«

»Woher kamen die Leute?«

»Meist aus dem Norden, wie heute. Daran hat sich nicht viel geändert.«

»Heute türmt sich hier eine Luxusresidenz neben der

anderen auf« Sophie hätte des alte Miami Beach gern auch erlebt.

Spencer ließ seinen Blick etwas melancholisch durch das Restaurant schweifen. »Ich wünschte mir, Mr. Miami Beach könnte den Wahnsinn heutzutage sehen. Dann wär selbst der alte Sprücheklopfer sprachlos. Obwohl er den Boom in den Vierzigern und Fünfzigern noch hautnah miterlebt hat. Damals hat quasi jeden Tag ein neues Hotel aufgemacht. Man hat sogar das »Hotel des Jahres« gewählt. Und jährlich haben sie sich in ihrem Pomp übertroffen. Verrückt waren die alle.«

Sophie hätte Spencer ewig zuhören können. »Gibt es da nicht einen Film mit Tony Curtis?«

»Wie angelt man sich einen Millionär. Wurde hier gedreht. Hollywood hatte hier sein zweites Wohnzimmer. Frank Sinatra liebte sein Miami Beach, als Dauergast der Mafia.«

Um sie herum war es ruhiger geworden. Das Restaurant hatte längst begonnen, sich zu leeren. Das überdrehte Geschwätz der viel zu lauten Amerikaner war in zufriedenes Gemurmel übergegangen. Selbst die Beleuchtung zeigte sich nun angenehmer, weniger aufdringlich. »Hört sich nach einem täglichen Lottogewinn an, nach einer entfesselten Party für Bauunternehmer.«

»Genau das war es. Aber dann wurde das Fliegen billiger, die Karibik lag plötzlich fast vor der Haustür. Wer wollte schon nach Miami, wenn man echte Tropenschönheiten im kurzen Baströckchen auf dem Schoß tanzen lassen konnte. Von Cuba Libre ganz zu schweigen. Der endgültige Todesstoß kündigte sich an, als die Mafia die geniale Idee hatte, im menschenleeren Nevada ein rechtsfreies Spielerparadies aus dem Wüstenboden zu stampfen.«

»Viva Las Vegas?«

»Und adios Miami Beach! Nur die Pensionäre blieben, um hier ihren Lebensabend zu verbringen. Und so verkam unser Urlaubseldorado langsam, aber sicher zum Alptraum der versammelten US-amerikanischen Rentnerschaft. Aus Liegestühlen wurden Rollstühle, statt Pokertischen nur billige Bingo-Tafeln, und bald konnte man mehr Gebissreiniger als Sonnencreme kaufen.«

»Wie charmant!«

»Und das ist noch geschmeichelt. Denn dank der Sonne und der frischen Meeresluft lebten die alten Damen und Herren viel länger, als sie es selber für möglich gehalten hätten, und ihre Bankkonten oder Rentenfonds waren auf einmal leer. Es dauerte nicht lange, und statt der jungen sonnenhungrigen Touristen streiften wirklich hungrige alte Menschen durch die Straßen. Manche vegetierten in ihren kleinen Zimmerchen vor sich hin und sehnten ihr Ende herbei. Es war eine Schande. Erbärmlich für unsere Gesellschaft, aber typisch. Keiner hat sich für sie interessiert oder gar um sie gekümmert. Dazu die ganzen Obdachlosen aus der Wirtschaftskrise der Siebziger und jedes Jahr mehr Nutten und Junkies.«

»Klingt nach einer netten Nachbarschaft.«

»In den Sixties und Seventies verkam unser ehemaliges Paradies zum Ghetto für alle, die von der Gesellschaft ausgespuckt wurden. Häuser, ganze Hotels standen jahrelang leer und wurden sich selbst überlassen. Am schlimmsten war es in South Beach. Mr. Miami und meinem Vater blutete damals das Herz. Ihr Lebenswerk verfiel vor ihren Augen. Zum ersten Mal waren sie machtlos.«

Sophie war fasziniert von Spencers Erzählung. Für einen Europäer war so ein schnelles Auf und Ab einer dazu noch so jungen Stadt etwas komplett Neues. In Deutschland war nur der Krieg zu so gnadenloser Zerstörung fähig gewesen. »Das heißt, kaum war der Traum Miami Beach fertig, da brach er bereits wieder in sich zusammen?«

»Willkommen in den USA!« Spencer machte eine lange Pause, gerade so, als wäre er von seinem eigenen Land angewidert. »Als wenig hilfreich hat sich als Nächstes erwiesen, dass sich von einem Tag auf den anderen obendrein Zigtausende Kubaflüchtlinge dazugesellten, die der liebe Fidel auswandern ließ. Einzig, um die USA zu ärgern. ›Die Marelitos‹, so war ihr schmeichelhafter Name, benannt nach dem Hafen Mariel, von wo sie kamen. Wie sich herausstellte, waren darunter auch komplette Gefängnisse. Räuber, Vergewaltiger, Mörder, die nun in vollen Zügen ihre unerwartete neue Freiheit genossen. Sicher, ein paar von ihnen haben tatsächlich ein neues Leben begonnen. Aber nicht wenige haben einfach wieder das gemacht, was sie am besten konnten: Rauben und Morden. Miami hatte damit beste Chancen, die Verbrechenshauptstadt der Vereinigten Staaten zu werden, und es oft genug geschafft. Mord war Tagesgeschäft. ›Scar Face‹ pur! Der Film war Realität.«

Natürlich kannte Sophie den Film, der Al Pacino groß gemacht hatte. Jetzt hing sie förmlich an Spencers Lippen.

»Dann kam die Wiedergeburt. Am meisten hat sich Don Johnson darüber gefreut. Denn der durfte jahrelang in Armani-Anzügen, mit Ferrari und Schnellboten auf Verbrecherjagd gehen. ›Miami Vice‹ kam für alle genau zum richtigen Zeitpunkt. In letzter Sekunde sozusagen. Zusammen mit anderen glücklichen Umständen, Warhol, Fotografen, Tausende Models, hat es die Wende gebracht. Miami Beach hatte wieder seine Chance bekommen. Und hat es voll ausgenutzt. Jetzt ist alles noch größer, bunter, teurer und schriller als je zuvor.«

»Faszinierend! Du kannst gut erzählen. Man merkt, dass es dir viel bedeutet.«

»Danke. Ich hatte schon lange nicht mehr die Zeit dazu.« Ohne es zu merken, schloss er kurz die Augen. »Außerdem bist du eine erstaunliche Zuhörerin.«

Sophie brauchte jetzt eine Pause, da sie sich gleich immer alles ganz bildlich vorstellte, die stilvollen Clark-Gable-Partys, Frank Sinatra im Fountainebleau, dem damals pompösesten Hotel der Welt, dann den Verfall, die traurigen alten Rentner, alles vereinsamt, verlassen. Die Drogenkriege. Don Johnson in seinen viel zu großen Pastellanzügen samt Schulterpolster. Ihr Kopf fing an zu protestieren.

Der dicke Brooklyn-Italiener bot ihnen einen Whiskey an, aufs Haus, aber Sophie lehnte dankend ab. Sie waren die letzten Gäste. Die Tische waren bereits alle leer und längst für den nächsten Tag eingedeckt. Nur an der Bar saßen noch zwei Männer, seltsam allein und anonym, nebeneinander. Den ganzen Abend über hatte mindestens einer der beiden unentwegt kurz zu ihnen hinübergesehen. Meist der dicke. Josh Spencer schien in der Tat eine kleine Berühmtheit zu sein.

Spencer hingegen war mit seinen Gedanken gerade ganz woanders. Er dachte an April, mit der er jetzt eigentlich hier sitzen müsste. Er hatte nicht das geringste Interesse gehabt, sie zu treffen. Hier, wieder zu Hause, war ihm endgültig bewusst geworden, wie weit er sich schon von ihr entfernt hatte, dass er sie eigentlich am liebsten nie wiedersehen wollte. Nur in letzter Minute hatte er es verhindern können, dass sie ungefragt hier aufkreuzte. Unter fadenscheinigen Gründen hatte Delray sie auf Spencers Anweisung hin zurückgehalten. Einfallsreich, wie Delray war, hatte er irgendetwas von einer neuen Bedrohungslage erfunden und Spencer so etwas Zeit und Luft verschafft. Auf Delray war Verlass, da gab es keine Frage, mochte Pete auch noch so manisch von seinem Job besessen sein.

Was würde so einer wie er wohl machen, wenn die Welt plötzlich tatsächlich ein Ort des Friedens wäre. Spencer wurde klar, wie nah sich Räuber und Gendarm, Jäger und Gejagter eigentlich waren. Auch beim letzten Telefonat hatte Pete wieder einen seltsamen Unterton gehabt. Der Grund war, da gab es keinen Zweifel, dass Pete ihm seinen Solo-Trip übel nahm. Allein in München bleiben zu müssen, anstatt sich mit Spencer in Miami zeigen zu können, das hatte dem lieben Pete gar nicht gefallen.

»Gehen wir?«, fragte Joshua.

Sie hatten gar keine andere Wahl, denn der Danny-De-Vito-Doppelgänger wollte endlich die Lichter ausmachen und sich alleine über seine Bar hermachen.

6

Wenn es Nacht war in Miami, dann war der Tag im alten Europa bereits in vollem Gange. Delray hatte gerade die neusten Ergebnisse der Ermittlungen durchgelesen.

Schon vor Wochen hatte er beschlossen, auf dem Gelände des Konsulats eine kleine Bombe zu finden. Ein hinterhältiger Anschlag sollte es werden, aufgedeckt nur dank seiner Hartnäckigkeit und Genialität. Pete Delray als Held. Alles war vorbereitet, aber solange sein Boss in Miami herumirrte, ergaben seine Pläne wenig Sinn. Die erwünschte Wirkung war hundertmal größer, wenn Pete Delray das Leben des Generalkonsuls rettete und nicht das irgendeines unbekannten Wachmanns aus Detroit.

Das explosive Vehikel für seinen nächsten Karrieresprung lagerte längst komplett einsatzbereit und unschuldig im Keller einer Studentenwohnung. Die beiden fleißigen angehenden Physiker hatten nicht die leiseste Ahnung von der kleinen Zeitbombe, die ihrem Leben unter Garantie eine überraschende Wendung geben dürfte. Ihr Pech war es, dass sie beide den perfekten orientalischen Hintergrund hatten und unbedingt in den USA ihren Master machen wollten. Ihren Abschluss sollten sie haben, von Delray höchstpersönlich ausgehändigt. Hätten sie nie um ein Visa angefragt, wären sie Delray nie als die perfekten Kandidaten aufgefallen. Das Glück des einen war manchmal das Pech des anderen. Der Herr gibt es, und der Herr nimmt es. Das sah ihr Allah bestimmt genauso. Delray freute sich diebisch.

Doch die beiden verhinderten Nobelpreisträger und

Gotteskrieger in spe hatten noch eine klitzekleine Chance, wie so oft im Leben. Je nachdem, wer sich als E-Mail-Hacker und Verfasser der echten Drohschreiben herausstellte. Gut möglich, dass er ein noch unbarmherzigerer Terrorist war als die beiden Unschuldslämmer. Ein echter Terrorverdächtiger, sozusagen wie bestellt. Das würde dem heldenhaften Sicherheitschef reichen, schließlich war er fair.

Vielleicht hätte sich Delray sogar seinen eigenen anonymen Drohbrief sparen können. Spencer hatte ihn sowieso nicht sonderlich ernst genommen. Doch das Schreiben würde sich perfekt in das verhaltensauffällige Profil des zukünftigen Attentäters einfügen lassen. Je lückenloser die Beweiskette, umso besser. Einen Heidenspaß hatte es Delray bereitet, zur Abwechslung mal die Seiten zu wechseln und sich in das Gehirn des Gegners einzunisten. Sich vorzustellen, was einer dachte, der bereit war, sich für ein paar Jungfrauen in die Luft zu sprengen. Es erwies sich als hochinteressante Herausforderung, sein außergewöhnliches Wissen nicht zum Schutz des Landes zu nutzen, sondern um es anzugreifen. Delray wäre eine unkalkulierbare Bedrohung.

Aber glücklicherweise liebte Delray sein Land, ja, er vergötterte es geradezu. Auch wenn manches schieflief im Staate USA. Das war noch lange kein Grund, plötzlich wild um sich zu ballern oder mit einer Sportmaschine in die Steuerbehörde zu fliegen, wie schon geschehen. Wenn das der Maßstab war, dann hätte er schon längst einen ganzen Flugzeugträger entführen oder gleich versenken müssen. Bei Gott, auch zu ihm waren die unübertroffenen US of fucking A oft genug ungerecht gewesen. Und war er deswegen gleich ausgerastet? Nein! Er hatte sich im Griff. Wenn man ihn schlecht behandelte oder übersah, dann hatte er ganz andere Methoden, Delray-Methoden. Dann wurde er kreativ und schlug den Feind mit seinen eigenen Waffen. Wie mit so einem kleinen vereitelten Attentat zum Beispiel. Sein Coup stand kurz bevor.

Oder aber man versohlte zur eigenen Genugtuung der Frau des Chefs den nackten Hintern. Die sich dafür auch noch, quasi als Sahnehäubchen obendrauf, mehr als dankbar zeigte.

Wobei Josh das bitte nicht persönlich nehmen durfte. Wenn man ein Auge zudrückte, dann war Joshua Spencer junior relativ harmlos. Die arme Wurst konnte einem fast leidtun. Spencer stand vielmehr als Stellvertreter für ein korruptes System, ein System, geprägt von mieser Vetternwirtschaft und einer kleinen Clique, die sich gegenseitig die goldenen Löffel in den Mund steckten. Für ein System, bei dem Name und Herkunft noch immer tausendmal wichtiger waren als Leistung. Eines war ja wohl glasklar, Delray konnte sich auf den Kopf stellen, sein Leben lang mit den besten Resultaten glänzen, aber Generalkonsul oder gar mehr würde einer wie er nie werden. Zumindest auf dem Amtsweg war das ausgeschlossen. Wenn man nicht aus einer der wenigen wichtigen Familien kam oder das nötige Taschengeld für eine bescheidene Wahlkampfspende zur richtigen Zeit an den richtigen Mann hatte, dann war man komplett chancenlos. Daher war es nur zu verständlich, ja direkt zwingend logisch, dass er seine eigene Strategie entworfen hatte. Ein Baustein dabei war es, April zu unterwerfen und so weit sexuell von ihm abhängig zu machen wie möglich. Erledigt, sie war ihm gefügig. Ein anderer Pfeiler waren gewisse Krisenszenarien, die Delray in den Fokus rückten, die ihn unersetzbar machten. Wieder ein anderer war ein weltweites Netzwerk an zuverlässigen Freunden, die meisten aus der Army-Zeit. Einen der besten, Mahone, würde er gleich anrufen, um sich ein kleines Update geben zu lassen. Dann erst war Josh selber dran.

Delray legte die Mappe mit den potenziellen Hackern zur Seite. Noch fischten sie zu sehr im Trüben. Noch konnte keiner der Nachbarn von der Liste genommen werden. Jeder hatte einen verdächtigen Flecken in seiner Biographie. Eine Frau zum Beispiel, eine gewisse Frau Marquard, war sogar die Witwe eines Kommissars. Wer wusste schon zu welchen Ressourcen so eine Zugang hatte? Aber bevor er und seine Leute zuschlagen konnten, brauchten sie ein bombensicheres Paket an Indizien, Beweisen und Vermutungen. Erst dann hatten sie ein perfektes Opfer. Bei dem Wort bombensicher musste er selber schmunzeln. Humor, das war ganz wichtig, den durfte man nie verlieren. Das hatte bei seinen Einsätzen in Somalia gegolten, im Irak, in Afghanistan, und das galt auch hier und heute in München.

Drei Taxis machten sich bei sternenklarer Nacht von der Bayside auf den Weg zur Oceanside. Gemeinsam war ihnen, neben der eigelben Lackierung, dass bei allen dreien die Federung keine Spannung mehr hatte, die Reifen abgefahren waren, zu wenig Luft hatten und die Autos hinten wie vorne diverse Dellen und Kratzer aufwiesen. Gemeinsam war ihnen auch, dass keiner der Chauffeure aus den USA stammte. Die Fahrer der ersten beiden Wagen kamen aus Kaschmir, doch dort standen sich die Waffenbrüder des einen, Inder, und des anderen, Pakistanis, verfeindet gegenüber, was zwar relativ wenig Auswirkungen auf den allnächtlichen Straßenverkehr in Miami Beach hatte, bei einer Kaffeepause aber sehr wohl sehr schnell zum explosiven Thema werden konnte.

Die dritte Limousine wurde von einem Türken gelenkt, der nur noch ein Jahr, oder genauer gesagt dreißgtausend Meilen, vor sich hatte, bis er seinem Chef ein für alle Mal den Schlüssel auf den Schreibtisch knallen konnte. Um sich anschließend auf Nimmerwiedersehen in sein Ferienhaus am östlichen Mittelmeer zu verabschieden, wo er endlich wieder normale Menschen um sich herum haben würde. Seit über dreißig Jahren lebte er nun in Miami, aber einen wirklichen Freund hatte er hier nie gefunden, zumindest keinen Amerikaner. Warum? Weil sie alle so waren wie sein aktueller Fahrgast, selbstgefällig, satt, nicht selten fett, oberflächlich und blind für das, was um sie herum geschah. In den wenigen Minuten, die sie das Vergnügen miteinander hatten, hatte der Mann mindestens zehnmal ins Telefon geflucht, eine ganze Packung Zahnstocher zerbissen und das typische, üble Gemisch aus Bier, Zwiebeln und verbranntem Fleisch aufgestoßen.

Randchif Vandal, dem Fahrer des mittleren Wagens, war sein Gast ebenso wenig sympathisch. Und ohne es zu ahnen, durfte er zufällig so ziemlich das gleiche Gespräch wie sein türkischer Kollege mitanhören.

»Schwer zu sagen, wer die Frau ist. Sie kommt mir Deutsch vor«, berichtete Mahone.

»Deutsch? Spencer fliegt nach Miami, um sich den ganzen Abend mit einer hässlichen alten Deutschen zu treffen?« Darauf konnte sich Delray am anderen Ende der Leitung nun wirklich keinen Reim machen. Vor allem, wenn er in Betracht zog, dass es zuvor sein Job gewesen war, April von ihrem Flug nach Miami abzuhalten.

»Wer hat gesagt, dass sie hässlich ist? Sicher, das aktuelle Playmate ist sie nicht, aber sie hat eine gewisse Klasse. Ich könnte mir …«

»Mahone, was verstehst du bitte von Klasse? Das Gleiche hast du von der Bedienung in dem irakischem Puff damals auch gesagt. Klasse?«

»Ich mag deutsche Frauen.«

»Und ich mag deutsches Bier.«

»Wirklich?«

»Nein! Also, worüber haben sie geredet? Hatten sie irgendwelche Unterlagen dabei?«

»Mann, der Laden war rappelvoll. Ich hab nur ganz wenig aufschnappen können.«

»Ja was denn?« Delray verlor langsam, aber sicher die Geduld. Mahone schien alt geworden zu sein. Er hatte offensichtlich den Biss verloren.

»Marelitos und Drogen. Das Wort fiel ein-, zweimal. Und es ging um irgendwelche Bauprojekte.«

Sofort war Delray alarmiert. »Die Marelitos?« War das möglich? Tödliche Gangsterbanden? Sollte Spencer tatsächlich hinter seinem Rücken irgendwelche spektakulären Aktionen mit der DEA, der Drug Enforcement Agency, planen. Aber was hatte das mit einer Deutschen zu tun? War sie eine Verbindungsfrau? Oder womöglich von der deutschen Drogenbehörde?

»Pete?«, fragte Mahone nach einer Weile vorsichtig durch den Hörer.

»Halts Maul!« Delray zischten Dutzende Gedanken gleichzeitig durch den Kopf. Verdammt! Was ging da vor sich? Spencer drohte, endgültig außer Kontrolle zu geraten! Geschäfte mit Drogenbaronen? Nein, dazu hatte Spencer von Haus aus zu viel Geld. Das hatte er nicht nötig. Also doch die DEA? Das alles schmeckte Delray überhaupt nicht. »Hör zu, Mahone, ich brauch ein Foto von der Frau. Unbedingt! Und am besten einen Namen! So schnell wie möglich.«

»Verstehe.«

»Und noch eines, lass die beiden ja nicht aus den Augen! Auf keinen Fall! Verstanden?«

»Und was soll ich machen, wenn sie sich trennen?« Ehrlich gesagt war Mahone müde, er wollte nach Hause. Sein Bett, das forderte nun seine ganze Aufmerksamkeit, nicht irgendwelche turtelnden Rentnerpärchen.

»Sag mal, sprech ich mit Mahone, dem Mann, der den irakischen Geheimdienst nur zum Spaß mit Wasserpistolen um die Häuser gejagt hat, oder mit seinem debilen Doppelgänger?«

»Ganz ehrlich, Pete, du warst auch schon mal freundlicher.«

»Was ist nur los mit dir?«, schrie Delray in den Hörer. »Wenn du ein freundliches Gespräch suchst, dann klopf bei den Zeugen Johovas an.«

»Siehst du, das ist genau das, was ich meine. Gut, du bekommst den Namen und dein Foto, ein Nacktbild von mir aus.«

»So schnell wie möglich!«

»Du bist schlimmer als meine drei Ex-Frauen zusammen!«

»Das will ich hoffen!«

Der kurze Plausch über den Atlantik war beendet.

Im Gegensatz zu seinen beiden genervten Kollegen, war der indische Taxifahrer im vordersten Taxi bester Dinge, nicht nur weil er auf dem Sitz neben sich ein frisches Lambcurry hatte, das er sich nach dieser Fahrt gönnen würde, sondern auch weil seine letzten Gäste vor der nächtlichen Mittagspause mehr als angenehm und freundlich waren. Alles andere als eine Selbstverständlichkeit in diesem Tollhaus, vor allem um diese Uhrzeit.

»Sie neu in Miami, ja? Touristen?«, fragte er mit überdeutlichem indischem Akzent.

»Mehr oder weniger. Aber nicht ganz neu«, antwortete Spencer.

»Verrückter Narrenhaufenkäfig, das hier. Das sie mich könne glauben. Ballaballa, die Leute. Vielleicht die Sonne.«

»Oh, das glaub ich ihnen aufs Wort«, pflichte Sophie ihm bei.

»Verwirrtes Karma, schlechtes Karma.«

»Ich dachte, jeder zweite macht Yoga?«

Der Fahrer lachte. »O jaaa! Yogaaa! Wissen Sie in India, wir lassen unsere Finger von Arobic Dance oder Nordic Walking. Wir spielen auch kein Football. Das hat alles Grund.«

»Kann man Yoga nicht überall machen?«

»Sicher, sicher. Aber Yoga zwischen Smartphone und große Börsengeschäft oder in Fünfundzwanzig-Millionen-Dollar-Penthouse, bezahlt von russische Gangsterboss, ist was anderes als Yoga in India.«

»Trotzdem gibt es hier mehr Yogastudios als Friseure«, sagte Joshua.

Der Fahrer kicherte. »Für Amerikaner sowieso fast das Gleiche.«

Der kleine gelbe Konvoi aus drei Taxis erreichte die Kreuzung zur Washington Street, und der Inder fragte seine Gäste: »Honeymoon?«, als es einen ordentlichen Knall machte, und ein ebenfalls gelber Ferrari wie aus dem Nichts kommend die eh längst verbeulte Kühlerhaube des indischen Taxis seitlich rammte. Die Bremsen der italienischen Rennmaschine hatten versagt.

Al Berg war irgendwie fröhlich, ja direkt heiter. Und das, obwohl er gerade mit Stan telefoniert hatte. Harris hatte ihm wenig Erfreuliches zu berichten. Spencer schien nicht die geringsten Anstalten zu machen, Miami Beach wieder zu verlassen. Stattdessen hielt er im Joe Allan Hof und ließ sich seinen verwöhnten Hintern nachtragen. Was für ein arroganter Schnösel. Berg hasste solche Typen. Spencer hatte im Leben nur ein Mal etwas richtig gemacht, bei seiner Geburt. Er war zur richtigen Zeit am richtigen Ort gewesen. Jackpot! Seitdem musste er für den Rest seines Lebens nichts mehr leisten, sich um nichts kümmern und vor allem kein Risiko eingehen.

Das Joe Allan, diesen heuchlerischen Schuppen, hatte Berg aus gutem Grund noch nie gemocht. Dort machten alle einen auf bescheidenen Durchschnittsamerikaner und hatten den Bentley entweder um die Ecke geparkt oder wohnten in dem lächerlich überteuerten Luxustower direkt gegenüber. Immer mit Blick auf die City of Magic. Berg hatte den Namen des Hochhauses vergessen, dafür hatte er ihn während der Planungsphase zu oft gewechselt. Er wusste lediglich, dass er den Kasten für runde dreißig Millionen geplant und ihn, noch bevor die ersten Wasserhähne eingebaut waren, bereits für das Doppelte verkauft hatte. Das musste ihm bitte schön erst mal einer nachmachen! Im Vergleich zu seinem bevorstehenden Husarenstück waren das allerdings Peanuts.

Eine gute Nachricht war es gewesen, dass April, die zweite Nervensäge aus dem Hause Spencer, vorerst in ihrem deutschen Exil blieb, weil dringende Angelegenheiten sie aufgehalten hatten. Ihm sollte es recht sein.

»Mister Berg, die neue Flasche …«

Al Berg wurde extrem ungern unterbrochen, für ihn wiederum galten natürlich andere Regeln. Er pflegte andere nur selten aussprechen zu lassen. Dazu hatten die meisten viel zu wenig zu sagen. »Mach schon, Kleines, frag nicht so viel, stell einfach noch drei von den Dingern dazu«, schrie er. Die Musik war in dieser Nacht besonders laut. »Wenn ihr größere Magnum-Flaschen hättet, dann wär das alles viel einfacher mit uns beiden.« Berg taxierte gierig den prallen Hintern der jungen Bedienung im weißen Schwesternkostüm, um sie dann mit einem festen, anerkennenden Klaps zu belohnen. Jeder andere wäre dafür sofort aus dem Laden geflogen. Al Berg durfte das.

»Dann hätte ich aber weniger Arbeit«, gab die falsche Schwester zu bedenken.

»Correcto! Baby, du bist ja hellwach! Was studierst du denn?« Berg wusste, fast alle jungen Bedienungen waren entweder Studentinnen oder gescheiterte Models, nur selten beides. Das Gleiche galt übrigens für Stripperinnen.

»Marketing.«

»Na, Volltreffer. Und wie würdest du dich so vermarkten? Heute Nacht?«

»Gute Frage. Ich würde sicher nicht von meinem Freund, dem Ex-Weltmeister im Kickboxen, erzählen.« Sie deutete auf einen Security-Mann, der seriös und unauffällig von der Ecke aus alles zu überwachen versuchte und der es trotz seines engen, dunklen Anzugs und der aufgepumpten Muskeln schaffte, darin freundlich zu winken.

»Das wäre allerdings wenig verkaufsfördernd, es sei denn, ich würde deinen Freund abwerben und euch beide für mich arbeiten lassen.«

»Wir sind nicht käuflich«, gab die Bedienung freundlich zurück und deutete eine neckische Ohrfeige an.

Beides war genau nach seinem Geschmack. Er lachte sein schneidendes Lachen. »Das sagen sie alle. Und glaub mir, alle haben ihren Preis.«

Doch Berg meinte das nicht ernst, denn er hatte genug mit den acht anderen jungen Schönheiten um sich herum zu tun, die den Jahrgangschampagner hinunterkippten, als hätten sie gerade einen Marathon hinter sich gebracht. Die Gruppe stand im VIP-Bereich, genau genommen auf den Sofas der VIP-Area des Pandora, das sich rühmte, das teuerste Soundsystem der Welt zu haben. Die House-Musik, die aus zig Boxen trommelte, ließ daran keinen Zweifel. Nicht nur die Gläser der Champagnerliebhaberinnen vibrierten im Takt. Die ständigen Druckwellen gingen durch den ganzen Körper. Die Mädels wackelten wie besoffene Stimmgabeln, was sie irgendwie auch waren.

Berg prostete viel lieber seinem neuen Freund Egon zu, der seit Stunden alles vollkritzelte, was auch nur annähernd aus Papier war. Selbst vor den Stoffservietten hatte er nicht haltgemacht. Sein Motiv war wieder und wieder diese Gwen gewesen. »Wie hast du es denn geschafft, die Klette von deinem Schoß wegzubekommen«, plärrte Al durch die Schallmauer hindurch.

»Bitte?«

»Gwen?«

»Auf der Toilette.«

Egon schien tatsächlich wie besessen von seiner Malerei. Al hakte nach: »Is das mit den Portraits nur so ein billiger Trick? Machst du das immer so?«

Jetzt erst legte Egon den dicken Stift zur Seite. »So was wie sie hab ich noch nie gesehen.«

»Egon, die Kleine ist eh total verrückt nach dir. Wetten, dass du sie später die ganze Nacht malen kannst, nackt. Und ein paar von meinen neuen Freundinnen dazu! Diese Malernummer kommt an bei den Girls. Muss ich auch mal probieren.«

»Aber die haben nicht, was sie hat!«

Berg liebte diese Künstlertypen. »Du wirst hier noch ein paar ganz andere nette Bildchen pinseln. Glaub mir.«

Da mochte Berg richtigliegen, denn Egon fühlte sich nicht nur wieder wie zwanzig, er malte auch endlich wieder so; das aber mit der Erfahrung eines erwachsenen Mannes. »Wo sind wir hier eigentlich?«

»Club Pandora.«

»Waren wir hier nicht gestern schon?«

»Kann sein. Siehst du, vor lauter Kritzelei bekommst du gar nichts mehr mit!« Berg wandte sich an zwei der Mädels, die ihn befummelten, und hob belehrend den Zeigefinger. »Ihr dürft mich nicht so sehr ablenken, mein Freund und ich hier haben wichtige Dinge zu besprechen.«

Wie zwei Synchronschwimmerinnen machten sie gleichzeitig einen verlegenen Knicks und bekamen zur Belohnung beide einen Kuss von Berg. Er zwinkerte Egon zu. »Wie wär's mal mit einem Portrait von mir?«

»Warum nicht? Aber dafür brauch ich Zeit.«

»Pah, daran solls nicht liegen. Die Nacht ist lang.«

»Das war sie gestern auch schon!«

Berg kippte in einem Zug ein Glas Champagner hinunter. »Ach, du bist so erfrischend naiv.«

»Sophie! Sophie! Ist alles okay bei dir?«, rief Spencer besorgt.

»Nicht einen Kratzer. Nur, puh, etwas schwindelig.«

»Und bei Ihnen?«

Doch der Taxifahrer war schon längst ausgestiegen. Auf seinem Platz hatte sich stattdessen das Lambcurry explosionsartig ausgebreitet.

»Was ist das für ein Geruch?« Sophie war benommen, leicht verwirrt.

Auch die Insassen des Ferraris schienen recht unbeschadet davongekommen zu sein. Immerhin waren sie gleich in der nächsten Sekunde aus dem Cabrio gesprungen, um die Flucht zu ergreifen.

Während die drei Taxifahrer wild gestikulierend, schreiend und fluchend in mindestens vier Sprachen neben ihren verkeilten Autos auf der Straße standen, hielt sich Mahone den Kopf. Staunend durfte er mitansehen, wie der dicke Mann, der den ganzen Abend zwei riesige Burger samt Bergen von Pommes verschlungen hatte, nun flinker als Speedy Gonzales die Verfolgung der beiden jungen Ferrarifahrer aufnahm. Mahone war sich sicher, dass der Dicke irgendeinen Hintergrund als Cop oder sogar als Soldat hatte. Er versuchte ihn sich zehn Jahre jünger und vierzig Kilo leichter vorzustellen. Er hatte beinahe das Gefühl, ihn zu kennen. Eines war sicher, ihre Wege hatten sich bereits einmal gekreuzt. Und noch eines war damit offensichtlich: Mahone war nicht der Einzige, der Spencer auf den Fersen war. Oh, wie es Delray freuen würde, das zu hören!

Die beiden Kaschmiris beschuldigten sich gerade gegenseitig des Imperialismus, und der Türke schrie, er hasse Amerika. Was man beim Anblick seines Taxis, das am meisten abbekommen hatte und halb im Kofferraum seines pakistanischen Vordermannes steckte, der sich wiederum die Stoßstange mit dem Inder teilen musste, nur allzu gut verstehen konnte. Es herrschte ein heilloses Durcheinander. Um dem ganzen Trubel noch ein wenig Pfeffer zu geben, gesellten sich gleich aus drei Himmelsrichtungen hochnervöse Polizeisirenen dazu.

Zeit für Mahone, sich aus dem Staub zu machen. Es gab zu viele Jungs in dieser Truppe, die ihn kannten. Mit Kopfschmerzen, die sonst nur eine ganze Flasche schlechten Whiskeys verursachen konnte, suchte er sich eine beschauliche dunkle Ecke am nächsten Straßenblock, von der aus er das Geschehen in aller Ruhe weiter verfolgen konnte.

Obwohl er genau wusste, was jetzt passieren würde. Noch mehr Streifenwagen würden sich einfinden und die ganze Nachbarschaft mit ihren hektischen Lichtern in eine einzige Open-Air-Disco verwandeln. Die wütenden Taxifahrer würden bis in die Morgenstunden vernommen werden. Von den beiden sportlichen Rasern würde man nie wieder was hören, denn mit Sicherheit war der italienische Flitzer gestohlen. Und der Einzige, der mit etwas Glück bald in seinem Bett liegen würde – wer weiß, vielleicht sogar mit seiner interessanten Begleitung? –, war Joshua Spencer. Einen Spencer befragte man nicht lange. Ein Spencer war auch heute noch beinahe unantastbar.

Mahone verfluchte sein Pech. Dann überlegte er es sich zweimal, denn so unglücklich war der Unfall gar nicht. Er bot eine unverhoffte Gelegenheit. Ganz Profi, schlich sich Mahone im Schutz der Dunkelheit wieder vorsichtig heran. Er musste höllisch aufpassen, nicht plötzlich von den blinkenden Lichtern abgeschossen zu werden. Doch sie halfen ihm dabei, ein messerscharfes Foto von Spencer und der Frau an seiner Seite zu machen. Sicher, das Motiv, um sie herum standen lauter Cops, war nicht gerade postkartenreif und mochte in die Irre führen, aber Delray durfte Mahone mehr als dankbar sein. Meine Güte, immerhin hatte er bei seinem furchtlosen Einsatz sogar eine Kopfwunde davongetragen. Na, wenn das kein Freundschaftsdienst war! Damit war sein Job für heute beendet. Sein Kopf verlangte nach einer Ladung Aspirin.

Mahone sollte recht behalten, denn tatsächlich hielten sich die Polizisten nicht lange mit dem Generalkonsul und seiner Begleitung auf, vielmehr waren alle froh, dass ihm nichts passiert war. Die beiden Autodiebe würde man finden, das versicherte der Einsatzleiter. Zudem ließ er es sich nicht nehmen, Spencer und die Dame von einem seiner besten Jungs nach Hause fahren zu lassen. Schließlich trug er hier eine Verantwortung!

So kam es, dass Sophie an diesem Tag doch noch die seltene Ehre zuteilwurde, in einem echten amerikanischen Streifenwagen Platz nehmen zu dürfen. Zum Glück ohne Handschellen. Kurz hatte sie wieder den fiesen Cop vom Nachmittag vor Augen. Auch wenn es nur ein paar Straßen waren und die Geste des Einsatzleiters gut gemeint war, für Sophie wurde es die reinste Tortur. Nicht nur, dass der Wagen genauso unbequem war wie die Taxis, was nicht weiter verwunderte, da es das gleiche Modell war. Bei dieser Ausführung allerdings war die gesamte Rückbank vergittert. Schwarze zerkratzte Maschen aus dünnem Eisen, an denen kalter Angstschweiß klebte. Jeder, der hier saß, musste sich wie ein gefangenes Tier vorkommen, das zur Schlachtbank geführt wurde. Nicht die geringste Spur von Menschenwürde. In die Rückenlehne stand »Tod« eingeritzt. Ihr wurde wieder schwindelig. Keine Frage, Amerika war um einiges härter als ihr beschauliches München. Mochte die Sonne noch so warm und einladend scheinen, die Palmen sich mit ihrem satten Grün in den Himmel biegen und sich an allen Ecken und Enden unverschämter Reichtum ausbreiten, in Wahrheit war dies ein Kriegsgebiet, mit einer hochgerüsteten Polizei und brutalen Kriminellen, die auch ein Stück vom unverschämten Luxuskuchen haben wollten. Denn in diesem Land schien es, weit mehr als sonst wo, nur um eines zu gehen: harte Dollars, ganz gleich, wie blutig sie waren. Es zählte nur das Recht des Stärkeren. All diese Gedanken schossen Sophie blitzschnell durch den Kopf, als sie in dem rollenden Käfig zu ihrem Hotel chauffiert wurde.

Sie war komplett am Ende. Und woher nur kam dieser Currygeruch?

Spencer hatte zwar einen schüchternen Versuch unternommen, sie zu einem letzten Gute-Nacht-Drink an der Hotelbar zu überreden, aber er wusste, dass Sophie ihre Ruhe brauchte. Selbst ihm war der kleine Zwischenfall ein wenig auf den Magen geschlagen.

Doch er konnte ihr ein Versprechen abringen. Morgen würde sie mit ihm auf seinem Boot einen kleinen Sightseeing Trip machen. Das konnte sie ihm nicht erneut ausschlagen. Sie musste ihm eine Chance geben, ihr Miami von seiner schönsten Seite zu zeigen.

Als Sophie endlich in ihrem Bett lag, versuchte sie, sich das Erlebte noch einmal vor Augen zu führen. Die letzten Stunden, ja die letzten Tage liefen wie ein zusammenhangloser, hektisch geschnittener Videoklipp auf ihrer geistigen Leinwand ab. Zwischen all den Eindrücken tauchte immer wieder das Bild von einem charmanten und liebevollen Spencer auf. Was sie einerseits verstörte, ihr andererseits aber das Gefühl von Wärme und Vertrautheit schenkte. Er gab ihr plötzlich Halt. Worauf hatte sie sich nur eingelassen?

Sie fasste einen Entschluss. Morgen, auf seinem Boot, da musste sie ihm endlich reinen Wein einschenken. Ein für alle Mal. Schluss mit dem Katz-und-Maus-Spiel.

Nicht nur war sie erstaunlich früh hellwach, sie fühlte sich auch, trotz der nur wenigen Stunden Schlaf, überraschend fit. So fit, dass sie beschloss, den Tag mit einem Sprung ins frische Meerwasser zu beginnen. Da ihr der Strand zu Füßen lag, hatte es nur an der eigenen Überwindung gelegen. Die sollte heute keine nennenswerte

Herausforderung darstellen. Frech wie dieses Miami Beach war, zeigte es sich an diesem unschuldigen Morgen wieder von seiner verführerischen Seite. So einladend, dass Sophie sich bei der Frage ertappte, wie wohl ein Leben, genauer gesagt ihr Leben, hier aussehen würde. Von ein paar Formalien abgesehen, hatte sie, wenn sie es sich so überlegte, alle Freiheit der Welt. Jederzeit könnte sie ihre wertvolle, bald abbezahlte große Wohnung in Bestlage verkaufen und die Witwenpension ihres Mannes in einen bescheidenen Lebensabend an Floridas Stränden investieren. Auch ihr Hund Columbo hätte sicher nichts gegen Spaziergänge bei Meeresrauschen einzuwenden. Vor wenigen Stunden, auf der Rückbank des Polizeiwagens, hätte sie solch eine Idee im Leben nicht gehabt. Doch der fast verlassene Strand, die schmeichelhaft warme Sonne und das nimmermüde Meer, ließen einem fast keine andere Wahl, als sich für immer hierher zu wünschen. Oder wenigstens die Möglichkeit im Kopf durchzuspielen. Wenn auch nur so zum Spaß.

Dann kamen ihr die Bilder von den verarmten Rentnern in Erinnerung. Die hatten mit Sicherheit denselben Traum gehabt. Die waren immerhin Amerikaner gewesen und in ihrem eigenen Land gestrandet. Trotzdem war dies mit Sicherheit nicht der schlechteste Ort für einen Neustart. Einen Neustart, brauchte sie den? Klang verlockend. In München hatte sie aufgegeben, hier fasste sie neuen Mut. War das Grund genug, um der Heimat den Rücken zuzukehren? Die frische Luft schien ihr zu Kopf zu steigen.

Wie auch immer. Heute war sie hier. Längst hatte sie alles bis auf ihren Badeanzug abgelegt und war bereit für die tropenwarmen Fluten des Golfstroms.

Kaum umspülte das kristallklare Wasser ihre Füße, da begann Sophie alles um sich herum zu vergessen. Sie schloss die Augen und ihre noch trockene Haut genoss die sanften Streicheleinheiten des Windes und die urzeitliche Energie der Sonne. Von einer Sekunde auf die andere nahm Sophie Anlauf, rannte weiter ins Meer und warf sich zunächst leicht ungeschickt in die Wellen. Sofort hatte sie den Geschmack von Salz auf den Lippen. Wieder und wieder tauchte sie unter Wasser und gab sich der Leichtigkeit ihrer Bewegungen hin. Es war naiv, aber sie wollte sich wie ein Fisch fühlen. Ihr Körper versuchte die welligen Schwünge eines Delphins nachzuahmen. Was, hätte sie jemand gesehen, mehr als komisch wirkte. Aber sie war allein, frei und unbeobachtet. Sie schrie vor Freude, auch unter Wasser.

Nach einer guten Viertelstunde im Meer beglückwünschte sie sich zu dieser ausgezeichneten Idee, im Ozean zu baden, und ging wieder an Land. Das war seit langem das Beste, was sie sich und ihrem Körper gegönnt hatte. Regelrecht entzückt war sie. Ein neuer Mensch.

Wieder trocken und angezogen, verspürte sie ein unglaubliches Verlangen nach einem heißen Kaffee. Es waren die einfachen Dinge, die einen mit dem Leben versöhnen konnten. Schon auf dem Hinweg war ihr das mobile Strandkaffee aufgefallen, das genau in der Minute die Holzläden nach oben klappte.

Sie packte ihre Strandtasche und machte sich auf zu einem wohlverdienten Frühstück im Stehen. In ihrer Vorfreude wäre sie auf halbem Weg dorthin fast über einen Mann gestolpert, der neben mehreren übereinandergestapelten Liegestühlen halbtot im Sand lag. Sie hielt ihn für einen der vielen Obdachlosen, die den Strand ihr zweites Zuhause nannten. Doch dann erkannte sie den abgetragenen Hemingway-Anzug. Egon, unverkennbar, trotz der zwei Sonnenbrillen, die er übereinandertrug.

»Miami ist mein Untergang«, erklärte Egon mit schwacher Stimme, »und, ja, meine Offenbarung.« Er stöhnte, als er endlich seinen ersten Kaffee serviert bekam. Es grenzte an ein Wunder, dass er auf seinen eigenen Beinen stehen konnte.

»Sieht mir aktuell eher nach Untergang aus«, stellte Sophie trocken fest.

»Der Schein trügt. Wie so oft.«

»Dann trügt er aber sehr gut. Im Vergleich zu heute sahst du gestern wie der Traum von einem Schwiegersohn aus. Du hast dich selbst übertroffen!« Sophie und Egon standen als Einzige am Tresen des knallgelb gestrichenen, ausrangierten Wohnwagens, auf den mit lockeren erdbeerroten Lettern »Love Café« geschrieben stand. Der bunte Imbiss erinnerte eher an das pulsierende Herz einer Hippiekommune als an ein Café an einem der teuersten Strände der USA.

»Immerzu muss ich an Faust denken.«

»Hört, hört!«

»Al.« Egon schüttelte den Kopf. »Man hat ständig den Eindruck, er hat seine Seele verkauft. Für mich gilt das Angebot übrigens ebenso.«

»Klingt verlockend. Nur, wenn du in dem Tempo weitermachst, dann musst du dich höllisch beeilen. Sonst kollabierst du vor Vertragsabschluss.«

Egon biss in sein Thunfischsandwich. »Ich weiß. Ist mir ein Rätsel, wie Al das durchhält? Aber dieser Drang! Dieser Impetus! Weißt du, ich spüre endlich wieder diese Berufung in mir, meinen persönlichen Auftrag. Das Verlangen, einen Stift, einen Pinsel in die Hand zu nehmen.«

»Dann mach es doch einfach. Was hindert dich daran?«

Während Sophie ihrerseits ausnahmsweise einen von Fett und Schokolade nur so triefenden Donut genoss, kramte Egon eine Speisekarte hervor. Doch zwischen den beiden Kartonseiten waren keine Gerichte mehr aufgelistet. Stattdessen waren unzählige lose Blätter von unterschiedlichstem Format und Herkunft eingelegt. Ehrfürchtig und beinahe erschrocken über sich selbst und sein kreatives Output zeigte Egon seiner Freundin die Arbeiten.

»Egon?« Sophie war überwältigt. »Egon! Wann hast du das alles gezeichnet? Wieso hast du das mitgenommen? Wieso sind die nicht in München?«

»Weil sie von gestern Nacht sind.«

»Das kann ich nicht glauben. Gestern Nacht? All die Blätter?« Sophie sah sich jedes einzelne Werk erneut an. »Und immerzu dieses Mädchen?«

»Das ist Gwen.«

»Gwen?«

»Aus Texas. Sie ist verliebt in mich. Stell dir das vor.«

»Tu mir einen Gefallen und spring einmal ins Meer, ja? Verliebt? Wie alt ist Miss Texas? Neunzehn? Schon zwanzig?«

»Das ist doch völlig unbedeutend. Wichtig ist, dass Gwen mich liebt.« Egon pendelte zwischen Trotz und Stolz. »Wichtig ist, dass ich nicht aufhören kann, sie zu malen. Wichtig ist, dass ich wieder lebe.«

»So siehst du aus. Wie das pure Leben.«

»Ich muss das alles hier malen, Sophie! Verstehst du? Ich glaube, nur deswegen bin ich hier. Endlich hab ich mich von München befreit. Das elende grau in grau in München. Dumpfe Watte, die mich erstickt. Hier kann ich atmen. Hier ist mein Licht.«

»Das freut mich natürlich. Aber gibt's da keinen Mittelweg? Einen mit weniger als drei Promille? Ich brauch dich noch ein Weilchen.«

»Sieh dir diese Zeichnungen an. Dazu war ich seit Jahren nicht mehr fähig. Und das ist erst der Anfang.«

Allerdings. Was Egon in seinem improvisierten Ordner verwahrte, das hatte es in sich. Das waren Volltreffer, jedes einzelne Blatt. Es wäre töricht gewesen, das leugnen zu wollen. »Und nun?«, fragte Sophie.

»Wir bestellen uns noch zwei Kaffee, und dann erzähl ich dir eine nette Geschichte über Al.«

Das braune Blut, wie Egon es manchmal nannte, ließ nicht lange auf sich warten. Zusammen mit einem frisch gepressten Orangensaft und der protzig gesunden Meeresluft verhalf der Kaffee Egon zu neuem Leben. Oder wenigstens einer Idee davon. »Al ist nicht nur Münchner, wie du und ich. Al, also Albert, war damals eine große Nummer im Immobiliengeschäft der Isarmetropole. Mit Bordellen hat er angefangen, ist aber schnell auf Villen, dann auf Bürohäuser umgestiegen. Hast du dich mal gefragt, wer diese ganzen Punkthäuser mit rundherum Balkonen über dem ganzen Stadtgebiet verteilt hat? Damals waren die doch der letzte Schrei.«

»Albert Berg?«

»Die Kandidatin hat hundert Punkte. Er wollte sogar die Theresienwiese kaufen. Wer weiß, vielleicht sogar inklusive Oktoberfest. Würde ich ihm zutrauen. Dann aber, tja, wie so oft, kam der große Knall.«

Jetzt erinnerte sich auch Sophie. »Die Berg-Pleite!«

»Und ein weiterer Volltreffer!« Egons Kaffee war wieder leer. Er rief in den Wagen: »Meine bezaubernde Lebensretterin, bitte, ihr braunes Lebenselixir, darf ich Sie um eine weitere Dosis bitten?«

Staunend fügte Sophie Erinnerungsstücke zusammen. »Zig bankrotte Handwerksbetriebe, Hunderte von Investoren, die leer ausgingen, sogar die angesehene Wieland

Bank kam ins Straucheln. Mehrere große Bauruinen. Die ganze Stadt war in Aufruhr.«

»Tja, unser Schlitzohr hat sich rechtzeitig ins Ausland abgesetzt, mit dem ganzen Vermögen, in irgendeine Steueroase. Oder er ist gleich direkt in Miami gelandet.«

»Und mit so einem macht Josh Geschäfte?«

»Ah, das hatte ich ja ganz vergessen. Josh? Nicht mehr Spencer? Was treibt er denn so, unser Herzensbrecher? Bist du heute womöglich in der Casa Spencer aufgewacht?«

Sophie setzte eine verschwörerische Miene auf. »Wir haben es die ganze Nacht getrieben. Hemmungslos. Bis gerade eben.«

Jetzt war es an Egon, sprachlos zu sein. »Sophie! Wer hätte das ... So kenn ich dich ja gar nicht.«

In der Nacht hatte Sophie tatsächlich davon geträumt, mit Spencer zu schlafen. Mit hochrotem Kopf war sie aufgewacht. Ihre Lüge war also nicht ganz aus der Luft gegriffen.

Egon war immer noch verwirrt. »Was bedeutet das für unseren Fall? Bist du nun befangen? Oder gehört das zu deinen Ermittlungsmethoden?«

»Meine Güte, was denkst du von mir? Wir waren zusammen essen. Mehr nicht. Und, ja, es war nett, viel zu nett. Aber das heißt noch lange nicht, dass ich mich hinter all seine Affären einreihe.«

Egon musste grinsen. Direkt frech grinste er. »Mal unter uns, vor zwei Wochen, wenn ich dir da prophezeit hätte, dass wir heute hier bei leichtem Meeresrauschen und aufsteigender karibischer Sonne stehen, in Ruhe unseren Kaffee trinken und dieses Gespräch führen würden, über die Berg-Pleite, meine atemberaubende Retterin Gwen und deinen Josh, hättest du mich ausgelacht. Weißt du, manchmal liebe ich das Leben.«

»Wie kann man eigentlich nur so verdammt optimistisch sein?«, sagte Sophie.

Beide lachten, und Egon fragte die Frau im Caféwagen allen Ernstes: »Sie machen doch sicher auch einen guten Gin Tonic?«

Egons Worte schwirrten ihr weiterhin durch den Kopf. Sophie stieg aus dem Taxi und gestand sich ein, dass das Leben tatsächlich wahnsinnig lebenswert sein konnte. Sie war am Yachthafen an der südlichsten Spitze von Miami Beach angekommen.

Der Vollständigkeit halber machte sie sich eine kleine mentale Notiz über ihren jüngsten Chauffeur. Mittlerweile fragte sie sich, ob es überhaupt Taxifahrer gab, die in den USA geboren waren oder wenigstens seit ein paar Jahren hier lebten? Ihre neuste Taxibekanntschaft jedenfalls war vor gerade mal zwei Monaten aus Kenia ins Land seiner Träume eingewandert, weil »Obama der Mann des Jahrhunderts ist!«, wie er ihr mit leuchtenden Augen erklärt hatte. Dass er ein großer Bewunderer des ersten schwarzen US-Präsidenten war, allein an seiner Mütze, seinem T-Shirt und den vielen Stickern an seinem Armaturenbrett war das schwer zu übersehen. Überall lächelte ihr Barak Obama entgegen oder sah mit entschlossenem Blick in eine goldene Zukunft. Der unerschütterliche Optimismus des Neubürgers, den seine Taxikollegen einfallsreich Oba-Kenia nannten, hatte eine ansteckende Wirkung auf sie. In ihrem Innersten hatte sich eine Tür geöffnet. Nach der langen Zeit der Trauer über den Verlust von Max, spürte sie wieder einen vorsichtigen Anflug von Optimismus und Hoffnung auf eine glückliche Zukunft. Dieses zarte Pflänzchen galt es zu hegen und zu pflegen.

Auch Egons Warnung, dass Spencer mit seinem Gentleman-Charme garantiert so mancher Frau den Kopf verdreht hatte, konnte Sophie die heimliche Freude auf weitere schöne Stunden mit Josh, ja, ganz genau Josh, nicht nehmen. Seine Sorge schmeichelte ihr. Falsch lag er nicht. Beide waren sie sozusagen Partner in Crime. Und beide ließen sie sich hier auf Abenteuer ein, die sie in München nicht für möglich gehalten hätten. Selbst Egon würde sich zu Hause lange nicht so blauäugig von einem jungen Ding mitreißen lassen, von jemand, der ihm nur Schmerzen zufügen würde. So klug war er allemal. Wie oft hatte sie ihn über die jeweilige Liebe seines Lebens, sogenannte Göttinnen, hinwegtrösten müssen. Er war ein Träumer, ein Schwärmer mit einem so großen Herzen, dass man meinen mochte, es allein fülle seinen massigen Körper aus. Bei all seiner Egozentrik, Sophie wusste nur zu gut, wie unendlich lange schon er sich nach einer Frau an seiner Seite sehnte, einer, die ihn verstand, ihn, der sich von der ganzen Welt, oft auch von Sophie, so maßlos unverstanden fühlte.

»Das ist nicht mein Universum, Sophie!«, so sprach er über sich und die Welt. »In meinem Universum fehlt eine Sonne«, hatte er ihr eines Nachts gestanden, seine Grizzly-Bär-Augen von einem funkelnden, wässrigen Film der Einsamkeit überzogen. »Ich kreise um ein Nichts, um ein schwarzes Loch, das mich auffrisst, anstatt mich zu wärmen.«

Keine Spur davon bei Egon, dem gestrandeten Feierbiest von heute Morgen, keine Spur davon bei Sophie.

Die meisten Boote waren nicht, wie sie es erwartet hatte, protzige Segelyachten, sondern Yachten zum Hochseefischen, mit extra festgeschraubten Sitzen auf dem Heck und umlaufenden Verankerungen für die langen Angeln. Erst weiter hinten, am Ende der einzelnen Piers, lagen ein paar traumhafte Segler vertäut, deren Unterhalt allein mehrere Jahresgehälter verschlingen mochte.

Sophies Mutter war echte Hamburgerin gewesen, somit war Sophie Seeluft alles andere als fremd. In ihrer Kindheit hatte sie fast jede Sommerferien auf der Außenalster oder bei ihrem Großvater, einem ehemaligen Kapitän, auf Borkum verbracht. Jedes Mal, wenn sie dann wieder an ihre Schule nach München zurückgekehrt war, war sie sich vorgekommen wie eine Fremde unter lauter Wilden. Sophie liebte die Berge vor den Toren Münchens, aber das Meer, die Seeluft und Schiffe waren und blieben für sie das Höchste.

Spencer winkte ihr von seinem Boot zu, das aussah wie alle anderen, weiß mit vielen blitzblanken Chromleisten. Ihr Herz schlug höher. Sie hatte sich im Griff, das redete sie sich ein.

»Das liebe ich an euch Deutschen, diese unglaubliche Pünktlichkeit.«

»Ach? Nicht unseren Sinn für Humor?«

Er trug dunkle Bermudashorts und ein hellblaues kurzes Hemd, das er weit aufgeknöpft hatte. »Hast du deinen Pass dabei? Vielleicht schippern wir in die Karibik?«

»Den lass ich mir vor Ort machen.«

»O ja, dann brauchen wir nur noch einen passenden Namen.«

»Wie wär's mit Tracy, die Siebte?«

»Wie mein Boot? Ich weiß. Mein Großvater war ein großer Fan von Spencer Tracy, alle Boote heißen bei uns so. Das war seine Vorstellung von Humor. Was möchtest du trinken?«

»Ein Cuba Libre, das wär's jetzt!«

»Wie passend!« Spencer wollte schon zum Kühlschrank, doch Sophie hielt ihn zurück. »Bitte! Alles, nur keinen Alkohol.«

»Dann hab ich genau das Richtige für dich.«

Sie ertappte sich dabei, wie sie ihm hinterhersah. Hinterhersah und sich dachte, dass Spencer ein faszinierender Mann war, ob sie nun wollte oder nicht. Und sie wollte immer mehr.

Mit zwei roten Getränken kam er wieder aus der kleinen Bootsküche. »Virgin Mary. Für echte Seemänner.«

»Was Besseres hättest du gar nicht bringen können. Danke.«

»Verdurstet ist auf der Tracy 7 noch keiner.« Bei Spencers nächstem Satz hätte sie sich fast an ihrer Virgin Mary verschluckt. »Wie läuft's mit deiner Recherche über mich?«

Sie neigte längst dazu zu verdrängen, warum sie ursprünglich nach Miami gekommen war. Selbst das verwirrende Gespräch mit Egon über Albert Berg war wieder verflogen. Unentwegt verloren sich ihre Gedanken. Überall lauerten neue Eindrücke, Ablenkung und neue Inspiration. Sie war hier unendlich freier und aufgeschlossener. Und das Leben schien immer leichtfüßiger und sorgloser zu werden.

Das tiefe Blubbern des Motors weckte sie aus ihren Gedanken.

Spencer saß hinter dem Steuerrad und begann das Boot aus seinem Liegeplatz heraus zu manövrieren. »Willkommen zurück?«

»Wie?«

»Ich hab dir vor ein paar Minuten eine Frage gestellt, aber du warst woanders, nicht mehr ansprechbar.«

»Schön hier.«

Er spielte den Verwunderten. »Findest du?«

»O ja.« Das leichte Schaukeln unter ihr warf sie wieder in ihre Kindheit zurück. Warum war sie seit damals nur nie wieder Segeln gegangen? Weil man als Münchnerin nun mal eher in die Berge fuhr? Oder nach Italien? Es gab viel zu viele Dinge, die sie einfach so aufgegeben hatte, ohne Grund. Da fiel ihr ein, dass sie ihre Kamera vergessen hatte. »Mist!«, schimpfte sie leise.

»Was ist? Hast du deinen Bikini vergessen?«

»Schlimmer, meine Kamera.«

Joshua zuckte mit den Schultern. »Tja, dann musst du wohl wiederkommen.«

»Aber nur, wenn ich jemanden mitbringen darf.«

»Etwa Mr. Tegern?«

»Wie?« Sie schreckte auf. »Woher …?«

»Du bist also richtig vergeben?«, unterbrach er sie.

Zwar hatte sie Egon im Kopf gehabt, denn es war schade, dass er das hier verpasste, aber langsam flogen ihr ihre eigenen Lügen um die Ohren. »Mr. Tegern ist mein Bruder. Ich bin nicht vergeben, an niemanden.«

»Wie schade«, sagt Spencer ironisch und strahlte übers ganze Gesicht. Er legt einen Hebel um, und das Boot nahm an Fahrt auf. »Ich zeig dir erst die Bucht, später fahren wir aufs offene Meer.« Lässig, eher nebenbei navigierte er durch die breite, kilometerlange Hafeneinfahrt. Kein Zweifel, er war sehr erfahren. Wo war sie gelandet? In einer Folge vom Traumschiff? Wie passend, dass sie gerade an gleich drei großen Kreuzfahrtschiffen vorbeischipperten, die vor Anker lagen. Die schwimmenden Bettenburgen warfen Schatten wie Hochhäuser.

Joshua deutete nach oben. »Die gehören hier quasi zum Inventar. Woche für Woche schippern sie Tausende von Menschen auf den Atlantik raus. Glücksspiel, vielleicht auch ein bisschen Karibikfeeling, aber hauptsächlich Glücksspiel, denn auf dem Meer ist es erlaubt.«

Die ozeantauglichen Casinos waren also Floridas maritime Antwort auf Las Vegas. Und ganz offensichtlich sehr erfolgreich, denn alle drei Schiffe wirkten nagelneu.

»Mindestens fünf weitere sind da draußen. Schwimmende Geldmaschinen.« Er prostete dem Himmel zu. »Auf das freie Unternehmertum.«

Sophies Haar flatterte im Wind. Sie schloss die Augen und ließ sich die Sonne auf die Haut brennen. Wie sie es genoss, endlich wieder auf einem Boot zu sein. Die Ausläufer der Wellen eines gewaltigen Containerschiffes schüttelten sie ordentlich durch. Die Gischt sprühte Sophie kühlendes Nass ins Gesicht, und Seemöwen kreischten lautstark in der Luft. Miami Beach lag jetzt hinter ihnen, vor ihren Augen wuchs die Skyline von Miami zur nächsten imposanten Kulisse an.

»Kaum eins älter als zwanzig Jahre«, erklärte Spencer und deutete auf die vielen schlanken Hochhäuser, die sich auf dem Festland auftürmten. »Das war der letzte große Boom. Ab Mitte der Neunziger sind die Dinger wie Pilze aus dem Boden geschossen. Außen ein bisschen Fassadenkosmetik von Stararchitekten, darunter dreißig Stockwerke simpelste Schuhkarton-Architektur. Dann kam die vielbesungene Finanzkrise. Die Preise fielen ins Bodenlose. Jeder zweite Investor ist pleitegegangen. Nicht wenige haben sich die Kugel gegeben. Natürlich nicht, ohne die Nacht vorher eine letzte große Party zu feiern. Das ist der Miami-Style.«

So, wie Joshua erzählte, schienen sich Zeit und Raum zu verdichten. Die Dynamik dieses Ortes war atemberaubend. Hier die entfesselte Großstadt, dort die durchgedrehte Partyhalbinsel. Im Moment gab es keinen besseren Ort als dieses Boot auf der Meeresbucht dazwischen.

»Wie ging es dann weiter?« Sophie dachte daran, wie Europa weiterhin unter den Folgen der Finanzkrise ächzte.

»Die einen waren weg vom Fenster, die anderen hatten plötzlich einen Logenplatz.«

Sophie blickte Richtung Küste. Ihr sprangen die zahllosen Baukräne und halbfertigen riesigen Betonskelette ins Auge. »Das Spiel beginnt von neuem?«

»Bingo!«

»Nur wieder schneller und mit erhöhtem Einsatz?«

»Du verstehst die USA schneller als viele andere.«

»Alles oder nichts«, stellte sie trocken fest. Unweigerlich erinnerte sich Sophie an ihre ursprüngliche Mission. Sie verstand immer mehr von dem, was vor sich ging. Es war diese skrupellose Zockermentalität, dieses Alles oder Nichts, das ihr verträumtes Zuhause am Englischen Garten bedrohte. Ihr verschlafenes München erschien ihr plötzlich lächerlich hilflos. Aber gleichzeitig wollte sie immer weniger glauben, dass Joshua Spencer damit etwas zu tun haben könnte, auch wenn weiterhin so vieles dafür sprach.

Spencer bekam von Sophies Überlegungen nichts mit. Er war gerade damit beschäftigt, einer gigantischen Superyacht auszuweichen.

»Wem gehört denn dieses bescheidene Ausflugsbötchen? Dem Bürgermeister?«

Joshua lachte laut los. »So ungefähr.« Mit einem Zwinkern prostete er ihr zu. »Dein Humor gefällt mir!«

»Humor?«, fragte Sophie unschuldig.

»Dem Scheich von Schießmichtot. Der Herr der Sieben Meere ist aber nie da, deshalb darf sein neuseeländischer Kapitän ständig irgendwelche Freundinnen spazieren fahren. Sonst mutiert das Spielzeug des Scheichs zur schwimmenden Muschelbank.«

»Spazierfahrten? So wie wir?«

»Nein«, sagte Spencer, »denn du bist nicht irgendwer.«

»Aha?«

»Du bist die reizendste Journalistin, die mir je begegnet ist.«

»Wir müssen sachlich bleiben, das verlangt mein Beruf.«

»Du könntest in ein unsachlicheres Genre wechseln?«

Sophie biss sich auf die Lippen. »Vielleicht ein anderes Mal. Wir werden sehen.« Dann stellte sie sich näher neben Spencer, von dort hatte sie die beste Sicht. »Unter all diesen Hochhäusern ist da auch ein Spencer-Tower dabei?«

»Miami? Downtown? Nein. Wir haben nie auf dem Festland gebaut. Für uns zählt nur Miami Beach. Das war stets das Credo meiner Familie. Es gab da immer eine unsichtbare Trennungslinie. Aber nicht nur für uns Spencers. Ganz Miami Beach hielt sich vom Tag der Stadtgründung an für was Besseres. Für uns sind die Leute von der anderen Seite der Bay arme Landratten, kaum besser als der Rest der USA.« Er lachte. »Und wir für sie dumme Inselbewohner.«

»Und ich dachte fast, ihr Amerikaner seid engstirnig.«

Spencer lachte noch herzlicher und drehte nach rechts oder besser Steuerbord ab. Über ihnen dröhnte der stetige Strom der Autos, die sich auf dem McArthur Crossway von Miami Beach verabschiedeten oder nach Hause kamen. Die langgezogene, vielspurige Betonbrücke schwang sich so hoch, dass sogar mittelgroße Schiffe jederzeit unter ihr hindurchkamen. Für Spencers Zwölfmeterboot reichte es allemal.

»Wir sind hier in der North Bay Area, die ganze Biscayne Bay erstreckt sich über knapp vierzig Meilen, bis runter in die Keys.«

»Du hättest Fremdenführer werden sollen.«

»Entschuldige. Rede ich dir zu viel?«

»Unsinn, im Gegenteil, ich höre deine Stimme sehr gerne.« Sie lief rot an, das spürte sie. So nett oder gar lieb wollte sie gar nicht sein. Spencer sah sie an, und sie wusste, dass er sich fragte, ob er sie jetzt küssen sollte. »Was ist denn das für ein hässlicher Kasten?«, lenkte sie ab und deutete auf eine Art Königspalast der Neuzeit.

»Irgendein Internetmilliardär. Ein weiterer Beweis dafür, dass Geld nicht immer gleich guten Geschmack bedeutet.«

»Sieht aus wie eine Insel.« Alles wirkte seltsam unwirklich. Ein Dutzend protzige Häuser mitten im Wasser. Natürlich mit riesigen Yachten davor.

»Darf ich vorstellen: Star Island. Der Name ist Programm. Von Rap-Star, Sportidol und Wirtschaftstycoon wird alles geboten.« Spencer klärte sie auf, wer in welchem Haus residierte. »Diese und die nächsten Inseln sind alle künstlich aufgeschüttet worden, um sie zu bebauen, exklusiver geht es nicht. Die ersten von meinem Großvater. Ich glaube, ein Teil von Hibiscus Island gehört uns immer noch.«

»Du glaubst?«

»Das ist hier alles komplizierter, als du denkst.«

Sophie nickte, trotzdem wurde sie den Eindruck nicht los, dass Spencer tatsächlich kein goldenes Näschen in Sachen Immobilien hatte. Für einen wie Berg war er sicher ein gefundenes Fressen. Oder war das wirklich alles nur ein Spiel für ihn? So offen er sich geben mochte, Josh behielt seine Geheimnisse für sich. »Also ist alles nur auf Sand gebaut?«, fragte sie.

»Von Anfang an. Und bei jedem Bauboom kommt oben was drauf. Platz ist sonst ja keiner mehr da. Dank meiner Vorfahren.«

»Wie lange geht das gut?«, wunderte sie sich.

»Damit sind wir am entscheidenden Punkt.«

»Der nächste Crash steht vor der Tür?«

»Schlimmer«

Sie sah ihn fragend an.

Spencer hielt den Motor an und ließ sie kurz etwas zwischen den Inseln treiben. Er wurde ernster. »Früher oder später wird Miami Beach untergehen. Eher früher.«

Sie sah zwischen den beiden Miamis hin und her. »Weil wieder alle ihr Geld verlieren?«

»Wenn es nur das wäre. Stell dir vor, du hast einen riesigen Schwamm aus viel Sand und etwas Erde und du baust ständig höhere und schwerere Häuser obendrauf, mit immer mehr Menschen. Immer mehr Gewicht.«

»Der Schwamm geht unter.«

»Und jetzt kommt der traurige Witz: Gleichzeitig steigt der Meeresspiegel.«

»Das wird aber noch eine Weile dauern. Auch wenn ich nicht daran zweifle.«

»Es hat längst angefangen. Wenn es regnet, fließt das Wasser nicht mehr ab. Wohin auch? Die Kanalisation bricht regelmäßig zusammen. Zusätzlich drückt das Meer von allen Seiten rein. Vor dir schlummert das nächste Atlantis. Mit sehr viel Glück werden wir nur das neue Venedig. Es gibt zwar geheime Pläne, ein gigantisches Deichsystem um alles herumzubauen. Aber das ist Unsinn, schlicht unmöglich.«

»Miami versinkt im Meer«, hielt sie ungläubig fest. Der Gedanke schockierte Sophie. Keiner dachte an morgen. Hier zählte nur das Heute. Die vielen Kräne und Baustellen entlang der Küste erschienen in einem neuen Licht. Das schnelle Geld gab den Ton an. Kein neuer Aufbruch, sondern der einkalkulierte Untergang. »Aber vorher wird richtig Kasse gemacht?«

Spencer nickte. »Derzeit flüchtet Geld aus aller Welt in

den ewigen Beton von Miami und Miami Beach. Frische Millionäre aus dem aufstrebenden Brasilien, die Upperclass aus Argentinien oder Venezuela auf der Flucht vor der Staatspleite, Oligarchen und korrupte Beamte auf der Flucht vor Putin oder dem eigenen Volk, das Gleiche gilt für steinreiche Chinesen, die Mafia, Drogenbarone, die Liste hört nicht auf. Alle halten die Luxushäuser hier für den sichersten Hafen der Welt.«

»Das ist die Pointe?«

»Nur leider lachen die Falschen.«

Spencer beschleunigte wieder ganz leicht, damit Sophie noch mehr der zum Untergang verdammten riesigen Villen bewundern konnte. Vom Wasser aus hatte man einen einzigartigen, unverbauten Blick.

»Und wem gehört dieses bescheidene Zuhause?« Selbst die bisherigen stillosen Anwesen wurden von dieser kindlichen Mischung aus Tausendundeiner Nacht, Disneyland und Playmobil-Burg mit Leichtigkeit übertroffen.

»Hut ab! Das kenn ich noch gar nicht. Muss nagelneu sein. Lass mich überlegen. Rechts ist Al Berg, und links das müsste diese Chip-Erbin sein. Kartoffelchips wohlgemerkt. Jede dritte Chips-Tüte in den USA stammt aus ihrer Fritteuse.«

Hatte sie da eben richtig gehört? Ihr fiel so schnell nichts Besseres ein, als leicht dämlich zu fragen: »Dieser Berg hat sein Vermögen mit Chips gemacht?«

»Nein, diese Judy, mir fällt der Nachname nicht ein, ist genauso wie die Chips …«

»Und Berg?« Jetzt war es wirklich zu auffällig.

Doch Spencer schöpfte nicht den geringsten Verdacht. »Al und Chips? Nein, Berg kennt nur eines, Hochhäuser. Können gar nicht hoch genug in den Himmel ragen.« Joshua wurde kurz ernster. »Und luxuriös müssen sie sein.

Der kam hier an wie aus dem Nichts und hatte die Taschen voller Geld.« Er lächelte wieder. »Er und noch ein paar andere haben in den Achtzigern Miami zum Teil wieder mit zu dem gemacht, was heute jeder liebt. Jeder, der Geld hat, will ihn leben, den »Miami Way of Life«.

»Haben dein Vater oder du auch mit ihm Geschäfte gemacht?« Sophie war sich bewusst, wie direkt diese Frage plötzlich war.

»Mein Vater?« Spencer schüttelte den Kopf. »Nie im Leben!«

»Und du?«, hakte sie nach. Es waren dreißig Grad, aber sie wandelte auf sehr dünnem Eis.

»Ich?« Spencer zuckte mit den Schultern und log ihr ins Gesicht. »Wieso sollte ich?«

Das war dreist. Sie hätte mehr von ihm erwartet, eigentlich sogar die Wahrheit. Konnte, durfte sie ihm diese blanke Lüge verzeihen?

»Ist übrigens auch ein Deutscher«, sagte er harmlos.

»Kennst du ihn gut?«

»Nur flüchtig.« Plötzlich beschleunigte Spencer. »Genug Häuser. Jetzt fahren wir aufs Meer.«

»Noch etwas heißes Wasser?«, fragte die junge Frau in ihrem mintfarbenen Bademeisterkostümchen.

Egon nickte, erschöpft, aber bereit, sich weiter foltern zu lassen. »O ja! Ich bitte darum!« Dampf zischte über den heißen, künstlichen Kohlen aus Plastik, und Egon meinte ein keckes Augenzwinkern wahrgenommen zu haben, als die freundliche, perfekt gebaute Badenixe die Tür zur Sauna wieder hinter sich schloss.

Ausnahmsweise hatte er Sophies Rat ernst genommen und sich für den ganzen Tag in diesen Wellnesstempel eingebucht. Das Standard-Hotel, das zu Recht besonders stolz auf seine weitläufigen Sauna-, Massage- und Wohlfühloasen war, hatte sich ganz dem Flair der sechziger Jahre verschrieben. Ohne ausgesuchtes Designthema konnte man als Hotel in Miami Beach einpacken. Da durften die Zimmermädchen maximal ihre eigenen Betten machen.

Grobe Holzfurniere, rauher Steinboden und futuristisch geschwungene Stühle dominierten die nüchterne Lobby. Auch sonst überzeugte eine eigenartige, aber gekonnte Mischung aus altmodischen und ebenso utopisch anmutenden Materialien. Knallbuntes Orange gegen dunkles Nussholz, glatter Chrom, der mit einer groben Sandsteinwand im Kontrast stand, und überall Acryllampen voll bunter Glühbirnen. Egon hatte sich sofort wohl gefühlt. Trotz seiner miserablen Konstitution. Die Bäderlandschaft, oder wie immer man das auch nennen mochte, hatte genau das, was Egon brauchte. Neben unzähligen Fühl-dich-wie-neugeboren-Wässerchen, Cremes und Düften aus aller Welt gab es vor allem zwei Dinge: Ruhe und gedämpftes Licht. Jetzt erst bekam Egon eine wirkliche Ahnung davon, wie viel Alkohol immer noch durch seine Blutbahnen gepumpt wurde. Sein Körper verstand ja einigen Spaß, aber diesmal war die Rote Karte fast gezückt, die Auswechslung stand kurz bevor. Sein Körper drohte das Spiel vorzeitig abzubrechen.

Gestern. War es gestern gewesen? Zeit hatte ihren Maßstab verloren. Egon versuchte die letzten vierundzwanzig Stunden zu rekapitulieren. Er war gerade wieder ein wenig zu sich gekommen. Die Lebensuhr war wieder ein wenig zurückgestellt, da hatte Al Berg erneut zum Angriff geblasen, ohne Rücksicht auf Verluste.

Mit den leuchtenden Augen eines Wahnsinnigen hatte Al ihn auf der Vorfahrt des Delano abgepasst. Das Partymobil war vollgetankt und die Bordbar neu bestückt worden. Die Tour musste weitergehen, weil Egon, laut seinem Mentor, ja erst einen lächerlichen Bruchteil der Magie Miamis erlebt habe. Hörte Al Bergs Tour eigentlich jemals auf? Die erste Nacht sei nur das Qualifying gewesen, jetzt wollten sie Ernst machen. Jetzt stand der eigentliche Grand Prix an.

Und Al hatte Wort gehalten. So viele, dazu so völlig unterschiedliche Bars, Clubs, Musikrichtungen sowie nackte Haut, Alkohol und leider auch Drogen hatte Egon in seinem ganzen Leben nicht zu Gesicht bekommen. Oft genug hatte Egon den Abbruch erwogen oder zumindest einen Time-out. Aber da war Gwen. Immer an seiner Seite, sein Engel, Gwen. Sie gab ihm Halt, sie war neben Bergs lautem Getöse die einzige Konstante.

Egon war mittlerweile schweißgebadet. Die Sauna stellte selbst den abgebrühtesten Finnen auf die Probe. Trotzdem hatte Egon nicht genug. Er wollte einen Preis zahlen für seine Hemmungslosigkeit in der vergangenen Nacht. Nicht, dass er sich schämte, mit Gwen gleich dreimal an unterschiedlichen auch öffentlichen Orten Sex gehabt zu haben. Nein, klammheimlich musste er sich sogar ein wenig Stolz eingestehen. Auf seine alten Tage!

Es war der Höhepunkt und das Ende der orgiastischen Dekadenz, der er sich ohne Wenn und Aber hingegeben hatte. Plötzlich sollte er Al Bergs bester Freund sein. Zwei Brüder im Geiste. Das zu verdrängen kostete ihn zusätzlich Kraft. Kraft, die er kaum mehr aufbrachte.

Wie schaffte es einer wie Al nur, so zu leben? Oder besser, zu überleben. Vom Warum mal ganz abgesehen. Woher nahm er die Energie und die Ausdauer? Vielleicht gab es ja zwei Versionen von Al, die sich tagsüber bei Schichtende ablösten?

Egon wurde schwindelig bei dem Gedanken an die Abertausenden von Dollars, die Berg verpulvert hatte. Großzügig war er, ohne Zweifel. Größenwahnsinnig traf es besser auf den Punkt. Auch wenn Egon sich anfangs geweigert hatte, Al ließ sich nicht beirren, er hatte darauf bestanden. Egon sei sein Gast. Wehe, Egon würde ihm das ausschlagen. Keinen Dollar sollte Egon selber zahlen. Da verstand Berg keinen Spaß. Widersprüche duldete er nicht. Er hasste es regelrecht. »Da hätte ich ja gleich Kinder bekommen können«, hatte er gebrüllt und schallend gelacht.

Deswegen hatte Egon erst recht das Gefühl, Al Bergs Gastfreundschaft missbraucht zu haben. Zunächst nur aus Zufall war Egon, als sie mitten in der Nacht kurz einen Zwischenstopp in Bergs Villa eingelegt hatten, in dessen Arbeitszimmer gelandet. Auf der Suche nach der Toilette war er unversehens in den komplett falschen Raum gestolpert. Einmal da, ließ er es sich nicht nehmen, kurz einen Blick auf den Schreibtisch zu werfen, denn Egon hatte die eigentliche Mission nicht ganz aus den Augen verloren. Unter ständiger Angst, entdeckt zu werden, hatte er sogar in Schubladen herumgestöbert. Er hatte Angst, aber war von Übermut gepackt.

Und Egon war so was von fündig geworden. Zwar verstand er nicht viel von dem, was er zu lesen bekam. Zahlen machten ihn kirre im Kopf. Doch der Schachspieler in ihm erkannte schnell, dass hinter den ganzen Unterlagen eine ausgeklügelte Strategie steckte. Mit Dutzenden Scheinfirmen und geschickt verschleierten Kontobewegungen, wurden etliche Millionen Dollar auf den Bermudas gebunkert, unter falschem Namen versteht sich. Zwar war es nicht sonderlich überraschend, dass jemand von Bergs Format einen Teil seines Vermögens in einem blühenden Steuerparadies versteckte. Aber da war mehr dahinter, das stank zum Himmel. Obwohl sein Herz panisch pumpte, machte er mit seinem Handy ein paar Fotos von diversen Unterlagen. Einige Bilder waren verwackelt, so sehr zitterte er. Das fehlte noch, ein Herzinfarkt mitten in Bergs heiligsten Räumen.

Mit einem Ruck wachte Egon auf. Er war in der Sauna eingenickt. Um ein Haar wäre er eine Bank tiefer geplumpst, er war zu tief in die Erinnerung an letzte Nacht abgetaucht. Er kühlte sich ab und hatte mit einem Mal den Titel eines idiotischen deutschen Schlagers im Ohr. »Zu nah am Feuer, zu nah am Tabu«.

Er musste über sich selber lachen und fragte sich, welcher idiotische psychologische Mechanismus wohl dahinterstand, dass sich einem in den seltsamsten Situationen immer wieder derart saudämliche Liedtexte und Melodien aufdrängten. Oder ging das nur ihm so? Er beschloss, Gwen zu befragen. Aber sie war wohl viel zu jung. In ihrem Alter kannte man nur die aktuellen Charts. Texte waren da eher eine Seltenheit. Zu nah am Feuer? Ganz falsch war es ja nicht. Sie beide, er genauso wie Sophie, drohten die Orientierung zu verlieren. Für ihn war das vielleicht kein allzu ungewöhnlicher Vorgang. Über die Jahre hatte er es manchmal sogar provoziert. Aber so dankbar er für die Begegnung mit Gwen war, diesmal lief auch in seinem Fall einiges anders. Wie Sophie hatte auch er sich von seinem Gegenüber vereinnahmen lassen. Gwen wirbelte seine Gefühlswelt heillos durcheinander. Das allein überforderte ihn.

Aber obendrein musste er sich eingestehen, dass Berg ihn faszinierte, anders als Sophie von Spencer gefesselt war. Den nötigen Abstand allerdings, den sie beide unbedingt hätten wahren müssen, hatten sie längst aufgegeben. Zu Spencer, zu Berg, zu Gwen, zu Miami Beach.

Gwen. Sie machte sich auf, die erste und einzige Sonne in seinem dunklen Universum zu werden.

Egon hatte sich einen letzten Saunagang verordnet. Er war weiterhin allein, gerade so, als hätte er den ganzen Laden nur für sich gemietet. Ein einziges absurd großes Badezimmer. Die brennend heiße Luft der Sauna durchdrang ihn, köchelte auf seiner Haut. Es tat ungemein gut. Sein Körper nutzte dankbar jede Chance zur Wiederbelebung.

Die Tür der Sauna öffnete sich. Egon hoffte insgeheim, es möge bitte nur die Dame im Mintkostüm sein und nicht etwa ein dicker, alter Mann, wie er selber einer war. Oder gar zwei Händchen haltende Schwule. Dafür fehlte ihm jetzt der Nerv, er brauchte seine Ruhe.

Dann war Egon verblüfft und mehr als nur angenehm überrascht. Er war elektrisiert. Denn nur in ein Handtuch eingewickelt, stand plötzlich Gwen vor ihm. Mit einem Blick in den Augen, als wäre sie von einem anderen Stern.

»Gwen?«

»Dein Hotel hat mir gesagt, dass ich dich vielleicht hier finden würde. Sauna! Gute Entscheidung.« Sie gab ihm einen weiteren ihrer unnachahmlichen Küsse und legte sich auf die Stufe unter ihm.

»Was machst du mit mir, schöne Gwen?«

Sie hielt die Augen geschlossen und sagte ganz ruhig, so wie eine erfahrene Mutter, die mit ihrem verwirrten Kind sprach: »Vor mir musst du keine Angst haben, mein Großer. Ich will nur dein Allerbestes.« Sie küsste seine behaarte Brust. »Aber vor Al, da musst du dich sehr hüten! Der ist gefährlich. Vor dem kann selbst ich dich nicht beschützen.«

Das gemütliche Schippern in der fast spiegelglatten North Bay war endgültig vorbei. Sie hatten weitere unzählige Prachtvillen hinter sich gelassen, um bei Bal Harbour von der Lagune hinaus auf den Atlantik zu steuern. Hier war das Wetter zwar genauso phantastisch, aber man spürte den Wellengang.

»Geht es dir gut?«, fragte Josh.

»Ich liebe es!« Seine Lüge hatte sie fürs Erste wieder verdrängt. Sophie bereitete es Mordsspaß, das Schaukeln, das Auf und Ab auszugleichen und dabei ständig eine neue Balance zu finden.

»Ist die Strömung. Da vorne wird es gleich wieder ruhiger.«

»Von mir aus kannst du gerne noch einen Zahn zulegen«, rief sie ihm zu. Was Josh augenblicklich in die Tat umsetzte.

Mit beiden Händen musste sie sich jetzt festhalten, während ihre Haare hektisch vor ihrem Gesicht herumflatterten. »Wie viel hast du noch im Tank?«

»Glaub mir, das reicht!«

»Gut, dann denk ja nicht daran, langsamer zu werden.« Sie warf ihren Kopf zurück und ließ ihre Haare weiter tanzen.

Josh strahlte. Er fand es großartig, sein Boot über das Meer zu jagen, ohne auf irgendetwas Rücksicht nehmen zu müssen. Und genauso genoss er es, Sophie so zufrieden zu sehen. Diese außergewöhnliche Frau gefiel ihm so gut wie selten eine Frau zuvor. Sie war nicht nur reif und schön, sondern ebenso neugierig, aufgeweckt und konzentriert. Und gleichzeitig schien sie sich der grenzenlosen Freiheit des Windes und des Meeres hingeben zu können. Ein Volltreffer.

Erst nach gut zwanzig Minuten stellte er den Motor ab.

Auch das Meer schien eine Pause eingelegt zu haben, denn hier war es fast so ruhig wie in der durch die kilometerlange Sandbank namens Miami Beach geschützten Biscayne Bay. Josh kramte im unteren Teil des Bootes herum, und Sophie befürchtete beinahe, dass etwas nicht stimmte. Doch dann tauchte er mit mehreren Angelutensilien fröhlich wieder auf. »Darf ich vorstellen: Moby Dick. Der Schrecken jedes Hochseefisches und die beste Angel, die ich je in den Händen gehalten habe. Wenn du wüsstest, was für Prachtkerle wir zwei schon am Haken hatten.« Jetzt erst merkte Josh, dass seine Begeisterung mit ihm durchzugehen drohte. »Du machst dir nicht allzu viel aus Angeln, stimmt's?«

»Da ist was dran. Aber steht dir gut, der Schrecken der Meere.« Sophie schmunzelte, denn Josh hielt die lange Hightech-Angel wie eine Mischung aus E-Gitarre und Maschinengewehr. Dann griff er in eine Kiste. »Die ist für dich.« Er hielt ihr die kleine Schwester von Moby Dick hin. Und ehe sich Sophie versah, saß sie neben Spencer auf dem zweiten festgeschraubten Sessel, mit der Angel in der Verankerung und den Blick aufs weite Meer gerichtet.

Stille. Weite. Seelenfrieden.

Weder sie noch er sagte etwas. Sie hatten einen unausgesprochenen Pakt getroffen, sich schweigend diesem Moment hinzugeben.

Der Tag hatte das Potenzial, einer der glücklichsten in ihrem Leben, oder zumindest seit sehr, sehr langer Zeit, zu werden. Dennoch brannte ihr eine Frage auf der Zunge. »Wie komme ich zu der Ehre?«

»Ehre? Welche Ehre?«

»Von dir so, wie soll ich sagen, bevorzugt behandelt zu werden? Wenn ich zwanzig Jahre jünger wäre, dann würd ich sagen, du hast es auf mich abgesehen.«

»Zum Glück bist du nicht zwanzig Jahre jünger.«

»Wie Ihre Frau, Herr Generalkonsul?«

»Bitte, keine Recherche fürs Frauenmagazin. Vermies uns jetzt nicht die Stimmung.« Spencer hatte das todernst gesagt, wusste aber, dass er das nicht so stehen lassen konnte. »Wir haben gerade eine kleine Krise.« Er zupfte leicht an seiner Angel. Sophie schwieg.

»Keine Angst, es bleibt dabei, kein Interview.«

Spencer versuchte es mit einem neuen Köder. »Mit April könnte ich hier nie und nimmer rausfahren. Würde ich auch gar nicht wollen.«

Sophie wollte nicht darauf eingehen. »Dann verbuch ich unseren Trip unter besonderen Einsatz für die Deutsch-Amerikanische Freundschaft?«

»Wenn du's genau wissen willst, ich fühl mich mit dir einfach wohl. So schaut's aus.« Ungefragt sprudelte es aus ihm heraus, als müsste er etwas loswerden. »Ehrlich gesagt, ich hab das seltene Gefühl, bei dir so sein zu können, wie ich wirklich bin. Ohne mich verstellen zu müssen.« Beide sahen unverändert aufs Meer hinaus. »Tut verdammt gut«, fuhr er fort. »Genau deswegen will ich Zeit mit dir verbringen. Du bist nämlich etwas ganz Besonderes, Sophie Tegern. Das hab ich sofort gesehen.«

Sophie wurde leicht schwindelig. Wollte sie das alles hören? Sie wollte etwas sagen. Aber er ließ sie nicht. Er legte seinen Zeigefinger auf ihre Lippen. Sie sollte zuhören. »Selten hab ich so einen aufgeräumten und ehrlichen Menschen getroffen wie dich. Du weckst in mir absolutes Vertrauen. In dich, in das, was du sagst, deine Ansichten, deine Pläne, einfach alles. Du hilfst mir, mich, den vergessenen Josh Spencer, wiederzufinden, zu reanimieren, wiederzubeleben.«

Sophie lief hochrot an. Nicht nur weil sie sich geschmeichelt fühlte, sondern weil sie wusste, dass sie eine verdammte Lügnerin und Vertrauen das Letzte war, was Josh ihr entgegenbringen sollte. Zumindest so lange nicht, bis sie ihm endlich reinen Wein eingeschenkt hatte. Sie überlegte, vielleicht war das jetzt genau der richtige Augenblick? Aber wie? »Josh! Josh, ich muss ...«

Doch bevor sie auch nur irgendetwas beichten konnte, hielt Josh schon ihren Kopf in seinen Händen und gab ihr einen leidenschaftlichen Kuss. Mit so viel Gefühl und männlicher Hingabe, dass Sophie endgültig die Orientierung verlor. Sie war verloren.

Es dauerte eine gefühlte Ewigkeit, bis sie ihn fragen konnte, ob er etwas zu trinken habe. Sie musste Zeit gewinnen. Sie musste wieder zu sich kommen. Der Kuss, er hatte sie schlicht umgehauen.

Die zwei Minuten, die Josh gebraucht hatte, um mit zwei kühlen Bier und einem breiten Grinsen wieder vor ihr zu stehen, sie hatten bei weitem nicht gereicht. Sophie drohte unterzugehen.

»Angler trinken Bier.« Josh hingegen fühlte sich sichtlich wohl.

Sophie nahm sich ein Herz und folgte, ohne darüber nachzudenken, ihren Gefühlen. Sie gab Josh einen Kuss, den er seinerseits so schnell nicht vergessen sollte. Ganz hatte sie das noch nicht verlernt.

Da es jetzt eins zu eins stand, war das Spiel eröffnet. Sie küssten sich immer leidenschaftlicher, und plötzlich war alles offen. Alles war möglich. Niemand konnte sie stoppen, nur sie selber.

Und genau das tat Sophie.

»Machst du das mit allen deinen Affären so?«

Er hielt es für einen Scherz. »Selbstverständlich.«

Eine Stimme in ihrem Inneren verschaffte sich ein für

alle Mal Gehör. Ihr Gewissen war das Versteckspiel leid. »Mit all den anderen Frauen, deinen Affären in München?«

Josh zuckte zurück wie ein verschrecktes Wildtier. »Wovon redest du?«

»Ich weiß es nicht, Josh, aber was machen wir hier? Ich bin keine deiner Spielzeuge, keine einsame, sexhungrige Managerfrau aus Hamburg oder ein gelangweiltes Münchner Schickimicki-Täubchen, das mit dem Mann von April Spencer in die Kiste hüpfen will.«

»Was soll das? Wie kannst du so was sagen?«

Zeit für die Wahrheit, Zeit, die Bombe platzen zu lassen. »Weil ich weit mehr weiß, als du denkst.«

»Wie bitte? Nichts weißt du!« Joshua klang verwirrt, gereizt und gleichzeitig enttäuscht.

»Und ob. Leider.«

Sophie und Josh sahen sich minutenlang wortlos an. Sie konnte sehen, wie es in seinem Kopf ratterte, wie er anfing, eins und eins zusammenzuzählen. Wäre es besser gewesen, wenn sie geschwiegen hätte? Hätte sie sich einfach gehen lassen sollen? Weil ihr dieser Mistkerl unter die Haut ging? Weil sie anfing, ihn zu begehren? Und das, obwohl er sie anlog?

»Es ist gar kein Zufall, dass du hier bist.«

Sophie schüttelte den Kopf. Mein Gott, sie fühlte sich so mies wie lange nicht. Sie war um keinen Deut besser.

»Du bist die Erpresserin.«

Auch wenn sie die Wortwahl übertrieben fand, nickte sie.

»Ich fasse es nicht!« Viel mehr sagte er nicht. Er verfluchte sich und seine schlechte Menschenkenntnis. Den Rest behielt er für sich. Er stand auf, der Motor brummte laut auf, und Spencer drehte ab Richtung Küste. Alles war vorbei.

Sie hatte Wut erwartet. Das war mehr als verständlich.

Sie hatte auch damit gerechnet, dass er ihr Vorwürfe machte. Das Recht dazu hätte er gehabt. Dieses Schweigen aber, dieser aufs Meer fixierte eiskalte Blick, damit kam sie überhaupt nicht klar. Sie musste, sie wollte sich erklären. »Josh, halt bitte das Boot an!«

Er ignorierte sie.

»Bitte, Josh! Wie hätte ich vorhersehen sollen … das war so nicht geplant. Am Anfang war es ein Spiel. Immerhin hast du angefangen!«

»Ich?« Er stellte den Motor auf die allerniedrigste Stufe und überließ das Schiff sich selbst. Das Meer war äußerst ruhig, und sie waren allein. »Ich kannte dich überhaupt nicht.«

»Denkst du. Du hast mich einfach umgerannt, am helllichten Tag, einfach so.« Sophie war innerlich total aufgewühlt. »Okay, kann passieren, aber du hast dich nicht mal entschuldigt. Hier, ich hab mir sogar mein doofes Handgelenk geprellt. Na ja, das klingt jetzt etwas dramatisch. Aber, mein Gott, was war ich sauer auf dich!«

Er runzelte die Stirn. »Du warst das? Damals im Park?« Dann massierte er leicht verlegen sein Genick. »Das tut mir leid, ich hab Delray gewarnt.« Jetzt stützte er sich an der Reling ab. Der Wellengang nahm wieder leicht zu. »Aber das ist das eine. Das andere ist, dass du dir Zugang zu meinen E-Mails verschafft hast.«

»Das war ein Zufall!«

»Ein Zufall? Du hast mich mit Drohungen unter Druck gesetzt, dich in mein Leben eingemischt.«

»Ich wollte dich ein wenig ärgern.«

»Du bist mir sogar bis nach Miami hinterhergereist? Sophie, das ist, das ist mehr als ärgern!« Er schüttelte den Kopf. »Das ist blanker Irrsinn!«

»Wenn du denkst, ich bin eine Stalkerin, dann täuschst du dich. Ich wollte dir nur eine kleine Lektion erteilen.«

»Jesus, das sollte Delray hören. Für den wärst du ein gefundenes Fressen. Der würde dich in die Mangel nehmen, dass du für immer deinen eigenen Namen vergisst. Weißt du eigentlich, was du da gemacht hast? Was für Prozesse du losgetreten hast? Das hier ist kein Kinderspiel oder irgendeiner von euren idiotischen Fernsehkrimis. Ich bin ein Repräsentant der USA, dem schreibt man nicht mal eben einen lustigen Drohbrief.«

Langsam reichte es Sophie. »Red nicht so mit mir!«

»Pah, du kannst froh sein. Leute wie Delray würden ganz anders mit dir reden. Dein dummer Brief liegt jetzt im Pentagon!«

»Jetzt komm mal gefälligst runter von deinem hohen Ross!« Sophie war wütend. »Herr Generalkonsul spielt mit einem Mal den Moralapostel? Sicher, was ich gemacht habe, war nicht ganz koscher und, ja, durchgeknallt, aber tu uns beiden einen Gefallen und spiel dich hier nicht auf wie die Jungfrau Maria!«

»Nicht ganz koscher?«

»Dafür bist du in München und wo sonst noch durch zu viele Betten gehüpft. Und vor allem, dafür machst du mit den falschen Leuten Geschäfte!«

»Was soll das nun wieder? Wovon sprichst du?«

»Das weißt du ganz genau«, schimpfte sie, absolut in Rage. »Von deinen üblen Machenschaften mit Al Berg. Ach so, falsch, ich vergaß, den kennst du ja nur flüchtig.«

Das verschlug ihm die Sprache. Sie wusste also auch von seinem geheimen Deal mit Berg. »Was spinnst du dir da zusammen? Was gehen dich meine Geschäfte überhaupt an? Du willst nur ablenken!«

»Ich hab das leider auch gelesen. Du und dieser Betrüger.«

»Das bildest du dir alles ein.« Auch wenn er wollte, er konnte, er durfte ihr nicht die Wahrheit sagen.

»Hör auf, mich anzulügen. Macht in Miami, was ihr wollt, aber lasst mein Zuhause gefälligst in Frieden.«

»Sophie, glaub mir, du legst dich mit den Falschen an.« Damit meinte er natürlich nicht sich, aber vor Al war niemand sicher.

Sie starrte den Mann an, den ersten Mann, den sie seit Jahren wieder geküsst hatte, was ihr unheimlich gutgetan hatte, sie ließ nicht von seinen blauen Augen ab und drohte ihm: »Was auch immer ihr in München vorhabt, ich werde es herausfinden. Und wenn es ein krummes Ding ist, dann werde ich es verhindern. Das schwöre ich dir!«

Von dieser Sekunde an sprachen Sophie Marquard und Josh Spencer kein Wort mehr miteinander. Es herrschte eisiges Schweigen.

Im Hotel hatte Sophie nur noch eines im Kopf: Weg von hier, nichts wie weg von hier! Nicht etwa, weil sie befürchtete, Josh könnte etwas gegen sie unternehmen, sondern vielmehr, weil sie diese ganze verfluchte Reise, dieses fadenscheinige Miami Beach und vor allem sich selbst nur noch absurd und lächerlich fand. Sie schmiss ihre Sachen in den Koffer, ohne Ordnung, ohne System, und hatte gleichzeitig eine Mitarbeiterin der Lufthansa am Telefon. »Nein, nicht Business Class, einfach nur die nächste Maschine nach München … über Charlotte? Wieso denn Charlotte? … Dann eben mit Umsteigen.« Das Gespräch dauerte noch eine Weile, aber schließlich hatte Sophie ihren Flug. Als Nächstes wollte sie Egon anrufen. Es klopfte an ihre Tür. Egon. Er war schneller als sie. Perfektes Timing.

»Na, meine Liebe, wie war dein Tag?«, frohlockte er. Dann sah er den Koffer. »Ziehst du bei ihm ein?« Egon wollte grinsen, doch dann sah er die finstere Miene seiner Freundin. »Oh, Oh! Er war nicht nett zu dir.«

»Nein, ich hab ihm nur die Wahrheit gesagt.«

»Wahrheit? Welche Wahrheit?«

»Zum Beispiel, dass ich nicht Sophie Tegern heiße, sondern Marquard …«

»Weshalb?«

»Und dass ich hinter ihm her bin.«

Das hätte Egon beinahe umgehauen. »Warum um Himmels willen?«

»Weil es wichtig war.«

»Spencer kann uns hier die Hölle heißmachen!«

»Keine Sorge, ich hab dich rausgehalten.«

»Unsinn! Mir geht es um dich! Sophie, was soll das alles? So kenne ich dich nicht. Du verlierst die Kontrolle!«

»Glaub mir, ich kenne meine nächsten Züge. Der erste wird mein Rückflug nach München sein. Dann werde ich mich ein wenig umhören.«

»Aber wie, wo, wann?«

»In vier Stunden geht mein Flieger. Sie hätten noch Plätze frei.«

»Du meinst, ich soll mitkommen, von einer Sekunde auf die andere?«

Sophie fand ihre Haltung wieder, sie war nun gefasster. »Du sollst gar nichts. Komm einfach die nächsten Tage nach.«

Egon war verwirrt. »Das geht mir alles zu schnell?« Es hörte sich wie eine Frage an.

Es klopfte erneut an der Tür, die noch immer offen stand. Im nächsten Moment stand eine junge Frau in Sophies Zimmer. Schweigend, mit einem schüchternen Blick.

»Darf ich vorstellen!«, sagte Egon. »Gwen.«

7

Als sich ihre Mailbox meldete, saß Sophie längst im Flieger. Doch Spencer wollte ihr keine Nachricht hinterlassen. Er wollte mit Sophie direkt sprechen, oder gar nicht.

Am liebsten hätte Sophie geschlafen, aber daran war nicht zu denken. Während um sie herum alles abgedunkelt war und nur noch einige wenige Passagiere dem Bordprogramm folgten, die meisten lagen irgendwie zusammengekrümmt in ihren Stühlen und hatten die Augen geschlossen, hielt sich Sophie relativ aufrecht und versuchte die letzten Stunden und Tage zu verarbeiten. Die Nüsse und den leichten Wein verzehrte sie nur nebenbei. Auch den schmalzigen Liebesfilm beachtete sie nicht wirklich. Ständig schossen ihr Namen durch den Kopf, drängten sich Bildfetzen auf. Ein Schnappschuss zeigte Egon, wie er ihr mit Gwen im Arm erklärte, dass er in Miami bleiben müsse. Wegen Gwen, seiner Sonne. Aber auch wegen seiner Malerei. Wie lange, könne er nicht sagen. Sie verstand und glaubte ihm. Er sagte, was er meinte und fühlte. Auch Sophie sah sofort ein, dass Gwen nicht irgendeine junge Frau war. Die beiden bildeten eine Einheit, waren zusammen ein größeres Ganzes. Aus Gwens Augen, aus ihrer kompletten Haltung sprachen eine erschreckend größere Erfahrung und Weitsicht, mehr Wunden und Narben, als es für ihr Alter gerecht schien. Irgendwie gehörte sie an Egons Seite. Aber sie hatte auch das Potenzial für großen Schmerz, und Sophie blieb nichts, als zu hoffen, dass Egon dies erspart bliebe.

Die Stewardess, ungefähr in Sophies Alter, erkundigte

sich, ob alles in Ordnung sei. Sophie nickte und beobachtete die Frau kurz bei ihrer Arbeit genauer. Sie fragte sich, wie es war, mit Mitte vierzig um die Welt zu fliegen. Mit Zeitzonen zu jonglieren, ohne festes Zuhause. Oder war es vielmehr ein Geschenk?

Sophie wurde bewusst, wie zerrissen sie selber war.

Das Bild, das sich ihr am meisten aufdrängte und sie einfach nicht losließ, war der versteinerte Ausdruck in Spencers Augen, als sie ihm auf dem Boot den Kampf angesagt hatte, dem ersten Mann seit vielen Jahren, für den sie etwas empfunden hatte. Viel zu viel empfunden hatte. Ihr Arm schmerzte wieder. Phantomschmerzen. Ihre eigentliche Wunde lag tiefer.

Die sonore Stimme des Piloten weckte sie auf. Ihr Schlaf war einer Bewusstlosigkeit nah gekommen. Die Erschöpfung schien von ihr abgefallen zu sein. Ein neuer Tag konnte ein Geschenk sein, oder eine Strafe. Nicht selten war er beides.

Der Pilot intonierte absichtlich das tiefe Timbre eines weitgereisten Kosmopoliten und Herzensbrechers: »Liebe Fluggäste, wenn sie nach rechts schauen, dann haben sie die Alpen zum Greifen nahe. Und ja, das ist der erste Schnee.«

Sie befanden sich im Landeanflug, und in den Bergen hatte der Winter eine erste, viel zu frühe Kostprobe von dem abgegeben, was er sich für die kommenden Monate vorgenommen hatte.

Der Winter, Deutschland, München, all das kam ihr mit einem Mal unheimlich fremd vor. Selbst in ihrer Wohnung war es kalt, ungemütlich und leblos. Keine Spur von Zuhause. Sie fühlte sich eingeengt. Die Gerüche schienen ihr fremd, die Farben kraftlos, entsättigt. Erst die vertraute Aussicht auf den Park und das aufgeregte Hecheln ihres Hundes Columbo, der die Zeit bei ihrer Putzfrau verbracht hatte, ließ sie ein wenig ankommen. Doch da war auch der Blick aus dem anderen Fenster, auf das US-Konsulat. Neun Stunden war sie geflogen, um Josh zu entkommen, und wieder drängte er sich ihr auf. Ihr Magen zog sich zusammen. Sie fühlte sich verletzt, und nur ihr Zorn gab ihr die Kraft, durch den ersten Tag in den eigenen vier Wänden zu kommen. So schleppte sie sich durch ihre Wohnung, niedergeschlagen und mit betonschweren Augenlidern.

Ganze drei Tage dauerte es, bis sie den übermächtigen Jetlag endlich abgeschüttelt hatte. Nun fiel sogar ihr auf, dass sie sich eine unverschämt gesunde Gesichtsfarbe zugelegt hatte. Wenigstens nach außen war Miami ein Erfolg gewesen.

Sie lief mit Columbo auf altbekannten Wegen durch ihren Park, den sie nun umso mehr zu schätzen wusste, denn er gab ihr wieder Kraft. Er schien auf seine Weise die größte Konstante in ihrem Leben zu sein. Der Englische Garten und die Einsamkeit. Die Einsamkeit ohne Max. Ihr wurde aber auch bewusst, wie sehr sie sich in einer gemütlichen Form der Traurigkeit eingenistet hatte.

Nach Miami sah sie ihr Leben mit anderen Augen und schämte sie sich für ihr damaliges Selbstmitleid.

Musste sie so weit reisen, um das endlich zu erkennen? War das ihr eigentlicher Beweggrund gewesen? Hatte das Schicksal, hatte sie sich das ganze Brimborium mit Spencer absichtlich zusammengereimt? Um sich selbst einen längst überfälligen Tritt zu verpassen? Damit sie wieder zu sich fand, sich an ihren unbeugsamen Lebensdurst erinnerte? Damit sie endlich wider an eine Zukunft ohne Max glaubte?

Nichts war mehr wie zuvor.

Hatte sie das ganze Chaos aus reinem Selbsterhaltungstrieb angezettelt? War sie, ohne es zu merken, auf ihre eigenen verwinkelten Schachzüge hereingefallen? Hut ab, Sophie, du hast dich selber überlistet!

Sie fror. Noch immer wehrte sich ihr Körper gegen die überraschende Winterkälte. Doch sie hatte endlich wieder ein Lächeln auf den Lippen.

Bitte sehr! Da hatte er nun den Beweis. Geht doch! Delray lehnte sich hochzufrieden in seinem Stuhl zurück und fixierte den Baseball auf dem Tisch, wie immer, wenn er nachdachte. Als kleiner Junge hatte er den Ball als einer unter Tausenden von Zuschauern gefangen, just an dem Tag, als die Yankees den Titel gewonnen hatten. Seitdem hatte er verstanden. Es war ein Zeichen. Er war auserkoren, auserkoren zu Höherem. Auf ihn warteten große Aufgaben, das war sonnenklar.

Aber die Zusammenhänge erklärten sich ihm nicht. Er hielt zwei Fotos in der Hand. Auf beiden war diese Frau zu sehen. Sophie Marquard, geborene Hansen, verwitwet. Seine Männer hatten für ihn ein zweiseitiges Profil zusammengestellt, in Hochglanz. Auf den ersten Blick alles völlig harmlos, ja geradezu langweilig. Nicht die geringste Auffälligkeit. Ein typisches, banales deutsches Nullachtfünfzehn-Leben. Bis auf den frühen Tod ihres Mannes vielleicht. Sonst nur gähnende Belanglosigkeiten. Und eben genau das war so verdächtig! Von wegen Spaziergänge im Park. War dieses asoziale Gestrüpp nicht der ideale Ort für konspirative Treffen? Die Frau hatte sich in ihren Server gehackt. Ein Komplott, direkt vor seiner eigenen Haustür. Er hatte es immer gewusst! Obwohl keiner auf ihn hören wollte. Aber das würde sich nun schlagartig ändern.

Und jetzt diese Fotos! Das eine war nur wenige Stunden alt, quasi druckfrisch. Es zeigte sie mit einem Hund, einer Art rasiertem Labrador, scheinbar unbekümmert im Park umherstreunen. Alles Tarnung. Sehr geschickt, aber Delray konnte hinter die Fassade blicken.

Denn das andere Foto, das es in sich hatte. Das war ein Knaller.

Nur ihm allein war die Frau zweimal aufgefallen. Nur er hatte die beiden unterschiedlichen Quellen. Nur er hatte einen Blick für das große Ganze. Er war ein Genie. Damit hatten sie und ihre Hintermänner nicht gerechnet. Denn auf dem zweiten Foto stand sie nicht im Englischen Garten, sondern direkt neben Josh Spencer, mitten in Miami Beach, USA. Das war der Beweis: Die Frau bespitzelte nicht nur hier seinen Mailverkehr, sie verfolgte in sogar bis in sein Heimatland. Die Frau hatte durchaus Mut, das musste Delray ihr lassen, nur der würde ihr nun nicht mehr helfen.

Noch wusste er nicht, was genau, was auf ihrer Agenda stand. Hier ging es nicht mehr nur um eine kleine Sicherheitslücke. Da steckte Methode, ein gewiefter Plan, dahinter. Er überlegte, ob er Spencer einweihen sollte? Eigentlich müsste er das sofort tun. Es wäre der nächste logische Schritt, seine Pflicht. Er musste ihn schließlich warnen. Jedoch irgendetwas, sein Instinkt, hielt ihn zurück. Sollte er an Spencer vorbei eine Stelle höher Bescheid geben? Eventuell musste er sogar das Pentagon alarmieren. War das nicht seine eigentliche Pflicht?

Delray nahm den Baseball in die linke Hand und warf ihn mehrmals in die Luft. Sophie Marquard, du kommst mir wie gerufen.

Er musste nachdenken. Er war auserkoren. Was, fragte sich Delray, hätte der Trainer der Yankees jetzt getan?

Die ganze Nacht über hatte Spencer kein Auge zumachen können. Was gestern als sagenhaft schöner Tag begonnen hatte, war nach einer Abfolge von schmerzlichen Enttäuschungen zu einem einzigen Desaster geworden. Gebeutelt von innerer Unruhe, saß Spencer mittlerweile zurückgezogen in seinem Hotelzimmer, in einem alten Samtsessel, in dem schon wer weiß wer vor sich hin gegrübelt hatte. Von Sophie, unbewusst nickte er zynisch mit dem Kopf, seiner Nachbarin, derart vorgeführt und getäuscht worden zu sein, verletzte in mehr, als er es sich zuerst eingestehen wollte. Weit mehr, als er es sich je hätte träumen lassen. Kein Wunder, dass er Frauen nur als austauschbare Objekte betrachtete. Wer konnte ihm das verübeln? Das hatte ihn das Leben gelehrt. Und er war aufs Neue bestätigt worden. Sobald er auch nur einen Funken an Gefühlen zuließ, flog ihm gleich alles um die Ohren, mit Pauken und Trompeten. Natürlich war er naiv gewesen. Er hatte gedacht, diese Sophie sei anders, etwas ganz Außergewöhnliches, ein seltenes Juwel. Insgeheim, in irgendeiner verrückten Ecke seines Kopfes, hatte er sich sogar ausgemalt, wie es wohl sein möge, mit so einer Frau die verbleibenden Lebensjahre zu verbringen, gemeinsam alt zu werden. Mit einer Frau, die ihm gewachsen war, und nicht mit einem blonden Superweib, einem zwar perfekt fototauglichen, aber genauso kaltschnäuzigen Sammelbildchen für Trophäenjäger. So klar hatte er es gesehen und genauso blind und treudoof war er gewesen.

Sophie war schon geraume Zeit von Bord gewesen, als er sich immer noch nicht getraut hatte, in den Spiegel zu sehen. Die Angst war zu groß, einem gescheiterten Mann gegenüberzustehen.

Immerhin hatte er sich noch so weit im Griff gehabt, dass ihm bewusst war, was ab sofort der wichtigste Punkt war. Al Berg. Er hatte ihn sofort treffen müssen. Die Sache wuchs sich zur tickenden Zeitbombe aus. Direkt vom Yachthafen war er mit dem Taxi zu Berg aufgebrochen. Wenigstens an diesem losen Ende brauchte es jetzt endgültig Klarheit.

Anstandslos war das Taxi an dem Gate zu Floridas exklusivster Wohnanlage durchgewunken worden. Spencer war gerade dabei, auszusteigen, als ihn plötzlich und völlig unerwartet der nächste Schlag traf. Wie war das möglich? Was in aller Welt hatte das wieder zu bedeuten? Spencer lehnte sich ungläubig in den Taxisitz zurück. Er ging regelrecht in Deckung, denn da draußen war seine Frau. April. Eng umschlungen gingen sie und Berg ins Haus, beinahe tanzend, begleitet von ständigen, heftigen Küssen. Keinem der beiden war das Taxi aufgefallen. Vogelfrei und unbeobachtet waren sie kurz davor gewesen, übereinander herzufallen.

»Sir?«, fragte der Fahrer.

»Eine Sekunde.« Er musste nachdenken. Dass Spencer seinen spontanen Besuch nicht angekündigt hatte, erwies sich als richtige Vorsichtsmaßnahme. Somit galt festzustellen, dass Spencer von seinem Geschäftspartner und seiner Frau gleichzeitig betrogen wurde. Und das sicher nicht nur im Schlafzimmer. Untreue war eine Sache, da war er selber kein Unschuldslamm, aber derart dreist und rücksichtslos, das hätte er April nicht zugetraut. Es schmerzte ihn, sich so sehr in ihr getäuscht zu haben. Sie war nie seine Partnerin gewesen, sie benutzte ihn, wie alle anderen. Das war das Ende.

»Zurück zum Hotel«, wies er den Fahrer an. »Ich hab mich getäuscht.«

Spencer packte penibel seinen kleinen Rimowa-Koffer, auf den er sich seit Jahrzehnten verlassen konnte. Dieser blöde Koffer, mehr nicht, das war sein einziger treuer Begleiter. Er musste endgültig Ordnung in sein Leben bringen, aber so oder so würde es einsam um ihn werden.

Doch zunächst wartete München auf ihn. Die Zeit zu handeln drohte abzulaufen. Alles rann ihm durch die Finger. Auf wen konnte er sich denn überhaupt noch verlassen? Ihm dämmerte, dass er längst ein Getriebener war. Eine dumme Marionette. Alle benutzen den Glanz seines Namens. Er war die willenlose Kugel am Roulettetisch der anderen, völlig abhängig von deren Einsatz und Spiel. Was für eine quälende Vorstellung. Sehr bald würde er Opfer seiner eigenen Blindheit sein.

Eigentlich hatte er heute ein letztes Mal mit dem Boot rausfahren wollen, aber daran war nicht zu denken. Er hatte sich nicht einmal die Mühe gemacht, Pete Bescheid zu geben. Ab sofort sollte niemand wissen, wo er war und was er vorhatte.

Der Coach der Yankees hätte nie und nimmer überstürzt gehandelt, nein, einer wie er hätte das Spiel, Delrays Spiel, noch ein wenig weiter verfolgt. Er hätte sich erst seine Optionen, die Chancen und Risiken zurechtgelegt, um dann eine tödliche Strategie zu entwerfen. Das war die Antwort. Und genau das war auch Delrays Plan.

Wenn er gewollt hätte, wären seine Männer nach einem kurzen Anruf in die Wohnung der abgebrühten Frau gestürmt, hätten diese Marquard in Sekundenschnelle ausgeschaltet und sie ihm auf dem silbernen Tablett serviert.

Dann hätte er sie sich unten in dem kleinen gemütlichen Vernehmungszimmer, das er sich exakt für solche Fälle eingerichtet hatte, vorgenommen. Er hätte ihr ein paar nette, aufschlussreiche Geschichten aus der guten alten Zeit während des Irakkriegs erzählt. Als die Welt noch von einem echten Präsidenten, einem Mann mit Visionen, geführt worden war. Zehn Minuten, maximal eine halbe Stunde, je nachdem wie willensstark sie war, mehr würde er ihr nicht geben. Dann hätte er sie gebrochen wie so viele vor ihr. Alles würde sie ihm beichten, den Plan, die Komplizen, die Hintermänner. Sie würde ihn anflehen, auspacken zu dürfen, nichts würde sie auslassen. Wie ein Wasserfall würde sie reden. So war das immer, wenn er Herr ihres Willens war, bei allen Delinquenten. Er würde sogar erfahren, wann und mit wem sie das erste Mal Sex gehabt hatte. Obwohl ihn das natürlich null interessierte. Ein Kinderspiel wäre das für ihn gewesen. Er hatte weiß Gott ganz andere Jungs dazu gebracht, ohne Punkt und Komma alles zu verraten, was ihnen lieb und heilig gewesen war.

Aber noch hielt er seine Männer zurück. Darin bestand seine wohlüberlegte Strategie. Noch hatte er lediglich vier seiner Leute den Auftrag gegeben, die Marquard in wechselnden Schichten rund um die Uhr zu observieren, mit aller Technik, die ihnen zur Verfügung stand. Seitdem war Delray über jeden ihrer Schritte informiert worden. Noch bevor sie überhaupt wusste, was sie als Nächstes unternehmen würde, hatte er sie in Stereoton und HD-Bild auf seinem kleinen PDA. Delray war klug, er lag zunächst lieber auf der Lauer.

Erst wenn Spencer zurück war, würde er sie ihm als kleine Aufmerksamkeit, sozusagen als Willkommensgeschenk, überreichen. Die ganze kleine Attentatsverschwörung, frisch zubereitet auf seinem ignoranten Schreibtisch. Dann würde Spencer ein für alle Mal sein Maul halten. Es war Delray, der entschied, wann die Bombe platzte. Dann würde es keine Gnade geben. Ehrlich gesagt hatte er allen Grund, der Terroristin aus der Nachbarschaft dankbar zu sein. Sie kam wie gerufen. Sie würde allen Verantwortlichen einen gewaltigen Schrecken einjagen, garantiert. Eine harmlose, unauffällige Witwe mit Bombenkoffer. Das würde jedem hundertmal mehr Angst einjagen als zwei naive arabische Ingenieure.

Sophie hatte nicht die geringste Ahnung von der lauernden Gefahr. Auf Delrays Fahndungsliste zu stehen war eine ganz besondere Ehre, die sie leider nicht bewusst genießen konnte.

Stattdessen nahmen die Dinge ihren gewohnten Lauf. Columbo kaute seine Hühnerherzen, während Sophie sich mit der Zeitung in ihr Wohnzimmer aufmachte. Für den Balkon war es nicht nur zu kalt, sondern auch zu nass. Es goss in Strömen. Der Herbst zeigte sich von seiner mürrischen Seite. Die Farben des Sommers waren längst verblasst, sie wurden ausgewaschen und weggespült. Ein letztes Aufbäumen war nicht mehr zu erwarten.

Kaum hatte sie sich hingesetzt, da stockte ihr der Atem. Mitten auf der Titelseite der bunten Abendnachrichten sprang ihr eine Illustration ihres Hauses entgegen. Vielmehr sollte dort ihr Hauskomplex sein, denn unter der verheißungsvollen Überschrift »Sensation am Englischen Garten« war auf einer Fotomontage ihr Wohnblock, beziehungsweise der kleine Rest von dem, was davon noch übrig war, zu bestaunen. Den größten Teil der brillanten Architekturanimation nahm ein bizarrer Wolkenkratzer ein, der sich dort zum Himmel emporstreckte, wo heute noch das US-Konsulat residierte, und, ach ja, ganz nebenbei auch ihre bescheidene Wohnung heute war. Das konnte nur ein schlechter Scherz sein. Aus der Zeitung zu erfahren, dass man zum Abbruch freigegeben war! Um sich von diesem Alptraum wach zu rütteln, stand sie auf und sah hinüber zu Spencers Domizil. Noch stand es. Noch drohte keine Abrissbirne, in ihr Wohnzimmer einzuschlagen. Vom Regen abgesehen, herrschte trügerische Stille.

Als sie den unfassbaren Artikel fertig gelesen hatte, war sie innerlich derart aufgewühlt, dass sie das Konsulat am liebsten gleich selbst mit eigenen Händen eingerissen hätte. Ganz offensichtlich hatte man das Projekt noch viel länger geheim halten wollen, und es war nur durch einen Zufall so früh an die Öffentlichkeit gedrungen. Das änderte nichts an der Tatsache, dass man plante, alles um sie herum, ihr Zuhause, dem Boden gleichzumachen. Um Platz zu schaffen für Tausende Quadratmeter Größenwahn. Das Projekt war nicht nur unnötig, am falschen Ort, völlig aus dem Maßstab geraten, sondern von derart bizarrer Hässlichkeit, dass man am Verstand der Verantwortlichen offen zweifeln musste. Da hatte jemand vor, nicht weniger als eine Art überdimensionalen, rundum verspiegelten Dildo aus dem Boden zu stampfen. Selbst dem geschmacklosesten Legoarchitekten musste es dabei kalt den Rücken hinunterlaufen. Ganz zu schweigen von den Gralshütern des Münchner Baureferats, die normalerweise alles, was auch nur im Entferntesten an moderne Architektur erinnerte, erst genehmigten, wenn es woanders seit mindestens zehn Jahren als überaltert galt.

Es war also schlicht völlig unvorstellbar, dass solch ein Monstrum die schmucke Münchner Innenstadt zum schlechten Treppenwitz offiziell degradieren durfte. Nicht mal im größten Sandkasten der Welt, in Dubai, würden sie solch eine Geschmacksverirrung zulassen.

Und doch hatte der Plan einige seltsam prominente Fürsprecher. Bitte was faselten die Leute da? Ein neues Wahrzeichen für München, ja, für den ganzen Freistaat? Das erste bayerische Denkmal des 21. Jahrhunderts? Berlin endlich in seine Schranken gewiesen? Damit blicke München über die Alpen zu den Küsten des Mittelmeers? Die sogenannten »Eden Park Towers« seien ein funkelnder, Hunderte Meter hoher Bergkristall aus Stahlbeton und Glas. Ein leuchtendes Aushängeschild für die führende Ingenieurstadt Europas? Viel zu lange habe sich München hinter mittelalterlichen Bauvorschriften verschanzt, nun sei es an der Zeit, einen mutigen Sprung in die Zukunft zu machen.

Selten in ihrem Leben hatte Sophie so viel gemeingefährlichen Unsinn auf einmal gelesen. Sie pfefferte das Boulevardblatt aufs Sofa. Seltsamerweise war in der Süddeutschen von alledem nichts zu finden. Kurz überlegte Sophie, ob es sich bei dem ganzen Wahnsinn vielleicht nur um eine besonders schlaue neue Marketingkampagne des Abendblatts handelte? Doch dazu war die Sache einfach zu groß aufgezogen.

Als sie dann ihre Post öffnete, wusste sie, dass der Alptraum sich tatsächlich anschickte, Realität zu werden. Sie fand ein Schreiben ihrer Bank vor, die ihr freundlich mitteilte, dass man ihren Finanzierungskredit für ihre Wohnung an eine Investmentgesellschaft verkauft habe, der praktischerweise schon alle restlichen Wohnungen ihres Hauses gehörten. War das ein Witz? Ohne sie zu fragen? Wie konnte das sein?

Sofort rief sie bei ihrem Bankberater an, mit dem sie

und Max vor fünfzehn Jahren das Paket zum Wohnungskauf geschnürt hatten. Herr Pfaffl, dem sie schon damals nicht über den Weg getraut hatte, ließ sie erst einmal fast eine Viertelstunde warten, so war es ihr zumindest vorgekommen, um sie dann mit den zynischen Worten zu beruhigen, dass ihr neuer Gläubiger, die Eden Properties, ihr sicher bald ein lukratives Kaufangebot für ihre Wohnung machen würde. Womit sich dann ja die Restschuld von etwas über hunderttausend Euro wunderbar verrechnen lasse. Also alles in bester Ordnung. Hundertvierzig Quadratmeter seien für eine alleinstehende Frau doch sicher auch eine gewisse Last? Sie konnte sein verlogenes Grinsen förmlich durch den Hörer hindurch sehen.

Sie war ausgetrickst worden, jemand war dabei, ihr den Boden unter den Füßen wegzureißen. Und warum? Um eine dreihundert Meter hohe Karikatur eines Bergkristalls an den Englischen Garten zu plazieren.

Erneut griff sie zum Hörer. Keine Sekunde dachte sie daran, welche Zeit es jetzt gerade in Miami war. Sie hatte Glück.

»Sophie?«

»Die wollen mich hier rausschmeißen, mein Zuhause einreißen!« Sie war noch immer völlig außer sich.

»Wer, wovon redest du?«, schrie Egon. Im Hintergrund war eine wilde Party im Gange. Diesmal hatte Al seinen Kumpel Egon in die große Villa auf Hibiscus Island mitgenommen, die dem Trainer der Miami Heat gehörte. Ein Schlangenbeschwörer ließ nackte Frauen nach seiner Flöte tanzen, was ein DJ mit tiefen Bässen untermalte.

»Alles soll abgerissen werden, das Konsulat, die umstehenden Häuser, meine Wohnung gleich mit!«

Eigentlich war Egon der Besoffene, aber Sophie konnte

nicht bei klarem Verstand sein. »Warte!« Egon ging auf die Terrasse, wo es um einiges ruhiger war. »Bitte, Sophie, ganz langsam und von vorne!«

Nachdem er auf dem neusten Stand war, fehlten auch ihm die Worte. Und er hatte die gleiche Vermutung wie seine bald heimatlose Freundin in München. »Du meinst, Spencer und Berg stecken dahinter? Das ist der große geheimnisvolle Deal? Eine Art Miami Tower am Englischen Garten?«

»Egon, es kann gar nicht anders sein!«

Der Gedanke drängte sich nicht nur auf, er lag klar auf der Hand. »Pass auf! Noch steht ja alles. Ich werd mich hier noch mal genau umschauen, in Bergs Büro, ihm unauffällig auf den Zahn fühlen. Schick mir derweil das Foto von deinem zukünftigen Zuhause, ja?«

»Wir müssen das verhindern! Mit allen Mitteln, Egon!«

»Seid wann bist du gegen moderne Architektur?«, ärgerte er sie, um sie abzulenken. »Im Ernst, wir lassen das nicht zu.«

»Die haben mit ihrem Terrorgeschwafel die Preise extra in den Keller fallen lassen, um jetzt billig Kasse machen zu können! Und das ist nur der Anfang.«

»Ja, sieht ganz so aus. Vor allem passt das sehr gut zu Al.«

»Du solltest hier sein!«

»Oh, ich denke, ich bin hier genau richtig.«

Sophie schnaufte durch. »Wie geht es Gwen?«

»Gwen ist sauer auf mich«

»Jetzt schon?«

»Weil ich eine andere Frau gemalt hab.«

»Das tut mir leid. Ist eben nicht einfach so als Muse.«

»Wir schaffen das, Sophie, zusammen!«

Das war sehr lieb gemeint von Egon, aber viel besser

fühlte sich Sophie nach dem Telefonat trotzdem nicht. Sie musste noch einen Anruf machen. Sie hatte sich gerade eben an einen alten Bekannten erinnert.

»Frau Marquard! Sieh an, sieh an! Was verschafft mir die seltene Ehre?«

»Du kannst froh sein, dass ich euer Revolverblatt überhaupt noch lese.«

»Bedank dich lieber, dass wir überhaupt noch in Druck gehen und das Weltgeschehen nicht auf dein Handy twittern oder sonst was.« Simon Kornmann war ein relativ junger Journalist, aber er stand der digitalen Welt so skeptisch und unversöhnlich gegenüber wie ein alter Hase.

»Die ›Eden Towers‹? Sag bitte, dass das alles ein schlechter Scherz ist! Von euren Genies bei der Verkaufsabteilung!«

»Da muss ich dich enttäuschen. Endlich mal ein selbst recherchierter Artikel! Und wir waren sogar schneller als alle anderen!«

»Na, Glückwunsch! Trotzdem, das kann doch alles nicht wahr sein!«

»Ich befürchte schon.« Kornmann erinnerte sich, dass er Journalist war. »Ganz neutral gesprochen natürlich!«

»Das bekommen die doch nie und nimmer genehmigt?«

»Du wirst dich wundern, das sollte ganz klammheimlich durchgewunken werden.«

»Wird das deine Story von morgen?«

»Kauf dir die Zeitung.«

»Simon!«

»Nur weil Max unser bester Mann im Tor war, darf ich meinen Beruf nicht vergessen.«

»Diese sogenannte Architekturvision, diesem neuen Wahrzeichen soll mein eigenes Wohnzimmer weichen!«

Jetzt erst rief sich Simon Kornmann Sophie und Max

Marquards Wohnung ins Gedächtnis, in der er nach so manchem Fußballspiel im Englischen Garten von der Frau seines ehemaligen Kumpels mit allerlei Köstlichkeiten versorgt worden war. »Ups!«

»Ja, ups! Ich muss mehr über diesen Wahnsinn wissen, mehr als eure Stammleser aus der Kreuzworträtselabteilung!«

»Hey, unsere Rätsel sind verdammt knifflig!«

»Fluss durch München mit vier Buchstaben?«

»Okay, nicht immer. Sobald ich mehr weiß, ruf ich dich an!«

»Joooosh!« Delray zog den Namen liebevoll in die Länge und setzte sein Zahnpastalächeln auf. »Schön, Sie wieder hier zu haben. Meine Güte, ist das etwa ein Sonnenbrand?«

In der Tat hatte Josh Spencer eine etwas zu gesunde Gesichtsfarbe, aber das hatte andere Gründe als einen zu langen Segeltörn. »Woher wissen die von unserem Umzug?«

»Ja …«, Delray nickte mehrmals verständnisvoll mit dem Kopf, »das ist allerdings eine gute, eine berechtigte Frage.«

»Ich sitze im Flieger und muss das in der Zeitung lesen?«

»War das eine Frage?«

»Nein, ein Gratulationsschreiben an den Mitarbeiter des Monats.« Spencer stellte seine Tasse mit der Stars-and-Stripes-Flagge so harsch auf der Tischkante auf, dass Kaffee herausschwappte. »Was für ein Desaster. Seit ich gelandet bin, klingelt permanent das Telefon.«

»Mein Zuständigkeitsbereich ist die Sicherheit, nicht die PR«, stellte Delray nüchtern klar. Innerlich aber war Delray mindestens genauso sauer wie sein Boss. Dieser Schmierfink ließ ihn schlecht aussehen, aber das durfte er

Spencer unter keinen Umständen eingestehen. »Es lag nicht an uns. Die Deutschen haben wieder mal geschlampt! Eine Putzfrau in der Baukommission fand das Bild mit dem Wolkenkratzer einfach so schon! Sie hat es kopiert, und dann ist es irgendwie bei der Zeitung gelandet. Alles Verbrecher!«

»Die Deutschen sind also schuld. Dann bin ich ja beruhigt«, fauchte Spencer weiter. »Und was antworte ich jetzt der Presse?«

»Das machen wir klassisch. Reine Lüge. Alles Unsinn.« Delray versuchte irgendwie eine lockere Haltung einzunehmen, was ihm aber nicht gelingen wollte. »Und wenn der Kasten hier nur noch Schutt ist, feiern Sie schon längst die Amtseinführung als Gouverneur von Florida«, umgarnte Delray seinen Boss. »Aber Sie wissen ja, ich bin nicht bei der Pressestelle. Das macht Charlene.«

»Seltsam, und das bei deinem Talent.«

Delray überhörte das stoisch. »Wie wär's mit einem Sicherheitsbriefing?«

»Verschon mich mit deinem Terrorquatsch!«

Delrays Hand formte sich hinter seinem Rücken zu einer Faust. »Wie Sie meinen.« Er hatte sowieso zuvor beschlossen, Sophie Marquard noch ein wenig schlummern zu lassen.

Spencer nahm die Zeitung. »Danke, das wär's fürs Erste.« Er war ungewöhnlich förmlich. Kaum stand er wieder allein in seinem Büro, da zerriss er wütend die Titelseite und feuerte den Knäuel in die Ecke. Ausgerechnet! Das hatte ihm gerade noch gefehlt. Kaum war er dabei, seine Verbindung zu Al Berg still und heimlich zu kappen, da lief die Sache noch mehr aus dem Ruder. Auch ihn hatte es kalt erwischt. Vom ominösen «Eden Tower« hörte selbst er zum ersten Mal. Der Deal war ein ganz anderer gewesen. Spencer sollte lediglich die Information über den anstehenden Umzug, von dem Berg woher auch immer wusste, zurückhalten und dabei helfen, die Preise der anliegenden Häuser massiv zu drücken. Die dosierten, aber beharrlichen Warnungen vor der erneut wachsenden Terrorgefahr hatten, wie erwartet, ihre zermürbende Wirkung entfaltet, und die wertvollen Immobilien in der Königinstraße waren zu Schnäppchenpreisen über den Tisch gewandert. Um Geld war es Spencer dabei nicht im Geringsten gegangen. Al Berg hatte ihm etwas viel Wertvolleres angeboten: Wählerstimmen. Bei der nächsten Gouverneurswahl, so hatte er ihm garantiert, könnten viele einfache Bauarbeiter und deren Familien für Spencer stimmen. Wie er das denn anstellen wolle, hatte Spencer damals erstaunt gefragt. Das, so hatte ihm Berg mit diabolischem Grinsen erklärt, wolle er bestimmt nicht wissen. »Wäre schlecht für die Karriere«, so Berg, der nach eigener Darstellung auf ein «gewisses Netzwerk an Neu-Amerikanern« in ganz Florida zurückgreifen könne. »Die schulden mir was.«

Spencer war dumm und naiv gewesen. Zwar gab es in den USA, zumal in Florida, viel Lug und Trug, ohne gewisse Beziehungen lief so gut wie nichts. Ständig wechselten zum Beispiel hohe Beamte oder gar Politiker ohne jegliche Skrupel in die Wirtschaft. Vom Pentagon zur Rüstungsindustrie, von der Federal Reserve zur Wall Street, von Facebook oder Google zur NSA, und wieder zurück. Das war leider an der Tagesordnung, gehörte sozusagen zum Geschäft.

Aber es gab eine Grenze, und die hatte Spencer in einem schwachen Moment überschritten. Und der Preis war viel zu groß geworden. Er musste retten, was zu retten war.

Der einzige Lichtblick an diesem Morgen kam von der

lieben April. Jetzt, da er wusste, woran er bei ihr war, vernahm er mit Erleichterung, dass Madame vorerst in Miami bleiben wolle. Immerhin sei sie gerade erst angekommen. Ihre Freunde hatten sich außerdem beschwert, sie lasse sich viel zu selten blicken. Wenn es nach Spencer ging, konnte sie für immer in Florida bleiben. Nein, Alaska, das wäre ihm noch lieber.

Neben seinem privaten Ärger wartete genügend Arbeit auf seinem Schreibtisch. Arbeit beruhigte ihn. Zumindest half sie ihm, für ein paar Stunden abzuschalten, bevor er sich in Ruhe mit ein paar Telefonaten an die Lösung seiner Probleme machen würde.

Als er das erste Mal wieder von seinen Unterlagen aufblickte, war es bereits Nachmittag, es hatte aufgehört zu regnen, und die Sonne schnitt mit ihren schwachen Strahlen tief stehend durch sein Büro. Plötzlich dachte er wieder an Sophie. Er gestand sich ein, dass er sie trotz allem vermisste. Wahrscheinlich saß sie in diesem Moment nur einen Katzensprung von ihm entfernt in ihrer Wohnung. Er sah aus dem Fenster. Konnte sie ihn womöglich sogar sehen? Eine Frau wie sie war ihm nie zuvor begegnet. Zwar wollte er es nicht wahrhaben, aber er war auch wegen ihr wieder in München. Tief in seinem Innersten hoffte er wenigstens auf ein letztes klärendes Gespräch mit ihr. Vor Tagen auf dem Boot war alles viel zu schnell gegangen. In der nächsten Sekunde verwarf er den Gedanken wieder. Er musste sich auf das Wesentliche konzentrieren.

Er rief Nancy, um sie nach einem Kaffee zu fragen. »Schön, Sie wieder zu sehen, Nancy. Haben Sie mich denn ein wenig vermisst? Ein kleines bisschen vielleicht?«

Nancy, sonst immer so gut gelaunt, schien heute bedrückt. Zwar hatte sie sich extra ein neues Kleid angezogen, orange in einem Sixties-Schnitt, aber das half wenig.

»Es war ein trauriger Vorgeschmack auf die Zeit, wenn Sie ganz weg sind, Boss.«

»Nancy, Nancy, Nancy! So kenn ich Sie ja gar nicht?« Was nicht gelogen war. »Was ist denn passiert?«

Nancy schüttelte den Kopf. Als wäre es das Schlimmste, was sie jetzt tun könnte, offen mit ihrem Chef zu reden, ihm zu beichten.

Das konnte Spencer nicht ignorieren, Nancy lag ihm viel zu sehr am Herzen. »Kann ich irgendetwas für Sie tun? Brauchen Sie Hilfe. Sie wissen doch, dass ich Sie sofort nach Florida nachholen will?«

»Es geht doch gar nicht um mich«, brach es aus ihr heraus.

»Aha? Ja, worum denn dann?«

Jetzt erst schloss sie, was sie noch nie getan hatte, die Tür, die ihre beiden Zimmer verband. Dabei sah sie sich in dem Raum um, als wollte sie jemand heimlich filmen. Geradezu verschreckt trat sie näher zu Spencer heran, so nahe, dass sie ihm fast ins Ohr hätte hauchen können. Sie sah ihm tief in die Augen, sie waren dabei, die professionelle Ebene zu verlassen. Spencer hatte eine Ahnung, eher eine vage Angst. Er fürchtete, dass ihm seine hochgeschätzte Vorzimmerdame ein Geständnis machen würde, das er gar nicht hören wollte. So intim hatten sie in all den Jahren nie zuvor beieinandergestanden. Keine Frage, auf ihre Weise war Nancy eine durchaus attraktive Frau, schlank adrett, sicher mit einem kleinen Geheimnis hinter ihrer züchtigen Fassade. Aber sie war nicht in seiner Zielgruppe, dazu schätzte er sie viel zu sehr. Es gab sowieso gar keine Zielgruppe mehr. Nein, das Interesse an Frauen hatte er verloren. Spencer war mehr als bedient. Ganz gleich, wie er es anstellte, er scheiterte stets. Damals als Student, später in seinen wilden Jahren, heute mit seiner

Frau, zuletzt beim zarten Versuch mit Sophie, immer wider. Er wurde getäuscht, grundsätzlich.

Nancy schien all ihren Mut zusammenzunehmen. »Ich muss Ihnen etwas gestehen …«

»Aber, Nancy!«, er unterbrach sie, er wollte ihr jede Art von Demütigung ersparen.

»Es geht um Ihre Frau.«

»Meine Frau?«

In seinem Blick lagen Vorwurf und Bitte zugleich. Columbo wollte endlich raus in seinen Park. Halb resigniert lag er der Länge nach ausgestreckt und mit müder Schnauze vor Sophie auf dem Boden. Erst sein ungewöhnliches Jaulen holte sein Frauchen zurück in die Realität. Sophie schaute auf die Uhr, dann aus dem Fenster und durfte überrascht feststellen, dass fast der ganze Tag an ihr vorübergeflogen war, ohne dass sie von irgendetwas Notiz genommen hatte, außer ihrem Computerbildschirm. Schlechtes Gewissen befiel sie. »Du hast ja recht. Aber dafür gibt's heut was ganz Besonderes. Wie wär's nachher mit einem Stück kaltem Schweinebraten? Hm, wär das dem Herrn genehm?« Sophie war klar, dass Hunde kaum mehr als zwei, drei aneinandergereihte Worte verstanden. Eigentlich war für Hunde fast alles ein gemischter Salat aus unverständlichen Lauten. Dennoch riss Columbo sofort die Augen auf und spitzte die Ohren. Er wusste, es ging um ihn, und das konnte nur Gutes bedeuten.

Auf allen erdenklichen Seiten im Internet hatte Sophie recherchiert und herumgestöbert, stundenlang, immer auf der Suche nach Eden Properties, seinen Hintermännern und einer Verbindung zu Albert Berg und Joshua Spencer. Zwar hatte sie einiges herausgefunden, aber sie war immer wieder aufs Neue in einer Sackgasse gelandet. Stets war sie an einen Punkt gekommen, wo es einfach nicht mehr weiterging. Jedenfalls für einen normalen Internetnutzer.

Bei Eden Properties, so viel stand fest, hatten äußert einfallsreiche und kreative Männer die Finger im Spiel, von ihrer neusten genialen Entwurfsidee ganz zu schweigen. Wenn diese nur genauso unsichtbar wäre wie die Köpfe hinter EP, wie sich die Firma in ihrer Kurzform auch nannte, dann hätte Sophie keinen Grund zur Sorge. EP war natürlich eine neugegründete Scheinfirma, einzig für das Projekt am Englischen Garten ins Leben gerufen. Zwar konnte Sophie das alles nicht mit hundertprozentiger Sicherheit sagen, aber nachdem sie ihre Notizen zusammengefasst hatte, offenbarte sich ein wahres Spinnennetz an Firmen. Paradise Estates, Arcadia Living, Real Eden, alles wohlklingenden Namen, die offensichtlich immer wieder untereinander Beteiligungen hatten. Nur ein Name tauchte des Öfteren auf: Jackson Mortimer. Dieser wiederum, auch das hatte Sophie herausgefunden, kam ursprünglich aus Washington und hatte an der berühmten Georgia Tech studiert, wo er sich kurz vor einer vielversprechenden Karriere als Footballprofi seine Hüfte gebrochen hatte und seine sportlichen Träume für immer begraben konnte. Fotos gab es seltsamerweise so gut wie keine von ihm. Außer ein paar wenigen aus seiner Jugend, in voller Football-Montur und mit Kriegsbemalung. Danach verlor sich seine Spur komplett. Es gab keine aktuellen Bilder oder Berichte, auch war er in keinem der vielen Netzwerke aufzuspüren. Sein digitales Leben endete zeitgleich mit seinem letzten Home-Run auf dem Spielfeld.

Sophie klappte den Computer zu und zog sich ihre warme Barbor-Jacke für den Park an. Sofort stand Columbo mit hechelnder Zunge an der Tür.

Es war sogar noch kälter geworden. Zwar stahl sich die Sonne hin und wieder mutig zwischen den massiven Wolken durch, aber es war aussichtslos. Man mochte meinen, der erste Schneesturm braue sich bald zusammen, obwohl die Bäume noch fast alle Blätter hatten und alles daransetzten, ihr Farbenspiel zu inszenierten. Das war kein goldener Herbst, nein, alles andere als das.

Columbo spurtete auf und ab, als wäre er tagelang eingesperrt gewesen. Für einen Moment half er Sophie, ihre Sorgen zu vergessen und stattdessen den frühen Abend und die anklingende Entschleunigung der Stadt, wie sie es nannte, zu genießen. Die viel zu kühle Luft machte ihr nichts aus. Hundebesitzer waren abgehärtet. Zu sehr schätzte sie die Frische aus den Bergen, in denen es tatsächlich schon wiederholt geschneit hatte. Es roch nach einem langen und harten Winter. Erneut wunderte sie sich darüber, wie wenige Laternen es eigentlich im Englischen Garten gab, denn es wurde nun schneller dunkel, als sie es erwartet hatte. Normalerweise hatte sie ihre kleine Taschenlampe bei sich, wenn sie spät in den Park ging, aber daran hatte sie heute nicht gedacht. Über ihr zog sich der Himmel zu und leitete so den frühen Beginn des Abends ein. Ihr ganzer Tag war durcheinandergeraten.

Sie stand nun oben auf dem kleinen Hügel des Monopteros, einer Art antiker Pavillon für lustwandelnde Stadtbürger, und sah hinüber zu ihrer Dachwohnung. Die Sonne war von Wolken verdeckt untergegangen. Immerhin zeigte sich ein allerletzter Lichtstreif, der sogleich von einem Band dunkler und mächtiger Wolkentürme ausgelöscht wurde.

Sollte das alles wirklich bald nicht mehr ihr Zuhause sein? Das täglich wechselnde Naturschauspiel vor ihrem Wohnzimmer? Die mächtigen alten Bäume, die zu Zeiten von Spazierstock und Kutsche gepflanzt worden waren? Stumme Zeugen des ständigen Wandels und der menschlichen Dummheit. Die vielen verschlungenen Pfade und Wege, die sie von ihrer Haustür aus bis in die Isarauen führten?

Auf keinen Fall konnte sie tatenlos zusehen, wie ihr ein so wertvolles Stück Heimat, ein weiterer Teil ihres Lebens, entrissen und zerstört werden sollte. Sie war es satt, zu verlieren.

Gedankenverloren machte sie sich auf den Weg nach Hause. Unter den Bäumen war es nun direkt finster, ihre Augen hatten sich nicht wirklich an das wenige Licht gewöhnt, als sie plötzlich mit einem halb vermummten Mann zusammenstieß. Der Aufprall hatte sie völlig unerwartet getroffen. Ein stechender Schmerz zog durch ihre Schulter. Auch ihr Handgelenk meldete sich sofort wieder zu Wort. Kurz hatte sie ein kleines Déjà vu. Fast wäre sie wieder auf dem Boden gelandet. War das ein neuer Trend? Leute umzurennen wie beim Eishockey? Nach Nordic Walking nun Bodychecking im Park? Sie war gespannt, wer sich diesmal nicht entschuldigen wollte. Doch sie sollte staunen. Nicht nur, weil der Mann ausnahmsweise umgehend um Verzeihung bat, sondern weil sie seine Stimme kannte.

»O nein! Nicht schon wieder!«

Die Situation war so absurd, dass Sophie nicht wusste, ob sie lachen, schimpfen oder weinen sollte?

Und Josh Spencer schien es ähnlich zu ergehen. »Meine Güte, gibt's das? Es tut mir so leid! Hast du, hast du dich verletzt? Ich Idiot. Ich hab dich überhaupt nicht gesehen!«

»Doppelt hält besser, ja?«

»Glaub mir, ich bin manchmal echt ein Trottel!«

Seltsamerweise tat er ihr fast leid. »Wenigstens lernst du dazu.«

»In Zukunft …« Dann aber merkte er, wie unpassend jede Aussage über die Zukunft zu werden drohte. »Jetzt sag schon, bist du okay?«

»Immerhin steh ich diesmal noch auf beiden Beinen. Du verlierst an Schlagkraft.«

Zwar war Columbo Zeuge des Unfalls, weil er ausnahmsweise mal nicht im Unterholz nach Speiseabfällen suchte. Statt sein Frauchen aber zu verteidigen, wedelte er nur fröhlich mit dem Schwanz und spekulierte wohl auf einen kleinen Snack von dem netten Herrn.

»Ist das deiner?«, fragte Josh leicht unbeholfen. Sein hautenger schwarzer Laufanzug fing an zu zwicken.

»Nein, der läuft hier einfach nur so rum.« Sie war patzig. Eine Rolle, in der sie sich überhaupt nicht gefiel.

»Und wie heißt er?«

»Warum fragst du?«

»Sophie …« Er war überfordert. »Dann lauf ich einfach weiter.« Spencer tippelte nervös in seinen blauen Laufschuhen herum.

»Ist wohl besser so«, antwortete Sophie kalt. »Eine Frage noch. Wer ist Mortimer Jackson?«

»Wie? Noch nie gehört den Namen.« Spencer machte große Augen. »Was soll die Frage?«

Sophie deutete in Richtung ihres Hauses. »Das ist anscheinend der geniale Drahtzieher hinter diesen lächerlichen Eden Towers. Für die ich übrigens mein Zuhause opfern soll.«

Spencer wusste nicht, was er darauf sagen sollte.

»Du bist ja plötzlich so still?«, bohrte Sophie weiter.

»Auch wenn du es mir nicht glauben wirst, Sophie, so war das alles nicht geplant!«

»Dann erklär mir doch bitte, wie es geplant war. Noch hab ich Zeit.«

Columbo hörte auf, mit dem Schwanz zu wackeln, denn er spürte, wie angespannt die Stimmung nun war.

Während seine Augen unsicher ein Ziel suchten, dachte Spencer nach. Er überlegte, was es bringen und inwieweit es schaden würde, wenn er Sophie tatsächlich einweihen würde.

»Hast du nicht sowieso längst dein Urteil über mich gefällt?«

»Das klingt mir zu wehleidig, Josh, das passt nicht zu dir. Sonst würde ich dich ja nicht fragen. Du schätzt mich falsch ein.« Ihr Verstand riet ihr zur Vorsicht, und in ihrem Bauch herrschte größte Konfusion. Josh Spencer so urplötzlich gegenüberzustehen, hier in ihrem Park, darauf war sie überhaupt nicht vorbereitet gewesen. Aber sie beherrschte ihre Gefühle. Die Schachspielerin übernahm jetzt das Kommando. »Ich sollte dir links und rechts eine runterhauen!« Zugegeben, eine gelungene Eröffnung klang anders.

»Als das Projekt ins Leben gerufen wurde … mein Gott, ich kenne dich ja erst seit ein paar Wochen.«

»Mit mir hat es auch nichts zu tun.«

»Sicher?«

»Es geht ums Prinzip! Den eigenen Ethos. Und … um Betrug! Da kannst du mir nichts vormachen.«

Höchstwahrscheinlich hatte sie damit genau ins Schwarze getroffen. Dann rutschte ihm ein Satz raus, den er eigentlich für sich behalten wollte. »Warum können wir nicht noch einmal ganz von vorne anfangen?« Hatte er das gerade wirklich gesagt?

Jetzt war es an Sophie, sprachlos zu sein. »Wie, ich meine, was soll das? Das ist nicht fair.«

Aber gesagt war gesagt. Spencers Karten lagen nun auf dem Tisch.

Sophie ärgerte sich. »Was bildest du dir eigentlich ein?« Seine Direktheit verunsicherte sie.

»Die Zeit mit dir war schön. Zu schön. Ich würde dich einfach so gerne besser kennengelernt!«

»Darum geht es jetzt überhaupt nicht!«

»Vielleicht doch.«

»Jetzt hör gut zu! Dein kriminelles Monopoly zerstört alles, was mir noch wichtig ist.«

»Glaub mir, das war nie meine Absicht.« Er fing an zu frieren. Der Schweiß vom Joggen war nun bitterkalt auf der Haut. Aber das war ihm im Moment egal.

»Du zitterst ja.«

Er sah ihr einfach nur in die Augen.

»Jetzt geh endlich nach Hause und komm mir nie wieder in die Quere«, wollte sie sagen, aber ihr Bauch war doch stärker. »Du holst dir den Tod. Lass uns ein anderes Mal reden.«

Und dann ging alles ganz schnell. »Pass auf, ich mach mich rasch frisch, und dann hole ich dich ab. Sagen wir in einer Stunde? Dann erfährst du alles.« Spencer wartete ihre Antwort gar nicht erst ab, sondern lief zurück zum Konsulat. Er ließ ihr keine Wahl.

Selbst der Mann, der die beiden die ganze Zeit aus sicherer Distanz beobachtet hatte, wusste nicht, wem er denn nun folgen sollte.

Die Stunde war schnell um, und Sophie wusste noch immer nicht, wie sie sich verhalten sollte. Was, wenn Joshua Spencer tatsächlich gleich vor ihrer Tür stand? Sollte sie sich auf ein Gespräch mit ihm einlassen? Konnte sie das überhaupt mit ihrem Gewissen vereinbaren? Oder sollte sie es schlicht als das sehen, was es war? Eine äußerst günstige Gelegenheit, um mehr über ihn und vor allem die ominösen Eden Towers zu erfahren. Es klingelte. Aber nicht an der Tür, vielmehr läutete ihr Telefon.

»Wie findest du eigentlich unsere Schachseite?«

»Simon, ihr habt nur Kreuzworträtsel und dieses Sudoku.«

»Gut. War eine Testfrage. Also, dein neues Zuhause, da ist einiges im Gange. Hast du kurz Zeit?«

»Für meinen Watergate-Journalisten immer.«

»Nicht nur der Stadtrat scheint in heller Aufruhr zu sein, da es tatsächlich einige wichtige Befürworter gibt. Wir reden hier von Entscheidungsträgern.«

»Wie kann das sein? Selbst die Farbe und Form von Parkbänken ist in dieser Stadt streng reglementiert.«

»Man muss das wahrscheinlich folgendermaßen sehen. Wenn dein kleines Reihenhäuschen die falsche Dachneigung hat, wird's nicht genehmigt. Wenn dein riesiger Baumarkt oder Bürokomplex nichts anderes als eine knallbunte Schuhschachtel ist, aber mit Arbeitsplätzen winkt und du vor allem die richtigen Leute kennst, dann bekommst du grünes Licht. Die Eden Towers sind das neue Prestigeprojekt, unser Aushängeschild für die Zukunft. Damit kann man gegen Berlin anstinken. Ein paar wichtige Herren sehen das als Chance.«

»Chance wofür? Um sich nebenbei die Taschen zu füllen?«

»Das sagst du. Und da bist du nicht allein. Aber das sind Gerüchte, keine Fakten.«

»Wo sind wir hier? In Palermo?«

Simon musste laut lachen. Beinahe wäre Sophie das Telefon aus der Hand gefallen.

»Nein, da ist das Wetter besser. Diese Eden Properties scheinen nicht nur einen tollen Prospekt zu haben, sondern auch sehr gute Connections. Und nur das zählt. Überall auf der Welt.«

Das konnte sich Sophie gut vorstellen. Es klingelte, diesmal an der Tür. »Jackson Mortimer. Schon mal gehört?«

»Klingt wie ein Schauspieler in einer schlechten Serie. Nein. Wer ist das?«

Es klingelte erneut. Columbo stand schon längst erwartungsvoll an der Tür.

»Oh, là, là, erwartest du Besuch? Zu später Stunde?«

»Augenblick!«, rief Sophie in die Sprechanlage, und zu Simon Kornmann sagte sie: »Wir telefonieren morgen wieder. Danke dir!«

Ihr Wissensdurst hatte gesiegt.

Mit Trenchcoat, hochgeklapptem Kragen und Hut wartete Spencer, elegant wie immer, vor der Haustür. »Wo ist dein Hund?«

»Der ist müde.« Sophie knöpfte ihre blaue, bestickte Wolljacke zu.

»Wollen wir trotzdem in den Park?«

»Gern.«

»Danke, dass du Zeit hast.«

Spencer sprach zart und leise. Er klang sehr vorsichtig. Seine sonst so leichtfüßige, souveräne Art war fast verflogen.

Sie hatten den Park für sich allein. Nur in der Ferne suchte eine Fahrradlampe den schnellsten Weg nach Hause. Spencer holte tief Luft, sein Kopf zeigte nachdenklich zum Boden. »Du kennst mich zumindest ein wenig. Ich vertrau auf deine Menschenkenntnis. Glaubst du wirklich, ich bin das kaltblütige Mastermind hinter irgendwelchen waghalsigen Immobilienprojekten? Und warum gerade in Deutschland? Meine Zeit hier ist so gut wie vorbei, meine Koffer sind so gut wie gepackt.«

»Warum dann nicht ein wenig verbrannte Erde hinterlassen? Dir kann's egal sein.«

»Das würde ich nie tun!«

»Josh!« Sophie blieb stehen. »Ich bilde mir das alles doch nicht ein! Bald sitze ich auf der Straße, weil jemand in einem präpotenten Wahn Spiel des Lebens zockt.«

»Nein, nein. Weißt du, es sollte alles viel kleiner sein. Und im Grunde habe ich nur jemandem einen Gefallen getan.«

»Indem du und deine Leute ständig von irgendeiner Bedrohung faseln? Ihr macht den Anwohnern so lange Angst, bis die endlich entnervt billiger verkaufen? Ist das der kleine harmlose Freundschaftsdienst? Wer sich gerne wie ein Gentleman kleidet, der sollte sich auch so verhalten. Findest du nicht?«

»Das Schlimme ist, dass du leider recht hast.«

»Mir geht es nicht ums recht haben. Mir geht es um Gerechtigkeit.«

»Nenn es, wie du willst. Fakt ist, ich hab mich offensichtlich mit den falschen Leuten eingelassen. Ich wurde selber hinters Licht geführt.«

»Dieser Gefallen. Reden wir da von Al Berg?«

Spencer blieb stehen und taxierte Sophie. Wer war diese Frau, die er immer wieder aufs Neue unterschätzte und die ihn deshalb stets kalt erwischte? »Du kennst ihn?«

»Ich war auch in Miami. Schon vergessen? Ich bin dir gefolgt.«

»Hör ich da etwa einen gewissen Stolz raus?« Spencer war irritiert.

»Eher Scham, ehrlich gesagt.«

Mittlerweile hatten sie ein gutes Stück zurückgelegt. Sie ließen den Chinesischen Turm hinter sich und steuerten beiläufig auf den Kleinhesseloher See zu. Der Park war sich selbst überlassen. Es war viel zu dunkel, kalt und ungemütlich.

»Berg will mir bei der Gouverneurswahl helfen. Er kennt unglaublich viele Leute. Und nicht wenige, na ja, sagen wir so, einige schulden ihm etwas. Seine Unterstützung kann viel wert sein. Das ist sein Part vom Deal. So läuft das in Florida.«

»Ich schätze, so läuft das überall«, sagte Sophie resigniert. Sie vergrub ihre Hände in den der Ärmeln. »Ich habe Hunger.«

»Gut, wunderbar, wollen wir was essen gehen?«

Sie zögerte, eigentlich war das nicht ihr Plan gewesen. Ein Spaziergang, mehr sollte es nicht sein. »Magst du bayerisches Essen?«

»Eure schlanke Küche ist eine der wenigen Errungenschaften, die ich unter Garantie vermissen werde.«

»Gut, dann folgen Sie mir unauffällig!«

»Wenn du mir zeigst, wie das geht.«

Zehn Minuten später saßen sie im Osterwaldgarten, einem typisch bayerischen Wirtshaus mit langer Tradition. An einen Platz unter den alten Kastanien war heute nicht zu denken. Dort, wo man vor wenigen Wochen noch die letzten sonnigen Streicheleinheiten des Münchner Altweibersommers genießen konnte, wehten jetzt vergilbte Blätter über den Kies. Dafür war es drinnen gemütlich warm und einladend. Der Raum war holzgetäfelt, und an den Wänden hingen kleine, gerahmte Schwarzweißfotos aus der Zeit, als ein Mann nur mit gezwirbeltem Bart etwas hermachte.

»Du warst bei Al Berg stehengeblieben.« Sophie sah nicht den geringsten Grund lockerzulassen.

»Persönlich kennengelernt habe ich ihn erst letztes Jahr. Natürlich ist er in Miami bekannt wie ein bunter Hund. Aber man kann in Miami Beach auch wunderbar aneinander vorbei leben. Vor allem, wenn man nicht unbedingt in den gleichen Kreisen verkehrt.«

Das klang arrogant, aber Sophie verstand ihn. Josh und Berg schienen tatsächlich von zwei unterschiedlichen Planeten zu kommen. Es sei denn, Josh war ein perfekter Schauspieler. Nur, dem war nicht so. Da müsste sie sich sehr irren. Vielmehr hatte sie erneut das Gefühl, in ihm lesen zu können wie in einem offenen Buch. Genauso war es an ihren wenigen gemeinsamen Abenden in Miami gewesen. Überhaupt war es überwältigend, wie nah ihr Miami, das Lebensgefühl dort und auch wieder dieser verflixte Josh Spencer gingen. Die wenigen intensiven Tage dort hatten sie geprägt. »Wieso hast du dich dann auf Berg eingelassen?«, hakte sie nach.

»Gute Frage. Es war eine spontane Entscheidung. Erschien mir damals sogar ausgesprochen sinnvoll.«

»Willst du etwa sagen, finanziell versprichst du dir gar keinen Vorteil?« Auch wenn Spencer offensichtlich reich war, wäre er nicht der Erste, der trotzdem nicht genug bekam.

Die stämmige Kellnerin im ausgewaschenen Dirndl brachte ihnen die Beilagensalate. Als Nächstes würde sie mit zwei heißen, vollbeladenen Tellern vor ihnen stehen.

»Eine kleine Summe habe ich auch mit investiert, aber eher des guten Tons willen.«

»Deshalb die Verträge?«

»Woher …?« Dann fiel Spencer wieder seine kleine, aber feine Sicherheitslücke ein. »Du weißt ja bestens Bescheid. Nein, mein Geld, das könnte ich verschmerzen. Entscheidender ist, dass über mich auch einige meiner Bekannten mit an Bord gekommen sind. Und das kann ich mir schlicht nicht leisten. Hier stehen jahrzehntealte Freundschaften und letztendlich mein Name auf dem Spiel.«

»Wirklich Mitleid kann ich mit dir leider nicht haben. Entschuldige, aber …«

»Soooo, einmal der Zwiebelrostbraten für den Herrn und das Wiener Schnitzel für die Dame! An Guadn!« Die Bedienung wollte ihren Stolz über die Größe der Portionen nicht verbergen.

Und es roch verführerisch. Perfekt, um die Kälte draußen zu vergessen und wieder zu Kräften zu kommen. Sie beschlossen, das Essen zu genießen und danach das Verhör fortzuführen.

Doch Sophie mochte sich nicht wirklich daran halten. »Woher jetzt die Reue? Was hat sich denn groß geändert?«

Spencer nahm einen Schluck Bier, dann erst antwortete er. »Ich traue Berg nicht einen Millimeter mehr über den Weg. Seine Vorgehensweise, seine ganze Art, kann nur ein Ziel haben: mich und alle anderen reinzulegen. Komplett naiv bin ich nun auch wieder nicht.« Er machte eine Pause. »Nicht mehr.«

Das Schnitzel war dann leider alles andere als eine Offenbarung. Sophie stocherte nur halbherzig auf ihrem Teller herum. Vielmehr beschäftigte sie, was Spencer zu sagen hatte. »Und was gedenkst du als Nächstes zu unternehmen?«

»Eines steht außer Frage, umstimmen, überzeugen oder gar stoppen wird sich Berg bestimmt nicht lassen. So leid es mir tut, das Konsulat wird bald das Zeitliche segnen. Das Grundstück gehört bereits Eden Properties. Dafür hab ich mich leider persönlich eingesetzt.«

»Auch ein kleiner Freundschaftsdienst?«

»Richtig. Das heißt, selbst wenn dort nur ein klassisches Wohn- und Geschäftshaus entsteht, winkt ihm ein satter

Gewinn. Zusammen mit deinem Wohnhaus, das er umbauen, höchstwahrscheinlich gleich mit einreißen wird. Da reden wir mindestens von einem zweistelligen Millionenbetrag.«

»Josh, hör auf!« Sie konnte das nicht hören.

»Ich bin nur ehrlich. Das wolltest du. Und glaub mir, wenn Berg den Deal nicht machen würde, dann stünden sofort zehn andere bereit.«

»Mir wird schlecht.« Und das war nicht gelogen. Das Schnitzel war in altem Fett gebacken, und Joshs klare Worte waren noch weniger verdaulich. Aber er war noch lange nicht fertig.

»Das Sahnehäubchen, sozusagen das Meisterstück, wäre der Wolkenkratzer. Das würde den Gewinn mit jedem Stockwerk gleichzeitig nach oben schnellen lassen. Dann reden wir von fünfzig bis hundert Millionen. Je höher das Penthouse, umso höher der Jackpot. Euro, wohlgemerkt, nicht unsere farblosen, anachronistischen Lappen. Und Berg wäre nicht Berg, wenn er nicht an den Eden Tower glauben würde. Er muss einen Joker haben. Bis jetzt hat er noch jedes Projekt durchgeboxt, egal mit welchen Mitteln. Ich hab mich erkundigt.«

»Das heißt, ich bin ihm ausgeliefert?«

»So sieht's zunächst mal aus. Das heißt nicht, dass wir komplett machtlos sind.«

»Wir?«

Spencer sah sie an. »Wie auch immer«

»Mögts einen Schnaps?«, fragte die Bedienung, als würde sie Sophie und Spencer schon ewig kennen.

»Unbedingt!« Sophie bestellte ihnen zwei Williamsbirne. Auf die andere Standardfrage, ob es denn geschmeckt hätte, grinste sie nur müde. »Würd ich dann einen Schnaps brauchen?«

»Ich jedenfalls hab dir verziehen, meinst du, das könntest du auch?«, fragte Josh.

»Du mir? Habe ich da richtig gehört? Ich frage mich wirklich, wie du jemals in den Diplomatischen Dienst aufgenommen werden konntest? Was waren deine Mitbewerber? Metzger und Holzfäller?«

»Du hast in meiner Privatsphäre geschnüffelt!«

»Seit wann nehmt ihr Amerikaner es mit dem Datenschutz so genau? Außerdem hab ich ins Schwarze getroffen. Du warst, das heißt, du bist immer noch dabei, mein Zuhause zu zerstören.«

»Das werde ich nicht zulassen.«

»Ja? Gut gebrüllt, Löwe. Da bin ich aber gespannt.«

Die Kellnerin brachte gleich drei Schnäpse. »Ich trink einen mit! Prost, Herr Botschafter! Auf die deutsch-amerikanische Freundschaft!«

Kurz darauf, wieder auf der Straße, musste Spencer immer noch schmunzeln. »Wenigstens sind die Zeiten von ›Ami go home‹ vorbei.« Ohne groß zu fragen, legte er seinen Arm um Sophie. Sie waren wieder allein im Park. Keiner konnte sie sehen.

Sie ließ ihn gewähren. Diese seltsame Vertrautheit war stärker als jeder Zweifel oder Groll. Sie liefen wie eine Einheit im gleichen Takt und redeten lange Zeit nichts. Dann sagte sie: »Wie geht's dir? Innen, in dir drin?«

»Heute Morgen mehr als bescheiden, dafür jetzt umso besser. Dir?«

»Das geht dich gar nichts an.«

»Ihr deutschen Frauen habt wirklich einen ganz besonderen Charme.«

»Das glaub ich dir. Du kennst ja genug.«

Sophies Telefon klingelte. »Egon?« Mit ihm hatte sie überhaupt nicht gerechnet.

»Ich hab nicht viel Zeit!« Die Verbindung war schwach. »Hör genau zu, ich, also das glaubst du einfach nicht! Der Mann ist mit allen Wassern gewaschen. Folgendes: Al Berg plant …« seine Stimme veränderte sich schlagartig. »… oh? Hi, Al! Ich dachte …«

Dann brach die Verbindung ab. Sophie versuchte sofort, mehrmals Egon zu erreichen. Aber jedes Mal tröstete sie eine amerikanische Computerstimme, dass der Empfänger im Moment nicht erreichbar sei. Sie machte sich große Sorgen. »Irgendwas ist da passiert!«

Spencer versuchte, sie zu beruhigen, aber auch ihn beschlich eine böse Ahnung. Er blieb stehen und nahm Sophie fest in seine Arme. »Sophie, ich verspreche dir, ich werde das miese Geschäft stoppen. Und mach dir keine Sorgen um deinen Freund. Selbst Berg kennt seine Grenzen. Ich brauche nur ein paar Tage Zeit.«

»Das hört sich ja alles wunderbar an. Aber was nützen schöne Worte?« Sophie war und blieb eine Skeptikerin.

»Ich weiß. Aber bitte, bitte vertrau mir!« Dabei sah er ihr tief in die Augen und tiefer, viel weiter in ihr Innerstes, als ihr lieb war. Doch sie ließ auch das zu, genauso wie sie sich nicht gegen seinen Kuss zu Wehr setzte. Obwohl sie Spencer eigentlich als ihren Gegenspieler ausgemacht hatte, den Mann, dessen Pläne sie bedrohten, und den sie unter allen Umständen bekämpfen musste. Obwohl er ihr Gegner war, gab sie sich seinen Küssen hin und fühlte sich in diesen Minuten so sicher wie schon lange nicht mehr. So sicher, wie sie es schlicht für unmöglich gehalten hatte. Sie konnte nicht mehr klar denken. Nur eine Frage hielt sie in Bann, kreiste ihr unablässig durch den Kopf: »Warum? Warum ausgerechnet du, Josh Spencer?« War sie denn noch zu retten? Aber wie sehr sich ihr Verstand auch wehren mochte und versuchte, sie wach zu rütteln, sie ermahnte, dass er sich über sie lustig machte, sie kam nicht gegen die andere Stimme an, die Stimme, die ihr sagte, dass es Spencer sehr ernst war.

Wieder spazierten sie eine Weile schweigend durch die dunkle Nacht. Jetzt allerdings ineinandergehakt wie ein seit langer Zeit verliebtes Paar. Bald waren sie nur noch wenige Schritte von ihren beiden Wohnungen entfernt.

»Danke, dass Sie mich nach Hause geleitet haben, Herr Nachbar.«

»My pleasure! Schönes Deutsches Fräuleinwunder!«

»Eigentlich wollte ich dich heute in Stücke reißen.«

»Noch ist es nicht zu spät.«

»Nicht vor der eigenen Haustür. Das wirft ein schlechtes Licht auf die ganze Gegend.«

»Oh, das wollen wir natürlich vermeiden. Jetzt, da hier bald Münchens teuerste Wohnungen gebaut werden sollen.«

»Höre ich da Interesse? Ich kenne den Investor. Unter uns, ein unangenehmer Mensch. Aber vielleicht kann ich da was machen?«

»Persönlich?«

»Leider ja.«

»Wissen Sie, Fräulein Marquard, was ich mich schon immer gefragt habe?«

»Ob Sie ein Hornochse sind?«

»Davon abgesehen. Wie wohl der Ausblick ist?«

»Auf die Alpen? Da fehlt mir leider ein Stockwerk. Aber mit ein wenig Glück und Geduld ändert sich das ja bald.«

»Nein, in mein Schlafzimmer?«

Sophie kam ins Stottern. »Ach, dieser Ausblick. Selbstverständlich. Was sind schon die Alpen im Vergleich zu Josh Spencers Spielwiese?«

»Genau meine Befürchtung!«

»Da muss ich dich enttäuschen. Ich seh nicht mal in dein Vorzimmer. Nur zwei kleine Büros und eine Teeküche oder so. Leider. Ich wünschte selber, es wär unterhaltsamer. Aber, wäre es das denn?« Die Haustür hatte sie bereits aufgesperrt, nun stand sie im Türrahmen, bereit, sich zu verabschieden. »Ich bin gespannt, wo unsere Reise hingeht. Bitte steh zu deinem Wort, Josh.«

»Wenn du wüsstest, wie gerne ich in deinen Armen aufwachen würde.«

Und sie in seinen, aber das ging ihn überhaupt nichts an. »Also bitte, Josh, von so einem internationalen Don Juan hätte ich mehr erwartet. Irgendwie was Ausgefalleneres?«

»Es ist aber die Wahrheit.«

»Wir müssen ein herrliches Bild abgeben, wie zwei Studenten nach dem Discobesuch.«

»Du könntest mir einen Kaffee anbieten?«

Hatte Josh sie gerade wirklich gebeten, mit nach oben kommen zu dürfen? Das Leben hatte schon eine seltsame Art, sich über einen lustig zu machen. »Kaffee? Vergiss es!« Sie gab sich einen Ruck: »Du bekommst von mir einen Cognac. Vielleicht wachen wir beide dann endlich wieder auf?« Dann machte sie etwas, was sie selber nicht glaubte, geschweige denn für möglich gehalten hätte. Sie nahm Josh mit zu sich in die Wohnung. Selbst für Columbo war es eine Sensation, einen fremden Mann in den eigenen vier Wänden begrüßen zu dürfen. Sie musste verrückt geworden sein.

Wie versprochen servierte sie einen seltenen Cognac, den Max einmal geschenkt bekommen hatte.

Josh war ebenso nervös wie sie selber, das war nicht zu übersehen. Fasziniert stand er an ihrem Fenster. »Das ist beeindruckend. Nicht nur, weil du quasi auf mich, also unser Konsulat, herabschauen kannst. Ich habe München bei Nacht noch nie so schön gesehen.«

»Na, dann warte mal, bis dein Hochhaus fertig ist.« Den bissigen Kommentar konnte sie sich einfach nicht verkneifen. »Und wo wäre jetzt dein Schlafzimmer?« Sie trat neben ihn ans Fenster.

»Auf der anderen Seite, wenn du es genau wissen willst. Aber in der Tat, ich fürchte mit all den Lichtern kann ich nicht mithalten.« Wieder küsste er sie, noch länger, noch leidenschaftlicher. Mistkerl! Sie spürte seinen warmen, starken Körper. Er roch intensiv, er roch vertraut. Er roch wie ein Mann. Aber nicht wie irgendeiner, sondern so, wie nur wenige riechen konnten.

Dann ging alles ganz schnell. Wie in einem Rausch, wie in einem Traum, über den man von Anfang an keine Kontrolle hatte. Ein Traum, der sich einfach das Recht nahm, Wirklichkeit zu werden. Ein Traum, der unbeschreiblich war, und eben weil er ein Traum war, alles zuließ.

Sie liebten sich. Mehrmals. Sie spürte ihn in sich, kräftig und einfühlsam. Und obwohl er sicher mehr Erfahrung und vor allem Übung hatte, verschmolzen sie in dieser Nacht zu einer pulsierenden, untrennbaren Einheit, wie füreinander geschaffen.

Columbo war leider alles andere als ein bissiger, scharfer Wachhund. Auch den unfreundlichsten Einbrecher würde er mit einem breiten Grinsen und hängender Zunge in der Hoffnung auf ein Stück Wurst willkommen heißen. Sein selten zu vernehmendes Bellen bestand eher aus einer Mischung aus Gähnen und Hecheln.

Wie auch immer, selbst wenn Columbo der schärfste Hund der Königinstraße gewesen wäre, so hätte er gegen diesen völlig unerwarteten Besuch keine Chance gehabt. Aber er hätte seiner Besitzerin einen der peinlichsten Momente ihres Lebens ersparen können.

So aber wedelte Columbo begeistert mit dem Schwanz hin und her, als die drei vermummten Männer des deutschen Sondereinsatzkommandos in ihrer schwarzen Montur kaum hörbar die Tür von Sophie Marquards Wohnung öffneten und einem halben Dutzend weiterer Männer Eintritt verschafften. Angeführt wurden die zielstrebigen Überraschungsgäste von jemandem, der diese Art von Operation schon x-Mal durchgeführt hatte, zum ersten Mal allerdings auf deutschem Boden. Und er war erstaunt, wie professionell die lokalen Einsatzkräfte vorgingen. Es hatte offensichtlich sein Gutes, dass diese Männer von Kindheit an im Kino amerikanische Cops bei der Arbeit hatten bewundern dürfen, dachte sich Delray. Danke an Hollywood. Trotzdem hatte er selbstverständlich auch seine eigenen Leute mitgebracht. Denn diese Aktion durfte auf keinen Fall schiefgehen. Dafür hatte er sie zu lange geplant und abgewartet. Heute war sein großer Tag. Heute stand sein grandioser Coup an, sein Startschuss für eine goldene Zukunft. Wer glaubte, er wäre auch nur eine Spur nervös, der täuschte sich gewaltig. Delray hatte alles im Griff, absolute Kontrolle. Josh hatte er heute noch nicht sprechen können. Dennoch, es war angerichtet. Delray hatte alle Zutaten zusammen. Und das war die Hauptsache. Auf Delrays Schreibtisch lag ein dicker Ordner mit hieb- und stichfesten Beweisen und einigen, zugegeben geschickt manipulierten Analysen, die er seinem Boss gleich nach dieser Festnahme präsentieren würde. Delray konnte sich das Echo, oder vielmehr das Erdbeben in Washington und in den Medien, bereits ausmalen. Schließlich war dies ein wichtiger Teil seines Masterplans.

»Sicherheitsexperte hebt Terrorzelle in München aus.«

So ungefähr würde die Schlagzeile lauten und der Artikel könnte dann gar nicht anders, als lobend festzustellen, dass Pete Delray etwas gelungen war, wovon CIA und NSA nur träumen konnten. Denn ganz offensichtlich hatten sie gepennt, versagt auf ganzer Linie. Allen war diese Frau bisher durchs Netz gegangen. Keiner hatte sie auf dem Schirm, außer ihm! Sehr bald würde er sich vor Jobangeboten und neuen Freunden in höchsten Positionen nicht mehr retten können.

Nicht zuletzt deshalb führte er jetzt das Einsatzkommando persönlich an. Er kannte den Grundriss der Wohnung in- und auswendig. Vermutlich würden sie die ahnungslose Frau im Schlafzimmer antreffen. Genau deswegen führte man solche Aktionen ja immer bei der ersten Spur von Tageslicht durch. Im Schlaf war jeder Gegner am verwundbarsten. Der dämliche Hund hing ihm fast am Hosenbein. Weil er ihm einen kleinen Snack gegeben hatte, um sicherzustellen, dass er nicht auf die dumme Idee kam zu bellen. Die einfachen Tricks waren immer noch die besten. »Keep it simple«, hatte sein Ausbilder bei den Marines ihm Tag für Tag in den Kopf gehämmert. Er hätte den Köter besser gleich betäuben sollen.

Die Wohnung war ordentlich, ja mehr als das, sie verströmte so etwas wie feine Eleganz. Aber das war Delray schnuppe.

Er stand vor der geschlossenen Schlafzimmertür und hielt seine flache Hand hoch. Das Zeichen, innezuhalten. Die Männer warteten hinter ihm, auf beide Seiten verteilt, bereit zum Sturm auf die Tür. Stumm zählte Delray mit seinen Fingern, für alle Beteiligten sichtbar, von fünf auf null runter. Wie er diese Sekunden vor dem Sturm liebte! Drei. Absolute Ruhe. Zwei. Man konnte seinen eigenen

Pulsschlag hören. Eins. Jetzt war er doch nervös. Wie vor einem Bühnenauftritt. Null! Die Tür wurde aufgetreten, ein Mann schmiss sich sofort auf den Boden, die anderen sprangen mit gezückten Waffen über ihn drüber, nach links und rechts ausschwärmend. Showtime!

Sophie öffnete die Augen. Hatte sie eben ein Geräusch gehört, oder war es das grelle Licht der Sonne, das sie aus dem Schlaf gerissen hatte? Dann erschrak sie wie nie in ihrem Leben zuvor. Mitten in ihrem Schlafzimmer standen mehrere maskierte Männer. Sie hielten ihre Gewehrläufe direkt auf sie gerichtet. Gleichzeitig blitzte es, anscheinend machte jemand Fotos. Sie sah zwei Polizisten, maskierte Einsatzleute und Männer in dunklen Anzügen. Einer, offensichtlich der Anführer, stand nun genau an ihrem Bett. Er hielt irgendeinen Ausweis hoch und herrschte sie in einem unwirschen Ton an: »Sophie Marquard, Pete Delray, US Security, sie sind festgenommen wegen des Ver…« Dann verstummte er.

In seinem Gesicht machte sich ungläubiges, blankes Entsetzen breit. Er schien völlig geschockt, bis ins Mark. Von einer Sekunde auf die andere musste er Sophie komplett vergessen haben, denn sein Blick fixierte nun panisch den Mann neben Sophie, der sich eben noch schlaftrunken, jetzt aber hellwach, unter der Bettdecke hervorgewühlt hatte.

»Delray!«, rief Josh Spencer. »Sind Sie wahnsinnig? Was zum Teufel machen Sie hier?«

Doch der Ex-Marine blieb Spencer zunächst jede Antwort schuldig, denn er schaffte es nicht einmal zu stottern. Alle Augen richteten sich auf ihn. Die SEK Leute, die beiden Polizisten und seine eigenen Leute warteten auf seine

Anweisungen. Nur die beiden Fotografen, die Delray extra bestellt hatte, einer von der lokalen Presse und einer aus dem eigenen Haus, knipsten freudig weiter, denn diese Bilder waren pures Gold wert, unbezahlbar. Der Generalkonsul im Bett der Terroristin, bei der Festnahme! So einen Hammer hatte es lange nicht mehr gegeben. Damit konnte man national, ach was, international, bekannt werden.

In der Sekunde, in der Delray wieder zu sich kam, schlug er den beiden Schmierfinken die teuren Kameras aus den Händen und schrie: »Konfiszieren! Sofort!« Nur ganz langsam, viel zu langsam fand er die Sprache wieder.

Währenddessen war Spencer dabei, das Kommando zu übernehmen. »Verschwinden Sie alle! Raus hier!«, rief Josh Spencer. Doch leider wussten die wenigsten, dass er der Generalkonsul war. Weswegen die SEK-Männer, die ihren amerikanischen Freunden endlich mal demonstrieren konnten, dass sie auch einiges drauf hatten, Spencer blitzschnell aus dem Bett gehievt hatten, ihn mit dem Bauch auf den Boden knallten und ihm gleichzeitig die Arme verdrehten, um ihn professionell dingfest zu machen. Zugriff.

Entsetzt schrie Delray: »Halt! Nein!«

Aber die Männer waren in der Tat perfekt trainiert und einmal im »Zugriff«-Modus kaum mehr zu stoppen. Erst als sie dem widerspenstigen Mann die weißen Plastikhandschellen, besonders eng, man wusste ja schließlich nie, angelegt hatten, ließen sie von ihm ab und übergaben ihn stolz dem Sicherheitschef der Amerikaner. Der wiederum richtete Spencer sofort auf, was dank der Handschellen nicht sehr einfach war. »Josh! Josh, ich, mein Gott, ich wusste ja nicht, mein Gott, wie, was soll ich sagen, das alles ist …« Delray stammelte vor sich hin. Es ergab keinen

Sinn, was er vor sich hin stotterte. Wie überhaupt nichts mehr einen Sinn ergab.

Die SEK-Männer verstanden ebenfalls kein Wort. Sie sahen sich einmal mehr bestätigt, dass die Amis alle einen Schuss hatten und natürlich völlig überfordert waren. Genervt von der ganzen unprofessionellen Verwirrung bliesen sie zum Abzug. Hier war nichts mehr zu holen.

»Eine Schere!«, schrie Delray währenddessen verzweifelt. »Hat denn niemand eine Schere!«

Als sich kurz darauf der wieder entfesselte Josh Spencer und sein Sicherheitschef gegenüberstanden, wäre Delray zum ersten Mal in seinem Leben fast vor Scham im Boden versunken. Er verfluchte sich, verfluchte sein verdammtes Pech und verfluchte die verdammten Islamisten, die es anscheinend nicht für nötig hielten, ihm einen anständigen, waschechten Terroristen zu schicken, weshalb er sich notdürftig selber welche zusammenbasteln musste. Wie es jedoch zu dieser Katastrophe kommen konnte, das war ihm absolut schleierhaft.

»Pete! Pete! Erde an Pete! Verdammt! Hörst du mir überhaupt zu?«, fragte Spencer verärgert.

»Ja. Ja klar. Sicher!«, sagte Delray leise, mit hauchdünner Stimme.

»Spätestens heute Abend.«

»Heute Abend, selbstverständlich« Delray hatte keine Ahnung, wovon sein Boss da redete. Er nahm nur Wortfetzen auf. Er blieb unter Schock, konnte kaum zuhören oder ihm folgen, geschweige denn einen klaren Gedanken fassen. »Heute Abend?«, fragte er deshalb vorsichtig nach.

»Bist du taub? Was ist in den letzten Tagen mit dir passiert?« Spencer erkannte seinen Sicherheitsmann nicht wieder. Irgendwo tat er ihm beinahe leid. Aber Zorn und Enttäuschung überwogen bei weitem. »Spätestens heute

Abend will ich dein Rücktrittsschreiben. Dann kannst du dich in Montana oder sonst wo zur Ruhe setzen. Ehrlich gesagt, ich denke, das hast du bitter nötig. Und noch eins!« Nun wurde Spencer noch ungehaltener. »April kannst du gleich mitnehmen!«

In diesem Augenblick kollabierte Delrays Welt endgültig. Spencer wusste also Bescheid. Delray war blamiert, entehrt und als Lügner enttarnt. Damit konnte Delray seine Träume für immer und alle Ewigkeit begraben.

»Darf ich Sie mit einem weiteren Glas Champagner verwöhnen?«, wurde Sophie von der fast unterwürfigen Stewardess gefragt. Sophie blickte aus dem Fenster, hinab auf das in heraufziehender Finsternis versinkende Land, das daran war, sich endgültig in die Nacht zu verabschieden. Überall gab es kleine und größere Lichtnester, belebt durch Adern aus roten und weißen Leuchtpunkten. Ganz Deutschland war von Autobahnen durchzogen. Besonders in der Dunkelheit wurde deutlich, wie dicht bebaut und besiedelt es war.

»Ja, gerne, danke!« Sophie genoss es, über alldem zu schweben. Sie wollte kein Teil davon sein, zumindest jetzt nicht. Es war ungewohnt, aber ein angenehmes Gefühl von Heimatlosigkeit hatte Besitz von ihr ergriffen, und genau das kam ihr momentan sehr entgegen.

»Und der Herr?«

Joshua Spencer nickte und nahm Sophies Hand. »Den haben wir uns verdient, was meinst du?«

»Nach dem turbulenten Fotoshooting ganz bestimmt.«

»Das war filmreif.«

»Deinen Mister Delray kann man nur bewundern für seinen sicheren Instinkt. Und dieser Scharfsinn!«

»Ja, mein bester Mann, solche Leute brauchen wir.«

Jetzt konnten sie beide wieder lachen. Das war den Tag über ganz anders gewesen. Selten zuvor hatte das Generalkonsulat solch einen Aufruhr erlebt. Ob per Telefon, per E-Mail oder persönlich vor Ort, sogar mit Übertragungswagen, die Medien kannten keine Gnade. Alle wollten über die heiße Affäre des Generalkonsuls berichten. Die Spekulationen schossen sofort wild in die Höhe und waren an ihren absurden Pirouetten kaum zu übertreffen. Für die eigentliche Wahrheit gab es keinen Platz. Obwohl bei Licht betrachtet auch diese schon ein Knaller gewesen wäre. Ab sofort musste Sophie Marquard für so ziemlich alles herhalten, von der raffinierten Untergrundkämpferin bis zur neuen Uschi Obermaier für die Best Ager Generation, die wahlweise vom sexbesessenen Botschafter verführt wurde oder den ahnungslosen Spencer in ihr quasi terroristisches Liebesnest entführt hatte, je nach Lesart und Geschmack. Sophie war die Sensation des Tages. Und würde es eine Weile bleiben.

Nur einer kam immer gleich schlecht weg: der komplett unwissende und somit absolut inkompetente Mann für die Sicherheit vor Ort, Pete Delray. Die Häme, die Kritik und die seitenlangen Schmähartikel waren schlicht vernichtend. Der Mann war am Ende.

Jetzt aber hatte etwas anderes höchste Priorität. Josh hatte darauf bestanden, dass sie First Class flogen. Das war das Mindeste, was sie sich verdient hatten. Er fühlte sich schuldig.

Das Gewirr an erleuchteten Häusern und Straßen Tausende Meter unter ihnen verdünnte sich und brach alsbald abrupt ab, um der Nordsee Platz zu machen. In gut sechs Stunden würden sie in New York JFK zwischenlanden, um von dort aus nach Miami International weiterzufliegen. Es tat gut, Deutschland und dem wild gewordenen München fürs Erste den Rücken zu kehren.

Sie wäre so oder so nach Miami geflogen. Nachdem Egon auch den ganzen Tag über nicht zu erreichen gewesen war, hatte ihr Entschluss festgestanden. Sie musste sich vor Ort vergewissern, dass es ihm gut ging. Die Sorge, dass er ihre Hilfe benötigte, nahm immer mehr von ihr Besitz. Außerdem hatte er ihr etwas mitzuteilen, und irgendetwas oder irgendwer hinderte ihn daran. Wer wusste schon, wozu Berg fähig war, wenn er sich hintergangen fühlte?

Spencers erste Reaktion, als er von Sophies spontaner Reise erfahren hatte, war es, ihr den Flug ausreden zu wollen, vor allem, weil es schlicht viel zu gefährlich war. Bei genauerer Überlegung aber bot sich auf diese Weise eine passende Gelegenheit, dem gnadenlosen und verletzenden Medienspektakel zu entfliehen. Außerdem wusste Spencer nur zu gut, dass Sophie nicht mehr aufzuhalten war. Zwecklos, sie hatte einen zu starken Willen. Also schloss er sich ihr an. Das wenige, was er in Deutschland zu regeln hatte, war erledigt, den Rest konnte er von Miami aus viel besser in die Wege leiten.

Plötzlich wurde Sophie von ihrem eigenen verständnislosen Gesicht angeglotzt, denn zwei Sitzreihen weiter vorne hielt ein anderer Fluggast gerade die Zeitung hoch. Die Aufmachung der Titelseite sprang sie förmlich an. Der Mann war völlig vertieft in die Bettgeschichte vom US-Generalkonsul und seiner wilden und gefährlichen Liebhaberin. Gleich mehrere, gestochen scharfe Fotos schmückten eine ganze Seite. Zur Auswahl standen: Sophie, nur mit ihrer Bettdecke bekleidet, dafür umringt von gleich mehreren SEK-Männern in Sicherheitswesten, deren Gesichter, trotz Masken selbstverständlich unkenntlich gemacht worden waren, ein fassungsloser Konsul, noch leichter bekleidet als Sophie neben ihr im Bett, und ein noch fassungsloserer Pete Delray, der entsetzt Kameras konfiszierte.

»Endlich mal ein gelungenes Foto von mir. Schade, dass ich keine Strapse getragen habe«, versuchte Spencer die absurde Situation aufzulockern.

»Ich hätte noch ’ne bunte Gummimaske gehabt.«

»Was? Das sagst du mir jetzt erst?«

»Wie wär’s mit einer anderen schönen Schlagzeile? Bist du denn schon Mitglied im Mile High Club?«, fragte Sophie.

»Liebe in zehntausend Metern Höhe?« Josh schürzte halb verlegen, halb stolz die Lippen. »Sagen wir so. Ich bin schon öfter im Privatjet mitgeflogen, wenn ich ehrlich sein soll.«

»Sei lieber nicht ehrlich. Ausnahmsweise.« Aber Sophie grinste. Das Scherzen half ihr. Sie schmiegte sich an seine Schulter, denn sie war froh und dankbar, ihn bei sich zu haben. Sie war hoch im Nirgendwo zwischen zwei Kontinenten und doch angekommen.

Delray überlegte, ob er vielleicht noch irgendeine Chance hatte, das Desaster, das er angerichtet hatte, wieder aus der Welt zu schaffen. Sein Rücktrittsschreiben konnte sich Spencer sonst wo hinschieben. Diese Schmach würde sich Delray niemals antun. Eher noch würde er sich standesgemäß erschießen, so, wie es sich für einen echten Soldaten gehörte. Aber davon war er vorerst weit entfernt. Er fing an, sich wieder zu sammeln und dabei seine Lage zu analysieren. Die war in der Tat alles andere als rosig. Und je mehr er das Geschehen rekapitulierte, desto offensichtlicher war es, dass ihn nicht die geringste Schuld traf. Mal ganz ehrlich, seit wann war es ein Fehler, wenn man seinen Job gewissenhaft erledigte? Mein Gott ja, eventuell hatte er etwas übers Ziel hinausgeschossen, aber darüber ließ sich trefflich streiten. Als Weichei hatte man in diesem Job nichts zu suchen. Und hätte Spencer ihn von Anfang an eingeweiht, so wie es seine verdammte Pflicht war, dann wäre es nie zu dem, zugegeben etwas unglücklichen Missverständnis gekommen. Dann hätte Delray diese hinterhältige und durchtriebene, denn nichts anderes war sie, ganz gleich, wie Spencer sie einschätzte, dann hätte Delray Sophie Marquard eben in Frieden gelassen. Er hätte seinem Boss und der sensationslustigen Öffentlichkeit ganz einfach wie geplant die beiden jungen ausländischen Ingenieure präsentiert, mitsamt druckfrischer Pläne zum Bombenbau. Alle wären glücklich gewesen. Hier zwei Terroristen weniger, da ein Held mehr. So einfach hätte alles sein können.

Aber wie so oft in der Geschichte großer Männer hatte ihm eine Frau einen Strich durch die Rechnung gemacht. So, wie seinerzeit jene durchtriebene Cleopatra dem großen Feldherrn Mark Anton ein tragisches Ende bescherte, so war diese Deutsche dabei, Spencer den Kopf zu verdrehen. Auf Delrays Kosten wohlgemerkt! Er war dazu verdammt, mit unterzugehen. Na ja, oder so ähnlich. Delray war ein großer Fan des History Chanels, auch wenn die Erzähler mit Vorliebe genau dann dazwischenquatschten, wenn Bilder von großen Schlachten gezeigt wurden.

Apropos Frauen, da gab es ja noch April. Das war natürlich äußerst bedauernswert, um nicht zu sagen ein Unglück, dass ihr kleines Geheimnis, von welchem Verräter auch immer, gelüftet worden war. Wie sah in diesem Fall der vernünftigste nächste Schritt aus? Sie warnen? Sie ins offene Messer laufen lassen? Oder sich verbünden und gemeinsam mit ihr zu einem gezielten Gegenangriff blasen? Achtung, Frauen! Das Thema hatten wir eben.

Delray musste nicht lange abwägen. Der erfahrene Feldherr in ihm kam schnell zum einzig zwingenden Schluss. Deshalb wählte er April Spencers Mobilnummer in Miami, und deshalb buchte er sich einen Flug zu Amerikas Bikini-Hauptstadt. Eine gute Ladung Sonnenstrahlen hatte er sich ohnehin verdient. Ja, er hatte sie sogar bitter nötig. Delray hatte längst nicht aufgegeben. O boy, da kannte ihn Spencer aber schlecht. Er stand zwar angenockt und mit zwei blauen Augen in der Ecke, aber Pete Archibald Delray war ein verdammt guter Boxer.

8

Mit einem Mal war alles wieder bonbonfarben. Nur war es ihr diesmal alles andere als fremd. Selbst der Geruch oder vielmehr all die übertriebenen Gerüche waren Sophie überaus vertraut. Alles war künstlich. Und auf eine unerklärliche Weise so echt.

Besonders dankbar war Sophie für diese selbstverständliche, ihren Körper und ihre Seele durchdringende, Wärme. Die schmeichelhafte Tropenluft ließ Sophie das durchgedrehte Überfallkommando, das sie vergangenen Morgen so freundlich geweckt hatte, vollends vergessen.

Kein Wunder, wer eben noch Handschellen und einen Gewehrlauf vor der Nase hatte, der las dankbar: «Willkommen in Miami, der Heimat der Sonne und der Strände.«

Selbst das babylonische Sprachwirrwarr aus extra coolem Kaugummi-Englisch und ratterndem Spanisch klang diesmal nicht mehr fremd. Und obendrauf gab es auch eine gute Nachricht, denn auf ihrer Mailbox meldete sich Egons Stimme, immerhin unversehrt, dennoch unüberhörbar mitgenommen. Er hatte keinen blassen Schimmer davon, dass Sophie soeben in Miami gelandet und nur wenige Meilen von ihm entfernt war. Wo genau auch immer er sich gerade aufhalten mochte.

Mit etwas Überredungskunst und Glück hatte Sophie wieder dasselbe Zimmer wie bei ihrem letzten Aufenthalt buchen können, obwohl sie das Raleigh Hotel dem Delano vorgezogen hätte. Aber Egon war dort, und sie wollte in seiner Nähe sein. Nur zu gerne hätte Spencer sie mit zu sich genommen, denn diesmal war er offiziell zu Hause. Er konnte in sein Haus am East San Marino Drive auf einer der drei künstlichen Venetian Islands, die sein Großvater hatte aufschütten lassen. Aber noch war es dafür zu früh. Erst musste er für klare Verhältnisse mit seiner zukünftigen Ex-Frau sorgen.

Keinem der beiden Frischverliebten fiel es leicht, sich zu verabschieden. Nachdem Spencer sicher war, dass mit Sophies Zimmer alles glattlief, nahm er sie zur Seite und gab ihr einen langen Kuss. Spätestens morgen Mittag würden sie sich wiedersehen. »Bitte gib mir Bescheid, bevor du Berg an die Kehle springst!«, bat er sie.

»Wird gemacht, oh du mein Beschützer!« Sophies Spruch konnte nicht darüber hinwegtäuschen, dass sie sich von Spencers Fürsorge geschmeichelt fühlte.

Leise klopfte sie an Egons Zimmer. Sie wollte ihn überraschen. Und genau das gelang ihr. Ungläubig, als würde er einem Geist gegenüberstehen, glotzte er sie mit großen, roten Augen an.

»Willst du mich denn nicht hereinbitten? Oder passt es dir ein anderes Mal besser?«

»Du bist wahnsinnig!«

Dann stand sie in seinem Zimmer, das nicht nur den sensationellen Blick aufs Meer vermissen ließ, sondern auch eine gute Vorstellung davon vermittelte, wie turbulent Egons Tage sich gestaltet hatten. »Dein Koffer ist wohl immer noch nicht aufgetaucht?«

»Nein. Ich hab mir einfach fünfmal das gleiche Outfit besorgt.«

»Kluge Entscheidung, never change a winning team. Wie ich sehe geht's dir ja blendend.«

»Findest du? Ich fühl mich be… na ja, komplett daneben. Völlig neben der Spur.«

Ironie verstand er also in seinem Zustand nicht. Kein

Wunder. »Aber immerhin, du scheinst produktiv zu sein.« In dem relativ kleinen Raum stapelten sich buchstäblich die Gemälde. Auf einem meinte sie zwei bekannte, irgendwie vertraute Gesichter wiederzuentdecken. Es war eine Art expressionistisches Gruppenbild mit Dame. So ähnlich, wie es George Grosz dutzendfach über die zügellose Berliner Gesellschaft der ach so Goldenen Zwanziger gemalt hatte, nur freier, wilder, verzerrter. Woher kannte sie die beiden Männer nur? Es wollte ihr nicht einfallen.

»Ich werd noch wahnsinnig.« Egon fuhr sich durch sein zerzaustes Haar. »Immerzu muss ich malen. Ich finde keinen Schlaf mehr.«

»Weil du solch einen Schaffensdrang verspürst?« Ihr spöttischer Unterton war überdeutlich.

»Na ja, vielleicht gibt es da auch noch ein, zwei andere Gründe.«

Aber Sophie wollte nicht weiter nachbohren. Es hätte keinen Sinn gehabt. Dazu war er viel zu sehr am Ende. Sie war erleichtert, ihn überhaupt mehr oder weniger am Leben anzutreffen.

»Sophie, ich ...«

»Das hat alles Zeit bis morgen«, unterbrach sie ihn, »aber versprich mir, dass du dich ausruhst. Länger als nur eine Stunde! Sonst fliege ich morgen auf der Stelle wieder zurück. Ich pass vor deiner Tür auf. Du entwischst mir nicht.«

»Ja. Sicher. Weißt du, selbst wenn ich wollte, ich könnte nicht anders«, gestand er einsichtig. Und das war nicht gelogen.

»Also, mein Lieber, um elf Uhr hol ich dich ab. Dann sehen wir weiter. Schlaf gut.«

»Du auch. Und, Sophie! Schön, dass du wieder da bist! Danke!«

Beide hatten den gleichen Gedanken: Nichts ist wertvoller als eine Freundschaft.

»Wie wär's mit einem ordentlichen Steak?«, frohlockte Sophie.

»Hab ich das auf der Stirn stehen, oder seit wann kannst du Gedanken lesen?«

»Du wirst lachen, diesmal denke ich da weniger an dich. Rein theoretisch rückt bei mir der Abend näher. Jetlag. Ich bin hier, aber mein Appetit anscheinend noch in München.«

»Wenn das so ist, auf der Lincoln gibt es sogar ein Hofbräuhaus.«

»Danke, super Vorschlag, Egon, aber für einen verzuckerten Schweinebraten mit halb frittierten Knödeln oder gar Pommes frites bin ich nicht unbedingt nach Miami geflogen.«

Egon fuhr sich müde durch die Haare. Er sah zwar immer noch abgekämpft aus, aber das war kein Vergleich zu gestern. »Wo soll's dann hingehen?«

»Josh hat das Red vorgeschlagen.«

»Josh? Josh Spencer? Ist der etwa auch hier?«

»Ganz recht, mein Lieblings-Picasso, wird Zeit, dass ihr euch miteinander vertraut macht.«

»Also wirklich. Mal ist er Freund, mal ist er Feind. Wer soll da noch mitkommen?« Ganz war Egon noch nicht auf den neuesten Stand. Wie auch? Zwar kannte Egon den Generalkonsul von der albernen Ausstellung in München, aber gesprochen hatte er mit ihm nie. Dazu sollte er beim Lunch im Steakhouse, dem Red, ausreichend Gelegenheit haben.

Sophie saß amüsiert in der Mitte der Männer, deren einzige Verbindung sie, die Freundin und mögliche Geliebte, darstellte. »Hier serviert man also das beste Steak der Stadt?«, fragte Sophie.

»Für Miami Beach gilt das mit Sicherheit. Drüben in Downtown haben sie noch das Capital Grill. Dort haben sie sogar eine Art begehbaren Fleisch-Humidor. Hat einen richtigen Western-Flair, könnte auch in Denver oder so stehen.« Jetlag war für Joshua offensichtlich ein Fremdwort.

»Klingt natürlich sehr verlockend, so ein Fleischschrank.« Sophie nahm eines der scharfen Messer in die Hand und musterte ihr Spiegelbild auf der polierten Klinge. »Da gefällt es mir hier ohne wohltemperierte Schlachtbank schon besser.« Derart fröhlich war sie, sie hätte zehn Steaks verdrücken können. Ihr war, als hätte sie ein Doppel-Date mit zwei Verehrern. Das war zwar Unsinn, doch sie musste zugeben, dass sie zwischen diesen beiden Männern goldrichtig saß.

Egon dagegen war merkwürdig, ja direkt übel gelaunt. Für ihn wirklich eine Seltenheit. »Wenn Sie meiner Sophie auch nur ein Haar krümmen, dann tackere ich Sie höchstpersönlich auf mein nächstes Bild.«

So hatte sie ihren Egon ja noch nie erlebt. War er etwa eifersüchtig?

»Glauben Sie mir, Egon, ich verstehe und respektiere Sie. Ich garantiere Ihnen, nichts liegt mir ferner.«

»Will's nur gesagt haben. Sie ist keine von Ihren frustrierten Hamburger Ehefrauen.«

»Haben Sie etwa auch …?« Spencer brachte den Satz nicht zu Ende. Aber sicher, jetzt erst wurde ihm bewusst, dass natürlich auch Egon seinen privaten Mailverkehr kannte.

Sophie beschwichtigte: »Es ließ sich schwer vermeiden.

Aber schauen wir nach vorne.« Sie wandte sich an ihren Freund: »Und Egon, ich bin übrigens alt genug. Josh ist auf unserer Seite. Er ist zwar nicht unbedingt das unschuldige Opferlamm, aber auch nicht der Drahtzieher und böswillige Buhmann, für den wir ihn gehalten haben.«

»Wovon reden wir hier eigentlich?«, fragte Egon.

Spencer ergriff das Wort. »Nun, ich denke von zwei Dingen. Von einer Frau, die mir sehr viel bedeutet, und von einem eiskalten Betrüger, der einfach nicht genug kriegen kann.«

Egon beruhigte sich. Obwohl sein Kopf immer noch dröhnte, bekam er allmählich einen Blick für die Situation. »Ach, wenn ihr wüsstet.«

»Was soll das heißen? Du hast auch vorgestern am Telefon ...«, hakte Sophie nach.

Egon unterbrach sie. »Lasst uns bitte erst was essen. Oder bin ich der Einzige, der von diesem Steakgeruch gleich verrückt wird?«

»Na, das nenn ich mal ein Wort!«, stimmte Spencer zu.

Sophies Blicke wanderten zwischen Egon und Spencer hin und her, und sie dachte sich, so unterschiedlich sind die beiden gar nicht.

Das Red stellte sich, wie angekündigt, als eine Klasse von Steakrestaurant heraus, wie man sie selbst in den USA nur selten antraf. Eigentlich eine Liga für sich. Der Aufwand, den man hier betrieb, um auch wirklich alles aus einem Steak herauszuholen, was es hergab, und gerne noch einiges mehr, grenzte an Besessenheit. In Europa war man davon Lichtjahre entfernt, wenn man überhaupt je diese Perfektion erreichen würde. Das Fleisch war, wenn man es so wollte, außen fast angebrannt, aber eben nur fast. Deshalb mochte man meinen, es käme frisch von einem Lagerfeuer in der Prärie. Innen war es so butterweich und hauchzart, dass das Messer von alleine hindurchgleiten wollte. Der Geschmack war schlicht unbeschreiblich.

»Einzigartig! Ein Wunder!«, jubelte Egon. Mit jedem Bissen kam er mehr zu Kräften.

»Seht, manchmal kann man mir vertrauen.« Spencer gab Sophie einen Kuss.

So ungewohnt es für sie auch sein mochte, vor Egon geküsst zu werden, überhaupt wieder geküsst zu werden, so sehr genoss sie es. Wie sie alles genoss. Sie ließ sich jeden einzelnen Bissen auf der Zunge zergehen, als hätte sie schon Monate kein Fleisch mehr zu essen bekommen. Von den raffinierten Beilagen, dem ganz leicht karamellisierten Rosenkohl, dem cremigen Spinat unter einer dünnen Parmesankruste und haarfeinen frittierten Pommes frites, die obendrein auch etwas getrüffelt waren, ganz zu schweigen.

Es dauerte seine Zeit, bis sie sich durch all die Köstlichkeiten gekämpft hatten. Jeder durfte mal beim anderen probieren. Auch wenn sie nur zu dritt waren, es hatte etwas von einem kleinen Familienfest. Dann allerdings wurde Spencer etwas ernster. »Kommen wir zum Punkt, bevor sie uns mit ihren gemeingefährlichen Desserts komplett die Sinne benebeln. Wenn ihr einverstanden seid.«

»Entschuldige, Joshua«, man war mittlerweile beim Du angelangt, »dein Besteck, bist du etwa schon fertig? Ich meine, da liegt ja noch ganz einsam ein halbes Rind?«

»Egon?« Sophie traute ihren Ohren nicht.

Spencer hingegen verstand Egon nur zu gut. Er hatte sich sogar geschämt, so viel zurückgehen zu lassen. Es kam einer Beleidigung an den Koch gleich. Aber er war innerlich zu unruhig, er bekam kein ganzes Steak hinunter. »Hey, Künstler haben immer Hunger! Das war schon früher in Paris so«, versuchte er Egon zu verteidigen.

Das musste Spencer nicht zweimal sagen. »Dann bin ich mal so frei.« Mit funkelnden Augen sicherte sich Egon den Teller.

»Manchmal wär ich auch gern ein Mann«, sagte Sophie.

Nachdem Egon auch den zweiten Büffel verspeist hatte, wischte er sich mit der bestickten Stoffserviette den Mund ab, nahm einen Schluck Rotwein, wischte ein zweites Mal über seinen Mund und legte endlich los. »Nun, unser lieber Freund Berg. Tja, sieht ganz so aus, als könnten wir uns bald von ihm verabschieden, sehr bald sogar.«

Sophie wurde ungeduldig. »Sprich nicht so in Rätseln, so wichtigtuerisch!«

»Vorgestern, oder war es gestern? Jedenfalls gab es wieder einen kleinen Umtrunk bei Al in der Mansion. Ich hab's geschafft, mich kurz davonzustehlen. Wollte in seinem Büro nach Hinweisen suchen.«

»Und? Was hast du gefunden?«

»Heiliger Bimbam! Mich wundert's immer noch, dass er so nachlässig ist. Die Schubladen an seinem Schreibtisch sind nicht mal abgeschlossen. Trotzdem, Mann, war ich nervös. Was ich gefunden hab? Alles! Kontobewegungen, Schreiben, sogar eine kleine handgeschriebene Strategieskizze. Der eitle Kerl, er hat alles sorgfältig in einem schwarzen Hefter geordnet, mit der Aufschrift: ›the final act‹, in Weiß.« Stolz genoss Egon den Effekt, den sein kleiner Vortrag auf die beiden anderen hatte.

»Ich hab's gewusst!« Sophie war so laut, dass der Kellner zwei Tische weiter kurz erschrak. Dann wurde sie wieder leiser. »Das letzte Kapitel? Scheint mir einen Sinn fürs Dramatische zu haben, dein Herr Geschäftspartner.«

»Die Krönung«, setzte Egon nach, »das war eine Art Entwurf für sein zukünftiges Gesicht.«

»Wie bitte?« Diesmal erschreckte Joshua den Kellner.

»Unglaublich, oder? Ein brasilianischer Superchirurg soll ihm ein komplett neues Aussehen verleihen.«

Das musste Sophie erst einmal verdauen. War das zu fassen?

»Das wäre nichts Neues«, stellte Spencer trocken fest. »Die Drogenbarone in Südamerika wechseln zirka alle fünf Jahre ihr Aussehen. Hat mir ein Freund vom FBI gesteckt.«

»Warum sollten sie es anders machen als manche Frauen hier?«, bemerkte Sophie zynisch.

»Verrückt! Al ist ein irrer Typ.« Egon meinte das nicht als Lob, trotzdem, es war faszinierend. »Er ist wie ein kleiner Junge.«

Sophies Bewunderung hielt sich in Grenzen. »Hm, guter Vergleich, ein kleiner Junge, der Doktor No spielt, oder wie? Hallo? Wo bin ich hier? Bei einem Remake von Miami Vice?« Kopfschüttelnd schob Sophie ihre Kaffeetasse zur Seite. Was den Espresso betraf, da mussten die Baristas vom Red noch ganz schön üben.

»Wozu das alles?« Noch verstand auch Spencer nicht, was vor sich ging. »Was waren das für Kontobewegungen?«

Egon lehnte sich gemütlich zurück und nahm sich seinen Cheesecake zur Brust. »So, jetzt kommt's. Das ist der Witz an der ganzen Sache. Al Berg und alles, einfach alles, was mit ihm zu tun hat, wird sich in Luft auflösen.« Egon ließ mit der linken Hand eine Seifenblase platzen. »Pfff! Adios!«

Spencer konnte sich noch keinen Reim auf die ganze Sache machen. »Und dann?«

»Er wird unter neuem Namen, höchstwahrscheinlich zuerst in Bermuda, wieder auferstehen. Simsalabim!«

»In Bermuda? Warum um Himmels willen ...«

Sophie, die Schachspielerin, war schneller als Spencer. »Weil er dort sein Geld hat. Oder, besser, eine seiner vielen Scheinfirmen. Ich fass es nicht. Er wird euch alle reinlegen, dich, Josh, deine Freunde, ganz München, einfach alle.«

Egon nickte. »Sieht ganz so aus!« Er schmatzte fröhlich vor sich hin. So schnell brachte ihn das nicht aus der Ruhe. »Also dieser Käsekuchen, warum gibt es so was bei uns nicht?«

»Ihr meint, seine Projekte, das ist alles nur ein Bluff?« Spencer lehnte sich nachdenklich zurück.

»Ich sag ja, Al ist ein Genie! Er hat so was um die fünfzig Millionen Dollar an Investorengelder eingesammelt und das ganze Projekt, bevor auch nur eine Schaufel bewegt wurde, für fast das Doppelte an andere weiterverkauft. An die künftigen stolzen Besitzer der teuren Luxusappartements im Eden Tower.«

»Der nie gebaut wird. Zum Glück! Ich müsste ihm ja beinahe dankbar sein. Das hat was von einer meisterlichen Rochade«, sagte Sophie.

Egon sprach mit schmatzendem Mund weiter: »Ein Großteil des Kaufgeldes ist bereits bezahlt. Wie er das macht, ist mir schleierhaft.«

Spencer musterte die beiden Schachspieler mit großen Augen. »Wollt ihr etwa sagen, dass Berg von beiden Seiten die Dollars kassiert und sich dann für immer aus dem Staub macht?«

»Bingo! Halt! Nicht nur Dollars, auch unseren starken Euro. Ansonsten ja, das trifft es genau auf den Punkt. Alter Autohändlertrick, einen Gebrauchtwagen verkaufen, den man gar nicht hat.«

»Dann kann er sich nie wieder blicken lassen. Das würden ihm einige Leute sehr übel nehmen.«

»Deshalb das kleine Facelifting. Der Mann denkt an alles. Was bedeutet das für meine Wohnung? Ich weiß, hier fliegen die Millionen nur so durch die Luft. Aber wie wirkt sich das bei dem kleinen Bauklötzchenspiel auf meine Zukunft in der Königinstraße aus?«

»Bei Monopoly würde das Projekt in der Mitte landen. Der Nächste, der auf »Frei Parken« kommt, darf es sich unter den Nagel reißen und dann bauen.« Damit traf Spencer den Nagel leider auf den Kopf.

»Dann, meine Herren«, verkündete Sophie, »muss ich mitspielen und verhindern, dass das irgendein Verrückter ist.« Sie erinnerte sich plötzlich an etwas. An Egons Bild.

»Wie willst du das verhindern?« Egon zögerte.

Doch Sophie war nur mit einem Ohr bei ihrem Freund. Ihr wurde bewusst, wen sie auf Egons Zeichnungen zu erkennen geglaubt hatte. »Indem wir uns nicht mehr mit billigen Würfelspielchen befassen, sondern zur Abwechslung mal ein wenig Schach spielen. Weniger Glück, mehr Strategie.«

Als kleinen Verdauungsspaziergang, wenn man eine halbe Rinderherde überhaupt verdauen konnte, waren die drei zum Pier am South Point Park aufgebrochen. Vor ihnen übten ein paar Jungs, deren Basketballtrikots ihnen fast bis zu den Fußknöcheln reichten, waghalsige Sprünge mit ihren Skateboards. Hinter ihnen versuchte ein Vater, seiner kleinen Tochter das Fahrradfahren beizubringen. Und neben ihnen auf einer Parkbank fiel ein Latinopärchen übereinander her.

Liebend gern hätte Sophie jetzt auch Josh einen Kuss verpasst, aber leider war in der Öffentlichkeit nicht daran zu denken. Wie ein kleines Mädchen wurde sie von dem

Verbotenen nur mehr angeheizt. Sophie war bereit, ihre Grenzen auszutesten.

Eine leichte Brise vom Meer verschaffte ihnen allen ein wenig Abkühlung. Während sie so zu dritt an der befestigten Uferpromenade entlangschlenderten, beherrschte sie alle ein Thema. Sie mussten gemeinsam einen Plan entwerfen, um Al Berg das Handwerk zu legen, bevor es endgültig zu spät war. Für Spencer galt es dabei, sein Geld und seinen Ruf zu retten, für Sophie nicht weniger als ihr Zuhause. Und es ging ihr ums Prinzip. Sie durften nicht tatenlos zusehen, wie Berg die Leute scharenweise über den Tisch zog und dabei wer weiß was in Gang setzte. Es wurde schon für weitaus weniger als hundert Millionen Dollar gemordet. Sie wussten nun Bescheid, und das hieß, sie hatten eine Verantwortung. Das war die Konsequenz. Ansonsten wären sie Mittäter, vom moralischen und obendrein sogar vom rechtlichen Standpunkt aus. So sah es auch Egon. Auch wenn ihn, egal wie abwegig es klang, eine Spur schlechten Gewissens gegenüber Al plagte, immerhin hatte er Egon wie einen Freund, fast wie einen Bruder, aufgenommen. Egon hatte einen hohen Ehrenkodex. Allerdings stand außer Frage, wem seine wahre Freundschaft und unumstößliche Loyalität galt.

»Wie geht es eigentlich Gwen?«, fragte Sophie, als sie beide wieder im Taxi auf dem Weg ins Hotel saßen.

»Die trifft gerade ihren Vater.«

»Oh, là, là. Und? Ist er älter oder jünger als du?«

»Ein Jahr jünger.«

Sophie schmunzelte. »Dann versteht ihr euch sicher blendend. Vielleicht kannst du ihm ja ein, zwei Tipps in Sachen Erziehung geben.«

Egon versuchte ohne Erfolg das Fenster zu öffnen. Das viele Essen und der Spaziergang heizten seinem Körper ein.

»Wenn ich mir dich so ansehe, dann könntest du auch als ihr Opa durchgehen.« Sophie war in Fahrt.

»Der Mann kommt aus Texas.«

»Glückwunsch! Ein republikanischer Cowboy. Der ist da sicher ganz liberal.«

»Warum nicht? Ihre Stiefmutter ist übrigens auch Anfang zwanzig.«

»Den Familienurlaub möchte ich sehen.«

»Kann dir ja ein paar Fotos schicken.«

»Mal ehrlich, wie …? Ist es so ernst mit euch beiden?«

Egon wischte sich den Schweiß von der Stirn. Endlich gab das Fenster nach. Er ließ es herunter und atmete tief durch. Dann drehte er sich zu Sophie: »Ich liebe sie, jeden Tag mehr.«

»Mein Gott, Egon Tegern …«, Sophie fasste ihn am Kinn und schüttelte so seinen Kopf, »du bist echt der Knaller!«

Egon grinste verlegen. »Vielleicht wirst du ja noch Patentante?«

Was für eine Vorstellung. Dieser manchmal so unbeholfene Bär von einem Mann mit einem kleinen, zarten Wesen in seinen großen Händen. Egon und ein Baby, nach all den wilden Jahren. Sie kicherte glücklich bei dem Gedanken. »Wenn du Glück hast! Aber wie wie wär's, erst kümmern wir uns um deinen Freund Al und sehen zu, dass wir da irgendwie lebend rauskommen.« Der Fahrer ließ mit mürrischem Gemurmel zu, dass auch sie ihr Fenster herunterlassen durfte. »Dann komme ich gerne zu den Flitterwochen auf die Ranch.«

»Bei dem abenteuerlichen Plan ist das noch ein langer Weg bis auf die Ranch.«

»Stimmt. Aber wir sind mittendrin. Die Eröffnung ist gespielt. «

Eigentlich hatten Sophie und Spencer am nächsten Morgen geplant, mit dem Boot raus aufs Meer zu fahren. Sozusagen als Wiedergutmachung für den misslungenen letzten Ausflug. Doch Spencer wollte spontan einen alten Freund, einen Vertrauten, der ihnen helfen sollte, in den sogenannten »Moorings« treffen, auf halbem Weg nach Key West. Also ratterten die beiden in Spencers altem Sammler-Porsche auf dem Highway 1 gen Süden.

»Der Wagen ist so laut, da muss man sich wenigstens nicht unterhalten.«

»Was sagst du?« Spencer hatte beide Hände an dem störrischen Lenkrad, das keine Fehler verzieh.

»Ich habe nichts gesagt.«

»Ja, stimmt. Made in Germany.«

Sie fragte sich, ob ihr vielleicht entgangen war, dass sie beide eigentlich schon dreißig Jahre verheiratet waren? So vertraut waren sie miteinander. So selbstverständlich war alles. Sie startete einen letzten Versuch, diesmal sprach sie ganz laut und langsam. »Seit wann hast du ihn, deinen Sportflitzer aus Stuttgart?« Der Wagen war sicher schon über dreißig Jahre alt. Sophie verstand nicht viel von Autos.

»War ein Geschenk, zum Führerschein, von meinem Vater.«

»Wie großzügig! Mein erstes Auto war auch von Porsche, ein Käfer. Na ja, deiner ist immerhin heil geblieben.«

»Denkste! Nach drei Wochen hatte ich einen Achsenbruch.«

»Ich habe drei Parkuhren umgefahren.«

»Auch nicht schlecht.«

Seit über einer Stunde ging es schnurstracks geradeaus. Der Streifen Festland, auf dem sie fuhren, war kaum breiter als der Highway. Links und rechts von ihnen breitete sich das Meer aus, und Sumpfland, die weltberühmten Everglades.

»Hast du viele Krokodile gesehen?«

»Klar, schon als Kind. Unheimlich schnell die Dinger, wie der Blitz.«

»Dann bleib bitte auf der Spur!« Sophie wurde etwas mulmig.

»Man kann schöne Cowboystiefel aus ihnen machen. Und Handtaschen!«

Sophie musste an Texas denken, an Egons zukünftigen Schwiegervater.

»Kein Wunder, dass die Tiere so schlecht gelaunt sind.«

Die Amerikaner hatten zwar die längsten und breitesten Autos, waren aber schlechte Autofahrer. Die massiven Leitplanken aus Betonteilen waren der steinharte Beweis. Immerhin hatte man sich die Mühe gemacht, sie in leuchtendem Türkis anzupinseln, so dass sie nur hin und wieder, alle hundert Meter, von einer dicken Lackschramme eingeschwärzt wurden.

Sie musste es ansprechen: »April ist auch in Miami?«

»Ja, leider. Sie hat sich sehr gefreut, mich zu sehen. Hab ihr ›liebe Grüße‹ von Delray ausgerichtet. Dass er sie sehr vermisst. Besonders die gemeinsamen Stunden.«

»Wir könnten eine WG gründen. Oder eine Patchwork-Familie?«

»O ja, du und Pete würdet euch prima verstehen.« Spencer schüttelte den Kopf. »Morgen hab ich einen Termin mit meinem Anwalt.«

»Stürmische Zeiten.«

Entschlossen fixierte Spencer die Straße. »Spannende, reinigende Zeiten.«

Sophie sah nachdenklich aus dem Fenster. Gab es ein Zurück? Und wenn ja, wollte sie das? Wegen Spencers

Frau hatte sie auf jeden Fall kein schlechtes Gewissen. Im Hause Spencer nahm man es mit der Treue seit langem nicht mehr ernst, wenn man es überhaupt je getan hatte. Spätestens nachdem Spencer von seiner weinenden Sekretärin hatte erfahren dürfen, Nancy war völlig aufgelöst gewesen, dass April ihm mit ihrer Vorliebe für Seitensprünge in nichts nachstand, dämmerte ihm, dass er seine Meisterin längst gefunden hatte.

Spencer war selber beileibe kein Unschuldslamm, deshalb hatte Sophie, was das betraf, wenig Mitleid mit seinem anfangs gekränkten Stolz. Nur, so hatte er betont, bei aller Freiheit, die er sich bis vor kurzem noch genommen hatte, in den eigenen vier Wänden, das schließe sein Büro übrigens mit ein, im eigenen Schlafzimmer und vor allem mit seinem engsten Vertrauten, das sei ein respektloser Tabubruch. Da sei er altmodisch. Das hätte er keinem der beiden zugetraut.

»Entschuldige, wenn ich das sage, eure Ehe, das war doch sowieso ein Witz.«

»Ich war verliebt, anfangs. Ich bin nun einmal ein naiver Romantiker.«

»Na, das klingt doch vielversprechend.«

»Meine Sturm-und-Drang-Phase ist vorüber, glaub mir!«

»Ach, schon? Meine fängt, glaube ich, gerade erst an.«

»Meine Rede, ich bin zu alt für dich.«

Sophie streichelte sein Gesicht. »Sieht wohl ganz danach aus.«

Der Inselstreifen, der sie nach Süden führte, war mittlerweile wieder breiter geworden. Links und rechts flogen ständig große Billboards, hausgroße Werbetafeln, mit quietschlauter Werbung an ihnen vorbei. Entweder wurde man von meterhohen lachenden Garnelen angegrinst oder

Barrakudas fletschten ihre blitzblanken, messerscharfen Holzzähne. Eine ganze Flotte von Schiffen auf Land offerierte in knalliger Bildsprache Ausflüge von einem Angler-Paradies ins nächste. Es war eine einzige Volksfest-Kulisse, gespickt mit zahllosen Möglichkeiten, sein Geld loszuwerden. Fast alles drehte sich um die Jagd nach Fischen, ein farbenfroher Themenpark für das abenteuerlustige Kind im Mann. Der typische Sportfischer war übrigens mindestens so wohlgenährt wie seine fetten Köder, meist Larven, mit denen er auf die Jagd ging, und war ähnlich übergangslos rund gebaut. Man machte im weiten T-Shirt großzügig Werbung für seine Lieblings-Biermarke und schleppte sich in seinen Multifunktionsshorts umso gemächlicher von einem Anglershop zum nächsten, je PS-stärker das eigene Boot war.

Hin und wieder reckten sich am Straßenrand gigantische azurblaue Wannen aus hartem Kunststoff in die Höhe, in der Hoffnung als Pool in einem Garten zu enden. Souvenirläden waren auch kinderleicht zu finden. Sie drohten jederzeit unter der Last der Abertausenden von alten Bojen, Muscheln und Seesternen aus China zusammenzubrechen. Einzig die riesigen Schilder, die durch die Bank »Beste Preise«, »Super Schnäppchen« und »bis zu 70 % Nachlässe« bejubelten, schienen das zu verhindern.

»Romantisch hier«, stellte Sophie belustig fest.

»Ja, ein nettes, kleines Örtchen.«

Die Moorings selber hingegen zeichneten ein komplett gegensätzliches Bild. Abseits vom allseits vorherrschenden kommerziellen Wahnsinn war hier die Zeit stehen geblieben. Mehrere Holzhäuser im Kolonialstil gruppierten sich um eine Villa, in die Hemingway, ohne zu zögern, eingezogen wäre. Überall auf den Veranden ratterten gemütlich die Deckenventilatoren, und alles blickte, geschützt von großen indischen Palmen, auf das spiegelglatte Meer. Bis zum Riff hin, auf mehrere Kilometer, war es kaum tiefer als einen Meter. Der ganze Besitz war in privater Hand und, ausgenommen vom Haupthaus, das die Verwaltung und den Besitzer beherbergte, zu mieten. Je nach Bedarf für Tage, Wochen, Monate. Meist nisteten sich Fototeams ein und knipsten vor atemberaubendem Hintergrund die Webeprospekte und Kataloge der übernächsten Saison. Paradies pur. Einen idyllischeren Arbeitsplatz konnte sich Sophie kaum vorstellen. Außer man hatte einen Sonnenstuhlverleih auf den Malediven, oder man arbeitete als Cocktailmixer am Strand von Nassau.

Spencer bat Sophie, ihn mit seinem mysteriösen Freund allein zu lassen, da ihr delikater Plan ein Vieraugengespräch erforderte. Natürlich nicht, ohne sich zuvor gleich mehrere Küsse bei ihr abzuholen.

Für Sophie bot sich die Gelegenheit, eines der Fototeams bei der Arbeit zu beobachten. Verführerisch an eine Palme gelehnt, posierte ein Pärchen, das letzten Sommer gerade mal das große Einmaleins gelernt hatte und jetzt krampfhaft versuchte, gleichzeitig möglichst unfreundlich, verführerisch und erwachsen zu schauen. Der französische Fotograf war offensichtlich am Verzweifeln und schrie ständig: »Merde!« Weil erstens keiner seinem gebrochenen Englisch folgen konnte und zweitens dem Mädchen ständig die weißblonden Haare ins Gesicht flatterten. Woraufhin eine am ganzen Körper tätowierte Frau mit absurd futuristischer Frisur der kindlichen Heidi-Klum-Jüngerin an den Locken zupfte. Dazu schwebte synchron ein Balletttänzer von einem Stylisten heran und zog die Hosentaschen des jungen Mannes gerade, weil sich dort angeblich etwas peinlich abzeichnete. Beide wurden rot im Gesicht. Einer vor Scham, einer vor Freude.

Der Assistent des Starfotografen reichte seinem Boss ein Glas Weißwein und kämpfte gegen seine eigene Müdigkeit an, weil er höchstwahrscheinlich die ganze Nacht Skandinaviens Next Topmodel vernascht hatte. Ständig zwinkerte er der Blondine lüstern zu und bombardierte sie unübersehbar mit heißen Blicken.

Sophie hatte ihre helle Freude. Man spielte Theater nur für sie. Wie sie es liebte, Menschen und besonders solche Szenen zu beobachten. Weil sie konzentriert dem Geschehen folgte und alles drum herum vergaß, erschrak sie plötzlich umso mehr, als Josh ihr vorsichtig auf die Schulter tippte. Sie hätte der kleinen Aufführung ewig weiter folgen können, aber Josh hielt zwei Eistees in der Hand und deutete auf die Veranda des Haupthauses. »Komm!«

Sie stand auf. »Wie war dein Treffen?«

»Hätte nicht besser laufen können.«

»Dann haben wir uns ein Lunch verdient?«

»Auf der anderen Seite der Straße gibt es ein phantastisches Restaurant, die servieren den besten …«

»Lass mich raten! Fisch?«

»Ich sag ja, du hättest Detektivin werden sollen.«

»Bin ich das nicht?«

Im Hintergrund schrie der Fotograf wieder. »Merde!«

Sophie war nicht der Typ Mensch, der im Auto schlafen konnte. Aber auf der Fahrt zurück nach Miami Beach war sie, kaum hatte Spencer den Zündschlüssel umgedreht, in derselben Sekunde eingenickt. Sie war tief versunken in eine Welt, die nie jemand wirklich betreten würde. Es war ihre Traumwelt, und sie war wunderschön. Erst das Klingeln seines Handys riss sie aus dem sanften Schlummer, den ihr der Wein und das famose Essen beschert hatten. Es dauerte kurz, bis sie überhaupt wusste, wo sie war, nämlich in Florida, auf einem Highway, neben ihrem Liebhaber, in dessen altem Porsche. Doch dann spürte sie sehr schnell, dass etwas Schreckliches passiert war. Spencers Tonfall und sein entsetzter Gesichtsausdruck ließen keinen anderen Schluss zu.

»Eine Bombe!«, sagte er, nachdem er aufgelegt hatte.

Sophie verstand kein Wort.

»Auf meinem Boot ist eine Bombe explodiert.«

Bei der nächsten Möglichkeit fuhr Spencer auf einen Rastplatz und stieg aus dem Wagen. Er stand neben dem Kotflügel und schien nach Halt zu suchen. Selbst als Sophie ihn in die Arme nahm, starrte er weiter wie paralysiert ins Nirgendwo.

»Jemand wollte mich in die Luft sprengen. Mich! Hier! Kannst du dir das vorstellen? Ich sollte heute sterben.«

»Vielleicht war es ein Unfall?«

Jetzt sah er Sophie todernst an. »Ein Unfall? Ein Unfall war es nur, weil es nicht mich, sondern Juan erwischt hat.«

»Oh, mein Gott! Wer ist Juan?«

»Er kümmert sich immer um alles. Das Boot. Wenn ich weg bin.«

»Aber woher, ich meine, wer sagt, dass es ein Anschlag war? Wie willst du das wissen? Das ist doch Wahnsinn! Wer kann denn so etwas wollen? Und warum hier in Miami? Das ist doch dein Zuhause!«

Spencer reagierte nicht.

Unbewusst beantwortete Sophie sich ihre Fragen selber. »Du meinst doch nicht etwa?« Sie hielt sich die Hand vor den Mund. »Berg?« Plötzlich hatte sie die mahnenden Worte ihres verstorbenen Mannes, des Kommissars, im Ohr. »Das Motiv. Denk immer an das Motiv! Welches Motiv sollte er haben? Ohne Motiv kein Mord.«

»Vielleicht hat er geahnt, dass wir ihm auf den Fersen sind? Er … Immerhin hat er Egon in seinem Büro erwischt?«

Sophie wog den Gedanken ab. Aber er fühlte sich falsch an. »Nein, das ergibt keinen Sinn. Das passt nicht zu ihm. So handelt er nicht. Berg agiert im Verborgenen und jagt nicht jemanden mal so eben in die Luft. Viel zu viel Wirbel.«

»Im wahrsten Sinne des Wortes!«

»Oder hat er das etwa je getan? Hat er je solche Gewalt angewendet oder anwenden lassen.«

»Gewalt ja, aber nicht in dem Stil. Nein, nicht dass ich wüsste. Das passt tatsächlich nicht.«

»Eben! Was hätte er davon? Du stehst ihm nicht wirklich im Weg. Selbst wenn du ihn heute auffliegen lassen würdest, ist es viel zu spät. Die Gelder sind geflossen und er könnte sich jederzeit absetzen. In aller Ruhe. War ja sowieso sein Plan.«

»Rache?«

»Immer ein gutes Motiv. Aber auch das passt so überhaupt nicht zu ihm. Das hat er nicht nötig. Davon lässt er sich nicht ablenken.« Sophie versuchte die Umstände so sachlich wie möglich zu analysieren. Nur so hatte man eine Chance, die Wahrheit aufzuspüren. »Wenn er mit der Absicht spielen würde, wenn er Grund hätte, sich an jemandem zu rächen. Dann an …«, sie erschrak vor ihrem eigenen Gedanken, »dann an Egon.«

»Um Himmels … meinst du, dass er jetzt in Gefahr ist?«

Sophie versuchte ruhig zu bleiben. »Nein, dann würde ich nicht hier stehen.« Sie legte ihren Kopf nach hinten und schloss die Augen. So konnte sie sich am besten konzentrieren. »Wenn es wirklich ein Anschlag war …«

»Die Polizei weiß angeblich morgen, spätestens übermorgen, mehr.«

»… dann übersehen wir etwas. Etwas Entscheidendes. Die Frage, die wir uns stellen müssen, lautet ganz anders. Wer weiß, dass du hier bist, und noch viel wichtiger, wer wusste, dass du heute mit deinem Boot rauswolltest?«

Wenn Joshua Spencer zuvor blass vor Schrecken war, dann drohte er nun aschfahl zu werden. »Sophie, das kann doch nicht sein.« Er fuhr sich mit der Hand über den Mund, rieb sich die Schläfen, als wolle er eine Befürchtung aus seinem Kopf wegmassieren. »Außer Juan habe ich extra nur zwei Leuten Bescheid gegeben: Nancy, meiner Sekretärin und …

»Und?«

»April!«

»Die Sache ist schiefgelaufen.«

»Was soll das heißen?«

»Spencer war nicht auf seinem Boot.«

»Wie? Und die Bombe? Wenn die jemand findet! Du musst den Timer neu einstellen!«

»Ich befürchte, dazu ist es zu spät.«

Stille.

»Bist du noch da?«

»Ja, sicher. O nein! Bitte sag nicht …«

»Doch so sieht es aus.«

»Scheiße! Das ist, und jetzt? Wie konnte das nur passieren, du …«

»Spencer hat spontan seine Pläne geändert. Das haben wir nicht mitbekommen. Das Boot ist trotzdem rausgefahren. Wir dachten, ich meine, keiner hat geahnt, dass sein Bootsmann an Bord ist.«

»Aber …? Wie Bootsmann? Was für ein verdammter Bootsmann?«

»Wann warst du zuletzt auf einem Boot?«

»Hundertmal.« Pause. »O Gott! Ich meine, ihm ist doch nicht etwa?«

»Na ja, ihn hat's erwischt. Wen wundert's? War ja 'ne ordentliche Ladung. Wenn ein Tank in die Luft fliegt … Also entweder knallt's dann und es bleiben nur kleine Puzzleteile übrig, oder jeder sieht sofort, dass es kein Unfall war.«

»Es war aber ein Unfall. Spencer lebt.«

»Im weitesten Sinne, ja.«

»Was sagt die Küstenwache, die Cops?«

»Die werden auf jeden Fall denken, dass es ein Unfall war. Unter Garantie. Ich mach das nicht zum ersten Mal.«

»Was für eine elende … Das ist das Schlimmste, was passieren konnte.«

»Zugegeben, wir haben etwas Pech gehabt. Aber ein kleines Restrisiko gibt es eben immer.«

»Willst du mich verarschen? Du redest hier von Pech und Restrisiko? Du hast den falschen Mann in die Luft gesprengt!«

»Halt! Ein Boot ist gesunken, weil der Tank defekt war. Das ist ein Unterschied. Aber ich gebe zu, das hätte besser laufen können. Deshalb erledige ich den Job endgültig, umsonst, noch diese Woche.«

»Bist du wahnsinnig! Einen Scheißdreck wirst du machen. Jetzt, wo alle hellhörig sind. Was hast du vor? Rein zufällig noch ein zweites Unglück? Gleich hinterher?«

»Solche Schicksalsschläge kommen vor. Das ist nicht ungewöhnlich. Schon mal was von Murphys Law gehört?«

»Willst du mich verarschen? Murphys Law! Du rührst keinen Finger! Ich warne dich! Sonst …«

»Hey, war nur ein Angebot!«

Was sollte Spencer nun als Nächstes machen? Konnte er noch nach Hause fahren, wo April vielleicht mit dem Küchenmesser auf ihn wartete oder einen Gifttrunk für ihn zusammenbraute?

Oder waren Sophie und er endgültig komplett durchgeknallt? Die Polizei wollte nicht ausschließen, dass es ein tragischer Unfall war. Es wäre nicht das erste Mal gewesen, dass ein Boot kenterte, weil der Tank Feuer fing.

»Aber Juan war ein sehr erfahrener Mann.«

»Sind das hier nicht alle?«, fragte Egon.

Sie saßen zu dritt in Sophies Zimmer und versuchten sich über ihre Lage Klarheit zu verschaffen.

»Am besten du gehst fürs Erste von einem Unfall aus«, schlug Sophie vor. »Zumindest nach außen hin. Dann kommt der Gegner am ehesten aus der Deckung.«

»Wir sind hier nicht beim Boxkampf.«

»Die Regeln sind oft die gleichen, ob Boxen, Schach oder …«

»… die Politik, ich verstehe.«

»Meint ihr wirklich, das ist so eine gute Idee?«, schaltete sich Egon ein. »Vielleicht sollten wir besser zur Polizei gehen?«

»Womit denn? Mit vagen Vermutungen? Bis jetzt ist doch fast alles ganz legal. Außerdem sind wir hier nur zu Besuch! Vergiss das nicht.«

»Sophie hat recht. Bevor sie euch zuhören, geschweige denn auch nur irgendetwas glauben, werdet ihr auf Herz und Nieren geprüft. Das dauert. Gerne auch mal ein, zwei Tage. Von Sophies unverhoffter, bombastischer Berühmtheit in Deutschland mal ganz abgesehen.«

»Bombastisch? Ich glaub, uns fliegt das langsam alles um die Ohren«, sagte Egon kleinlaut. Doch er fand sofort wieder neuen Mut. »Du bist doch nicht Irgendwer! Du hast doch sicher Verbindungen? Ich meine, dein Wort, hat das kein Gewicht? Sophie sagt, du bist hier aufgewachsen und bekannt wie ein bunter Hund?«

»Wie ein bunter Hund habe ich nicht gesagt.«

»Stimmt aber. Nur, das hilft uns in diesem Fall nicht direkt. Ihr müsst mir vertrauen. Der ursprüngliche Plan ist der beste Weg.«

»Wenn du so lange am Leben bleibst.« Egon war bei der Sache äußerst unwohl.

»Oder du!« Spencer scherzte nicht.

»Die beiden Herren! Bevor ihr euch in eurem Sarkasmus gegenseitig übertrumpft. Ich glaube, die nächsten beiden Tage ist Joshua sicher.«

Sophie klang sehr überzeugt. Sie stand am Fenster. Zu ihren Füßen tobte das tägliche Strandleben. Ihre blaue Bluse doppelte sich mit der Farbe des Meeres.

»Danke für deinen Optimismus, aber woher willst du das so genau wissen?« Egon fand die Aussicht, in die Luft gesprengt zu werden, wenig verlockend.

»Ganz einfach. Der Anschlag. Wenn es einer war, dann sollte alles auf einen Unfall hindeuten. Was jetzt? Gleich noch einen drauf? Ein Unfall ist zunächst ein Unfall, aber ein zweiter ein offensichtlicher Mord. Und das an einem Regierungsvertreter? Das bedeutet sofort ausgedehnte Ermittlungen und bringt mindestens euer FBI auf den Plan. Stimmt's, Herr Generalkonsul?«

»Garantiert.« Spencer folgte konzentriert Sophies Überlegungen. Ihr Scharfsinn war unschlagbar.

Sie drehte dem Meer den Rücken zu und kreuzte lässig die Beine. »Zwei sogenannte Unfälle kurz hintereinander? So naiv ist keiner. Das heißt, wir haben etwas Zeit.«

»Und was ist mit mir? Bin ich sicher?« Das Gegenlicht

blendete Egon, so dass er Sophie nur in Umrissen wahrnahm.

»Ich denke, du bist noch ein paar Jahre sicher. Nur nicht vor dir selber. Vielleicht ist das ja eine gute Gelegenheit für dich und Gwen, zwei Tage auf Wellnesskur zu gehen? Ein Kurztrip auf die Bahamas oder sonst wo in der Karibik? Ist ja alles vor der Haustür. Auf jeden Fall bist du so garantiert aus der Schusslinie.«

Egon stand auf. »Keine schlechte Idee!« Er zog sich seinen verknitterten Anzug zurecht. Er nahm den Ausblick in Augenschein, gerade so, als reichte er bis nach Kuba. »Und zu Bergs Party sind wir wieder da!«

»Ganz genau!« Sophie nahm Joshuas Hand und legt einen Arm auf Egons Schulter. »An diesem Abend lassen wir und niemand anderes die Bombe platzen!«

Spencer nahm Sophie von hinten in die Arme. »Netter Vergleich. Aber was ist mit dir? Sophie, du bist ebenso in Gefahr.«

Davon ging sie nicht aus. Sie steckte zwar in der Sache mit drin, aber momentan stand sie niemandem im Weg. Oder täuschte sie sich? »Dann musst du mich eben beschützen.«

Es war ein sehr seltsames Gefühl, in sein Haus zurückzukehren, heimzufahren zu der Frau, die einen womöglich lieber tot sähe. Spencer hatte über ihre Absichten nachgedacht. Und er brauchte nicht lange, um sich auszumalen, was Aprils Motiv sein könnte. Wie so viele in seinem Leben wollte auch sie nur eines: sein Geld.

Delray hatte sie sicher gewarnt und ihr eröffnet, dass ihr Mann von ihrer Affäre wusste, oder was auch immer es war. Und natürlich musste sie von einem ausgehen: ihre

Tage an seiner Seite waren gezählt. Er würde sich nicht weiter zum Trottel machen lassen. Konsequenzen standen an. Es sah nicht gut aus für April, noch Misses Spencer, bald wieder Miss Newman.

In Amerika, erst recht in Miami Beach, musste man kein Genie sein, um sich mit vielen schönen Frauen zu umgeben. Gut, ein gewisses Aussehen, im besten Fall sogar Charme und Humor, das konnte nicht schaden. Aber wirklich wichtig und entscheidend war nur der liebe alte Mr. Dollar. Hatte man davon ausreichend oder tat zumindest so, dann wurde man von sogenannten Traumfrauen regelrecht belagert. Und da Spencers Familie seit Generationen als äußert vermögend galt, war man im Hause Spencer auf hübsche Ladys mit einer Vorliebe für volle Bankkonten mehr als vorbereitet. Eine der besten Kanzleien der Ostküste entwarf mit Handkuss die wasserdichtesten Eheverträge, die das amerikanische Rechtssystem zuließ. Keine Chance für April, sich auch nur einen Cent in ihr teuer operiertes Dekolleté zu stopfen. Es sei denn, ja, und da hatte jeder Vertrag seine kleine Schwachstelle, es sei denn, Spencer starb eines natürlichen Todes. Dann sollte die Witwe einen Großteil des Vermögens erhalten. Das war selbstverständlich. So ein kleiner Bootsunfall ging übrigens auch als höhere Gewalt durch. Clevere Idee, das musste er seiner Angetrauten lassen.

Die Gefahr aber, dass April ihn gleich an der Haustür lynchte oder nachts hinterrücks zerstückelte, war einigermaßen überschaubar. Er durfte sich demnach ohne Bodyguard in sein Haus trauen.

Nur eines, das hatte er längst verstanden, eines durfte man nicht machen. Man durfte April nicht unterschätzen. Das konnte seit neuestem lebensgefährlich sein.

Mit dieser Warnung im Hinterkopf stieg Spencer aus

seinem Porsche und sah zu, wie sich das große Tor zu seinem Anwesen schloss.

Er hatte sich vorgenommen, freundlich, ja sogar warmherzig zu ihr zu sein. Er wollte sich auf keinen Fall etwas anmerken lassen, ihr gar andeuten, dass er sie hinter dem Anschlag vermutete. Ja, er wollte überhaupt nicht erst von einem Anschlag reden. Es galt, jede Eskalation zu vermeiden. Umso interessanter würde es sein, sie bei ihren Lügen zu beobachten.

Er kam in die Küche.

Da stand sie, am Kühlschrank mit Karotten und einem Dipp in der Hand.

»Hi, April! Willkommen zu Hause!«

Sie musterte ihn prüfend. »Wir haben uns gestern am Flughafen wohl verpasst?« Ihr Ton war vorwurfsvoll. »Und heute Morgen? Wieso hast du mir nicht Bescheid gegeben. Du bist so früh aufgestanden? Ich hab den Zettel erst heute Mittag gefunden.«

Spencer war von ihrer angriffslustigen Haltung überrascht. »Nancy war informiert. Hast du mit ihr gesprochen? Oder mit Pete?«

Sie änderte ihre Haltung. Als wäre alles wie immer, dippte sie ihre Karotte in die Sour Cream und setzte ein ahnungsloses Gesicht auf. »Nein. Wieso, sollte ich?«

Spencer blieb gelassen. Jetzt spielte sie also die Naive. So konnte sie sich am ehesten als Unschuldslamm verkaufen. Darauf hatte er sich vorbereitet.

»Wollen wir heute essen gehen?«, sagte sie eher beiläufig. »Auf der Collins hat ein neues Hotel aufgemacht. Der Chefkoch wird in New York gefeiert wie der neue Messias.«

»Warum kocht er dann hier? Nein danke, ich dachte, wir bleiben heute zu Hause?« Er formulierte seine Sätze als nett gemeinte Vorschläge. »Wir haben uns lange nicht gesehen.«

»Auch gut. Aber irgendwie langweilig. Du könntest deine Frau gerne mal wieder ausführen. Findest du nicht?«

Das machte sie geschickt. Sie gab sich launig bis bockig wie immer. Spencer fragte sich, wie lange er dieses Spiel mitmachen sollte. Kein Wunder, sie bevorzugte die Öffentlichkeit. In einem vollen Restaurant war es alles andere als passend, sich über eine Scheidung oder einen Mordanschlag zu unterhalten, noch dazu, wenn man so bekannt war.

Sie ließ nicht locker. »Oder wir rufen ein paar Bekannte an? Ja, lass uns eine große Runde organisieren!« Begeistert klatschte sie in die Hände. »Bitte, Joshy!« Als wäre sie frisch verliebt, setzte sie plötzlich zu einem Kuss an.

Doch Spencer drehte sich weg. Die Rolle des glücklichen Ehemannes zu spielen überforderte ihn. Es drehte sich ihm dabei der Magen um.

»Lass uns feiern, dass wir endlich mal wieder beide zur gleichen Zeit in Miami sind!«, schlug April mit übertriebener Begeisterung vor. »Lass uns Deutschland vergessen. Dort ist alles so deprimierend! Zum Glück ist das so gut wie vorbei.«

Was hatte sie vor? Spencer fiel es schwer, sein Misstrauen zu verbergen.

Wieder änderte sie ihre Haltung. Jetzt kam sie ganz nah an ihn heran. Sie sah ihm tief in die Augen und strich ihm vorsichtig über die Wange. »Hier fangen wir wieder neu an. Du und ich!«

Spencer blieb regungslos. Meinte sie das etwa ernst? Dachte sie wirklich, sie konnte ihm einen Neuanfang verkaufen. Wollte sie so ihren Kopf aus der Schlinge ziehen?

»Und?« Auf einmal hüpfte April aufgeregt wie ein Teenager auf der Stelle umher. »Sag jaaaa!«, sang sie. »Jaaaaaa!« Sie war eine gute Schauspielerin. Blitzschnell wechselte sie ihre Rollen, von Zicke zu schnurrender Katze, zu Schlange. Offensichtlich wollte sie ihn damit verwirren.

»Ach was! Was frag ich überhaupt. Wir gehen einfach. Basta!«, beschloss sie kurzerhand.

»Halt, April, halt, warte bitte!« Er taxierte April, seine Ehefrau mit den vielen Gesichtern und fragte sich, ob er jemals ihr wahres Ich gesehen hatte. War es an der Zeit, die Karten auf den Tisch zu legen? Würde sie dann, vielleicht zum ersten Mal überhaupt, alle Masken fallen lassen? »Ich werde den ganzen Abend arbeiten müssen. Ein Sandwich reicht mir«, sagte er betont sachlich, bemüht, jede Eskalation zu vermeiden.

»Aber was soll dass heißen? Joshy! Ist dir deine Arbeit soviel wichtiger als ich?« Sie wurde ärgerlich. »Warum bist du denn dann überhaupt hier?«

Es dauerte ein wenig bis er antwortete: »Wegen dir, April, hauptsächlich wegen dir.«

Sie machte einen leichten Schritt zurück. Ihr dämmerte, dass sie so nicht weiterkam. Ihre Haltung, wie sie die Arme verschränkte, sie wieder löste, um sie dann in die Hüften zu stemmen, verriet ihre Unsicherheit. »Warum so ernst? Ich wollte nur einen schönen Abend mit dir verbringen.«

»Heute nicht.« Nie wieder, dachte er. »Ein anderes Mal.«

Aprils Mimik verfinsterte sich. »Wir …«, setzte sie an, aber führte den Satz nicht zu Ende. Anscheinend war auch für sie die Inszenierung beendet. Ihre Ehe war eine Farce, womöglich sogar eine lebensgefährliche. Nur das offen aussprechen, das wollte sie wohl nicht, vor allem nicht als Erste. »Gut. Dann bleiben wir heute zu Hause.« Sie lächelte wieder, diesmal etwas gequält. »Morgen ist ein neuer Tag.«

Sie spielte auf Zeit. Das war typisch für sie, mehr war im Moment nicht möglich.

»Aber spätestens in zwei Tagen lassen wir es krachen!«

Er wurde hellhörig. »Da ist das Fest bei Al Berg?«

»Eben!«, triumphierte sie.

April würde sich nie und nimmer kleinlaut geschlagen geben. Das hatte er erwartet. Oder machte sie sich tatsächlich Hoffnungen? »Gute Idee. Lass uns da ordentlich auf den Putz hauen.« Besser er ließ sie vorerst im Ungewissen.

»Du und ich, das wird ein unvergesslicher Abend!«

»Dafür werde ich mein Bestes geben«, sagte er. Die Zweideutigkeit war ihr entgangen.

»Nein, nein, nein!«

»Was redest du da?«

»Ja. Sicher. Er weiß Bescheid. Über uns. Aber sonst? Sonst hat er keine Ahnung! Er liebt mich. Ob er will oder nicht! Er kann gar nicht anders. Schon gar nicht ohne mich.«

»Du willst mir doch nicht etwa weismachen, dass Joshua Spencer zulässt, dass ich mit seiner Frau schlafe?«

»Na ja, vielleicht müssen wir eine kleine Pause einlegen.«

»Ich verstehe! Schon kapiert, dein Arsch ist gerettet, also ist wieder alles in Butter!«

»Rede nicht so mit mir!«

»Meinst du, ja?« Auf einmal schrie Delray in das Telefon. »Ich kann noch ganz anders mit dir reden! Ich warne dich, Kleines!« Er wurde wieder ruhiger. »Wenn du mich hängenlässt!«, drohte er. »Ein Anruf! Und der kleine Bootsunfall erscheint unter einem ganz anderen Licht. Ich sorge persönlich dafür, dass du in den schmuddeligsten, dunkelsten Frauenknast von ganz Louisiana kommst. Oder magst du Latinas lieber? Wie wär's mit New Mexico?«

Außer einem nervösen Atmen war für mehrere Sekunden nichts zu hören. Die Leitung schien tot. »Hör auf, mir so Angst zu machen.« Ihre Stimme klang zaghaft und verschreckt.

»Die solltest du aber haben, ich meine es todernst.«

»Was soll ich denn machen? Ihn die Treppe runterschubsen?«

»Keine schlechte Idee.« Delray war eiskalt.

»Was? Ich halt das nervlich nicht mehr aus.«

»Bilde dir nur nicht ein, das Problem löst sich von alleine. Spencer wird dich fallenlassen. Das ist so sicher wie das Amen in der Kirche. Ich will nur, dass dir das klar ist. Also, bist du auf meiner Seite?«

»Ja.«

»Kann ich dir vertrauen?«

»Ja.«

»Liebst du mich?«

»Ja.«

»Gut! Dann zieh jetzt von mir aus ein, zwei Lines, tu dir was Gutes, und denk an mich!« Delray legte auf.

Genau das machte April, die wie ein Häufchen Elend im Schneidersitz auf ihrem Bett hockte und längst dabei war, ein neues Päckchen mit weißem Pulver aus ihrer Handtasche zu fischen. Das erste Tütchen hatte sie fast in Trance durchgezogen. Wie hätte sie sonst den ganzen Stress aushalten sollen? Sie schniefte und schluchzte und versuchte gleichzeitig, das Kokain in die Nase zu bekommen.

Joshua Spencer saß in seinem Arbeitszimmer. Das konnte sie nicht wissen. Auch er legte den Hörer auf, vorsichtig.

Das war der endgültige Beweis. Seine Frau und sein Vertrauter planten seinen Tod. In den Hörer eines anderen Telefons sagte er: »Danke, Bradley, Sie haben mir sehr geholfen.«

Es war immer wieder erstaunlich, dachte Joshua Spencer, wie leicht es heutzutage war, ein Gespräch zu belauschen. Wenn man die richtigen Leute kannte.

9

Spannung lag in der Luft. Nicht nur, weil seit Tagen gigantische, graue Wolkentürme aus der Karibik heranwehten, die jede Minute drohten, das gesamte Dade County unter Wasser zu setzen. Spannung auch, weil direkt auf dem Ocean Drive ein Hollywoodstreifen mit spektakulärer Verfolgungsjagd gedreht werden sollte. Und auch, weil Bergs große Party, die insgeheim nichts anderes als seine Abschiedsvorstellung sein musste, immer näher rückte und neben Brad Pitts Dreharbeiten das Stadtgespräch in Miami Beach war.

Und eine besondere, verborgene Spannung lag in der Luft, weil Spencer sich heimlich mit mehreren einflussreichen Männern getroffen hatte, meist unter vier Augen, und jetzt der Tag der Entscheidung, der Startschuss für ihren übermütigen Coup anstand.

Vorerst aber blieb die Sonne der Sieger, der Himmel war unverschämt blau und schenkte den Menschen einen unbeschwerten Strandtag. Noch war alles friedlich.

«Überlebenshandbuch für Eliteeinheiten« war der Titel des ausgefallenen Buches, das die rüstige Rentnerin, sie war zierlich und hatte einen Turban aus blauem Haar, am Tisch neben Sophie las. Interessante Lektüre, dachte sich Sophie. Auf das gewohnte Frühstück im Hotel hatte Sophie verzichtet, stattdessen war sie im Van-Dyke-Café gelandet, wo man auf einen halbwegs gesunden Frühstücksteller hoffen konnte. Zur Abwechslung ein vitaminreicher Start in den Tag, der nicht von gelber Matsche und verbranntem Fett dominiert werden sollte. Außerdem bot sich Gelegenheit, die vielen Menschen um sich herum zu studieren. Nur einen Tisch weiter zum Beispiel palaverte eine Mutter im Nähmaschinentempo in ihr Mobiltelefon, während ihr kleiner Sohn mit einem Eisbecher kämpfte, der größer war als sein Kopf, und seine nur wenig ältere Schwester wie vom Wahn besessen auf ihr I-Pad einhämmerte, dass es einem Epileptiker hätte schwindelig werden müssen.

Sophie gegenüber ließen drei zarte Jünglinge ihre Müslis einweichen, weil sie sich partout nicht entscheiden konnten, wer nun wen küssen sollte. Also knutschte in einem fort jeder mit jedem.

Sophies Kellner hatte Augenringe von hier bis nach Kolumbien und stand offenbar immer noch unter Drogeneinfluss, weil er ihr bereits zum dritten Mal einen Pitcher Bier mit Himbeersaft brachte, den sie nie bestellt hatte.

Alles schien seinen gewohnten Gang zu gehen. Doch wie ein hochsensibles Messinstrument konnte Sophie die trügerische Ruhe vor dem Sturm fühlen. Alles hing an einem seidenen Faden. Der Knall stand bevor.

Josh meldete sich per Telefon. »Alles gut bei dir?«

»Und wie! Gleich bekomme ich meine vierte Karaffe Bier mit Himbeersaft.«

»Trinkst du dir Mut an?«

»Ich dachte eher an die vielen Vitamine.«

»Sophie, mir wäre viel wohler, wenn du im Hotel warten würdest.«

»Worauf? Bis du die Welt gerettet hast?«

»Ich habe einfach Angst um dich?« Es klang mehr nach einer Frage, als hätte sie das vergessen.

»Sehr lieb von dir. Aber das lass ich mir nicht entgehen. Das bin ich meinem Max schuldig.«

»Auch wenn ich ihn nur aus deinen Erzählungen kenne, bin ich mir sicher, er hätte nie zugelassen, dass du dich in solche Gefahr begibst.«

»Ja, hin und wieder hat auch er mich für ein kleines Mädchen gehalten.«

Spencer wusste längst, Sophie war ein Dickkopf. »Bleib bitte immer an Egons Seite!«

»Weil er groß und stark ist?«

»Und weil er das Haus kennt.«

»Seien wir mal lieber froh, dass du noch lebst! Was macht die schwarze Witwe?«

»April? Hat mich noch einmal verschont. Fürs Erste.«

»Wie nett von ihr. Dann bis heute Abend! In der Höhle des Löwen. Dicken Schmatzer!«

Das Frühstück war beendet. Zeit, sich wichtigeren Dingen zu widmen!

Der Königin neue Kleider. In einem schicken neuen Hosenanzug oder einem Kostüm, damit wollte Sophie auf ihre Weise den Untergang von Al Berg zelebrieren. Geld sollte keine Rolle spielen. Sicher würden die Damen und Herren von Barney's das begrüßen. Wäre doch gelacht, wenn sich in der Dependance des New Yorker Edelkaufhauses nichts fände. Sophie rief den zugedröhnten Kellner zu sich. »Ein Glas Champagner, bitte. Nicht im Pitcher und gerne auch ohne Himbeersaft.«

Das Cateringbusiness war in Miami Beach, einer Stadt, die der Genusssucht unheilbar verfallen war und der keine Auster, kein Hummer und keine Kaviardose groß und damit teuer genug sein konnte, eine schier unerschöpfliche Goldmine. Nur mit Alkohol, leichten Mädchen und natürlich Drogen konnte man mehr Geld machen. Ach ja, es gab ja auch noch die plastische Chirurgie.

Wie auch immer. Den Markt, der alles umfasste, was nur annähernd mit kleinen kulinarischen Gaumenfreuden zu tun hatte, teilten sich seit Jahrzehnten drei Familien, alle italienisch und alle aus New Jersey. Das Logo der besten der drei Adressen, «DaFirenze«, schmückte die Seiten des kleinen dunkelgrünen Transporters, der soeben das Sicherheitsgate des Star Island, der bescheidenen Enklave der Reichen und nicht immer Schönen, passiert hatte. Der Fahrer und sein Kollege waren allerdings keine kriminell unterbezahlten Zuwanderer aus Lateinamerika, auch wenn sie so aussahen. Und anders als zu erwarten, bestand ein Großteil ihrer Lieferung nicht aus Köstlichkeiten aus aller Welt, sondern aus seltenen Zutaten für einen ganz besonderen, hochexplosiven Cocktail. Einen Teil der Chemikalien konnte man in jedem Baumarkt oder Drugstore kaufen, ebenso die Rohre und Sägespäne. Aber zusätzlich hatten sie ein paar Feinheiten im Gepäck, die nur der äußerst versierte Bombenbauer auftreiben konnte.

»Wenn du mich fragst, alles zusammen reicht das Zeug locker aus, um das kleine Inselchen hier platt zu machen«, stellte der durchtrainierte Fahrer fest.

»Meinst du?«

»Aber easy. Ist sowieso alles künstlich hier. Also wetten?«

»Wie künstlich?« Der Beifahrer mampfte gerade den letzten von drei Cheeseburgern.

»Na, glaubst du etwa, die Natur bekommt ganz exakt so eine ovale Insel hin?«

»Keine Ahnung. Hab noch nie drüber nachgedacht. Ovale Inseln? Jetzt wo du's sagst, Mutter Natur neigt zu groben Fehlern. Du bist der lebende Beweis.«

»Danke, Einstein! Wer war noch mal der Typ, der jede Woche zu blöd ist, einen Lottoschein auszufüllen?«

»Nimm's mit Fassung! Dafür kannst du ganz ordentlich Autofahren.«

Der Kleinlaster bog auf Al Bergs Grundstück ein.

»Und ich beherrsche zehn tödliche Handgriffe.«

»Wer nicht? Aber hier oben«, er tippte mit dem Finger an seine Schläfe, »da muss dein geheimes Waffenarsenal sein.«

»Gut, dann rechne mal aus, du tödliches Zahlengenie. Reicht's für die Insel, oder nicht?«

»Schwer zu sagen. Aber eines ist klar, wenn's ›Bumm‹ macht, dann haben die Miami Heat einen teuren Centerspieler, die Hip-Hop-Charts eine beliebte Nummer eins und Burger King einen fetten Boss weniger.«

Der Fahrer stieg aus dem Wagen. »Eines davon könnte ich niemals verkraften.«

Im schwarzen Anzug kam Mort, dem von Al Berg die Überwachung der Vorbereitungen für die Party anvertraut worden war, auf die beiden zu. »Noch mehr Büfett?«

»Yes, Sir!«

»Ich dachte, wir sind komplett?«

»Hey, kann man je genug zu essen haben?« Der Fahrer hob seine Sonnenbrille und zwinkerte mit dem rechten Auge.

Der Beifahrer schaltete sich ein. »Wir nehmen es gerne wieder mit und machen mit dem ganzen Zeug ein kleines BBQ bei uns im Garten.«

»Und wir zahlen? Das könnte euch so passen. Der Lieferanteneingang ist da hinten.« Mort blieb äußerst ernst.

»Schade. Unsere Ladys wären begeistert gewesen.«

»Bevor ihr beiden faulen Latinos unsere Austern grillt oder in eure Tacos manscht, schmeiß ich sie lieber wieder ins Meer.«

Die Lieferanten stiegen wieder in ihren Wagen, und der Beifahrer sagte zu seinem Kollegen: »Also, ich finde, einen Versuch wär's wert.«

»Ja, der freundliche Herr schreit förmlich danach, pulverisiert zu werden. Bumm!« Genüsslich zog er das Wort in die Länge.

Der raffinert geschnittene Hosenanzug aus federleichtem Stoff schien wie für sie gemacht. Chanel und Ziegelrot, das hätte sie sich in München nie getraut. Wieder einmal wollte ihre elegante Kleidung so gar nicht zu dem schäbigen Taxi passen, das der Hotelportier für sie ausgesucht hatte. Eigentlich hätten sie sich weigern sollen einzusteigen. Aber wirklich vielversprechender sahen die anderen Wagen auch nicht aus. Es war tatsächlich bemerkenswert, dass eine so reiche Stadt, die noch dazu derart vom Tourismus abhängig war, sich mit solchen Rostschüsseln zufriedengab.

Also ließen sie sich durchschütteln, in der Hoffnung, das Bravourstück der amerikanischen Ingenieurskunst fiel nicht auseinander, bevor sie ankamen. »Gwen, sag mal, sind die Taxis in Texas ähnlich modern?«

»Da haben wir gar keine. Jedenfalls kenne ich keinen, der Taxi fährt. Witzige Vorstellung: mit dem Taxi durch Texas.«

»Eine weise Entscheidung!«

Gwen sah selbstverständlich umwerfend aus. Ein seidenes Cocktailkleid mit dünnen Trägern und raffiniertem Schnitt, makellose, leicht gebräunte Haut und die passende, perfekte Figur. Sophie mochte sie, denn sie war gut zu Egon. Obwohl Gwen leicht eine verzogene Göre hätte sein können, der alle Männer zu Füßen lagen und jeden Traum erfüllten, war sie ganz und gar natürlich geblieben. Das war heutzutage eine kostbare Seltenheit, die Ausnahme. Jetzt gab es für sie nur einen: Egon. Auch der hatte sich neu eingekleidet und war der Beweis dafür, dass Größe und ein gewisses Körpervolumen einen Anzug erst richtig zur Geltung brachten. Neben Egon wirkte jeder andere modisch abgehungerte und zurechtgestutzte Mann einfach nur peinlich, harmlos und unmännlich. Sophie fing an zu verstehen, was Gwen an Egon äußerlich zu schätzen wusste. Seine inneren Werte kannte sie sowieso. Auch erwiesen sich die zwei Tage Auszeit in der Karibik, die er sich mit Gwen gegönnt hatte, als ein wahrer Segen für alles an ihm, seine Augen, seine Haut, seine ganze Körperhaltung. Das war unübersehbar, gesundes Leben stand ihm ausgezeichnet.

Das Taxi schleppte sich scheppernd über die Brücke zu Star Island, das wiederum in ein verführerisches Lichtermeer eingetaucht war, welches jede Oscar-Verleihung in den Schatten stellte. Hollywood war an diesem Abend fast provinziell. Miami war heute die Sonne des Glamour-Universums.

»Gütiger im Himmel!« So groß, so bombastisch hatte Sophie sich Bergs Party nicht in ihren kühnsten Träumen vorgestellt.

»Dann mal auf ins Gebrüll!« Egon öffnete beiden Frauen die Türen, was ihm einen sportlichen Sprint ums Auto herum abverlangte. Der Taxifahrer dagegen blieb stoisch sitzen und stopfte sich seine zerknüllten Dollars in die Brusttasche.

Sophie war gespannt, ob Berg sie an der Tür erwarten würde. Bislang hatte sie ihn nur einmal gesehen. Damals im Olivers wäre sie nie auf den Gedanken gekommen, ihm an die Kehle zu springen. Tja, jetzt lagen die Dinge ein wenig anders. Warum ihn nicht einfach erwürgen und der Welt damit einen großen Gefallen erweisen? Was für eine bestechend einfache Lösung, ein verführerischer Gedanke. Schachmatt in drei Zügen.

Doch bis dato keine Spur von ihm. Er schien verschluckt vom Partyvolk, das sich zu Hunderten eingefunden hatte. Überall waren Frauen, die alle mehr oder weniger gleich aussahen. Geklont, gestrafft, mit Botox aufgepumpt und eingezwängt in knappe, teure Kleider, den Kopf stets zur Seite geneigt, damit die Tausend-Dollar-Frisur perfekt fiel. Zum Glück waren solche Vogelnester wie damals zu den Zeiten von Dallas und Denver Clan bei den amerikanischen Frauen nicht mehr angesagt, sonst hätte man vor ihnen wirklich Angst bekommen müssen. Doch auch so ließen diese Beauty-Zombies einem das Blut in den Adern gefrieren.

Auch bei den männlichen Pfauen dieser eitlen Elite verhielt sich das Verhältnis zwischen eigenem Genmaterial und implantierten, patentgeschützten Zubehörteilen der Firmen BASF oder Dow Chemical ungefähr siebzig zu dreißig. Was insofern gut hinkam, da selbst Siebzigjährige noch wie dreißig aussehen wollten. Nur, mehr als die ewige Jugend stand ihnen das verzweifelte Bemühen darum auf die gestraffte Stirn geschrieben. Das wirkliche Alter eines Menschen zu erraten war heutzutage ein ambitioniertes Unterfangen.

Über allem schwebte ein Motto: Man wollte es mal wieder so richtig krachen lassen. Den grauen, ewig sonnigen Alltag vergessen. Passenderweise stand für dieses Unterfangen gleich eine komplette Jahrgangsproduktion Champagner zur Verfügung. Von all den anderen virtuosen Spirituosen und den Bergen an Delikatessen ganz zu schweigen.

Sophie hatte anfangs ihre Mühe, sich in diesem dichtgedrängten Karneval zurechtzufinden. Es gab zu viele Räume, und aus jedem drängte zu viel völlig unterschiedliche Musik. Zum Glück kannten Egon und Gwen sich bestens vor Ort aus. Ebenso vom dichten Trubel überwältigt, nahm Egon beide Frauen an der Hand, um sich mit ihnen Richtung Terrasse und Pool durchzukämpfen. »Kommt's Mädels, ich box uns durch!«

Das Partyvolk torkelte längst mehr, als dass man wirklich im Weg stand. Man wollte sich reiben und gegenseitig entfesseln. Im Garten angekommen, erwarteten die Gäste riesige quietschbunte Aufblasmännchen, die schlaksig tanzend über ihren Köpfen in der Luft herumwackelten. Splitternackte Frauen und Männer mit lediglich aufgemalten Schürzen servierten Fingerfood und Kanapees. Mittendrin jagten sich kostümierte Teufelchen und Engelchen. Al Berg hatte seiner Phantasie freien Lauf gelassen. Sophie war irritiert und amüsiert zugleich. »Nett hier«, bemerkte sie lässig.

Die tiefen, wabernden Bässe des DJs wurden vom wilden Gekreische der meist blutjungen Models beiderlei Geschlechts übertönt, die in einem fort mit vollem Anlauf in den Pool hüpften. Wobei sie einen erstaunlichen Ideenreichtum bei der Wahl ihrer Pirouetten demonstrierten. Der eine Teil der Umherstehenden klatschte und kreischte begeistert, der andere, weit größere Teil, zeigte sich relativ unbeeindruckt.

Und da war er, der Mann des Abends: Al Berg. Im Gebälk eines zig Meter hohen Pavillons schaukelte der Gastgeber glücklich hin und her und besudelte sein Partyvolk von oben herab mit Champagner aus einem kleinen Schlauch. Als er Egon entdeckte, winkte er ihm fröhlich zu. Ein Affe im Zoo hätte es nicht besser machen können. Sophie konnte nur staunen. Der Immobilientycoon machte sich über seine Gäste lustig und wurde dafür gefeiert.

»Gehst du gleich auch 'ne Runde schaukeln?«, fragte sie Egon.

»Erst, wenn mein Bodypainting fertig ist.«

»Ob ihnen da nicht die Farbe ausgeht?«

Gwen lachte. Ihr war diese Szenerie vertraut, wirklich wohl fühlte sie sich dennoch nicht.

Sophie schmunzelte. »Ich vermute, dass du dir deine Schürze selber malst?«

»Das wird eine mega Performance«, prahlte er grinsend und deutete nach oben. »Lassen wir ihm ein wenig seinen Spaß und gönnen uns derweil einen Snack?«

Das meterlange Büfett präsentierte sich als wohlgeordnetes Schlachtfeld. Eine Spezialität stahl der anderen die Schau. Sophie fragte sich, wo nur all das Essen herkommen mochte? Musste das übrige Miami heute hungern? Noch erstaunter war sie darüber, wie hemmungslos die meist spindeldürren Gäste über diese Billionen an Kalorien herfielen. Dann tippte sie sich an die Stirn. Aber klar, ganz einfach, das ließ sich ja morgen alles wieder kinderleicht absaugen. Das gehörte hier zum guten Ton. Oder man übergab sich noch am gleichen Abend. Sophie schüttelte sich.

Miami Beach war in seinem Elemnt. Man war reich oder schön, im günstigsten Fall beides. Zumindest musste man eines von beidem überzeugend darstellen können, das war die Grundvoraussetzung. Sophie hingegen, weder Mitglied des einen oder anderen Grüppchens, war ein Fremdkörper. So sah sie sich. Aber die anderen Gäste nahmen sie gar nicht wahr. Sie waren durch die Bank viel zu sehr mit sich selbst beschäftigt. Manchmal hatte das Vorteile.

Und noch eine kleine Überraschung gab es. Zwischen zwei Tempeln aus Früchten, Bananen dienten als Säulen, Ananasstücke als Steine, das Dach fügte sich aus vielen Zitronenscheiben zusammen, präsentierte man eine große

Kristallschale mit Hunderten von Glückslosen. Dahinter erstrahlte das Logo von «Help me!«, untermalt von kleinen traurigen Kinderaugen. Eine Tombola für die Armen und Bedürftigen. Das soziale Gewissen durfte an so einem Abend natürlich nicht zu kurz kommen. Die gleichen herzigen Augen, nur diesmal grob verzerrt, schmückten passend dazu ein knappes T-Shirt, welches wiederum eine Wasserstoffblondine im Tennisröckchen schmückte. Wie lieb. Immer wenn man der Blondie einen Hundertdollarschein gab, pumpte sie ihren Brustkorb zusätzlich auf und überreichte dem karitativen Spender sein Los. Ein Dankeschön war überflüssig, viel lieber klimperte sie glücklich mit den Augen.

Sophie drehte sich zu Egon. »Eine Charity?«

»Wir trinken wohl heute alle für den Weltfrieden.«

»Der Mann betrügt Feind wie Freund und spielt Mutter Theresa?«

»Meine Rede, Humor hat er.«

»Wer hat Humor?«, fragte eine durchzechte, kratzige, gleichzeitig doch kindliche Stimme. Sie gehörte Al Berg, der unversehens neben ihnen stand.

»Du sicher nicht, Al«, antwortete Egon, als wäre alles in Butter.

»Wie auch? Bin ja Deutscher!«, brüllte Al Berg und lachte als Erster und vorerst Einziger laut über seinen genialen Witz.

Egon stellte lieber Sophie vor. »Meine Freundin und gnadenlose Schachrivalin.«

»Schach? Oho! Faszinierendes Spiel. Haben sich schon die indischen Maharadschas die Zeit gerne mit totgeschlagen.«

»Bei uns verläuft es weniger blutig. Ich freue mich, Sie endlich kennenzulernen, Herr Berg.«

»Herr Berg? So förmlich? Hey, Egons Freunde sind auch meine Freunde.« Während er sprach, reichte Berg der Blondine ein dickes Bündel Dollarscheine und bekam eine Handvoll Lose zurück. »Danke, Honey!« Und Sophie erklärte er: »Trish hat ein großes Herz.«

»Das sieht man.«

»Darf ich Ihnen ein Los schenken?«

»Kommt auf den Hauptgewinn an.«

»Ein Wochenende auf meiner Yacht …«, Bergs Augen funkelten diabolisch, »oder ein äußerst einzigartiges Paar Turnschuhe, mit Kristallsteinen bestickt. Von Fidelio!« Er hielt ein paar Sportschuhe hoch, die neureicher und hässlicher kaum sein konnten.

»Ah, Beethoven persönlich?«, fragte Sophie.

»Rios heißester Designer.«

»Na, wer kann denn da schon nein sagen?«

»Viel Glück!« Er gab ihr ein Los. »Ihr entschuldigt mich? Ich würd gern 'ne Line ziehen.«

Wie bitte? Hatte Sophie da eben richtig gehört? Sie ließ sich nichts anmerken. »Aber sicher doch. Auch Rio?«

»Kolumbianische Hochebene! Das Beste vom Besten!« Kaum gesagt, entschwand Berg in freudiger Erwartung im dichten Gedränge.

Sophie drehte sich zu Egon. »Wie hast du den länger als eine Minute ausgehalten?«

»Ich hab ermittelt, für uns. Schon vergessen?«

Sophie schüttelte den Kopf. »Puh, der Mann braucht wirklich 'ne Rundumbetreuung.«

Von Spencer war leider weit und breit keine Spur zu sehen. Eigentlich hatten sie ausgemacht, dass auch er früh erscheinen würde. Für das, was sie vorhatten, durfte er keinesfalls zu spät kommen. Ohne ihn waren sie aufgeschmissen. Dann würde die Sache brutal und gefährlich nach hinten losgehen. Er war der Kopf der ganzen Sache. Es war immerhin seine Idee, sein Plan.

War er aufgehalten worden? Oder hatte er gar kalte Füße bekommen? Stopp! Sophie, hör auf so zu denken. Sie wollte, sie durfte keinen Zweifel zulassen.

Immerhin war seine bezaubernde Gattin anwesend. Für einen kurzen Moment hatte Sophie sie für eine weitere Losverkäuferin gehalten. Viel mehr als die offenherzige Trish hatte sie jedenfalls nicht an.

Und da war auch wieder der humorvolle Gastgeber. Sophie beobachtete, wie sich die beiden begrüßten. Sie schlich sich etwas näher heran, um vielleicht ein, zwei Worte aufzuschnappen. Was dank Bergs »Hallo, hier bin ich«-Getöse keine Meisterleistung sein sollte.

»Wo ist denn dein Göttergatte?«

»Telefoniert. Schon den ganzen Tag.« Auch April hatte eine unangenehm laute Stimme.

»Die hohe Politik, verstehe. Beehrt er uns denn noch?«

Nun stand Sophie mit dem Rücken zu den beiden.

»Was ist? Reich ich dir etwa nicht?«

»Oh, du bist mir tausendmal lieber als Sir Spaßbremse Spencer.«

»Wo wir schon beim Spaß sind …«

»Jaja! Aber natürlich! Für dich immer, meine Liebe.« Berg gab April wie zum Abschied die Hand. »Ein paar Gramm feinster Hochebene. Enjoy the Party!«

Und April steckte sich etwas in ihren Ausschnitt.

Plötzlich stand Sophie alleine da, und sie merkte, dass sie Egon und Gwen verloren hatte. Aber noch war etwas Zeit, auch wenn sie knapper wurde. Sie schlenderte, soweit das möglich war, ein wenig durchs wilde Treiben. Das Partyvolk zündete die nächste Stufe, sicher nicht zuletzt dank eben besagter kolumbianischer Hochebene. Drogen schienen in Miami so alltäglich und selbstverständlich zu sein wie in München ein Weißbier im Biergarten. Kaum einer machte sich die Mühe, es zu verbergen. In einer Ecke durfte Sophie sogar eine Gruppe von drei Männern und zwei Frauen bestaunen, die mit einem Espressolöffel in einem kleinen, weißen Tütchen herumwühlten, um sogleich besagten Löffel von einer Nase zur anderen wandern zu lassen.

Sophie fand es lächerlich, widerlich und bizarr zugleich. Jeder Dritte hatte Augen wie die Schlange Kaa und dazu das Grinsen eines Pavians, der seine Finger nicht mehr aus der Steckdose ziehen konnte oder wollte.

Im nächsten Raum küsste eine Frau eine andere, der ihrerseits entgangen war, dass die Hälfte ihres Hängebusens soeben das Licht der Welt erblickte. Auch nicht von schlechten Eltern war ein Wasserfall aus flüssiger Schokolade, durch den sich Sophie, jeweils nur mit Stringtangas bekleidet, ein Männer- und ein Frauenpopo entgegenstreckten.

Langweilig wurde dem interessierten Betrachter sicher nicht. Trotzdem stieg ihre Anspannung von Minute zu Minute. »Joshua! Zum Teufel, wo bist du?«, hätte sie am liebsten gerufen. Aber es hätte niemand geantwortet.

Zum Glück erspähte sie draußen am Rand des Pools Egon und Gwen. Für das weitere Gelingen von Spencers Plan war Egon nicht nötig. Seine Aufgabe war es nur gewesen, Sophie, die darauf bestanden hatte, auch vor Ort zu sein, mit auf die Party zu bringen. Natürlich wollte er immer in ihrer Nähe sein und ein Auge auf sie werfen. Deshalb schien er erleichtert, als er Sophie entdeckte. Er winkte ihr zu, sie solle zu ihnen kommen, als zwei Bikinigirls auf ihn zurannten, sich links und rechts bei ihm unterhakten und ihn kurzerhand mit zu sich in den Pool beförderten. Gwen hielt die Hand vor den Mund, aber fand es wie alle anderen irrsinnig komisch. So komisch, dass sie, ohne lange zu zögern, hinterhersprang, um ihn zu befreien. Was wiederum andere Gäste dazu motivierte, es ihr endlich gleichzutun. Sehr bald drohte der Pool zu platzen. Er sah jetzt aus wie eine in die Erde eingelassene Tanzfläche eines stickigen Nachtclubs. Überall hüpften durchgedrehte, tanz- und partywütige, pitschnasse Menschen herum.

»Ist ja eine Bombenstimmung hier«, hauchte Josh der überraschten Sophie ins Ohr.

»Da bist du ja endlich.« Kurz war sie erschrocken, aber das machte sofort der Erleichterung Platz, ihn bei sich zu haben.

»Ich wollte es ein wenig spannend machen.«

»Hat alles geklappt?«

Er nickte, doch sein Blick richtete sich bereits auf etwas anderes. Al Berg steuerte direkt auf sie beide zu.

»Kinder, warum seid ihr denn noch alle so furchtbar angezogen?«, brüllte er. Dann nahm er Spencer in die Arme. »Mein Freund, ich wollte fast alles abblasen, die ganzen Verrückten nach Hause schicken. Ohne dich will ich nicht feiern!«

»Deshalb bin ich hier.«

»Was feiern Sie eigentlich?«, meldete sich Sophie zu Wort.

Berg sah sie an, kurz prüfend. »Na, das Leben!«, rief er gönnerhaft. »Joshua, darf ich dir vorstellen: Sophie Soundso, kommt übrigens auch aus München.« Jetzt grinste er über beide Ohren. »Ist ja herrlich, so viele Münchner. Ich komm mir bald vor wie auf dem Oktoberfest.«

»Guter Vergleich«, lobte ihn Sophie.

Man merkte, dass Berg sie nicht einschätzen konnte. So sehr er sich auch benebelt haben mochte, sein Instinkt war hellwach. Und er witterte Gefahr. Misstrauisch kniff er die Augen zusammen. Jetzt erinnerte er sich an die Fotos, die ihm sein Detektiv präsentiert hatte. »Aber man kennt sich ja bereits.«

Eine Frau in teuflisch roter Lederkluft und ebenso diabolischer Reitgerte wollte Berg wegzerren. Er solle ihr das berühmte Spielzimmer zeigen. Alle würden davon schwärmen!

»Ja, ja«, versuchte er sie abzuwimmeln.

Aber sie war hartnäckig und drohte damit, ihn auszupeitschen. Als kleine Kostprobe knallte sie die Gerte auf seinen Hintern.

»Al, hör zu!«, sagte Spencer. »Bevor du bestraft wirst. Es ist sehr wichtig, dass wir gleich kurz miteinander reden. Unter vier Augen.«

Berg war endgültig alarmiert, auch wenn er versuchte, sich das nicht anmerken zu lassen. »Okay, Daddy zeigt dir den Salon.« Er ergab sich dem Frauenteufel. »In meinem Büro, in einer halben Stunde«, sagte er zu Spencer. Und ab ging es in den ersten Stock.

»Der Countdown läuft.«

»Wunderbar, dann haben wir eine halbe Stunde, um zusammen die Party zu genießen.« Sie wollte ihn küssen. Keine gute Idee. »Deine Frau ist übrigens auch längst da. Aber wohl mit etwas anderem beschäftigt.«

»Plant sie einen neuen Mordanschlag?«

»Im Moment vergiftet sie sich nur selber.«

»Auch von dieser kleinen Leidenschaft weiß ich erst seit kurzem. Neben der Tatsache, dass sie mit jedem zweiten Mann in meiner Umgebung ein Verhältnis hat. Ach ja, und dass sie in Wirklichkeit aus Russland stammt.«

»Du machst Witze?«

»Anoushka Supernova, geboren in Minsk.«

»Ich glaub's nicht! Daher ihr guter Geschmack. Der Nachname klingt jedenfalls vielversprechend!«

»Den wird sie bald wieder tragen dürfen. Vielleicht ein paar Handschellen dazu.«

»Könntest du mir solange einen Gefallen tun, GI Tiger?« Sophie erinnerte Josh an seine Kosenamen aus den E-Mails.

»Gerne! Ich soll dich in den Pool schmeißen?«

»Fast. Könntest du bitte deinen knackigen Diplomatenhintern unter den Schokowasserfall dort drüben halten?«

»Wenn wir das alles hier mit einem blauen Auge überstehen, sehr gerne. Immerhin, die Chancen stehen fifty-fifty.«

Höchstwahrscheinlich war dies die dümmste Idee, die Delray seit Jahren gehabt hatte. Oder aber sie war schlicht genial. Dazwischen war kein Platz. Null Spielraum. Genau betrachtet wäre er nicht der erste große Stratege, der eine ausweglose Situation in einen Sieg verwandelte, indem er einem bravourös mutigen Schritt nach vorne tat.

Spencer musste ihm einfach eine zweite Chance geben. Verdammt, das war er ihm schuldig. Schließlich war Delray es gewesen, der aus dem überforderten und naiven Floridaboy einen halbwegs respektablen Außenvertreter der USA geformt hatte. Wo war bitte der Dank? Spencer hatte schlicht kein Recht, ihn jetzt so mir nichts, dir nichts abzusägen. Nur weil er mit April ein kleines Affärchen gehabt hatte! Sollte das etwa der Grund sein? War Spencer tatsächlich so kleinbürgerlich? Schließlich war Sir Spencer selber kein Kind von Traurigkeit, hatte ja wohl kaum ein Bett in München ausgelassen.

Wer bitte schön hatte dem braven Ehemann den Rücken frei gehalten? Delray. Delray hatte auch mit April geschlafen, um sie abzulenken, sie davon abzuhalten, misstrauisch zu werden. Spencer musste, sollte ihm dankbar sein. Vor allem aber hatte Delray es fürs Vaterland getan. Und das war Delrays Hauptargument. Es war einfach seine verdammte Pflicht gewesen. Ja, so ernst nahm er seinen Job. Er war zu jedem Opfer bereit.

Fakt war, von Anfang an hatte Delray nämlich April nicht über den Weg getraut. Nur, lange Zeit hatte er nicht den geringsten Beweis für ihre Lügen. Er musste April erst ganz nah kommen, ihr Vertrauen gewinnen, verstehen, wie sie dachte, um die ganze Wahrheit über sie heraus zu finden. Es war also alles in allem eine geniale Strategie. So würde er es Spencer darlegen. Unter vier Augen, von Mann zu Mann. Die Akten und das Foto von der jungen Supernova – was für ein Künstlername! – waren seine Beweise. Er würde sich sogar bei Joshua entschuldigen, wenn er unbedingt darauf bestand.

Somit war es eine geradezu hervorragende Idee gewesen, schnell in den Flieger zu steigen, sich in seinen besten Anzug zu schmeißen, um Spencer von Mann zu Mann die Hand zur Versöhnung zu reichen. Auf Heimatboden sahen die Dinge doch stets anders aus. Da dachte man klarer. Albert Bergs Party bot dafür die ideale Gelegenheit.

Die Taxis vor Bergs Palazzo standen Schlange. Die einzigen Wagen, die nicht gelb waren, parkten direkt an der Seite der Einfahrt. Delray zählte sage und schreibe neun Lieferwagen eines italienischen Feinkostladens. Noch ein gutes Zeichen, denn Berg war im Flugzeug fast verhungert. Dort hatte man ihn zwingen wollen, irgendeinen aufgewärmten Alu-Mist zu essen. Da hörte sich DaFirenze schon weitaus vielversprechender an.

Von drei Dingen hatten die Italiener einfach Ahnung: schnelle Autos, organisiertes Verbrechen und gutes Essen!

Am vordersten Wagen lehnten zwei Männer am Kühlergrill ihrer rollenden Trattoria. Delray entgingen nicht die Funkstöpsel in ihren Ohren. Er hatte Adleraugen. DaFirenze schien ein echter Profiladen zu sein. Offensichtlich konnte von drinnen jederzeit Nachschub geordert werden. Delray lief das Wasser im Mund zusammen. Endlich wieder gute zerkochte amerikanische Pasta. Nicht immer dieser »Al dente«-Fraß wie in München.

Doch kaum betrat Delray, der zugegeben noch etwas steif war, das rauschende Fest, da lief die Sache gleich schief.

Gekommen war er, um den kleinen Fehltritt vergessen zu machen. Spencer und er sollten wieder Freunde werden. Das Kriegsbeil begraben, wie es sich für echte Männer gehörte. Doch wer stand ausgerechnet als Erste vor ihm? Mehr als high! April.

»Hiiii!«, raunte sie verführerisch.

»Misses Spencer!«

»Oh? Guten Abend, Mister Delray!« April versuchte, seine tiefe, seriöse Stimme nachzuäffen wie ein Kind. »Welche Ehre, Sie hier begrüßen zu dürfen!«

Sie machte sich über ihn lustig. Das konnte Delray partout nicht ausstehen. Oh, wie er das hasste. Eine freche, dumme und überdrehte April, darauf war er nicht vorbereitet. Er rang um Beherrschung. Fast wortwörtlich hatte er sich zuvor die Sätze für Spencer zurechtgelegt. Er riss sich zusammen, holte Luft. »April, wir sollten …«

Sie unterbrach ihn. »Vögeln?«

»Wie bitte?« Delray schnaufte durch. »Nein!« Er gab sich alle Mühe, sachlich zu bleiben. »Nein, das ist, das ist wirklich keine gute Idee.«

April zog eine Schnute. »Peeteeee! Wo bleibt dein Sinn für Humor? War nur ein Witz. Mach dich mal locker. Das hier ist kein geheimer Einsatz in Kabul, sondern eine Party in Miami happy Beach!«

Jetzt reichte es ihm. Er packte sie hart am Oberarm und zog sie ganz nah zu sich. »Hör gut zu, vollgedröhnte Lady! Das ist kein Spiel! Du und ich, wir wandeln hier auf ganz dünnem Eis! Und jetzt reiß dich bloß zusammen!«

Kurz stockte April der Atem. Sie lief rot an und ihr Puls überschlug sich fast. »Pete Delray!« Sie machte eine lange Pause. »Du bist echt heiß. Irre heiß! Das macht mich an! So lieb ich dich! Pack mich fester!«

Nun war es an Josh, unentwegt auf die Uhr zu schauen. »Die Zeit wird langsam knapp!«

Berg ließ sie warten. Er war bereits zehn Minuten überfällig. Aber das brachte Sophie nicht aus der Ruhe. Sie hatte die leichte Unsicherheit in Bergs Augen gesehen. Das reichte ihr, um gewiss zu sein. Ihre Eröffnung hatten sie längst gespielt, ihre Figuren nahmen ihre Stellung ein. Nun war es an ihm zu ziehen, ob er wollte oder nicht.

Ein, vor allem im Vergleich zu den übrigen Partygästen, auffallend sachlich gekleideter großer und wohl auch starker Mann kam auf sie beide zu.

»Mister Spencer? Darf ich sie in Als Büro führen?«

»Oh, Mort! Ich dachte schon, Al wird die ganze Nacht ausgepeitscht?«

Sophie wurde sofort hellhörig. »Mort, das ist aber ein schöner Name.«

»Finden Sie? Danke!« Mort war sehr zuvorkommend. »Ist natürlich die Abkürzung von Mortimer. Und Sie sind?«

»Sophie Marquard. Aus München. Waren Sie schon einmal in München?«

»Nein. Habe aber viel gehört. Oktoberfest?«

»Ja, das kennt jeder. Aber Sie kommen doch sicher viel herum?«, stellte Sophie beiläufig fest.

»Wie meinen Sie das? Ach, Sie dachten wegen Al. Nein, wenn er verreist, dann bleibe ich meistens hier und passe auf, dass alles noch steht, wenn er wiederkommt.«

»Auf mich machen Sie eher den Eindruck eines Global-Players.«

Selbst Spencer verstand nicht, worauf Sophie hinauswollte. Alles, was sie sagte, schien irgendwie einen doppelten Boden zu haben.

Doch Mort musterte sie plötzlich prüfend. Dann setzte er ein besonders freundliches Gesicht auf. »Eher Football-Player. Kurz vor einer NFL-Karriere. Dann machte mir mein Knie einen Strich durch die Rechnung. Tja, die übliche Geschichte.«

Sophie und Mort duellierten sich mit ihrem schönsten Lächeln. Dann sah sie Spencer hinterher, dessen Aufgabe jetzt nicht mehr und nicht weniger die war, Al Berg zu stellen.

Mortimer, so sah er also aus. Der Mann, auf den sie im Internet gestoßen war. Der zum Schluss wieder und wieder übriggeblieben war, wenn es um das verschlungene Firmenimperium ging, dessen kleine Nebenkrake ihr Zuhause zertrümmern wollte. Nicht schlecht, so einfach und doch so effizient. Berg hatte kurzerhand seinen Laufburschen und Bodyguard zu seinem Strohmann ernannt. Mit Sicherheit hatte er etwas gegen ihn in der Hand, oder es gab einen faustischen Vertrag für den Fall, dass Mort vielleicht auf gar nicht so dumme Gedanken kam und sich verselbständigte.

Sie atmete tief durch und hoffte und bangte. Mehr konnte sie jetzt nicht machen. Beim Showdown sollte sie aus der Schusslinie bleiben. Das hatte sie Josh und Egon versprechen müssen. Nur so konnten sie sichergehen, dass ihr nichts passierte.

Gerade wollte sie sich ein neues Glas Champagner gönnen und sich vom Anblick des Schokowasserfalls beruhigen lassen, da wäre sie beinahe mit einem alten oder besser neuen Bekannten zusammengestoßen. Diesmal hatte sie gute Lust, zur Abwechslung ihn mal umzurennen. Wenigstens einen Kommentar konnte sie sich nicht verkneifen: »Herr Sicherheitschef, haben Sie München schon Lebewohl gesagt, oder machen Sie Überstunden?« Sie grinste. »Außer einem kleinen Sprenggürtel bin ich übrigens unbewaffnet.«

Delray war überrascht, die Frau auch hier anzutreffen. Vor wenigen Tagen hatte sie noch den obersten Tabellenplatz seiner persönlichen Fahndungsliste inne. Aber jetzt hatte sie Spencers Ohr, also gab er sich Mühe, besonders freundlich zu sein. Vielleicht war sie der Schlüssel zur Wiedergutmachung. Er lachte sogar. »Ha, ha, da würden Sie so manchem Erzkonservativen aber eine Freude machen. Mister Berg hat nicht nur Freunde. Wie erfreulich, Sie zu sehen. Sie sehen blendend aus. Die Sonne Floridas schmeichelt Ihnen ungemein.«

»Danke. Ich dachte, es ist an der Zeit, einmal die andere Seite der amerikanischen Gastfreundschaft kennenzulernen.«

»Sie spielen doch nicht etwa auf unser kleines Missverständnis an? Eine peinliche Fehlinformation.«

»Ach, i wooo!« Sophie wischte mit der Hand durch die Luft, als wäre das ein komplett abwegiger Gedanke.

»Ich habe den Verantwortlichen sofort strafversetzen lassen.«

»Gut gemacht!« Sophie steckte den Daumen nach oben.

»Also Feunde?«

»Na klar. Dicke Freunde.«

»Wie wunderbar. Sie haben nicht zufällig unseren fleißigen Generalkonsul gesehen?«

»Suchen Sie doch einfach nach der lieben April. Er ist dann sicher in der genau entgegengesetzten Richtung«, empfahl ihm Sophie mit unschuldiger Freundlichkeit.

»Jetzt bin ich aber gespannt. Was kann ich für dich tun, Joshua?«

Sein gönnerhaftes Gehabe konnte Al Berg partout nicht ablegen. Es schien ihm wie dickflüssiger Sirup durch die Adern zu fließen. Aus jeder seiner Pore schwitzte er Arroganz.

»Ein bescheidenes Büro hast du hier. Das Oval Office ist dagegen wohl ein lächerliches Vorzimmer.«

»Danke, aber mich bezahlt ja auch nicht der amerikanische Steuerzahler. Alles hart erarbeitet.«

Spencer blickte sich um. Überall standen kleine Modelle von Wolkenkratzern. Zusammen formten sie sich fast zu einer kleinen Miniaturstadt. »Interessierst du dich überhaupt für Architektur?«, fragte Spencer skeptisch.

»Machst du Witze? Was denkst du denn! Architektur ist mein Leben.« Berg residierte hinter seinem Schreibtisch und machte mit beiden Armen eine raumgreifende Geste. »Vor dir steht ein gnadenloser Optimist. Seit Jahren baue ich für das bessere Morgen und plane das noch bessere Übermorgen. Halt mich für verrückt, aber ich glaube an eine bessere Welt. Während die meisten sich ihre Utopien nur zu träumen wagen, lebe ich sie, im wahrsten Sinne, Tag für Tag.«

Spencer trat näher an eine erstaunlich realistische Simulation einer Hafencity aus leuchtenden Wohntürmen heran. »Überraschend. Dir scheinen die Menschen erstaunlich wichtig zu sein?«

»Es wird völlig unterschätzt, wie sehr Architektur den Menschen formt und prägt. Denk an das World Trade Center! Was wäre Paris ohne seinen Eifelturm? Oder Sydney ohne seine Oper? Anonymer Siedlungsbrei, mehr nicht. Kein Mensch kennt Canberra, aber bei Sydney, ja, da leuchten die Augen wie bei Kindern.«

»Und lukrativ ist es auch.«

»Ja, das ist ein angenehmer Nebeneffekt. Aber du bist sicher nicht gekommen, um mit mir über Architektur zu philosophieren?«

»Nur indirekt, nicht über gebaute.« Jetzt stand Spencer hinter dem Stuhl, der eigentlich für ihn gedacht war. »Ich wollte dir einen Vorschlag machen.«

»Soso?« Berg gab sich nun besonders interessiert, aber er war die ganze Zeit auf der Hut. »Schieß los! Du weißt, ich mache gerne Geschäfte mit dir, einem Spencer. Dein Name und meine Erfahrung, wir könnten da anknüpfen, wo dein Vater aufgehört hat. Die Geschichte fortschreiben. Wir können jederzeit ein neues Miami Beach entstehen lassen. Hier, und überall sonst wo auf der Welt.«

»Das klingt wirklich verlockend«, log Spencer, »zumal ja unser Projekt in München bereits erfolgreich in den Himmel schießt.«

Berg klatschte in die Hände. »Hab ich's nicht gesagt? Das Ding verkauft sich vor dem ersten Spatenstich. Komplett!«

»Deshalb möchte ich dich bitten, es einzustellen und allen Investoren ihr Geld sofort wieder zurückzuüberweisen.«

Berg antwortete prompt und direkt: »Kein Problem! Wird gemacht. Sonst noch irgendwas? Oder können wir endlich wieder weiterfeiern?«

»Ich meine es sehr ernst, Al!«

»Das ist tragisch, denn du scheinst ein wenig die Orientierung verloren zu haben.« Berg hatte sofort begriffen, dass Spencer längst Bescheid wusste.

»Deine Zeit läuft ab. Das ist deine letzte Chance«, betonte Spencer. »So fair wollte ich sein. Auch wenn du es nicht verdient hast.«

»Oh, der Gentleman!« Berg blieb gelassen. »Bravo, du bist smarter, als ich gedacht habe.« Er lobte Spencer wie einen kleinen Schüler. »Na, dann würde ich vorschlagen,« fuhr er fort, »du siehst die Sache sportlich. Okay, es ist vielleicht nicht die feine englische Art, mit dem Geld und der Frau eines Businesspartners durchzubrennen. Tja, aber da kommst du wohl leider zu spät. Es kann eben nicht nur Gewinner geben. Und das musst du bitte zugeben, der Coup mit so einem angeblichen Hochhausprojekt mal eben an hundert Millionen zu kommen, ist genial. Würde sagen, da habe ich mich fast selber übertroffen. Dafür müssen andere ihr Leben lang Banken überfallen.«

»Ich lasse nicht zu, dass du meinen Namen und meine Freunde derart beschmutzt und betrügst. Überleg es dir gut, sonst wirst du es bitter bereuen.«

»Süß, wie du mir drohen willst. Mal ganz ehrlich, seh ich aus wie ein Idiot? Oder wie jemand, der sich von deiner lächerlichen Hochnäsigkeit, diesem peinlichen Upperclass-Getue beeindrucken lässt? Für wen hältst du dich eigentlich, du dummer Schnösel? Kennedy junior? Du kannst froh sein, wenn ich dich nicht vor aller Augen rauswerfen lasse, Freundchen!« Berg stand auf. Er war genervt, mehr nicht. »Und jetzt geh dich mit deiner neuen deutschen Freundin betrinken oder vögeln, während ich dafür Sorge, dass April sich nicht auch noch den Rest ihres geringen Verstands wegschnupft.«

Genau in diesem Moment, bevor Spencer etwas erwidern konnte, ging die Tür auf.

Die beiden Männer drehten sich um.

Sophie stand im Raum.

Sie hatte es nicht länger ausgehalten. Um sie herum verwandelte sich die Party zunehmend in ein Sodom und Gomorrha, während Spencer versuchte, Berg mit Argumenten und Vernunft zu stellen. Er wollte mit ihm ein Wort unter Männern reden. Ein Wort unter Männern? Als hätte das jemals etwas gebracht!

Sosehr sie als Schachspielerin auch geübt war in Geduld und Distanz, jetzt stand das Schachmatt an, das musste sie mit ansehen, live miterleben. Das würde sie sich nicht verzeihen.

»Sieh an, wir haben gerade von Ihnen gesprochen.«

Sofort war Mortimer zur Stelle. Mit seinen durchdringenden Augen fragte er Berg, was er mit der Frau machen solle?

Für einen kurzen Moment war Sophie abgelenkt von all den glitzernden Modellen und Illustrationen, dann fokussierte sie Berg. »Fleißig sind Sie, das muss man Ihnen lassen.«

»Danke, aber wie ich gerade unserem gemeinsamen Freund erklärt habe, Architektur ist mein Lebenselixier.«

»So viele Fotos. All diese Visionen.«

»Mindestens die Hälfte wurde gebaut«, korrigierte Berg sie. Er fühlte sich tatsächlich kurz etwas geschmeichelt.

»Aber die Diskussion hatten wir bereits. Ihr fangt an, mich zu langweilen.«

»Nur von Ihrer legendären Pleite in München, da sehe ich kein Bild. Mein Fehler, ich muss wahrscheinlich nur genauer hinschauen.«

Berg erstarrte. Dann trat er näher an sie heran. Alle spürten die Spannung. »In Ihrem Alter sollte man sich nicht mehr wie ein vorlauter Teenager verhalten. Da hält man sein dummes Maul!«

Sophie blieb cool. »Ach, bleiben wir nicht alle ein Leben lang kleine Kinder? Im Sandkasten die größte Burg bauen und alle anderen übertrumpfen?«

Berg änderte wieder die Tonart. »Ich fand Sie von Anfang an nicht unterhaltsam. Typisch deutsch. Verschwinden Sie und verderben Sie nicht allen die Laune!« Er machte eine Bewegung zur Tür.

»Sie meinen Ihr Abschiedsfest?«

Berg hielt inne wie ein Tiger vorm Sprung.

»Ach, auf Bermuda lassen sich bestimmt auch große Partys feiern.«

Jetzt drehte er sich zu Sophie.

Die bohrte weiter nach. »Wenn Sie dann noch einer Ihrer Gäste erkennt.«

»Was reden Sie da für einen Unsinn?«

Sophie streifte eine der Fotowände. »Haben Sie davon auch ein Foto? Von Ihrem neuen Gesicht? Oder ist es nicht architektonisch, nicht wirklich visionär genug?«

Nur mit einer leichten Kopfbewegung bedeutete Berg Mort, die Tür zu schließen. »Sie haben wirklich eine außerordentlich blühende Phantasie, das muss man Ihnen lassen, Frau …?«

»Marquard, Sophie Marquard. München, Königinstraße. Ich bin wohl bald eine Ihrer Mieterinnen.« Sie drehte sich zu Bergs Assistenten. »Beziehungsweise von Herrn Mortimer.«

»Daher weht also der Wind?«

Sophie lachte. »Ich glaube, Sie haben nicht die leiseste Ahnung, woher der Wind weht. Eine Frage hätte ich allerdings. Das wollte ich solche Menschen wie Sie nämlich schon immer fragen.«

»Schießen Sie los. Langsam fängt Ihr kleiner Auftritt an, mich zu amüsieren.«

»Gier kennt kein Gewissen. Das ist mir klar. Gewissen, Ethos, Moral, das hält niemanden auf. Aber wie steht es mit der Angst? Haben Sie nie Angst, mal dem Falschen auf die Füße zu treten? Wir leben in einer Zeit, in der Menschen schon für wenige Dollar oder Euro abgestochen werden. Hier reden wir aber von, sagen wir, hundert Millionen? Haben Sie keine Angst? Simple Angst, dass sich jemand nur ein wenig mehr anstrengt und Ihnen nach Ihrem kleinen Fassadenaustausch im Gesicht schlicht den Kopf von den Schultern wegschießt? Bumm! Dann war die ganze Mühe umsonst.«

Die Männer waren alle drei, jeder auf seine Weise, kurz sprachlos. Keiner hätte erwartet, die Frau so reden zu hören.

Doch Sophie war noch nicht fertig. Sie stellte sich ganz nah vor Berg hin. »Oder sind Sie immer noch der schmierige Münchner Kleinganove, der damals so feige bei Nacht und Nebel aus der Stadt geflüchtet ist? Der Schwabinger Hochstapler, der tatsächlich glaubt, dass er für seine Betrügereien nicht irgendwann auch einen hohen Preis zu zahlen hat?« Sie schüttelte verächtlich den Kopf. »Ganz schön naiv.«

Niemals zuvor hatte Mort Berg so wütend erlebt. Die Situation drohte komplett außer Kontrolle zu geraten. Er musste handeln. Doch er war nicht schnell genug. Während Berg noch hochrot anlief und nach Luft schnappte, knallte Sophie ihm eine mit der flachen Hand ins Gesicht. Eine entwürdigende Ohrfeige, wie sie ein kleines Kind bekam. Das musste der peinlichste Moment in Bergs Leben sein.

Und sie landete einen solchen Volltreffer, dass Berg einen Schritt nach hinten weichen musste. Äußerlich wie innerlich taumelte er. Dann holte er mit seinen großen Armen zum Gegenschlag aus. Auch Spencer sah das und wollte sich auf Berg stürzen, um Sophie zu schützen. Nur Mort, der erfahrene Footballer, war schneller und rammte Spencer an die Wand, als ginge es um den Touchdown des Jahres. Mit voller Wucht landete Spencer zwischen zwei Wolkenkratzern. Sein Kopf dröhnte, und er hatte Angst, die Besinnung zu verlieren.

In der Zwischenzeit, flink wie ein Elitekämpfer, schnappte sich Mort Sophies Arme, winkelte sie nach hinten ab und hielt sie mit nur einer Hand auf Distanz. Spencer wollte wieder aufstehen, doch Berg drückte ihn erneut zu Boden. »Setz die Alte zu ihm und fessle die beiden mit irgendwas!«, wies er Mort an.

Al Berg sah auf die beiden hinab. »Schaut euch an, kauert hier auf meinem Boden herum, in meinem Büro. Wie konntet ihr mich nur zu so etwas zwingen! Das hätten wir uns alle ersparen können.«

Weder Sophie noch Spencer sagten etwas.

»Genau richtig so. Haltet schön die Klappe. Die Klugscheißerin und ihr edler Ritter. Lächerlich! Euer ganzer lächerlicher Auftritt war ein großer Fehler. Das war's! Vorbei, die Party! Für euch, für immer!« Dann drehte er sich zu Mort. »Bevor die Sonne aufgeht, fahren wir mit dem Boot raus und sagen den beiden Nervensägen: Goodbye!«

»Das wagst selbst du nicht!«, röchelte Spencer.

»Stopf ihnen was ins Maul!«

Sophie blieb verdächtig ruhig. Ohne den Versuch, etwas zu sagen, ließ sie sich einen Stoffballen in den Mund stopfen. Ihr Blick fixierte, ja durchbohrte Berg, ohne auch nur eine Sekunde von ihm abzulassen.

»Was?« Es war Berg sichtlich unangenehm. »Denkst du, dein blödes Geschaue beeindruckt mich?« Berg baute sich vor den beiden Todeskandidaten auf, spöttisch. »Tja, ihr habt wohl verloren. Sorry! Aber wer bei den Großen mit am Tisch sitzen will, der sollte auch die Regeln verstehen und vor allem eines: Benehmen haben!«

Er ahnte nicht, was gleich passieren würde.

Erst waren es nur wenige Stimmen, die plötzlich anders klangen oder zu verstummen schienen. Das allgemeine Getöse, Gebrabbel und Gestöhne, das man durch alle Wände hindurch hörte, änderte seine Tonlage. Die Aufregung war blitzschnell eine andere und wurde dazu immer größer. Jetzt war auch lautes Geschrei zu hören. Und es klang nicht nach überdrehter Hysterie, weil wieder jemand in den Pool gesprungen war, sondern nach Angst, nach Angst und Panik.

Wie aus dem Nichts waren an allen Eingängen, an allen Fenstern und Türen, einfach überall, Spezialkräfte der Polizei, des FBI, der Army aufgetaucht und hielten blitzschnell alle in Schach.

Das war kein übler Spaß, das war jedem sofort klar. Nur einer der Partyfreaks unterlag dem Irrtum, Berg hätte sich diesmal etwas ganz besonders Ausgefallenes einfallen lassen. Er kam nicht einmal im Ansatz dazu, einem der bis an die Zähne bewaffneten Eindringlinge mit seiner rosa Federboa übers Gesicht zu streicheln. Schon hatte er einen Schnellfeuergewehrkolben in der Nase, und sein Körper war übersät mit kleinen roten Zielpunkten.

Kaum war die Lage unter ihrer absoluten Kontrolle, da marschierten drei Männer, die sicher noch weniger Spaß verstanden, in ziviler Kleidung durch die Reihen.

Sie schienen exakt zu wissen, wo sie hinwollten.

»Verdammt, was ist da los?«, schimpfte Al Berg, der sich noch mit den beiden Delinquenten und Mort in seinem Büro aufhielt.

Gerade wollte Mort nachsehen, als die Bürotür vor seiner Nase aufflog und auch er einen Gewehrkolben im Gesicht hatte.

»Keine Bewegung«, brüllte eine Stimme, und in der nächsten Sekunde standen die drei dezent bewaffneten Anzugträger flankiert von drei weiteren Gewehrträgern im Raum.

»Was wollen …« Viel mehr konnte Berg nicht sagen.

Ihm wurde das Wort abgeschnitten von einem Mann, in dessen tiefer Stimme eine außergewöhnliche Autorität lag. »Sie sind still.«

Und Al Berg, der kaum etwas mehr hasste, als unterbrochen zu werden, schwieg auf der Stelle.

Dann lächelte der Mann. Er sah Spencer und neben ihm Sophie. »Joshua Spencer sitzt mit dem Hintern auf Al Bergs Hochhausträumen. Das ist ja mal ein schönes Bild!«

In seinen Stoffballen hineinzumurmeln, viel mehr war Spencer nicht möglich. Er war noch geknebelt.

Der Mann deutete mit dem Zeigefinger auf Spencer. Sofort machte sich einer der Uniformierten daran, ihn von seinen Fesseln zu befreien. Kaum konnte Spencer wieder frei reden, sagte er: »Sie auch!« Er erhob sich. »Ich habe schon befürchtet, du hast dich im Datum geirrt oder bist wieder beim Fischen.«

»Eigentlich keine schlechte Idee. Ich sollte jetzt auf meinem Boot sitzen und mit meiner Frau dinieren.«

»Danke!«

»Immer gerne. Wer lässt sich schon die Gelegenheit nehmen, einen Terrorverdächtigen zu schnappen?«

Bergs Augen weiteten sich panisch. Zwar verstand er noch nicht, was gerade vor sich ging, aber ihm war klar, dass er von allen Anwesenden die schlechtesten Karten hatte. »Noch dazu einen Deutschen«, vernahm er wie zur Bestätigung.

Wieder ein neuer Uniformierter erschien und flüsterte dem Mann etwas ins Ohr, der daraufhin die Augen aufriss. »Hossa! Jetzt wird die Sache aber interessant! Sofort festnehmen!«

Und so schnell konnte Al Berg gar nicht schauen, da lag er schon auf dem Boden und hatte fast die gleichen Plastikbänder am Handgelenk wie eben noch Sophie und Spencer. Wie ein platt gefahrener Frosch wurde sein Gesicht gegen die lackierten Holzdielen gedrückt. Sein Rücken ächzte unter dem Gewicht des fast vermummten Mannes, der ihm keine Spur von Gnade gönnte.

Derweil wurde Mortimer abgeführt, und Sophie hatte Gelegenheit, sich wieder zu sammeln.

»Darf ich vorstellen«, sagte Spencer, »meine Bekannte aus München, Sophie Marquard. Andrew Solitine, ein alter Freund.«

»Wie haben Ihnen viel zu verdanken, Miss Marquard!«

»Allerdings«, bestätigte Spencer.

»Ich sehe das anders. Ihnen vielen Dank, Mister Solitine!«

»Ich glaube, ich lass dich mal kurz mit unserem Fang alleine«, sagte Solitine und grinste schelmisch.

»Eine gute Idee, Andrew, danke!«, antwortete Spencer.

Und dann waren sie wieder alleine. Sophie, Spencer und Berg. Mit dem kleinen aber feinen Unterschied, dass Mort diesmal fehlte und Al Berg wie zum Verhör gefesselt auf einem Stuhl saß.

Spencer musterte Berg wie ein seltenes Tier im Zoo. »So schnell kann sich das Blatt wenden.«

Berg schwieg.

»Wie viel Kilo Sprengstoff waren das? Tz, tz, tz! Hundert? Das klingt gar nicht gut.« Spencer ließ sich Zeit. Er kreiste um Bergs Stuhl. »Und diese ganzen chemischen Spielsachen. Ganz zu schweigen von diesen Apparaturen! Ich bin enttäuscht. Wo hast du das nur alles her?«

»Wovon redest du?« Berg klang kleinlaut.

»Bleibt nur zu hoffen, dass niemand die Baupläne und all das andere Zeug, E-Mails, Ziele, falsche Pässe findet. Unglaublich! Mein Gott, mit wem hast du dich da nur eingelassen, Al?«

»Was soll das? Du weißt, dass ich damit nicht das Geringste zu tun hab.«

»Hmm, meinst du?« Spencer spielte den Nachdenklichen.

Sophie genoss jede Sekunde.

»Und selbst wenn«, fuhr Spencer fort, »nur mal angenommen, denkst du, das spielt noch irgendeine Rolle?«

Berg erkannte Spencer nicht wieder. Er hatte ihn komplett unterschätzt. Vor ihm stand nicht das naive Söhnchen aus reichem Hause. Vor ihm stand ein eiskalter Gegner, der nicht eine Sekunde zögern würde, ihn komplett zu vernichten. Ihm dämmerte, dass er längst verloren hatte, auf ganzer Linie. »Was spielst du für ein krankes Spiel?«

Sophie schaltete sich ein. »So, wie ich das sehe, aber korrigiere mich bitte, Josh, wenn ich falschliege, also ich vermute mal, Herr Solitine ist vom Heimatschutz oder FBI oder auch NSA, und er hat leider die fixe Idee, dass Sie, lieber Herr Albert Berg, ein brandgefährlicher Terrorist sind, der kurz davor stand, halb Miami in die Luft zu sprengen. Zumindest deutet alles, was bisher gefunden wurde, darauf hin. Und wer weiß, was noch auftaucht? Hm?« Sophie biss sich auf die Lippen. »Blöde Situation.«

Spencer nickte. »Das kommt hin. Deinen Scharfsinn kann man nur bewundern.«

»Und auch hier kann ich nur spekulieren«, fuhr Sophie fort. »Aber soweit ich mitbekommen habe, seid ihr Amerikaner, ganz gleich von welchem Verein, ziemlich unfreundlich zu jedem, der so brandgefährliche Ideen hat. Dein Freund Solitine macht jedenfalls keinen zimperlichen Eindruck.«

Auch da musste ihr Spencer zustimmen. »Was würdest du in so einer Situation machen, meine Liebe?« Er neigte sich zu Berg herunter. »Also ich, ich würde gut zuhören, Sophie ist nämlich eine hervorragende Schachspielerin!«

In Bergs Augen lag der blanke Hass.

»Puh, knifflig. Das ist wirklich eine schwierige Frage. Aufgeben? Ein Geständnis?« Sie schüttelte den Kopf. »Keine gute Idee. Wer will denn für immer in einem amerikanischen Gefängnis verschwinden? Und dann gibt es auch euer schönes Guatanamo.«

»Hör ich da einen kritischen Unterton raus?«, fragte Spencer scheinheilig.

»Unsere deutschen Strafanstalten sind sicher bequemer. Nur diese Option fällt wohl leider aus. Was dann? Selbstmord?«

»Jetzt wirst du aber brutal!«

»Im Schach ist das nicht unüblich.« Sie zuckte mit den Schultern. »Ich gehe nur nüchtern die Optionen durch.«

»Wie wär's mit Hilfe von außen?«

»Nicht beim Schach.«

»Verstehe.«

Berg blieb nichts anderes übrig, als das makabre Spiel der beiden halb paralysiert zu verfolgen.

»Der rettende Zug allerdings könnte sein, dass man sich eine Dame zur Unterstützung holt«, erklärte Sophie.

»Ein Bauerntausch? Klingt interessant, aber ich versteh noch nicht ganz?« Spencer spielte den aufmerksamen Schüler.

»Machen wir es am aktuellen Beispiel hier fest. Es muss ja keine Dame sein. Wie wäre es, wenn unser lieber Albert, sagen wir mal, dich um Hilfe bitten würde? Immerhin ist Solitine dein Freund!«

»Aber warum sollte ich das tun? Al hat mich betrogen, mehrmals, mit meiner geliebten Frau, und dazu noch um viel Geld. Von meinem Ruf ganz zu schweigen?«

»Du hast recht. Alles viel zu abwegig. War ja nur so ein blöder Gedanke.«

Zum ersten Mal redete Berg. »Gut, gut, schon verstanden. Was willst du? Was muss ich machen, damit du das linke Theater beendest, du hinterhältige Ratte.«

Sophie ging dazwischen: »Oh, oh! Beleidigungen, das ist nie gut. Ist nur ein kleiner Tipp.«

»Siehst du«, belehrte Spencer den Gefesselten, »jetzt plötzlich interessiert dich mein Vorschlag.«

»Verdammt! Joshua, es geht hier um hundert Millionen Dollar!«

»Nein. Es geht schlicht und einfach um deine Zukunft, den Rest deines armseligen Lebens. Nicht mehr und nicht weniger. Entweder du fristest deine letzten Jahre zwischen

Schwerverbrechern aus den übelsten Ecken der USA, oder du bist arm, aber dafür frei. So einfach ist das? Nur wenn du sehr viel Glück hast und Reue zeigst, dann hast du überhaupt die Wahl.«

»Wer ist denn hier der Verbrecher? Ihr habt mich reingelegt! Wenn das an die Presse geht …«

»Wird dir kein Mensch glauben.«

All das traf Berg völlig unvorbereitet. Erschöpft sackte er in sich zusammen. Man musste kein Schachmeister sein, Kasparow oder Bobby Fischer heißen, um zu wissen, dass es aus war. Schachmatt! Er hatte, wenn überhaupt, noch den einen Zug, nur die eine Chance, auf Spencers Forderung einzugehen. Sein Lebenswerk war zerstört. Alles war umsonst, hinfällig.

»Okay.« Mit diesem kleinlauten Wort war seine Niederlage besiegelt.

10

Noch Tage später hatte selbst in den heißesten Gerüchteküchen Miamis keiner einen blassen Schimmer davon, was in der Nacht auf Al Bergs Party wirklich passiert war.

Das Sturmkommando hatte jeder gesehen. Daran gab es keinen Zweifel. Auch, dass niemals zuvor eine Party in der bald hundertjährigen Geschichte Miamis jemals ein solch abruptes Ende gefunden hatte. Mochten noch so viele Mafiafamilien hier ihr zweites Zuhause gehabt haben, da hatte der gute Al einen Rekord aufgestellt. Dann aber konnten die Berichte und Meinungen unterschiedlicher kaum sein. Die Erzählungen drifteten weit auseinander. Die einen beteuerten, der Exil-Deutsche Berg sei ein Terrorist. Quasi die raffinierteste und durchtriebenste Version eines Schläfers, die es je gegeben habe. Tonnenweise Sprengstoff, chemische sowie biologische Bomben, ja sogar radioaktives Material habe man in der Speisekammer gefunden. Völlig irrsinnig, verrückt. Dutzende hätten sich den Magen auspumpen lassen, aus Angst vor tödlicher Strahlung. Ein unvorstellbares Komplott. Sein ganzes Vermögen stamme aus dem Mittleren Osten. Das Einzige, was an ihm überhaupt echt gewesen sei, war sein Name: Al.

Andere wiederum gaben zu bedenken, dass sich ja wohl kaum ein Schläfer Al nenne. Außerdem habe Berg mit seinen vielen hässlichen Wohnsilos längst mehr Schaden angerichtet als mit zehn Bomben zusammen.

Am hartnäckigsten hielt sich die These, das ganze Theater sei vom Ministerium für Heimatschutz veranstaltet worden, nur zu einem Zweck: die örtlichen Reaktionskräfte zu testen und dabei Sicherheitslücken gnadenlos aufzudecken. Eine bis ins Detail perfekt inszenierte Übung, über die nur ganz wenige Entscheidungsträger eingeweiht waren. Der örtliche Chef des Department of Homeland Security ließ jede Anfrage unkommentiert.

Trotzdem wollten gut unterrichtete Quellen wissen, das Ergebnis sei schlicht erschreckend gewesen.

Komplett unbehelligt hätten Agenten, angeblich als Pizzalieferanten oder so ähnlich, mit Lastern voller Sprengstoff durch Florida fahren können, an allen Sicherheitscheckpoints vorbei bis in Al Bergs Speisekammer. Kinderleicht sei es gewesen, eine Terrorzelle auf Star Island zu etablieren. Ausgerechnet auf Star Island! Wo es von Sicherheitsleuten doch nur so wimmelte, mit mehr Kameras als in einem Hollywoodstudio. Man stelle sich das einmal vor! Wie leicht sei es dann erst, das Gleiche in einem billigen, anonymen Wohnblock oder einem Studentenwohnheim zu planen? Ja, äußerst wichtige Erkenntnisse habe man gewonnen. Das Land sei sicherer geworden.

Seltsam war allerdings, dass auf Bergs Anwesen seit jener Nacht fast Totenstille herrschte. Keine Menschenseele war mehr zu sehen. Nur einmal, so berichteten Nachbarn, sei zu später Stunde ein kleiner, verdunkelter Van zu beobachten gewesen.

Von Al Berg jedoch keine Spur. Jeder wunderte sich, wo er nur war. Der Mann, dessen einzelne Schritte sonst immer von einem Paukenschlag begleitet wurden. Sang- und klanglos verschwunden. Er war wie vom Erdboden verschluckt. Also doch ein Geheimagent?

Angeblich sei sogar sein Haus zu haben. Und nicht nur sein Haus. Hinter verschlossenen Türen wechselten gerade, obwohl auch das niemand wirklich bestätigen konnte, diverse Hochhäuser ihren Besitzer. In diesem Zusammenhang fiel des Öfteren auch der Name des jungen Spencer.

Der wiederum, und das galt ausnahmsweise als bestätigt und entzückte die diamantensüchtige Damenwelt der ganzen Ostküste Floridas, sei wieder zu haben. Frisch geschieden, innerhalb von Stunden.

Nun hatte es also auch dieses Traumpaar erwischt. Vielleicht lag es daran, dass die staatlichen Einsatzkräfte auf besagter verhängnisvoller Party die schöne April ausgerechnet im Bett des Gastgebers beim Liebesakt mit einem gewissen Pete Delray angetroffen hatten. Ironischerweise hatte jener sich als Josh Spencers Sicherheitschef ausgewiesen und darauf bestanden, sofort in die Aktion mit eingebunden zu werden. Er selbst verfolge eine heiße Fährte. Was sich insofern als ebenso schwierig wie unglaubwürdig erwiesen hatte, da er komplett nackt und ans Bett gefesselt gewesen war.

Wenige Monate später brach sich der Frühling endgültig durch die letzten Schneereste des diesmal besonders harten Münchner Winters. Von einem erstklassigen Schweinebraten samt Weißbier im Spatenhaus gestärkt, setzten Sophie und Joshua ihren Spaziergang durch München fort. Nachdem sie den Englischen Garten hinter sich gelassen hatten, streiften sie an der vom Schmelzwasser braun gefärbten Isar entlang. Schließlich überquerten sie die Corneliusbrücke, um einem alten Bekannten hallo zu sagen.

»Wie laufen die Geschäfte?«, fragte Spencer.

Der Mann in dem kleinen, aber bestens sortierten Kiosk hatte immer noch einen Hauch Restbräune im Gesicht. Trotzdem hingen seine Augen tief. Er antwortete mit ruhiger und sehr müder Stimme. »Der Laden brummt, wenn es so weitergeht, muss ich bald anbauen.«

»An Erfahrung kann es ja nicht mangeln?«, sagte Sophie.

»Hast noch a Halbe!?«

»Zwei und ein Zwetschgenwasser!«, gingen zwei ältere Männer dazwischen.«

»Kommt gleich!«, entgegnete ihnen Miami Albert, wie ihn seine besten Kunden nannten, denn hartnäckig hielt sich das Gerücht, der Albert sei einmal ein ganz Großer gewesen, drüben in Florida. Für die meisten aber war das eine dämliche Legende. Für so was sei der Albert viel zu verschlossen.

»Und was darf es für das frischverliebte Pärchen sein?«, fragte Albert Berg gequält freundlich.

Obwohl sich Spencer zur Ruhe gesetzt hatte, vielleicht auch gerade deshalb, kaufte er sich eine amerikanische Tageszeitung. Für Sophie durfte es eine Tasse Kaffee sein und für Wischler Columbo ein kleines Würstl.

Der Kiosk am Brückenkopf, den schon sein Vater von seinem Vater geerbt hatte, war das Einzige, was Albert Berg geblieben war. Von Tausenden Wohnungen und Büros waren diese zehn Quadratmeter der mehr als bescheidene Rest. Er war dort gelandet, wo er angefangen hatte. Und er wusste, dass er dafür dankbar sein musste. Auch wenn ihm diese Dankbarkeit jeden Morgen, wenn er um fünf Uhr aufstand, aufs Neue schmerzte.

»Muss schon sagen, schön hast du es hier.« Josh konnte es nicht lassen. Er musste Berg diesen kleinen Magenschwinger versetzen.

»Ja, sicher. Wollt ihr ein großes Bio-Gummibärchen? Der letzte Schrei. Geht aufs Haus.«

»Danke, nein. Ich nehm lieber die Postkarte hier.« Sophie legte einen weiteren Euro auf den Tresen, und die beiden verabschiedeten sich. »Kopf hoch!«

Die Postkarte zeigte die Silhouette von München mit den im Abendrot getauchten Alpen dahinter.

Mit etwas Wehmut blickte Sophie auf ihre zweite Heimat, denn bald ging es wieder für ein paar Wochen nach Miami Beach, zur großen Ausstellungseröffnung von Egon oder »The Powerhouse Painter« wie ihn kürzlich einer seiner New Yorker Sammler genannt hatte.

Aber auch in München, der Stadt, die ihren eigenen Talenten schon immer am kritischsten gegenübergestanden hatte, war Egon Tegern plötzlich ein Star. Eine Art Initialzündung für seinen rasanten Aufstieg in der Heimatstadt war sicher das Triptychon, das zwei Münchener Lokalpolitiker, der eine war in der Baukommission, bei ihren orgiastischen Feiern in Miami Beach zeigte. Natürlich war jede Ähnlichkeit rein zufällig. Trotzdem fand das Gemälde seinen Weg auf diverse Titelseiten und die schillernde Karriere der beiden Politamigos ihr abruptes Ende.

Die einen nannten Egon den neuen George Grosz, die anderen fanden ihn sogar weit besser, wieder andere kauften seine Bilder, weil sie überzeugt waren, einen einzigartigen Maler des 21sten Jahrhunderts entdeckt zu haben.

Diverse anrüchige Genehmigungen waren schnell ans Licht gekommen. Die Streitbarste war wohl jene für den Eden Tower. Dieser wiederum wurde dann vor allem allein deshalb nicht gebaut, weil die Investorengesellschaft von heute auf morgen das Projekt schlicht und einfach eingestellt hatte.

Zwar sollte das US-Generalkonsulat wegen Asbestgefahr weiter abgerissen werden, doch nun war ein neuer Symphoniesaal im Gespräch, den die Stadt bitter nötig hatte und der die lange Reihe von Kulturbauten, wie das berühmte Haus der Kunst, ergänzen sollte.

Das rein private Projekt wurde allein von Sophie Spencer und ihrem neuen Mann finanziert.

Viele Zeitzonen weiter, in einem kleinen Dorf, hoch in den wild bewucherten Hängen Kolumbiens machte derweil April Spencer, nun wieder Supernova, ehemalige Konsul-Gattin und Miss Ural 2002, die Bekanntschaft von Kommandante Emilio Peruz. Sie konnte nur ahnen, dass sie die überraschende kleine Entführung ihrem ehemaligen Göttergatten zu verdanken hatte, der den Verwandten seines Bootsmannes dargelegt hatte, dass seine Frau April ihn in die Luft jagen lassen wollte, um vor der Scheidung an die vielen Millionen zu kommen. Die Sache hatte leider einen tragischen Verlauf genommen.

April fehlten ebenso die Worte, als Kommandante Peruz, ein tapferer Soldat, der schon erfolgreich für und gegen zwei verfeindete Diktatoren gekämpft hatte, ihr die günstigen Umstände ihres neuen Zuhauses darlegte.

Man habe einen gemeinsamen Bekannten, den erst kürzlich unter mysteriösen Umständen auf einem Boot in Miami verstorbenen Jorge Peruz, den Cousin des Kommandante.

Dem Kommandante sei außerdem zu Ohren gekommen, Chicita Supernova habe eine besondere Vorliebe für reinstes Kokain. Nun ja, damit sei man hier gesegnet, das träfe sich gut, denn er wisse seinerseits eine schöne blonde Frau an seiner Seite sehr zu schätzen, die es verstünde, ihm seinen harten Arbeitsalltag zu versüßen. Das sei doch wirklich eine Win-win-Situation.

Er heiße sie herzlich willkommen im grünen Dschungel von Kolumbien. »Bis der Tod uns scheidet.«

In einem ganz anderen Dschungel dagegen befand sich Pete Delray. Im Vorstadtdschungel von Phoenix genauer gesagt. Eigentlich sollte er jetzt vereidigt werden, im fünftgrößten Gebäude der Welt, dem Pentagon in Arlington. So war der ursprüngliche Plan. Oder er würde zig Untergebene von seinem Schreibtisch in Washington aus befehligen, mit strengem Kommando versteht sich. Aber so, wie die Dinge nun lagen, konnte er froh sein, dass er seine bescheidene Pension behalten durfte. Seine Karriere als hoher Beamter konnte er ein für alle Mal begraben. Geld war zwar ohnehin kein Thema. Natürlich hatte er all die Jahre vorgesorgt. Darauf waren sie ihm nicht gekommen. Aber unehrenhaft auszuscheiden! Nach allem, was er für dieses Land geleistet und geopfert hatte? Das war die größte Schande, der größte Schmerz, den man ihm zufügen konnte. Und Delray wusste ganz genau, wem er das zu verdanken hatte.

Die Tür eines parkenden Autos wurde geöffnet. Doch statt zu bremsen, fuhr Delray im gleichen Tempo weiter und riss die Tür mit einem lauten Knall einfach mit. Der Mann hatte Glück gehabt. »Vollidiot«, sagte Delray zu sich, denn er war natürlich alleine. Das würde er auch noch eine ganze Weile bleiben. Auf ihn wartete eine einsame Ranch. Mehr nicht. Aber sich von nun an zur Ruhe zu setzen, das war ganz sicher nicht Pete Delrays Plan …

ENDE

John Friedmann

FLASCHENDREHEN FURIOSO

Roman

Was passiert, wenn die Ferienvilla in der Toskana mehrfach vermietet wurde? Genau: Drei Paare und eine Singlefrau pochen auf ihre Verträge und bilden – aus Sturheit – eine Ferien-WG. Keiner kann den anderen ausstehen. Genießer Carlo, der es versteht, aus jeder Situation das Beste zu machen, zaubert eines Abends ein wunderbares Menü auf den Tisch – und kurz darauf spielen die sieben ausgerechnet Flaschendrehen. Mit ungeahnten Folgen, denn jeder von ihnen packt aus.

DROEMER

Jonathan Tropper

DER SOUND MEINES LEBENS

Roman

Drew Silver hat die Nase voll von seinem Leben. Nachdem ihn seine Frau Denise vor Jahren verlassen hat, seine Tochter Casey nichts von ihrem nutzlosen Vater wissen will und seine Karriere als gefeierter Rockstar so lange her ist, dass sie ihm wie ein schöner Traum erscheint, hält Silver nichts mehr im Leben. Da kommt ihm das akute Aneurysma gerade recht, und er beschließt: Ich lasse mich nicht operieren. Doch die Rechnung hat er ohne sein Herz gemacht. Im Gegensatz zu seiner Arterie funktioniert es nämlich einwandfrei und will nicht nur allen beweisen, dass er gar kein so übler Kerl ist, sondern sich auch noch einmal verlieben.

DROEMER